长路

CHANG LU

王术利 著

甘肃文化出版社

甘肃·兰州

图书在版编目（ＣＩＰ）数据

长路 / 王术利著. -- 兰州 ： 甘肃文化出版社，
2024.6
ISBN 978-7-5490-2624-1

Ⅰ．①长… Ⅱ．①王… Ⅲ．①长篇小说－中国－当代
Ⅳ．①I247.5

中国国家版本馆CIP数据核字(2023)第025384号

长路

王术利 ▏ 著

责任编辑 ▏ 何荣昌　丁庆康
封面设计 ▏ 今亮后声·小九

出版发行 ▏ 甘肃文化出版社
网　　址 ▏ http://www.gswenhua.cn
投稿邮箱 ▏ gswenhuapress@163.com
地　　址 ▏ 甘肃省兰州市城关区曹家巷 1 号 ▏ 730030（邮编）

营销中心 ▏ 贾　莉　王　俊
电　　话 ▏ 0931-2131306

印　　刷 ▏ 兰州新华印刷厂
开　　本 ▏ 787 毫米 ×1092 毫米　1/16
字　　数 ▏ 360 千
印　　张 ▏ 24.25
版　　次 ▏ 2024 年 6 月第 1 版
印　　次 ▏ 2024 年 6 月第 1 次
书　　号 ▏ ISBN 978-7-5490-2624-1
定　　价 ▏ 68.00 元

1

李铁生还有一百多公里才能到达县城，然后他要转乘汽车回村里，赶在中午之前到家，吃上大年三十的团圆饭。

虽然行程紧张，但是他戴着口罩的脸上没有表现出丝毫的焦急。倒不是因为他已经到了四十五岁，为了表现自己已到不惑之年而故作沉稳、淡然，而是因为他乘坐在飞驰的"复兴号"高速动车上。

这条流线型的白色"巨蟒"，以每小时250公里的速度，将归心似箭的旅客们送到每一座新建的车站，哪怕身在一座小县城也能享受这份便捷，这在他年少时期是完全不可想象的。

当然了，这样的速度还是不能让李铁生完全满意。他知道，以中国西北当前的线路条件，动车的车速依然还有较大的提升空间，而对于这一点，作为相关从业者的他依然大有可为。

还有二十八分钟到站，无须担心列车晚点。李铁生将笔记本电脑里的图纸保存起来，专心地看着窗外，这是一幅苍茫而辽阔的画卷。

李铁生闭上眼睛，绘制在中国苍茫大地上错综复杂的高铁线路，在他心中徐徐展开。他不由得心生感叹，这项浩大的工程在二十多年前几乎是不敢想象的。

如果用一个词来形容他二十几年前离家那个夜晚的心情，就是"孤注一掷"。

虽然在当时，十八岁的他还不能完全理解这个词真正的含义，那份执着，却让他用手一点点抠开了父亲封在窗外的木板，然后在内心剧烈的挣扎之下拿走了家里的五十块钱。这五十块钱是家里过年卖猪挣来的。他还拿着自己打零工攒下的三十块五毛二分钱。他背着行李趁着月色离开了家。

李铁生本来想着在下一个村的山头搭早上赶集的车去镇上，毕竟这是一段不近的路程。清冷的北方寒夜，很快就将他身上的温度掠夺得所剩无几，一双脚冻得像冰。为了让身体热起来，他决定徒步走到镇上去。虽然他没有出过省，但他明白此行到杭州的花费一定比他想象的要多，能省则省。

离开了点缀着红灯笼的村庄，经过几间围在一起的红砖房，中间空地上有个简易的篮球架，他曾在这里和王小梅做了六年的同学，而如今，他们先后离开了这里。

此时，他来到了映照着晨光的镇上。春节临近尾声，已经有很多在外打工的青年吃力地背着行李准备离乡。他们都聚集在灰白色二层小楼的木门前面，这是镇上最气派的建筑物，也是他们去往外面世界的第一站——金山镇汽车站。

李铁生心想，王小梅离开那天，应该也和他一样挤在这些人当中，身边站着她新婚的丈夫。她的丈夫是村里刘放羊的独生子——刘志强，他家靠养羊发了点小财。刘志强从小娇生惯养，什么都干不好。长大了，他种哪块地，哪块地就颗粒无收，干脆就不种地了，去外面打工。李铁生觉得以他的懒汉作风，是绝不会帮王小梅扛行李的，哪怕分担一点。

走了这么多的路，嗓子里干得连呼出的气都不发白了。他在心里合计了一下，买汽水至少要五毛钱，买矿泉水没什么味道，纯粹浪费钱，干脆厚着脸皮去饭店里让人给他接了一杯自来水，虽然冰得牙花子发酸，但总算是解了渴。他又从包里掏出一个馒头嚼了起来，一边嚼一边随着人流挤上了汽车。他在车上规划了路线：先去县城，再到包头，然后从包头坐车到青城，再坐火车去杭州。他之前从别人口中打听过刘志强打工的地方，但是具体位置还需要到了再打听。对一个从没出过远门的半大孩子来说，路途的艰辛可想而知，但是他打定了主意，非去不可。

"到站了，别睡了，下车！"司机用粗喇喇的大嗓门喊着，叫醒了李铁生。他茫然地睁开眼睛，才发现外面已经是县汽车站了。下车后，他才发现自己的手中空空如也，他慌忙之中拍打着汽车门，喊道："师傅，我的行李还在车上！"

他跳上车才发现，原来放行李的地方空无一物，他焦虑地在车上找了好几遍，司机不耐烦地问："你到底要找到什么时候？车得进站了！"李铁生急得不行："师傅，我的行李被别人拿走了！""你出门在外怎么不知道看好自己的行李？快下车去找找，看看是谁拿了！"司机毫无耐心。

李铁生又下了车，可是这人挤人的汽车站，上哪里找丢失的行李？行李包里有张小薄被，还有几个馒头和母亲做的酸奶条，是他这几天的口粮。除此之外还有一件新衣服，他舍不得穿，是打算见小梅的时候穿的。

一阵沮丧过后，李铁生接受了这个现实，他把手伸进裤兜探了探，万幸，钱还揣在身上。大不了这几天就少吃点，只要能见到小梅就行，反正就算穿得再破小梅也不会嫌弃他。

李铁生到了包头，买了从包头到青城的票，离发车还有一个多小时，李铁生从拥挤的人群中挤出来，他找了一处台阶坐下来歇着。一开始他没有察觉到这是在一家焖面馆的门前，直到那勾人馋虫的肉香一阵阵蹿入鼻腔，直冲天灵盖，他才意识到此地不宜久留。他站起身咽了咽口水，摸了摸肚子，悻悻地走开了。

这时一阵小孩啼哭的声音传来，循声望去，一个穿着粉棉袄戴着绿头巾的妇女正抱着哭闹不止的孩子，她不断向周围的人投去求助的目光，但是并没有什么回应。李铁生上去问："大姐，这孩子是病了吗？""是病了，"妇女回答说，"咱这的医院看不了，让我去省城看，但是我拎着行李又抱着娃，孩子还哭，我怎么买票啊！""要不我帮你看一会儿？你去买票吧！"李铁生说。

妇女千恩万谢，把孩子交给李铁生后就走了。李铁生一边守着行李，一边生硬地哄着孩子。过了十来分钟，突然有一伙人朝着他走了过来，指着他就问："你说，这孩子是不是你拐来的？怎么一直在哭？"

"不是。"李铁生老实地说出了实情，可是他们根本不信，直接就要从他的怀中抢孩子，"我们先把孩子送到派出所再说！"

李铁生已经答应要帮妇女看孩子，万一一会儿回来看不到孩子还不得急死？于是他怎么也不肯放手。一番争抢后周围聚集了不少人，那伙人一口一个"拐子"地骂李铁生，李铁生百口莫辩。人群中还有几个人叫着让把他扭送到派出所去。好在刚刚那个妇女及时挤了进来，帮李铁生解释清楚，孩子被母亲带走了，一群人没看到什么大热闹便纷纷散去了。李铁生没想到竟然会碰上这么一出闹剧，正打算进车站里面等车的时候，他一摸兜儿，浑身的血都凉了。

2

一个穿着白色棉袄和喇叭牛仔裤的时髦女孩拖着行李箱走进了车站，在这些身着黑灰色布料的进城务工者组成的人流中显得格外亮眼。她叫高天琪，是大二在读学生，虽然寒假没有结束，不过作为优秀学生的她打算提前回到学校预习新学期的课程，因为那是她最感兴趣的铁路线路设计。

这时，一个身材瘦弱、满脸茫然的少年跌跌撞撞地从她身边经过，差一点就被她的行李箱绊倒。这是她第一次注意到李铁生。

只见这少年罩着一件格外宽大的破棉袄，在发亮的领子上面，是一张黝黑透红的还没完全长开的长阔脸，微微上扬的一双小眼睛里透着未经世事的单纯，露出着急的神态，他正在向人询问有没有看到刚刚那伙人往哪走了，但是没有人知道他们去了什么地方。

李铁生呆呆地看着车站广场里拥挤的人群，他的钱没了。明明抱娃的时候还在，现在找遍了全身也只剩下一张汽车票了。春寒里，他浑身连冒虚汗，棉衣棉裤被浸湿了，此时沉甸甸、冰凉凉地贴在他的身上，让他一阵阵发抖。

"小兄弟，怎么回事啊？"终于还是有热心的人问起了李铁生。李铁生急急地说了起来，因为太慌讲述得颠三倒四："要不就是刚刚争抢孩子的时候钱掉了，被人捡了；要不就是他们趁我不注意时拿走了。""我猜他们是团伙作案，那个带着孩子的妇女和他们是一伙的！"那人同情地看着他。"我看她也不像坏人啊！"李铁生急得快哭了。"你也不想想，哪个娘能放心地把娃交给一个不认识的人看着？你呀，是中了他们的圈套，肯定是看你年轻单纯才找上你的！"那个人说完又端详了一下李铁生的穿着打扮："你是不是一直捂着裤兜来着？""是，我就怕丢了！""就因为你一直捂着兜儿，人家才盯上你！现在他们肯定已经跑了，我劝你啊，还是快点去派出所报警吧！"

李铁生点点头，打算去报警，而这时车站的广播里传来开往青城的班车马上要发车的广播。

一直在旁观的高天琪想着李铁生要去报警了，也没有多问就匆匆登上了汽车，放好行李的时候她看到李铁生如同行尸走肉一般也登上了同一辆汽车，坐在她斜后方的位置。

李铁生也不知道自己为什么还要上车，更不知道到了省城应该怎么办，可他还是稀里糊涂地上了车。

要是能找到王小梅，把钱花了他不心疼，就算是找不到他也不后悔，大不了他也去城里找份工作赚回来，可是现在钱没了，他最后的一点希望也破灭了。想到这里，他懊恼地把头埋进手臂中，汽车的轰鸣声掩盖了少年的哭泣，宽大的衣服遮掩了他肩膀的震颤。

高天琪将黑色长发别于耳后，看着似乎睡着了的李铁生，他的眉眼中透出担心的神色，她同情这个善良少年的遭遇，所以想要对少年说些安慰的话，或者是施以援手，但是不知如何开口，再者，既然少年还是上了车，想必是省城里有投奔的人吧。

两个小时的车程结束，高天琪下车时终于还是忍不住想开口问那个可怜的少年是否需要帮助。突然，一只修长的手抓住了高天琪的胳膊。这人穿着一件崭新的黑色毛料大衣，脚下踏着哑光的新皮鞋，装束像个年近四十的人。高天琪差点没认出来这是和她同岁的周跃平。

"天琪，你在看什么呢？"周跃平欢快地问。分开了一个寒假，他再次看到高天琪时笑容马上在那张白净的脸上荡漾开来，眼睛变成了两道月牙。他一边问一边接过高天琪手中的皮箱。

而就在这一愣神的工夫，李铁生消失在人流中，高天琪四处张望，再也找不到人了。

"你刚才是不是没认出我来？"周跃平满面红光，对父亲刚给他买的毛料大衣和新皮鞋颇为自豪。在年少的学生看来，成熟的衣着似乎能将他们与大人的身份画上等号。高天琪因为找不到那个少年的踪迹有些失望，但还是夸了夸周跃平的新行头。

周跃平已经买好了两个人去北京的火车票，但车晚上才开，于是周跃平就请高天琪到家里坐坐，顺便吃一碗他母亲最拿手的巴盟烩菜。

他们二人的父亲原来是一个单位的同事，两家关系处得不错，高天琪与周跃平也是从小玩到大的伙伴。后来，周跃平的父亲被调到铁路局任职，两家也因此分开。高天琪读的是土木工程专业，周跃平读的是铁道信号专业，但都在北京的同一所大学，所以两个人除了闲暇时间出来逛街看电影，寒暑假也都搭伴同行。

在周跃平家，高天琪吃了一顿热乎乎的巴盟烩菜。排骨、酸菜、粉条加上土豆炖成一锅，有汤有菜，是当地人家里最常见的一道菜肴。临走前还拿上了周跃平母亲吴芳给她准备的水果和点心。在火车站等车的时候，周跃平笑嘻嘻地对高天琪说："我妈对你比对我还亲！一个劲儿给你夹菜，她可从来没对我这么热情过！"高天琪半开玩笑道："你还用得着别人给你夹菜，当我看不到你狼吞虎咽的样子？"周跃平略有些难为情地笑了："到北京就吃不到我妈的手艺了，我多吃些是为了聊表思乡之情嘛。"

3

李铁生徘徊在青城的火车站前面。这是他第一次来青城，见识了新奇的高楼大厦和在路上飞驰的汽车，还有不少人头顶着夸张的卷发，穿着鼓鼓囊囊的皮夹克行走在路上，这些他之前只在周二狗家的黑白电视里见过。

不过，李铁生对城市的新鲜感很快就被经济上的窘迫给取代了，胃里也泛起了饥饿的酸水。偏偏火车站四周全都是卖烤焙子和羊杂汤的，烤焙子的土炉就放在店门口，炉子里塞满了炭火，烤熟的焙子香气顺着炉边飘出来，混着旁边羊杂碎在大铁锅里翻腾出来的香气，不识趣地飘进李铁生的鼻腔。有好几个男人路过，他们背着几乎沉重的蛇皮口袋，也都被这香气拦住，买上一两个焙子，或者再盛上一碗炖得白白的羊杂汤，既能解馋又能充饥。

不过此时的李铁生根本无暇去想焙子和羊杂汤的味道，他已经来到了青城，兜里却一干二净，家也回不去，杭州也去不了，怎么办，难不成在火车站要饭？

想到要饭，突然一个滑稽的形象不合时宜地闯入了他的脑海。

自打一九九几年开始，村里摆脱贫困的人也有几个，比如村里的刘放羊靠卖羊成了村里首富；他们四分子村的董卡车靠倒卖农产品也赚了不少钱，从原来的破屋搬到了新修的大瓦房里；谁都没想到四十来岁的标准贫困户郭瘸子竟然也不甘落后发家了，去了趟南方就带了不少钱回来，用这钱娶了个寡妇。刚开始别人问他干了什么买卖，带同乡一起去。郭瘸子推脱了几次终于不堪其扰，干脆说："这买卖只能我干，你们都干不了！"

细问之下郭瘸子才告诉大家，他是到广州要饭去了，反正拖着一条废腿，也不用装疯卖惨，只要往路边一跪就有人给他钱。他瞪着圆溜溜的眼睛告诉大家："人家南方的城里人可有钱哩！给的钱都是五毛一块的！我要一个月饭，够种一年庄稼的收成！"

虽然大家对郭瘸子的收入很羡慕，但是有手有脚的谁稀罕这行当？有人问郭瘸子："你那时穷得连双鞋都没有，怎么去的广州？"郭瘸子眨眨眼睛，腾出一只架着拐的手一指，颇有玄机地说："逃票！"

郭瘸子说想逃票必须趁着人多混进去，尽量跟在拖家带口的人后面，检票的会把一家人的好几张票一起检，你就跟在这家人后面往里混，要是人家有行李最好帮着抬一下，更像一家人。检票员要是懒得数就蒙混过关，要是问起来了就说是一家的，反正忙乱之中也没人愿意细察。

李铁生心里也打定了这个主意，因为他现在除了逃票别无选择。于是他向售票员打听了去杭州的列车车次，怀着忐忑不安的心情混进了排队的人群中。

检票口的门前汇聚成两股人流，李铁生站在里面，不断地把两只冒汗的手在身上擦来擦去，他按照郭瘸子说的跟在一家人后面，但是脸上已经写满了紧张的他引起了别人的警惕，立刻与他拉开了距离。

本来就是没出过家门的小伙子，如今干这种和要饭差不多的事情更是满心羞愧。李铁生对那个小偷团伙更是恨得咬牙切齿，这么想着已经到了检票口，他被检票员一把就拉住了："你的票！"李铁生的心跳得比在学校参加长跑比赛的时候还要快，从他那慌里慌张的眼神里检票员瞬间就明白了："没票？""我……"李铁生吞吞吐吐，立刻就被赶出了队伍，他心灰意冷。他没有郭瘸子那两下子，只能捧着一张羞红了的脸在车站外面蹲了下来。王小梅那含泪的眼睛浮现在他的脑海，驱使着他再一次混进了队伍中，总之他是非要见到王小梅不可。

一回生二回熟，李铁生在检票口处灵巧地侧了下身子，被别人的行李挡住了半边身子，也因为火车马上就要开动了，所以检票员只顾着检票，让他通过了检票口。

还来不及喘口气，列车员就催促他们快点走，眼看着绿色的火车就要开动，李铁生终于登上了列车。看着青城的万家灯火从窗边越来越快地向后流淌，他觉得自己离王小梅也越来越近。他已经在心里想好了，虽然没有吃的但在车上可以喝免费的开水，要是检票员来查票，他就按照郭瘸子说的躲进厕所，等到了杭州他就去找一份工作，一边打工一边找王小梅。

这么想着，疲惫的他在车厢连接的过道上坐了下来，车轮碾过钢轨缝隙时，那有规律的铿锵声让李铁生顿生睡意，于是在不知不觉间，他在周围吵吵嚷嚷的杂音中合上了眼睛。

"我给你洗个苹果梨？"周跃平说着从行李箱里拿出一袋水果放在木制的桌板上。高天琪摇摇头："在你家都吃多了，现在还不饿呢！""那我去给你接点水！"周跃平拿着保温杯离开了座位。高天琪靠在座位上半眯着眼睛休息，突然一个人影从她的眼前闪过，再一摸她身边的挎包不见了。

"抓小偷！"高天琪大喊着就追了出去，可是车厢里面还有不少买站票的人，她一个小姑娘根本挤不过去，只能急得大喊："小偷偷了我的包，一个白色的挎包！"

高天琪的喊叫声把李铁生从梦中惊醒，他此时的悲惨处境就是被小偷害的，所以对小偷恨之入骨。他一个激灵爬了起来，也开始寻找起白色挎包来，此时小偷正好从他的面前跑过，衣服里露出白色挎包的一角。

"小偷！"李铁生一把就将小偷给抓住了，但是一天没吃饭的他哪里制得住对方，小偷轻松地将他推翻在地，但李铁生拽着挎包袋子死死不放，小偷松手后马上钻入了下一节车厢。

李铁生爬起来就想追，却不料手腕被人一把钳住了。周跃平提高了嗓门大喊："小偷抓到了！""我不是小偷！"李铁生又惊又怒，想不到做了好事却再次被人误解。"物证都在这了，你还敢狡辩？走！我现在就把你交给列车员！"周跃平看着李铁生这副落魄打扮，更加确定了他就是小偷，拉着他就要走，高天琪赶了过来，她怎么都没想到会在这趟列车上再一次遇到李铁生。

"不是我偷的！是我把包抢下来了，小偷往前面的车厢跑了！"李铁生心急如焚。他没偷没抢倒不怕去和乘务员解释，是怕一旦去了，他逃票的事情就被发现了。

好在一个看到了全过程的大叔证实了李铁生的清白，周跃平觉得有点没面子，但还是向李铁生道了歉。高天琪把李铁生拉到了自己的座位旁边，终于有机会问问他的具体情况了。

4

"你在青城有亲戚朋友？"高天琪柔声问道。李铁生摇摇头。"可你身上的钱不是都被偷光了吗？怎么买的票？"高天琪继续问。李铁生犹豫了几秒，才低下头说："逃票。"周跃平马上问："你怎么能逃票？"周跃平的父亲就在铁路上任职，最近整顿逃票的呢！李铁生连忙小声哀求："求你了，千万别把我逃票的事情告诉列车员！"高天琪看了一眼周跃平示意他别再追究了，接着问李铁生："你身无分文怎么还非要出来呢，大不了可以回家拿了钱再出来。"

李铁生没有回答，脸上却已经满是委屈的表情，他家里哪还有钱呀？高天琪见他实在可怜，就让他在自己的座位上坐下来："你是不是一天都没吃饭了？我给你拿点吃的吧。"

周跃平心中多少有些不快，高天琪对他这个发小兼同学总是态度平平，但是对这个陌生的小伙子却如此关心，不过毕竟是他夺回了高天琪的挎包，便主动帮李铁生泡了一碗方便面。

香喷喷的方便面使得李铁生的肚子咕咕叫了起来，但是他仍然迟迟没有端起那碗方便面，甚至目光都不敢落在上面，直到高天琪劝说："你就吃吧，你帮我夺回了包，这碗方便面就算是我们谢你的一点小心意！"

李铁生这才端着方便面大口大口地往嘴里送，这是他迄今为止吃过的最美味的一碗方便面，他永远无法忘怀那美味。

吃完了方便面，高天琪看李铁生不像是学生，就问："你是出来打工的吗？"在高天琪温柔的目光中，李铁生终于无法控制地哭了出来，将一肚子的委屈如同竹筒倒豆子一般全说了出来。

原来，李铁生有个同村的发小，叫王小梅。过年之前王小梅告诉他一个消息，她和刘放羊的儿子订婚了。

李铁生先是愣了一会儿，接着脑海中便瞬间浮现出他与王小梅过往的岁月。他们两家的地离得近，小时候大人下地干活，两个小娃娃就在田埂边捉蚂蚱，逮蜻蜓，善良的王小梅每次抓的时候都小心翼翼，抓到了又都放了，李铁生问她为什么，她说蚂蚱、蜻蜓不也是生命吗？

一转眼到了上学的年纪，两个人天天结伴上学，他们喜欢在路上背古诗，稚嫩的声音在山坳间回荡着。渐渐地他们话少了些，山坳里也安静了下来，少男少女走在路上，隔着不远不近的距离，有时嬉闹几句，有时害羞地彼此偷望几眼，一种与从前截然不同的情感在两个人的心里悄悄滋生，又在青春期的年纪慢慢发展。

因为害羞，他们无法表达出情谊，只能把好吃的东西塞给彼此，比如亲戚从城里带回来的点心、汽水，或者家里新晒的牛肉干。尤其是当李铁生下地干活渴得厉害的时候，王小梅总是及时地给他递上一瓢甘甜冰凉的井水，或者用衣服兜着一捧酸枣子过来，瞬间就滋润了李铁生干涩的喉咙，以及那颗躁动的心。

"谢谢你，小梅！"李铁生用已经成熟了的男性嗓音笑着对王小梅说，换来王小梅一个羞涩的甜蜜笑容，李铁生的心又燥热了起来。

这种质朴而朦胧的浪漫，渐渐成了默契，让他们早在心里认定了彼此。李铁生有好几次想告诉王小梅他的计划，他打算跟父亲说去王小梅家提亲、订婚，但是看到王小梅那羞涩的笑容，话到嘴边又咽了回去。直到这一次他终于鼓足勇气准备告诉王小梅，得到的却是个晴天霹雳般的消息，王小梅和刘放羊的儿子订婚了。

他舔了一下干裂的嘴唇，喃喃地说："订婚了，是好事。""好什么好？"王小梅一屁股坐在干草堆里低下头哭了。长大了之后李铁生第一次见王小梅哭，哭得他心慌也心疼，也不知道怎么安慰她。"我根本不想和他结婚！"王小梅哭得越来越伤心了。"别哭了，刘放羊家可有钱了！"李铁生也坐下来，鼻子发酸。李铁生怎么也没想到，王小梅竟然一下子就把他抱住了："有钱又怎么样？铁生，难道你不知道我喜欢的是你吗？"

李铁生弄不清现在自己心里到底是个什么感受，就觉得身体像是三伏天的冰糕，本来凉透了，现在又要化了。但是，王小梅马上就松开了李铁生："都怪我爸，他看上人家三千块钱了，为了钱就私自把婚订了！我该怎么办呀？"也不知哪来的勇气，李铁生说："要不你跟你爸说，让他把婚退了，然后我就去你家提亲！现在都是婚姻自由的时代了，他们无权干涉我们的婚姻！"

"铁生……"王小梅的热泪流淌在泛红的脸上，她深情地望着李铁生。李铁生终于将自己憋在心里多年的情谊倾吐而出："小梅，我从小就喜欢你了，我这辈子是非要娶你的！我正打算让我爸去你家提亲呢！"王小梅眼神里充满了嗔怨："铁生，你早就这么打算了？可你怎么不早点说？早几个月刘志强还不认识我呢，不就没有这档子事了吗？"

李铁生心里懊悔不已，恨不得给自己来几个响亮的耳光，一个男子汉有什么好害羞的呢？"都怪我！"李铁生也哭了。王小梅不忍李铁生难过，便坚定地说："铁生，我这辈子非你不嫁，我回去跟我爹说退婚，然后咱就订婚！""那就说定了！"李铁生在王小梅的脸颊上重重地一吻，留下一嘴冰凉咸涩的味道。

等王小梅回家之后，李铁生在外面坐到了天黑，心里因为与王小梅互相表白了心意而惊喜激动，又因为自己的害羞误事而懊恼万分，他不得不跑到山头上朝着空旷的田野鼓足了力气喊了几声。晚上回到家后，他急匆匆地把这件事跟父亲一说，就被泼了一盆凉水。

孩子们的恋爱大人哪个不是看在眼里？原来人家王小梅的父亲看出来这两个孩子好像在搞对象，早给李铁生家警告了。

5

"人家老王家昨儿就来过了，让我看好你，别再去找王小梅了！"李铁生的父亲李富民说。"凭什么？现在都自由恋爱了，我和小梅是真心相爱的！"李铁生不服。李富民冷哼了一声："城里人不知羞耻赶时髦才搞什么自由恋爱，咱们农村不兴这个！再说你阻止王小梅和刘放羊的儿子结婚，不就是断了人家财路了？人家要这彩礼是给他们家大儿子找老婆用的，三千块钱咱家可拿不出来！"

李铁生和李富民大吵了一架，李铁生还想找王小梅，李富民干脆把李铁生锁在屋里，就这么被关在家里过完了春节。李铁生听说王小梅在家也闹了一通，被她父亲打了几个耳光之后就强行把她送到刘放羊家了。

李铁生是个犟驴性格，偷着从窗户跳出来跑到刘放羊家去找王小梅，他要问问王小梅那天在草堆说过的话还算不算数，她不是非自己不嫁吗？如果她说话算数，他说什么也要把王小梅带回来。

结果走到一半就被王小梅家送亲的看到了，谁都知道李铁生那犟驴似的性格，猜到了他的目的，于是一群人把他送回了家。李富民为了防止儿子再给他丢人，干脆又把他锁在屋里，还把窗户钉死了，除了解手一概不许出屋，任凭他在屋里怎么闹，父亲都死死地守在门边。李富民不忍心骂他，只能痛心地说："铁生，咱不干那丢人的事，小梅都嫁人了，你就别想了！"然后就坐在台阶上一口接着一口地抽着旱烟。

连日来，李铁生觉也睡不着，饭也咽不下，嘴唇上憋出了好几个大血泡。从前与王小梅天天见面的时候他觉得仿佛是理所应当，因为两个人就是从小玩到大的。现在他一想到王小梅已经嫁人了，就觉得身上的一块肉要被生生剔除了一样疼，原来王小梅已经如同嵌在他生命里一样，割舍不断。

还是李铁生的好朋友周二狗听着他天天在家砸窗户的声音，于心不忍，半夜从窗户缝偷偷告诉李铁生，老刘家为断了王小梅逃走去找李铁生的念头，初五就被刘志强带去外地打工了。据说走之前王小梅还在家里闹了一回自杀，但是被拦下来了。

李铁生得知这个消息后万念俱灰，想破了脑袋也不明白，为什么他们两个大活人，连自己的婚姻大事都做不了主。一想到王小梅为了他自杀，他心里又坚定了一个念头，他要去找王小梅，挽回自己因为害羞而错过的爱情，即使丢了行李丢了钱，哪怕逃票也非要上车不可。

高天琪听到这里眼眶已经微微湿润了，她看了一眼李铁生因为长年干农活而又粗又黑的手："也真是难为你们两个人了，这份质朴而又坚定的爱情真是不多见了。"

见高天琪深受感动，周跃平贴心地帮她递上纸巾，他多想高天琪这样感动的泪也是因为他的爱而流。

"铁生，他们是去了北京吗？我们都在北京读书，可以帮你一起找找！"高天琪热心地说。"北京？我要去的是杭州！"李铁生话还没说完就反应过来是怎么回事，原来他在检票口逃票的时候因为太过紧张，所以才不小心上错了车。哪怕是没念过几年书的他也知道，这不是南辕北辙了吗？

"小兄弟，你这是坐错了啊！"周跃平唏嘘道。李铁生当时就愣住了，浑身仿佛被重锤重重地敲击了一下，这回他连眼泪都哭不出来了。他千辛万苦到了青城却坐错了车，一种彻底的绝望将这个少年打败了。高天琪连忙劝慰他："没关系，一会儿有站你就下车往回走。"

眼下也只有这一条路可走了，高天琪送李铁生到车门口，听李铁生说了这么多，她心里对他有种对弟弟一样的关爱，就从挎包里掏出了五十块钱："这钱你拿着……""我不能要！"李铁生把钱往回推。"你不想去追你女朋友了吗？"高天琪把钱塞进了李铁生手中，"拿着吧！"

李铁生没有再推辞，对高天琪羞涩地说了声"谢谢"。车到站了，高天琪送李铁生到了站台上，等到车要开了才回去，隔着车窗她朝李铁生挥了挥手，但是李铁生却指了指自己的棉袄口袋，高天琪一摸口袋，才发现那五十块钱不知什么时候又回到了她身上。"这孩子！"明明自己也是个孩子的高天琪摇头叹了一口气，却对眼前这个农村来的少年心生佩服。

李铁生没有选择出站。因为如果出站了，身无分文的他根本不知道怎么走，甚至连回家的路都找不到，他决定顺着铁路走回去。

可是这个少年哪里知道他现在已经距家快一百多公里了。他就这么朝着反方向走着，到底去找王小梅还是回家他都不知道，铺天盖地的黑暗和冰冷的气温让他那颗执着的心变得麻木，就连火车从身边经过的声响都听不到了，只是拖着两条疲累僵硬的腿继续步履蹒跚地前行着。

李铁生不知道自己是什么时候晕倒的，再醒来时已是黄昏了，他在温暖且充满汗味的被子中睁开眼睛，一个留着络腮胡子、肤色黝黑的男人惊喜地说道："他醒了！"

一群身材结实的汉子围了过来，他们都在打量着李铁生。"我这是……"李铁生一脸茫然。

"你怎么睡到铁道旁边了！脑袋离钢轨那么近，你只要稍微翻个身就翻到上面去了。"络腮胡子大声说道，语气惊愕又不解。

其他几个工人也围了上来，你一言我一语地说道："要不是潇洒叔趁着火车开过来之前把你拖下来，你就没命啦！""还是咱们潇洒叔英勇，当时火车离你小子最多也就一百多米啦！知道一百多米是啥概念吗？"

潇洒叔就是留着络腮胡子的男人，脸上带着质朴而真挚的笑容。他拿来了一茶缸热水和一个馒头递给了李铁生。李铁生实在饿极了，他想也没想，狼吞虎咽地大嚼大咽起来。吃完了潇洒叔才告诉他，这些人都是货场的装卸工，李铁生晕倒在铁道旁边，头顶处朝着钢轨，非常危险，这才将他救下并带了回来。

6

说话间外面响起一阵铃声，听上去像是学校的上课铃。大家见李铁生没事了便四散开来继续干活了。潇洒叔告诉李铁生，这是货场的宿舍，让他先在这里休息。

木门将昏黄的光线关在低矮的房间里，透过凝着水珠的小窗，李铁生看到了工人们工作的场景，靠近站台的股道上停着一列黑色的篷车，有三四节。大家管这种货车叫作"闷罐子"。

车厢的货门大敞着，车门处搭着一块厚厚的木板，在货门和站台之间形成一个斜坡，如同一座倾斜的桥梁，工人们就这样徒手将一袋袋货物搬运到了车厢内部。李铁生只是看着就感觉到那些袋子很沉，却猜不出里面装的是什么。

与此同时，一辆吞云吐雾的"上游"I型蒸汽机车，倒退着缓缓来到了这列车厢的前方，在调车员的指挥下挂上了机头，准备在货物装载完毕后牵引着列车驶离货场，去往十几公里外的编组站，而这一小列载着货物的篷车也将成为新编成的货运大列的一部分。

长时间的行走使得李铁生精疲力尽，心中那份执拗的热情也被消磨得所剩无几，就像小时候异想天开的某件事，过了几天之后才感到荒唐。他终于明白，身无分文顺利到达杭州，并且在那个陌生的大城市中顺利找到王小梅，可能性趋近于零。

在这种心境之下，深藏着的愧疚感猛地涌上李铁生的心头。自己拿了家里本就不多的钱，还与父母不辞而别，他不敢想象此时的父母能急成什么样。

想着想着，李铁生在潇洒叔的床铺上睡着了。这铺盖不是很干净，上面满是灰尘和沙土。不知过了多久，一股凛冽的寒风吹到了李铁生的脸上，原来是潇洒叔回来了。已经是早上了，潇洒叔拿起铁钩捅了捅炉膛，几缕不易察觉的青烟在阳光的照射下呈现出蓝色和灰白色，让人心生宁静。

"你好点了吗？"潇洒叔一边问一边脱下被汗水浸得潮湿的皮袄。李铁生点点头："叔，多谢你救了我，我现在已经好多了，你能告诉我这里是哪里吗？到青城了吗？"潇洒叔说："还不到青城呢！不过也算是青城的郊区，这里叫辛家营村，这个货场也是辛家营站的，小伙子你家是哪里的？"

李铁生告诉潇洒叔自己的家在金山镇，潇洒叔那双有神的眼睛更亮了："你说你家也是金山镇的？""你也是吗？"李铁生好奇道。

潇洒叔兴奋地说："可不就是嘛！你家是哪个村的？""四分子村的！"李铁生的眼睛也亮起来，能在这里见到老乡，他感到很激动。"四分子村……"潇洒叔一边卷烟一边眯起眼睛回想，接着说，"我的一个婶子的娘家就是你们四分子村的！"

"那她娘家姓什么？"李铁生开始搜寻自己的记忆。

面对李铁生的问题，潇洒叔的眼睛里却闪过一丝忧郁的神情，他吐出一口烟雾："早忘啦，我叔娶老婆的时候我就已经出来打工了，十几年都没回去过了。"

"我爹妈生我生得晚，在我十几岁的时候就都没了，后来我就处了个对象，但是人家不同意把闺女嫁给我，我也能理解。"潇洒叔继续苦笑着说，"毕竟我没爹没妈，就一个破屋和几亩地，谁敢把闺女嫁给我呢？后来我就跟她说让她等我，我进城打工，赚了钱回家娶她，就这么我才离家的。"

李铁生听到这里，有种同病相怜的感觉："那后来呢？她等没等你？"潇洒叔愣了一会儿，眼看着烟就快烧到手指了，这才随手把烟蒂扔进火炉里，然后把水壶放在炉子上，黯然道："不知道，因为我再也没回去过。"

李铁生大概明白了潇洒叔的意思，心里觉得潇洒叔未免也太薄情寡义了，怎么就能把一个等着他的姑娘扔在村里呢？哪怕变了心也告诉人家女孩一声，别再痴等下去。

潇洒叔换了个话题，他问李铁生当时是怎么昏倒的。这条铁路是一条货运专用线，只通往厂区附近的货场，一般人谁会来这里。有人听说潇洒叔救了个青年，怀疑他是来偷东西的贼，说要送到派出所去。但是潇洒叔看他倒不像贼，打算问清楚了再说。

李铁生把自己的遭遇都告诉了潇洒叔，潇洒叔叹了口气："你小子，倒也有点意思。"

李铁生坚定地说："我实在舍不得小梅，我知道她也一定舍不得我，所以我一定要找到她！""找到她了你打算怎么办？你想过没有？"潇洒叔看着这个愣头小子，拿起大茶缸喝了一小口。

李铁生不假思索道："把她带走，然后回去跟父母说，争取让我们结婚！"潇洒叔笑了笑，虽然觉得李铁生的想法天真过头，但是也没直接说，反而绕了个弯子："你知道我为什么没有再回去？你当我真的就那么薄情寡义吗？我俩也是青梅竹马，难道我愿意让人家姑娘等着我，然后我就一去不复返了？"

李铁生没说话，潇洒叔继续说下去："我当时去城里的工地上打工，大家都觉得工地苦，干了半个月就跑了两个同乡，我也觉得苦，但是我一想到她就不觉得苦了，干了两年才把娶老婆的钱攒够。但是我后来一想，就算是她愿意等着我，可整整两年啊，她一个姑娘家怎么能犟得过家里人？估摸着早就已经嫁人了，我这个时候回去岂不是让她更难做，撇家舍业离婚跟我？可是一个女人名节是最重要的，她跟了我以后能抬得起头？就算是不跟我，我回去隔三岔五碰见她，她心里能好受？干脆就别回去，也省得给她添堵了。"

潇洒叔的这番话说得风轻云淡，像是在讲别人的故事，但是正饱受相思之苦的李铁生多少能体会到潇洒叔的心思。也因为潇洒叔的这一番话，他开始认真思考与王小梅的事情。

潇洒叔看到李铁生一脸沉重，放下茶缸，仍旧淡然说道："我昨天夜班，得先睡一觉了，晚上我带你去伙房吃个饭，然后冲个澡，你要回家的话，等着明天我送你一程，明天我白天休息。"

"这还能冲澡？"李铁生惊讶地问道。"站房后面有一个淋浴房，本来是给职工准备的，不过人家心眼儿好，也让我们这些装卸工去那儿洗。不要钱，还方便。"

"这太麻烦你了，我已经打扰了这么久……"李铁生没有想过，居然还有不要钱的澡堂子，受宠若惊的同时也觉得有些难为情。"没啥的，咱俩是老乡嘛！"潇洒叔爽朗地说。

7

白色的晨光变成橙红色的夕阳，李铁生眼里的泪涌出了一回又一回。他想念王小梅那双会说话的眼睛，那鸡蛋清一样白皙柔嫩的脸颊，那两根黑黑的麻花辫，以及她塞进他手中的酸枣。

这时潇洒叔醒了，他朝李铁生挥了挥手："走，我带你去伙房吃饭！""我现在身上没钱……"李铁生有些为难。

"用不着花钱，就是添双碗筷的事，走吧。"潇洒叔一边说着一边在李铁生的背上推了一把。

他们来到货场的伙房，大概五十平方米的房间里塞满了桌椅，房间的一侧摆着几个大盆，由伙房的师傅帮人盛饭。潇洒叔告诉李铁生，他们每个月都会发固定数量的饭票，凭票吃饭。潇洒叔存了些饭票，因为他老婆有时候会来看他。

炖白菜，炒土豆丝，还有热气腾腾的大馒头，甚至有油乎乎的肉菜，李铁生也顾不上客气，他几天都没吃过一顿像样的饭了，便狼吞虎咽起来，吃得鼻子尖冒汗，脑门也发亮。时不时有人问潇洒叔这个小伙子是谁，潇洒叔就说是他老家的远房亲戚。

吃完了饭，潇洒叔带着李铁生来到职工淋浴间，他掏出两张澡票扔在柜台上就走了进去。来到淋浴间，两人一边洗澡一边聊起天来。

热水暖融融地包裹着李铁生的身体，将他几天来的疲累冲刷干净，李铁生对潇洒叔说："叔，我不去找小梅了。"

潇洒叔站在莲蓬头下面，任水流从头顶浇遍全身，眯着眼睛享受。他听到李铁生这话又睁开眼睛，把水关小，但也没说什么。

"但我觉得真的很遗憾，也很难过。"李铁生垂下眼睑，"你当时也像我一样难过吧？"

潇洒叔又眯起了眼睛："人活一世，遗憾的事情多着呢，不去想自然就好了。不过虽说人生的遗憾和失望很多，可希望和机会也多，时间一长你就会发现，现在困扰你的事情在多少年后回想起来都不值得一提。我当初爱得死去活来，现在想想也觉得没什么了。"

听到潇洒叔这样说，李铁生又生出些许惊叹来，想不到这个五大三粗的糙汉子说起话来是这般富有哲理。

这时，后面有两个年轻人骂骂咧咧地抱怨："自打过完年就天天加班，骨头都快累散架了！""这破厂子，把人当成驴使唤呢。"另一个人附和道。"驴都不像咱们这么干！"第一个人没好气地说。

听到这里，李铁生心里忽然产生一个念头：反正也不去见王小梅了，他现在身上什么都没有，没办法去外面打工。就算是现在回家，他也没脸见爹妈，更没钱还他们，他便想着要是货场能招人就好了，等他攒够了钱再回家去。

李铁生犹豫了一会儿才开口："潇洒叔，你们这货场现在还要人吗？"

潇洒叔一愣，看着李铁生那瘦弱的身体："你要干啊？这活儿可苦，一袋货至少也得一百多斤，一天怎么也得搬个五十袋，有时候还有大箱子要抬。"

李铁生恳求地说："我从来都不怕苦，去年我们村修水坝，我当过装卸工。叔，我现在真的无路可走了，您就帮帮我吧。"

潇洒叔见李铁生这么说，顿时起了恻隐之心。他想帮助李铁生不光因为他是个好人，更是因为快二十年没有回家了，帮助这个老乡就像是为乡亲做点事情似的，再者，李铁生今天的遭遇和当年的自己十分相似，帮助他就仿佛帮助多年前的自己。"这个事情我也做不了主，等我明天去帮你问问吧！"他说。

李铁生点点头："谢谢叔。"潇洒叔也笑了笑，但是又忽然压低声音说道："你真留下来的话得答应我一件事，我跟你说的我初恋那件事可别对别人说起来，要是被我老婆知道了怕是要骂人。"

李铁生笑了笑，这个潇洒叔还真有趣，说起话来一套一套，想不到还是个怕老婆的。他马上说："叔，你放心，我只管干活，一句话都不会多说！"

潇洒叔下了工就去找货场的主任冯金山。冯金山虽是货场的主任，但并不是真正的铁路职工，按编制看应该算是货场所属的水泥厂的小领导，不过长时间与铁路系统合作，也在那边积累了一些关系。潇洒叔把李铁生的事情告诉了冯金山，可是对方一听就直接给否决了。

潇洒叔不肯放弃："冯主任，现在货场的活儿都快干不过来了，工人们天天怨声载道，多加个人就能让大伙稍微轻松一些，这干起活来速度也快，不也是好事吗？"

冯金山摸了摸自己光亮的头顶，说："问题是咱们这里没有这么招工的先例啊！"

辛家营村货场的确有点特殊。当初修铁路时要经过一个村子，因为占地的问题村民们跟修路的干过架。由于这条线路是企业专用线，村民们一听是厂子要修的而不是国家要修的就表现得很不配合。况且，这条线路要穿过村里的坟地，谁愿意自己的祖先天天在铁路下面压着不得安宁？

村民们要求，你们修路可以，但必须绕过这片坟地；可是绕过坟地，修建铁路的成本就会增加几倍，这对于厂区领导而言是不能接受的。

铁路还是按照原计划修通了。据说当时是由政府、村干部、铁路部门和企业一起出面做工作，才让村民们的态度有所缓和，不过村民要求，企业必须帮助解决村里年轻劳力的工作问题。

后来，新修好的货场直接招村民做装卸工，装卸工赚钱多，解决了村民的吃饭问题，不过因此也多了一条"潜规则"：为了避免节外生枝，货场不许招外地工人，潇洒叔一个外乡人之所以能来这里工作，是因为娶了这里的女人做老婆，入赘进来才算作是村里人的。

潇洒叔想了想，不再为难对方。他对冯金山说："冯主任，其实有个事，我一直都想跟你反映，你肯定也察觉到了。因为工人都是一个村的，难免沾亲带故，有搞小团体欺负人的，还有非要占着某一块地方不接受轮班的，说那块地埋的是他太爷爷不许别人踩，其实就是因为那块地方的活轻松。咱们都是乡里乡亲的，我一个组长都不好管理，更别提你这个主任了，这些芝麻大的小事管得过来吗？"

8

冯金山沉吟片刻，意味深长地看着潇洒叔："你还真说到点子上了，我最近正愁呢！一说点规章制度就七个不服、八个不从的，确实不好管理！"

潇洒叔马上见缝插针："所以我觉得，咱得把他们的规矩先破了，否则你这个领导还让他们拿捏了？合着货场成他们的了？这可不成，这是咱们厂子的！咱们厂子不也是国营的吗？大小也算是公家的！"

冯金山笑眯眯地说："你这么说是有什么好办法吗？"

潇洒叔搓搓手，也笑眯眯地说："就是个不成熟的小建议，正好现在活儿也多，村民们干不完，就趁这个时候多招点人，最好是外乡的，注入点新鲜血液，咱们统一管理，村民们不服也没办法。"

冯金山就知道，潇洒叔这个老油条又绕回来了，但也不否认这是个好办法：

"但是直接招人他们肯定得闹，要是最后闹出个罢工咱们不就更被动了？"

这个问题潇洒叔已经想好了："领导，咱们可以先用临时工的名义招人，等干一阵子再转为正式装卸工，时间上有个过渡，而且就算是工人们再闹事咱们还有临时工呢，也不用怕！"

冯金山对潇洒叔的计策连连称赞："不错，没想到你还有几分谋略！那就暂时把你说的那个人招进来吧。"

潇洒叔立马转头回去把这件事告诉了李铁生，李铁生对潇洒叔满怀感激，潇洒叔拍了拍他的胳膊："我好不容易给你争取来的机会，你可要好好干！对了，工资是一个月五十块钱，吃饭有饭票，洗澡有澡票，晚上就和工人们住在一起，不愁吃也不愁喝，你可得好好珍惜。"

话是这么说，但是潇洒叔也有些私心，因为他本来就是入赘的，在这没什么亲戚，作为组长不好管理，有个忠心的同乡也算有个心腹。

李铁生就此成了一名临时装卸工。装卸工的工作倒也简单，一是装，一是卸，装就是等厂子里的人把货物用汽车拉到货场，他们就负责把这些货物装到火车上去。卸车就是把货物从火车上卸下运到货场里。卸货、运送、装车、摆货这些工序几乎没什么技术含量，但是每一个流程所需的体力不同。这里面数运货最轻松，可以用两轮车运，也可以用手叉车推拉。而装货是最累的，需要靠蛮力加巧劲往车厢上面抛，累腰累胳膊，而且到了站台上就不能用车，得人力背过去。除此之外，还有别的轻松工作，那是场务、运输员和运转员干的，他们分别负责核对票据和货物，检查车厢有无损坏和污染，负责接车、发车等，但是这些差事轮不着装卸工，是那些正式职工做的。李铁生的工作，主要就是从汽车上卸货，还有往火车上装货。

潇洒叔见李铁生身体瘦弱，一开始想让他适应一下，就安排他在场地里摆货。他先简单地给李铁生介绍了一下货场。这里一共有三十多个装卸工，分成三个班组，每个班组里有一个组长，管理分工与轮班，等到吃午饭的时候再一一介绍给他认识。然后告诉李铁生该如何摆货，便回到了自己的岗位上。

对于这份新工作，李铁生充满热情，可是搬动一百多斤的货物，对他来说不是个轻松的活，眼看着别人动作飞快，他也只能硬咬着牙加把劲。

而就在这时，一个不太友好的声音在他背后响起："你怎么在这？"李铁生回头，看到一个四十岁左右的男人，他长着一张长脸，下垂眼，口中还有两颗长到嘴唇上的大板牙。他记得这个人，在自己获救那天这人也在潇洒叔的房间里。

"大哥，我现在在咱们货场干临时工……"李铁生话还没说完，那人便毫不客气地把货物往他的面前狠狠一扔："谁他妈让你在这干的？"

李铁生耐心解释："领导批准的。"

"那天好心好意救你，你现在反倒恩将仇报，你能有点良心吗？"被劈头盖脸骂了一通，李铁生没明白什么意思。

"你是这村里的人吗？"那人继续质问。

李铁生摇摇头，那人张嘴就骂："那就快滚，你没资格踩在我们家祖坟上！"

"大哥，你说这话我不太明白。"李铁生平白无故被骂了一顿，心里也激起一股火来。

"今天就让你明白明白！"说着，男人动手就揍李铁生，两个人便厮打在一起。

这时，推着车的光头也来了，看到这一幕，他把两轮车一扔，把李铁生抱住了："别打了！别打了！"

结果李铁生就这么生生挨了两拳，耳朵里嗡嗡直响。光头赶紧把那个男人往旁边推了推："大牙哥，你们怎么打起来了？"

"光头，这小子现在也在这干装卸工，你说咱们脚下这块地，凭什么叫这逼兜油子（挨耳光的人）踩着？"大牙仍旧怒气冲天。

光头刚刚听潇洒叔说了这事，心里也有些不满，但还是先劝大牙："他能不能在这干不是他说了就算的，咱得去找领导，要是真把他打坏了咱就不占理了。"

大牙一听也觉得有道理，便说："我这就去找张潇洒和领导！"

看大牙走了，光头才对李铁生说："对不住了兄弟，让你挨了两拳，但是我刚才要是先拉大牙哥，以他的脾气咱俩都没好果子吃。"

光头三十多岁，之所以光头是因为以前头顶生疮不长头发了，现在还能看到一块块凹凸不平的疤痕。

李铁生抹了一下嘴角的血："你能不能告诉我这是咋回事？"

光头就把有关铁路占地的事情全部告诉了李铁生："你是咱们整个货场第一

个外头来的人。"

李铁生这才明白，刚才为什么无缘无故挨了一顿打。他心里虽然愤愤不平，但是并没有直接去找潇洒叔，而是默默地先把上午的活干完了，毕竟潇洒叔告诉他，在货场时间是最耽误不得的。

到了中午休工的时间，李铁生来到伙房却没看到潇洒叔，食堂里也没几个人，这时他听到隔壁一阵吵吵嚷嚷的声音传来，他本来也没心思吃饭，干脆也到了隔壁，发现这里已经被人挤满了，中间围着的应该就是主任了。

9

"领导，当初不是说好的吗？咱们答应修铁路，上头也答应不能让外人来踩我们的祖坟啊！如果招个外人，让我们怎么对得起列祖列宗？"为首的大牙朝着冯金山愤愤地控诉道，但完全没有了刚才面对李铁生的跋扈，众人见状也都纷纷随着他吵嚷了起来。

大牙的父亲是村主任，当年也是由他和企业方面协商谈判才把装卸工的工作争取下来的，所以大牙虽然为人不怎么样，但村民也都念着村主任的威望对他敬上三分，于是他便有了些许特权，加上性格张狂，他自然也就混成了团体的小头目。有大牙带头闹事，别的村民也一拥而上了。

冯金山看到这混乱场面也是格外头疼，他十几年前就知道这些村民不好得罪。除非现在把那个临时工开除了，要不然还不知道要闹到什么时候，场地里的货可耽误不得。但是转念一想，他要是直接给这小子开了那不就等于妥协了吗？改革的第一仗就出师不利，以后岂不是更加被动？他想了想，拍了拍桌子吩咐道："你们把张潇洒叫来！"

张潇洒就是潇洒叔，潇洒是外号，叫久了也就没人叫他真名了。之所以叫这名字，是因为他从年轻的时候就蓄起胡子，看起来颇为不羁；也因为他在这个村里没什么亲戚，不受人情礼道困扰而敢说话，就都喊他张潇洒了。岁数大了，张潇洒就变成了潇洒叔。

当他看着几个班组的人都围在领导办公室前面起哄，潇洒叔也潇洒不起来了，他来到办公室，顺便把吵嚷声关到了门外，"冯主任，您叫我……"

还没等潇洒叔赔着笑说完，冯金山眉头紧皱地说："你看看你出的傻主意。"

"是我考虑得不周到，我本来打算中午吃饭时，人齐了再跟他们说，这新来的就是个临时工……"潇洒叔继续赔笑。

冯金山摇摇头："我刚刚都说了是临时工，他们说临时工也是外人，不许踩他们老祖宗的坟！要我看要不就别改革了，就这么着吧！我眼看着有两年就退了，不想工作上再出岔子。"接着他又像是自言自语一样嘀咕道："城里的地归国有，农村的地归集体，他们这是干吗，地头蛇吗？真是无法无天。"

看冯金山一个大领导都这般无奈，潇洒叔也明白，看来把李铁生招进来的确是决策失误，"那就把他辞了吧"。

"行吧。"冯金山顿了顿又说，"你去跟他们说吧。"

潇洒叔明白冯金山是想把黑锅彻底甩给自己，可毕竟领导发话他也没辙，只好走出来跟大伙儿赔礼道歉。"对不住了大伙儿，咱领导已经决定了，今天就把李铁生给开了！"潇洒叔朝着一群人拱了拱手，"我也是看他身上没钱，合计让他赚个回家的路费，是我考虑不周，你们就给我一点面子，别在这围着了，大家快趁热吃饭吧！"

几番劝导，一干人等终于散了，只有大牙没走，他朝地上啐了一口："你也是个外乡来的，要不是你娶了我们村的女人，你也没资格站在这，别以为你当了个组长就能使花花肠子！"

潇洒叔懒得跟大牙胡搅蛮缠，等大牙走了，他也没心情吃饭，就坐在台阶上抽烟。李铁生这才走上前说道："潇洒叔，真对不起，给你添了这么大麻烦，早知道我就不跟你提这事儿了！"

潇洒叔看了一眼李铁生脸上肿起来的一块，轻声说道："这事也不怪你，但我也是真没办法留你了。"说着潇洒叔掏了掏棉袄里子，从里面拿出十块钱，"你这半天工钱上面没发给你，这点心意就给你当个回家的路费吧！"

李铁生连忙后退了两步："这钱我不能要，你是我的救命恩人，还对我这么好，我真没什么好回报的，我给你磕个头这就走了！"

说着，李铁生就跪了下来，潇洒叔一把将他拽了起来，严肃地说："铁生啊，看你像是个读过书的人，读书人可不兴这套啊，赶紧给我站起来！"

李铁生感动得几乎要哭出来，他对潇洒叔说："叔，你是个好人，这几天真是难为你了。"说完，李铁生还是向潇洒叔鞠了一躬。潇洒叔长这么大，还没受过如此"大礼"，多少有些不好意思。

正在这两人拉扯的时候，冯金山从办公室里冲出来，看见潇洒叔就喊："正好你在这里，快去通知各个班组的组长过来，有个紧急会议要开！"

"好嘞！"潇洒叔一边急急忙忙应了，一边对李铁生说，"你先去我宿舍等我，等我开完了送你出去，千万别乱跑啊，等我。"

原来，冯金山接了一个电话，离辛家营货场最近的一个货场因为调度出错，场地的货还没送出去新的货就来了，需要装卸的货物不仅很急而且量大，上面紧急通知先把货物运到辛家营货场，而辛家营货场原本的工作也耽误不得，所以需要每个班组的组长迅速组织好工人，投入这场紧急任务中。

开完了会，潇洒叔把班组里的人召齐，带着早上刚下了夜班的人安排新任务。这时，五十出头的老蒋捂着肚子蹲了下去，本来就堆满皱纹的一张脸拧成了包子皮。

"老蒋，你这是哪儿不舒服？"潇洒叔问。

"潇洒啊，我昨天夜班干热了把棉袄脱了，结果叫凉风吹了，天不亮就开始发烧犯恶心，我准备去卫生院，刚打算找你请假呢！"老蒋说话声音都发虚。

货场里现在本来时间紧，任务重，少一个人能耽误不少事。潇洒叔手背直打手心："你咋这时候闹病呢？"

"我也不想啊！"老蒋脸色发白地苦笑道。

眼看老蒋疼得龇牙咧嘴，潇洒叔不得不准了假，然后让其他人马上上工，自己来到宿舍找李铁生。一想到刚才把李铁生开了这件事是他宣布的，不太好意思开口，但也不得不开口："铁生，你能不能帮叔一个忙？"

"叔，你对我有恩，你就说吧！"李铁生从椅子上站了起来。

潇洒叔把情况告诉了李铁生，还没等他说完，李铁生赶忙说："那我去替班！"

"可是铁生，这替班的事来不及跟上面说，工钱还不知道怎么算……"潇洒叔犹豫着。

李铁生干脆地说："我要不要工钱都行，只要干活的时候给我口饭吃就行，决不能让你为难！"

10

下午，"上游" I 型蒸汽机车嘶吼着，牵引着一列敞车缓缓停靠在了站台边。这些都是给厂子拉的原料，量不少。盖着货物的篷布被扯下来，一袋袋货物堆得满满当当。

"这帮驴日的，拉这种东西居然不用闷罐，用敞车?!"有个工人看到这一情景，皱着眉头抱怨道。嘴上虽然万般不满，却依然迅速地投入工作中。

工人们纷纷来到各自的工作岗位，李铁生也回到堆货的场地中去，还做上午的堆货工作。

如此大的工作量，对于李铁生这个瘦弱的小伙子来说实在是前所未见，看着不断推来的货物堆积成山，李铁生不得不拼命加快了速度，即使他已经感到手套里的双手被磨得红肿、生疼。

货越往上堆越累，需要先弯腰把货物抱起来，接着用膝盖顶一下，然后抛到上面去。这原本需要两个人分工合作，但是和李铁生合作的那个工人为了表明自己坚决不同意招外地工的决心，就用两轮车运货去了，反正潇洒叔看不着。李铁生只能一个人完成这项任务。

等货物堆到了标准高度就该从下面开始另摆一堆了。堆下面的几层稍微轻松点。

这时，一只手狠狠地在李铁生的背后拍了拍，李铁生回头一看是大牙。

"你小子，跟我换班，你去站台背货。"大牙不客气地说。

李铁生本来就心里不痛快，直接说："我不换。"

大牙把李铁生推到了一边，说道："张潇洒说你就是来帮工的，哪儿需要你就去哪儿，哪来的什么固定岗位？"

"潇洒叔让我干这个，我就干这个，我不能私自换岗！"李铁生毫不让步。

"他妈的，那现在咱俩就去找张潇洒，我倒要问问他，他凭什么把轻松的活儿安排给你一个帮工的！"大牙气不打一处来。

李铁生也是个血气方刚的小伙子，上午被大牙打了一顿，现在又要被他逼着换岗，心里也升起一股火儿来，几句争辩将要冲口而出。但是转念一想还是忍了，他来帮工是为了报潇洒叔的恩，也就是这一天时间，该默默干活，别再给潇洒叔添麻烦了。

就这样，李铁生来到了站台上，替换了大牙的岗位。

重重的货物被直接扔在背上，李铁生感觉自己的五脏六腑都要被挤破了，两条腿当时就扑通一下跪了下去，从膝盖一直疼到脚后跟，货物也被摔在了一边。

其实这两个往李铁生背上抬货的跟大牙是一伙儿的，大牙虽然作风张扬霸道但心细，他能察觉不到潇洒叔和领导背后的意图吗？他觉得潇洒叔之所以让李铁生来帮工，无非就是想让他表现一把，争取留下来，为货场招外地人开先例，要不李铁生凭什么干得那么卖力？所以大牙交代同伙好好"招待招待"李铁生，最好让他一天都坚持不下来，自己知难而退。

李铁生不是瞎子，他也看到周围的人是怎么往人背上抬货的，动作都尽量轻一点，没这么粗暴，便也明白这是工人看他不顺眼。他从地上爬起来，非但没有生气反而说："两位大哥，麻烦你们再帮我抬一次吧。"

那两个工人彼此看了一眼，还按照刚才那样往他后背把货物直接一扔，这一次他有了心理准备，只跟跄了几步就开始往前走。但是这么几回下来，李铁生就觉得自己要被压得吐血了。可心里一想到潇洒叔这几天对他这么好，还因为他想留下来工作而招惹了麻烦，哪怕腰疼得直不起来，也一直坚持着。

那两个抬货的也快四十岁了，家里的孩子和李铁生差不多大，一看李铁生还真就毫无怨言地玩命干，多少有点于心不忍，便心照不宣地放轻了动作。

其实，这些潇洒叔都看在眼里，不过工作忙，他也没时间关照李铁生。

日落西山，工人们轮流去伙房吃饭，李铁生也拿了个馒头，打了一碗烩菜。本来他早就饿了，却累得什么也吃不下。这时光头端着碗来到他面前："是不是累得吃不下？"

李铁生点点头。

"吃不下也得吃，我刚来的时候也累得吃不下，但是不吃饭干活儿的时候就双腿打战了，快吃吧。"光头说着，大口吃了起来。

李铁生只好往嘴里划拉起菜来，他第一次觉得这吃饭竟然也和干活一样累。

吃完饭再回到站台上的时候，那里已经亮起了灯，此时站台上的货物还有很多。吃完饭还没来得及喘口气，大家又回到了岗位上。一开始李铁生把背上的货物扔下去的时候还能感到身体轻快了一下，到了后来，哪怕是扔下货物也觉得双腿像灌了铅一样沉重。

直到深夜，临时增加的工作才彻底结束。站台上安静得只剩下呼吸声和脚步声，工人们已经累得连话都懒得说了。

李铁生回到潇洒叔的宿舍，在炉子边烤已经冻僵的手时，竟靠着椅子睡着了。潇洒叔回来看到李铁生这副样子，心里不是滋味，这孩子竟然因为他一句话就真把自己累了个半死。同时，他也打算再尝试一次，把李铁生留在货场上。他觉得这娃既勤劳又踏实，实在难得。

第二天早上李铁生先醒了，出去打了一壶水，放在炉子上烧着，一会两个人洗脸用，回去的时候看见潇洒叔也醒了。他说："潇洒叔，这几天多谢你的关照，一会儿你就送我走吧。"

潇洒叔起身套了一件棉袄，没有正面回答，而是说："你先在宿舍等我一会儿，我出去一下。"

他再一次来到冯金山的办公室，告诉冯金山李铁生昨天的表现，并且说还是想把李铁生留在货场。

冯金山有些不耐烦："这路子行不通，昨天你不也看到了吗？你就别再给我添堵了！"

"冯主任，这回我先去做工作，绝不会给您添麻烦！"潇洒叔坚定地说。

冯金山咂了咂嘴："你现在就是在给我添麻烦……"

这时，一阵敲门声响起，同时响起的还有门外一个女人哭哭啼啼的声音。

11

冯金山赶紧让潇洒叔开了门，进来一个年过半百的女人，身上裹着一件破夹袄，脸上还带着泪。

"你咋来了？嫂子。"潇洒叔认得她，她是老蒋的老婆，虽然这么问，但潇洒叔也猜了个大概。老蒋恐怕是生了什么大病，听他说肚子难受也不是一天两天了。

"领导，我是来给我家老蒋请假的，他昨天半夜疼得受不了去医院挂急诊，大夫说是急性胰腺炎，太严重了得手术！"说完女人又哭开了。

冯金山说："这么严重的病就不用特意回来请假了，快回医院去照顾啊！"

"也不光是回来请假的，是我们手头钱不够，想找领导和大伙儿借点！"女人边哭边说。

冯金山顿了顿，从兜里摸出一百元："这钱你先拿去吧，以后没有就不用还了。"

接着，潇洒叔又带老蒋的妻子来到集体宿舍，大家凑了两百块钱，让老蒋先拿着看病，老蒋的妻子千恩万谢，然后走了。

因为帮老蒋筹款，一个班组的人都到齐了，潇洒叔在大通铺上坐了下来："大家先别走，我跟你们商量个事。"

"让那个逼兜油子留在这里的事，你就别说了！"大牙在被窝里翻了个身，"我们不同意！"

"大牙，别打岔！"潇洒叔说，"要跟你们商量的是排班的事，老蒋做手术去了，咱们就得多分担点。"

大伙儿不乐意了："分担不起啊，咱现在的活儿就够多了！"

大牙在被窝又翻回来了："让别的班组分一个过来不行吗？"

"人家组长能干吗？别的班组都干不过来！"潇洒叔说。

"那你什么意思？"大牙瞪着他。

潇洒叔也不拐弯了，说道："我看要不就先让李铁生干几天临时工，等老蒋回来了再说，他年轻，干活勤快，一个顶老蒋两个，咱们组里不就轻松不少吗？"看着大牙张嘴又要骂，潇洒叔马上说："你们要是不同意呢，也有两个选择，你们要是有本事，就去别的组拉一个过来，拉不着，咱们每天多加一个小时的班，也没啥，反正咱们现在总是加班，不差那一个小时。咱们干的是重活儿，老蒋要能上工怎么也得等三个月，咱们就加三个月班呗！"

大牙不情愿地钻出了被窝："你等着，我去找！"

过了一个小时，大牙回来了，碰了一鼻子灰。大伙儿合计来合计去，谁也不愿意再多加一小时班。光头干脆说："要不就先让他干吧。"

大牙也算同意了："老蒋回来，他必须走！"

潇洒叔点点头，心想反正先把李铁生留住再说，到时候他另有打算，在他心里招不招外地工已经不那么重要了，他是真心看好李铁生这孩子。他向冯金山汇报了此事后回到宿舍。

李铁生说："潇洒叔，咱们走吧，再等会儿该晌午了。"

潇洒叔却笑眯眯地说："铁生，你先留在这儿干吧！"

李铁生又惊又喜，生怕自己听错了："我真能留在这儿了？潇洒叔，你放心，我干活儿一定不偷懒，好好干！"

潇洒叔拍拍李铁生的肩膀说："信得过你！"

尽管全身酸痛乏力，李铁生还是以饱满的热情投入工作中。打破了货场不招外地工的先例，李铁生也知道别人看他不顺眼，就主动揽下了最重的活，光头和其他人见他干活卖力，也减轻了同组人的压力，就没再说什么。但是大牙依旧看他不顺眼。

其实他也弄不清楚自己到底为什么这么讨厌李铁生，但他心里清楚一点，只要是张潇洒的决定他就得唱反调，谁让他当初没当上组长，反而让张潇洒当了呢？

潇洒叔住的那间房里就一张小床，两个人住不方便。李铁生现在成了装卸工，自然而然就搬到了大通铺里睡。累了一天回到宿舍，他低头就看见潇洒叔早上才给他匀出来的两条铺盖被扔到门口去了。大通铺上的铺盖铺得满满当当，上面躺的人却睡得相当宽松。不用想也知道这是大牙的杰作。

李铁生心中有火，但还是强忍着抱起被子走进去："麻烦给我腾个地方。"

床上没人出声，因为大牙早就说过了，谁要是向着李铁生就是和他对着干。

"给我腾个地方，我要睡觉！"李铁生突然提高声音，一屋子人都吓了一跳。留在这工作确实理亏，所以李铁生知道自己应该多干活，但是这么欺负他，他忍不了。

"他妈的，这儿不够睡，你爱睡哪儿睡哪儿！"大牙腾的一下从被窝里坐起来。

李铁生盯着大牙的眼睛说道："我就要睡宿舍！"

两个人你一言我一语，眼看就要打起来，潇洒叔听到动静后赶紧赶了过来。他懒得和大牙吵，便说："铁生，你以后就睡我这屋！"

潇洒叔帮李铁生用椅子和木板临时搭了个小床，又把铺盖放上去。"铁生，你先将就睡，等过几天我去找个破门板子搭上。"看李铁生还在气头上，他又说，"别跟大牙一般见识，他就那驴脾气，要是他再欺负你就找我。"

"谢谢潇洒叔。"望着窗外天空中模模糊糊的星光，李铁生突然开始无比想念父母，他把脸转向椅子背那边，鼻子一阵酸热。他意识到，自己已经真正离开了父母的庇护，必须以自己的力量，在这世上坚强而独立地生活，这种感觉让他既兴奋，又难过，这大概就是成长的感觉吧。

没让李铁生睡不成觉，大牙心里更不痛快了。一有机会就把累活儿都往李铁生身上推，李铁生虽然瘦但能横下心来吃苦，毕竟是新人，人也聪明，累活儿也能干得巧、干得快，给组里的人减轻了不少工作量。十个班组，就他所在的班组用不着加班。

实打实的好处落在同班组人的身上，加上那天晚上李铁生与大牙吵的一架，也让其他人看到了他身上那股血性与骨气，大家对他的印象也默默在心里改观了。其实大伙本质上都是善良人，将心比心，谁都有心软的时候。

可唯独大牙，以前怎么对待李铁生的，现在还怎么对待。

12

既然不在一个宿舍睡觉，大牙也就没有多少跟李铁生碰面的机会。虽然在一个班组，但是潇洒叔排班时尽量把两人往两处安排，为的就是避免矛盾。

几天干下来，李铁生因为踏实肯干，性格温和，不管谁需要帮个忙搭把手，都尽力而为，渐渐得到了大家的认可。没事的时候，大伙还时不时找他聊天。

这么一来，大牙心里的怨气就更重了，这不仅仅是因为货场招了外地工，还因为潇洒叔处处护着李铁生，更因为此时的李铁生，已经逐渐赢得了大伙的好感，自己这边倒像是被孤立起来了。他这个村主任的儿子，在货场干了这么多年，好不容易有几个年轻人愿意跟着他混，可现在这几个人也"叛变"了，虽然明面上还是大牙哥、大牙哥地叫，但实际上自己已经没什么号召力了。

中午吃饭时，大牙盛完了菜，故意往李铁生的面前一摔，坐在他对面了。

李铁生抬头看了一眼大牙，没说什么，低头继续吃饭。

"你瞎啊？看不到我吗？"大牙没好气地说。

李铁生抬起头，看着大牙撇着大嘴的模样，应了一句："大牙哥。"

大牙点点头："去帮我盛碗汤！"

今天的汤是菠菜鸡蛋豆腐汤，盛在一个大铝盆里，工人们可以随便盛，盛完为止。李铁生顿了顿，把吃了一半的馒头放在盛菜的碗边，起身去帮大牙盛了一碗汤。可是这汤盛了回来，桌子却一片狼藉，菜碗翻了过去，馒头浸在菜汤里，全都不能吃了。

大牙跷着二郎腿，脸上露出得意的笑容，两颗大牙耀武扬威地呲出来："刚才一抬腿，不小心弄的。"

李铁生定定地看着大牙，眼神里透出一丝怒意，端着汤的手微微有些发颤。

可是，正当大牙饶有兴致地等着李铁生发怒时，李铁生却把汤碗放到了他面前，又转身问食堂师傅借了一块抹布，把一张桌子收拾得干干净净。

这一通针对李铁生的重拳出击居然打在了棉花上，这让大牙心中更加气恼，他本来想借着机会找李铁生打一架，发泄心中的不快，可是李铁生忍下来了。

"你连这么点脾气都没有吗？窝囊废！"大牙骂了一句。

李铁生看了看大牙："你都说了是不小心。"

说完，李铁生就走了，大牙在后面继续骂着什么，他当没听到。

同班组和李铁生差不多大的王海看到了，凑上去说："铁生，你就这么甘心让他欺负，没听他骂你窝囊废？"

李铁生如何甘心？只是一想到那天在宿舍与大牙争吵起来，还不是潇洒叔帮他搭了床睡觉？就连潇洒叔也都要给大牙面子，他不想再给恩人添麻烦，才咽下了这口气。

王海是这座小站的广播员，人送外号"王广播"，人没什么坏心眼，就是嘴不消停，中午食堂发生的这点事经他一传，迅速传遍了货场，几十张碎嘴，几十次转述，加上大牙的一番添油加醋，再次传进李铁生耳朵里时就变成了大牙把汤泼到他脸上了，他还为这事儿给大牙道歉了。

本来一个班组的工人里有不少是大牙强行拉拢的，不仅仅是因为大牙的爹是村主任，更因为他身上那股痞气没人敢惹。刚开始看到李铁生和大牙叫板，这些人都在心里暗暗叫好，佩服这个少年的勇气，现在也觉得他就是个屈服大牙淫威的"窝囊废"。

李铁生"窝囊废"这个外号就从大牙的口中传开了，刚开始李铁生也为自己辩解几句，但是很快这个外号就传遍了整个货场，他也懒得一个一个去解释，"窝囊废"也就彻底成了他的代名词，唯独潇洒叔在的时候，大家才稍有收敛。

"铁生。"临睡之前，潇洒叔说，"我最近听班组里的人都叫你窝囊废，怎么回事？他们欺负你了吗？"

李铁生躺在床上，将那天发生的事情告诉了潇洒叔，但并没有说是为了他忍下来的。"我就想多一事不如少一事，别计较了，也不知道怎么就传成这样了。"

潇洒叔是个粗人，但心很细，他估计李铁生是为了自己才忍着火气的，心里也有点歉意，便说："哪有把骂人的话当成外号天天叫的？明天我就跟他们说不许这么叫你了！"

"算了。"李铁生翻了个身把手往火炉边上凑了凑，"我来这儿就想踏踏实实干活，赶快把钱攒出来还给我爸妈，至于别人怎么叫，我倒是无所谓，叫我啥我不应就是了。"

潇洒叔借着炉火的光，看着李铁生那张年轻的脸庞，心里也暗暗佩服起这少年的心性来。他刚选上组长的时候没少和大牙打架，甚至因为打架差点丢了工作。后来他才明白，面对大牙这样的人，你越是起来反抗对方越是来劲，反而耽误了自己的工作，中了对方的下怀。

不过，这个道理他悟了好几年才明白，李铁生却几天就明白了……

冬去春来，万物复苏，初春的微风渐渐驱散了往日的严寒，在被冻得硬邦邦的土地上，钻出许多嫩绿的新芽来。货场的大伙看着周围渐渐焕发生机，心情也变得好了起来。在这样的季节，人们总想在闲暇时间动动身子，正好，主任冯金山为了响应上面关心职工文体生活的文件精神，准备组织一场篮球比赛。

在这座货场有个篮球场，在站房后面的一片空地上，球场两侧的篮球架很陈旧，就连篮筐都锈迹斑斑。除了三五个年轻人和正式职工外，基本上没什么人主动过来打球，大家平时都太忙、太累了。

冯金山本意想每个班组都组成一个队，打个预赛和决赛，但是有接近一半的工人都四五十岁了，不愿参加比赛，还有一部分不会打的，总共才有十几个人报名比赛。冯金山一合计，那就别搞预赛了，反正前营、后营的工人也不对付，不想升级矛盾，把编外工人和车站职工混合起来，随机编成四个队，随便打上几场算了。

由于这是第一次搞篮球比赛，除了工人，辛家营村的妇女拖家带口的也来了，把篮球场外面围了个水泄不通，很是热闹。除了大人说话的声音，还有孩子被挤得哇哇直哭的声音，就连冯金山讲话的声音都给盖住了，他自顾自说了几句什么谁也没听清，就听到最后一句："比赛开始！"

13

篮球比赛开始了。

李铁生和大牙相对而站，本来大牙队里是想安排他对另外一个块头大的，但是他非要对李铁生这个瘦弱的少年。他向来喜欢欺负人，想再给李铁生这个"窝囊废"点颜色看看。

只要李铁生一接到球他就玩命地抢，想要用自己健壮的块头压制住对方。但是不知怎么回事，这球到了李铁生的手上就像活了一样，几个灵活的转身就突破了他的防线，他再去堵，李铁生一个灵活的弹跳就把球传出去了。

大牙发现，李铁生不仅身体灵活得像只猫，技术也不赖。才打了一会儿就已经和队友建立了默契，甚至整个球队都在他一个小毛孩子的精准控制之下。只要一进攻，他必然轻轻松松防住，或精准地传给别人，或自己突击进攻。还没几分钟，李铁生就为自己的队伍进了第一球。

被李铁生这么压制，大牙气得狠狠地往地上啐了一口："小子，你他妈别嚣张！"

李铁生没说话，可脸上露出些许笑容来，这个笑容彻底激怒了大牙，让他更疯狂地进攻。可他哪知道，李铁生从小在学校里就是个篮球高手，不仅是球队的主力，更是控制整个球队的主力。初中时最后一场篮球比赛，他带着队友打出了 51∶32 的压倒性成绩。李铁生只是看着瘦，其实藏着一身的腱子肉，就算是不靠技巧肉搏，他大牙都不一定挡得住。

又几个回合下来，大牙这个主力一个球都没进，最后一次好不容易冲到了篮下，谁知李铁生一个盖帽就把他拿下了。

这回大家都清清楚楚地看到，李铁生其实是故意把大牙放到篮下的，为的就是给他盖帽。这和当众羞辱他没什么两样，原来李铁生也不是窝囊废，大牙以前欺负他的现在一并还上了，还不是通过打架，大牙就是气吐血也找不出茬子来。

潇洒叔看到这里也随着欢呼的浪潮拍手叫好，他女儿灵秀的目光一直聚焦在李铁生的身上，她仰起头，脸色微微泛红："爸，那个小伙子真厉害，我怎么没见过他，他是咱们村的吗？"

潇洒叔一边鼓掌一边笑着说："他叫李铁生，外地来的，跟我住一屋，哪天你来认识认识他！"

灵秀抿嘴笑了，低下头，可是视线仍然停留在李铁生身上。

上半场在大牙的挫败中结束了，他垂头丧气地坐在场边休息，看着场上的比分，听着李铁生被队友拥护的声音，口中不停地骂着脏话。

李铁生这边也没人叫他窝囊废了，大家在他的指导之下制定战术。

下半场开始了，恼羞成怒的大牙开始了更加激烈的进攻，甚至有几次就要直接上手往李铁生脸上挥了。但是李铁生柔韧性好，都灵活地躲过去，反而大牙因为几次犯规直接被罚下场。

没有大牙的疯狂阻挡，李铁生的进攻更是势如破竹，连着进了几个球，还不忘给队友们制造进球的机会，打得既出风头又有风度。

第一次观看如此激烈的篮球比赛的观众们激动万分，别说观众，就连大牙球队的也都打心里佩服李铁生。比赛结束了，李铁生带领的球队获得了胜利，掌声与呼喊声响了起来。其实对于观众来说，谁赢了比赛都不重要，重要的是李铁生带给了他们一场精彩的比赛。

李铁生抓起衣服擦了擦脸上的汗水，一手按在腰上，会心地笑了。

这是他与王小梅分别后，第一次发自内心的笑，夕阳映照在他沾着汗水的睫毛上闪闪发光，大伙儿这时才发现，原来这个小伙子要是不成天板着脸，长得也不赖。

灵秀第一次给潇洒叔送饭，是她娘俩在家包的饺子。除了小时候母亲带她来过几次父亲的宿舍，也就是上次篮球比赛来了一回，那回潇洒叔就叮嘱灵秀，多帮母亲分担些家务，以后就让她来送饭。

灵秀在潇洒叔宿舍的门口敲了敲门，门开了，开门的不是潇洒叔，而是李铁生。

那天在球场上，灵秀只是远远地看到李铁生灵活却又模糊的身姿，而今天这个小伙子第一次近距离站在她面前。原来那张脸比她想象中的要更清秀些，略黑的脸颊还有些少年的稚嫩，但是已经开始逐渐显现出英俊的轮廓来。随着旁边火车的进站声响起，灵秀的心也瞬间轰鸣了起来。

"你是……灵秀？"李铁生笑着问。

"你怎么知道？"灵秀微微抬起头看着李铁生那双纯净的眼睛问。

李铁生挠了挠头说："我听潇洒叔说起过你，还有，我看你长得和潇洒叔挺像的。"

灵秀扑哧一声笑了，想起老爸的连鬓络腮胡子："真亏你看得出来！"

少女莞尔一笑，让李铁生有些不好意思，他赶快后退了几步让灵秀进来："潇洒叔刚刚去领导办公室了，你先等一会吧。"

灵秀点点头，在潇洒叔的床边坐下来，把装着饺子的饭盒放在旁边，狭小的木屋让两个青年男女显得有些局促，李铁生连忙说："你先坐会儿，我还有活，先出去了。"说着不等对方回答，推门就出去了。

过了一会，潇洒叔回来了，看见灵秀来了，问了几句家里的事然后才说："李铁生呢？他才下工，没看见回来吗？"

"看见了，但是他跟我说了几句话就走了，说是有活。"灵秀说。

潇洒叔心里清楚，李铁生刚下工哪里还有活，无非是找了个借口离开。他越发欣赏这个青年，李铁生懂得礼义廉耻，正直。他让灵秀把饺子摆上，然后又去场里转悠了一圈，发现李铁生正躺在货物上读一本残缺的书，就喊他一起回去吃点饺子。李铁生推脱不得，便把书往破棉袄里一塞，跟着回去了。

14

回到宿舍，灵秀已经摆好了碗筷，坐在一边。

看着只有两副碗筷，李铁生问灵秀："你不吃吗？"

"我在家和我妈吃过了。"灵秀笑着说。

李铁生点点头，把棉袄脱到一边开始吃饺子。残破的几页书悄悄地滑了下来。灵秀捡起来看了看："这本书就剩下这么几页了？"

"嗯，这是我捡的。"李铁生放下筷子，有些不好意思地笑了笑，"虽然就这么几页，但是我读起来觉得还挺顺畅的，就没舍得扔……"

灵秀低下头，看着上面还有一些被圈起来的生僻字："这是你画的？"

李铁生黝黑的脸上泛起微微的红晕来："有几个我不认识，等以后回家查查字典。"

灵秀笑了："这几个字不认识又不耽误读下去。"

"我有个毛病，就是不懂的就总想搞明白。"李铁生挠挠头。

潇洒叔哈哈一笑："你要是不认识就问问灵秀，她高中毕业就在村里当代课老师了。"接着，他又披上了大衣，说道："刚才有点事忘记和领导说了，铁生，你先吃，我再去一趟。"

小木屋里再一次只剩下李铁生和灵秀两个人，气氛又一次陷入沉寂。灵秀若无其事地再次捡起缺页的书本，翻了几页，眼神又定格在了李铁生圈出的几个字上，上面有个地名，叫"石圪节"，而李铁生特意将"圪"字圈了出来。"这不是《平凡的世界》吗？"灵秀有些惊喜地喊道。

"书破得没头没尾的，我还真不知道叫这个名字，只知道里面的人叫孙少平、孙少安、田晓霞。不过书确实挺好看的，我觉得我好像很能理解书里的人似的。"李铁生思索着说。

灵秀想了想说："你的意思是，有共鸣？"

李铁生笑了："是这个意思，你不愧是老师。"

"正好我最近也在读这本书，等我下次来，给你带来！"灵秀开心地说。

"要是方便的话，就麻烦你了。"李铁生真心实意地说，很期待看到完整的书。

李铁生吃完了饺子，又和灵秀说了一会儿话。灵秀左等右等，潇洒叔都不回来，眼看着日落西山，灵秀有些着急了，看着窗外说："我再不回，我妈该担心了，要不我先走了，等我爸回来你告诉他一声。"

李铁生送走了灵秀，回来的时候天已经全黑了，一开门，便看见潇洒叔正坐在屋里，就着几个凉饺子滋滋地喝着闷酒。

"潇洒叔，你这一下午去哪儿了？灵秀等不及先回去了。"李铁生一边关好门一边回头，这才看见潇洒叔的颧骨上肿起来一块，"叔，你这是怎么搞的？"

"唉！"潇洒叔长叹一口气，"这是我今天去找领导的时候，叫他们打的。"

潇洒叔这才把辛家营村中的恩怨对李铁生尽数诉说。辛家营村分为两个营——前营和后营，潇洒叔所在的班组就是后营的。两个营因为离得比较远，中间又隔着一个坟地，现在则是货场的站场，所以相当于两个村子。

早在以前还有生产队的时候，这两个营就因为土地问题闹了几回矛盾，现在的矛盾也是历史遗留问题。后营大部分在山坡上，这部分的土地相对贫瘠，种出来的粮食比较少，根本养不活生产队的人，而且收割起来也比较麻烦。而前营坐落在河边，土地平整肥沃，收成相对较好。这些落差后营的村民也认了，毕竟是老祖宗选的地方，吃点亏也罢。但是在生产队划分出来之后，前营的生产队为了名次能更加靠前，不许后营的人再从河里引水，如此便激发了矛盾。后营村民在镇里闹了几次无果又找到了县里，后来还是县领导认为生产队的土地划分不公平，把前营一部分沿着河岸的土地划分给了后营。这样，不仅保证了粮食产量问题，也解决了后营的引水问题。但这也在前营的村民心中留下了怨气。后来修铁路时不仅仅占用坟地，也占用了一大部分曾经属于前营的土地，所以前营的工人认为这原本就是他们的土地，除了那点坟地，大部分占地和后营的人没什么关系，他们根本不应该享受和前营村民一样在铁路当装卸工的权利。所以前营工人经常欺负后营工人，小打小闹尚且好处理，但是前营工人常常以此为借口抢夺轻松的工作，把重活推给后营的几个班组，或者抢占堆货场地的最佳位置，也就是离站台最近的地方。后营的人咽不下这口气，几个班组就常常闹别扭。

这两年，货场上头的这家厂子好像在搞改制，效益似乎比之前好了很多，他们货场的活就越来越多。眼看着这样下去矛盾会越积越多，今天潇洒叔去找领导汇报这件事，结果冯金山没想出法子，却被门外前营的人偷听到，他们抓住潇洒叔狠狠地打了一顿，他这才鼻青脸肿地回来。

李铁生看到潇洒叔的伤，既心疼又气愤："他们把你打成这样已经是犯法了，我看应该报警！"

潇洒叔仰脖喝光了杯中的酒，吭当一声把杯子扔在桌上："没到杀人放火的地步报什么警？以前这事情也不是没有过，公安来了挨个调查，场里的工作都停了，把领导急得像热锅上的蚂蚁，我要是报警了，不是成心给领导找麻烦吗？我这个组长还用不用当了？"

李铁生一听也是这么个理，报警也不能解决货场里的内部问题，但是眼看着恩人潇洒叔这么受欺负，他心里也咽不下这口气。正帮潇洒叔想对策的时候木门被推开了，以大牙为首的一群人拥了进来，瞬间就挤满了小屋。

原来，前营的工人打了潇洒叔一顿还不解气，干脆召集一群人到每个后营的班组里警告，谁要是再敢为这事找领导，就是潇洒叔的下场。

在一片叫骂声中，大家让潇洒叔带头找前营的人打一架，潇洒叔只能连连叹气。李铁生觉得打肯定不是办法，提高嗓音道："打来打去的，这么多年的问题不还是解决不了吗？我觉得还是应该报告给领导，让领导制定一个合理的工作规范，大家按着规范工作……"

"去你妈的，咱们辛家营的事，用得着你一个外地人掺和吗？"大牙一把就把李铁生推到一边了。

15

李铁生被大牙推到了墙边，脚下一滑，额头在墙上擦出一片红肿来。他刚要站起来再说什么，便被光头拦下了："铁生，我知道你是好心，但是村里的事你就别掺和了。"

李铁生只得坐在一边。大牙继续鼓动人去和前营的人打架，他一只脚踩在长凳上，一边用红红的手掌拍桌子："咱们后营的还能叫他们这么欺负吗？就不说平常总是把累活儿推给我们，今天把我们组长张潇洒打成这样，这口气也不能忍！"

"对！这口气不能忍！""打！"成天围着大牙转的几个人也跟着起哄，嚷嚷了起来。这时潇洒叔才叹了口气："我今天被打一顿倒也不要紧，重要的是得找领导定一个严格的规章制度，我今天去找领导也是这个意思。"

大牙想了想，撇了撇嘴："定规章制度有什么用？他们还是不按制度来，不是一样吗？我看今天必须要挫挫他们的气焰，让他们知道咱们后营不是好惹的！"

这时李铁生忍不住再一次开口："我觉得潇洒叔已经找领导提过这个问题了，领导也会尽量帮咱们讨回个公道，在这个节骨眼上，我们要是再跟他们动手，不是让领导也为难吗？"

"虽然我知道你们也想替我出口气，但是铁生说得对。"潇洒叔一边说一边起身准备把一屋子人送出去，"都这么晚了，你们先回去休息，别耽误了明天的工作，我这几天再去找领导说说。"

别的班组的两个组长，本来也是稀里糊涂听大牙说要打群架，这才跟来的，可是这会儿又说不打了，便又稀里糊涂地往外走。这时，大牙突然恼怒地喊："张潇洒啊张潇洒，看来你也知道咱们是想为了你这个组长出口气，你可倒好，不但不领我们的情还向着外乡人说话？我告诉你，你是个窝囊废，这个架你不想打，但我们不是，这口气非出不可！"

李铁生心中的疑惑算是解开了，为什么大牙平时跟潇洒叔对着干，而潇洒叔被打了非要帮他出口气，其实根本不是为了给潇洒叔出气，而是被前营的欺负的这口恶气他老早就想出了，更是想借着一场恶架出出风头。好不容易找到个机会当然不能放过，没承想潇洒叔根本不想报仇。

大牙又说："这个事你就不用管了！就多余来找你，咱们走！"

一群人嘟囔着离开了，潇洒叔也劝不住，毕竟除了他这个班组还有别的班组，谁会听他的话。大牙走在队伍的最前面，淅淅沥沥的雨中他点起一支烟来，突然觉得潇洒叔不同意反倒更好，没有潇洒叔的参与，到时候他带人把这个架打成了，大家会觉得他比潇洒叔这个组长厉害多了，且有了这份威严，连同篮球场上的丢人现眼也一雪前耻了。

所以，这个架，他下午就嚷嚷着要打。

"怎么办，潇洒叔？"李铁生焦急地问。

潇洒叔很显然是喝多了，他不紧不慢地抬了抬手，示意李铁生把他的夹袄拿来："还能怎么办？还能真让他们打起来？我去他们宿舍再说说吧，不行明天找领导去。"

可是潇洒叔没想到的是，前营的人已经把大牙他们拦住了，因为大牙的张扬举动，早就已经将前营的人惊动了。

远远地，潇洒叔和李铁生便听见一阵叫骂的声音，潇洒叔踩着湿滑的地面冲了上去："你们这是干啥？"

前营一个高个子的中年男人走到了潇洒叔面前："你说我们要干啥？既然你们说要打，那我们就迎战，打服你们为止！"

他叫贺超，也是个班组的组长，在前营的班组里有些威望，其实就是个恶煞。

冰冷的春雨钻进衣领中，潇洒叔的酒意消了几分，他故意打哈哈："你这是干啥呢？咱们都是一个村的……"

"张潇洒，你他妈就是个窝囊废，人家都到你头上来拉屎啦！今天这架是非打不可了，我倒要看看谁能把谁打服！"大牙的声音在后面响起。两队人突然一拥而上，多年来的恩怨在此一触即发，差点把潇洒叔绊了个跟头，要不是李铁生及时把他扶起来，他非得在这黑漆漆的夜晚给踩出个好歹来。

也不知人群中谁喊了一句：在这里施展不开手脚。一群人达成了共识，往空旷的篮球场去了。在篮球架子下，这场架随着逐渐变大的雨点拉开了帷幕。叫骂殴打的声音几乎可以和篮球比赛那天争个高下。

"完了，完了！"潇洒叔急得直拍大腿，"这可咋办？"

虽然这场架不是他主张打的，但是因他而起，真要把人打出个好歹来，他可要担这个责任。

而这时谁也没有注意到，篮球架下面的土壤因为雨水的浸泡变得松软起来。上次篮球赛仓促举行，篮球架埋得并不牢固，在人们的推推搡搡中已经开始有些晃动。李铁生心思不在打架上，马上注意到篮球架要倒了。他挤进人群中想要提醒他们躲开，可是刚一张嘴，声音便马上被雨声与吵喊声淹没了。

终于，随着一阵大风刮过，篮球架突然向前面倒下，一群人马上向后散开，而大牙站在篮球架下面，还以为他们这是准备认输，便得意地站着不动："上啊，干啊！打他们这帮挨刀货……"

话还没说完，大牙就看到李铁生朝他冲过来，直接把他扑倒了，门牙正好磕在地上，疼得他龇牙咧嘴，再一摸，就剩下一个豁。

他刚要张嘴骂，便听到后面一声巨响，一个模糊的巨大黑影倒在了地上，发出一声闷响。他这才反应过来，李铁生救了他一命。他推了一把仍然趴在他身上的李铁生，可是李铁生已经不动了。他想把李铁生翻过来，却发现他的下半身已经被压在篮板下面了。

旁边仍然传来殴打叫骂的声音，大牙门牙漏风，喊道："都别他妈打了，出人命了！"

一群人这才停下来，大牙和光头把李铁生拖了出来，对李铁生又摇又晃，可是他就是没反应，头好像是悬挂在藤上的瓜一样，无力地耷拉下来。

16

潇洒叔扒开人群挤进来看到这一幕，比自己被砸在篮球架下还难受。要不是他让李铁生留下来，这孩子何至于遭此横祸？其余的人听说出人命了之后也都慌了，朝着李铁生围了过来。

大雨似乎让大家都清醒了过来，他们有的人身上还在隐隐作痛，有的人脸上已经又红又肿，有的人就算没有受伤，身体也在地上滚了好几个圈，狼狈不堪，他们终于开始懊恼自己为什么要参与打架，而打架又有什么意义。说到底也不过是想给这长久重复的繁重工作的生活加点刺激罢了。

"李铁生你醒醒呀！铁生！"潇洒叔一边喊着一边抱着李铁生掐他的人中，李铁生却一点反应都没有。他背着李铁生就往外跑，大牙顾不上满嘴的血也跟在后面，潇洒叔朝他骂："你不是要打吗？回去打，接着打，都打出人命才满意是吗？"

大牙抹了一把血："张潇洒，你……"

他想骂回去，可是看到李铁生为了救他被砸得不省人事，什么都说不出来了，只能跟在潇洒叔后面，时不时扶着李铁生的身体。

终于回到了宿舍，在灯光之下，大家才看到李铁生的脚踝上满是被雨水稀释了的淡淡血迹，七手八脚地把他平放下来，这才发现李铁生的嘴角往下流着血。

"这是不是受了内伤？"也不知是谁说了这么一句，潇洒叔有些慌了神。他干脆马上把李铁生又背在了背上："我看还是送他去医院吧！"

这时，李铁生终于缓缓地睁开了眼睛，虚弱地说："不用，我没事。"

大家看到李铁生终于醒过来，都长舒了一口气，大牙也来到了他身边。"你这窝……你他妈没事就好！"大牙又看了看李铁生嘴边的血，"你真的没事吗？你要是觉得不舒服，我现在就背你去医院。"

李铁生摆了摆手："先让我休息一会儿吧，要是真觉得难受，我就告诉潇洒叔，但是现在我想睡一会儿，头晕得厉害。"说完他又闭上眼睛，满脸都是憔悴和疲惫。

潇洒叔便让大家都先散了，他照顾李铁生就行。

也不知是前营还是后营的人，送来了一些云南白药搁在桌子上，潇洒叔帮李铁生把裤管卷起来，才发现脚踝上的伤口还不小，现在已经渐渐肿胀起来了。他打了水擦洗了伤口，又敷了云南白药。

"疼吗？铁生。"潇洒叔活动了一下李铁生的脚，扭伤挺严重。

李铁生慢慢抬起头，朝窗口看了看，确保他们都走了，这才一骨碌爬起来，支着那条受伤的腿坐了起来，和刚刚那个虚弱的样子判若两人。潇洒叔愣了愣，扔下手中剩的绷带惊喜地看着他，络腮胡子下面露出两排白牙来："你没事？"

"潇洒叔，你就别担心啦，我其实是装的。"李铁生笑着说。

"你可吓死我了！"潇洒叔埋怨道，"你为啥骗人？"

李铁生抹了抹嘴角的血，这是他在扑倒的时候，脸颊撞到地面弄的。他压低了声音说："我故意的，我要是不装，那快一百来号人还不得继续打下去？"

潇洒叔点了点头，对李铁生竖了竖大拇指："你这小伙子脑子倒是挺灵光的！"

李铁生无奈地笑了："可这办法只能治的了一时，以后不还得要打架。"

"是啊，这都多少年的恩怨了！"潇洒叔躺在床上连连叹气，"我今天就不该去找领导说这件事！"

李铁生靠着墙边，思索着说："我倒是有个主意，我上次听光头哥说咱们货场的工资都是一样的，干得多与少都一样，我觉得这个规定不合适，这才是引起大家纷争的地方，我认为应该跟领导提议，不同的工作计不同的工资，多劳多得也不至于推来推去。"

潇洒叔听了李铁生的建议，长叹了一口气："说得容易，怕是实行起来困难呀！"

第二天清早，潇洒叔一推开门，便看见大牙站在门口。不过此时的大牙似乎应该换一个更贴切的名字，叫豁牙。本来长长的两颗门牙现在少了一颗，使得他的一张嘴，甚至一张脸都有些不大谐调了。

"那个……李铁生怎么样了？"大牙张了张嘴，第一次用除了窝囊废以外的字眼来称呼李铁生。

"还行。"潇洒叔抬眼问，"架，你还打算打吗？"

大牙摸了摸自己的豁牙，心里觉得气不打一处来，虽然这牙不是被对方打掉的，但是比被对方打掉还让他恼火，还没怎么动手呢就掉了颗牙，指不定让人怎么笑话，这个仇怨他全都算在了前营人的身上。

潇洒叔叹了口气："大牙，铁生昨天好歹救了你一命，你进去谢谢人家吧！"

大牙点点头："我来就是这个意思。"

虽然大牙是个好战分子，但有时候也能看出，他绝不是那种完全是非不分的人，他低头走进屋里，看着李铁生纱布包起来的脚，问了句："你没事吧？"

李铁生睁开眼睛，有点虚弱地说："脚没什么事，就是昨天好像摔到头了，有点迷糊。"

大牙有点难为情地看着李铁生，想到自己之前对待他的种种，便一边搓着手，一边拿眼瞥着桌子角："铁生，昨天你救了我一命，以后你有啥事就跟我说！从今天起，我就拿你当兄弟一样。"

李铁生说："大牙哥，那我就跟你说一件事，咱就别打了吧！"

"别的都好说，但这事儿跟你没关系。"大牙很固执。

"但这事跟潇洒叔有关系，潇洒叔是我的救命恩人，他不想这个架再打下去，你要是真当我是兄弟，就别打了！"

17

"你这不是叫我为难吗？"大牙反问。

"大牙哥，我知道你咽不下这口气，你就看在我为了救你摔成这个样子，就当帮我个忙吧！"

大牙想了想，终于同意了李铁生的要求："那就这一次，但下回他们要是再惹我们的话，架还是得打。"

"行，那就这么定了！"李铁生笑了笑。

等大牙走了之后，李铁生告诉潇洒叔，大牙应该不会再鼓动打架了。"潇洒叔，你说我提出的意见怎么样？多劳多得。"

潇洒叔点起一支烟："好是好，就怕前营的不同意。"

李铁生想了想说："你就跟他们说，我因为这场打架伤得挺严重的。领导追究下来，最先打人的还是他们，他们多少得负些责，但是要是他们同意了多劳多得的方案，咱就不告诉领导，也不追究了，他们要是不同意就再说。"

"能行吗？"潇洒叔问。

"试试看呗。"李铁生很有信心。

潇洒叔点了点头便离开了。上午，他找到前营的人，告诉他们李铁生恐怕是被打出了脑震荡，现在还昏昏沉沉连床都起不来，真要是出了事，参与打架的人都得负责。那气势汹汹的样子着实把人吓了一跳："参与打架的人今天都跟我去派出所！"

这事让昨天还在叫嚣着打架的人都闭上了嘴。而且，打架这事一旦被领导知道，就算没人受伤，扣工资是免不了的，要是李铁生被砸成残疾，他们这些人还不知道要赔多少钱。

看到大家面面相觑的样子，潇洒叔更来了气势："你们昨天不是还说要把我们打服吗？现在我们服了，但是人出事了，现在咱们就去找领导，找派出所！"

贺超不以为然："张潇洒，你要是想告诉领导的话，早该去了，来我们这闹什么？"

　　"那我就开门见山了！"潇洒叔便直接提出了多劳多得的方案，"你们要是同意呢，咱们就找领导定下来，至于李铁生的医药费什么的，我们来出，要是不同意呢，咱们就去找领导和派出所解决，该罚款就罚款，该拘留就拘留。虽然打架双方都要负责，但是毕竟是你们先动手的。"

　　"张潇洒，你这是威胁我们？"贺超把烟头扔在了地上，狠狠地用脚碾了碾，"再说，就算是你们现在不告状，李铁生真出事了我们还不是得负责？"

　　潇洒叔早料到贺超会这么说，便说："你们要是同意了的话，李铁生真出事了咱就不说是打架造成的，就说他是经过篮球架的时候刚巧被砸伤的，那就是篮球架负责！"潇洒叔的声音又放轻了不少，说道："我觉得第二种方案好，咱前营和后营的本来就是一个村的，咱都统一口径说是篮球架砸的，谁也不用负责任，那个篮球架咱们都看到了，这烂玩意儿放这么长时间没人管，迟早要倒。"

　　贺超想了想，心里开始动摇。谁也不愿摊上这场官司，而且这件事一开始确实是他们前营的人欺负人在先，不占理。可要是答应张潇洒了，以后就得受着规章制度的管制，心中为难。他说："要不，你等我和他们商量商量！"

　　"行！"潇洒叔爽快地答应下来，"但是你们快点决定，李铁生现在还躺着呢，说不定什么时候就严重了！"

　　就这样，潇洒叔离开了前营的宿舍，又故意绕了几个弯，等没人看见的时候来到了冯金山的办公室，把昨天和今天的事情一并说了。冯金山也为这些工人不好管理的事情发愁，早想改革，但是又怕前营工人不配合，正好有了这件事，他们不就自愿配合了吗？

　　冯金山咧开嘴笑道："张潇洒，这鬼点子是谁想出来的？"

　　"咱们班组的李铁生！"潇洒叔顿了顿，笑着说，"是我去交涉的，用了点小计策。"

　　"这小子还有点头脑！"冯金山不住地夸奖，"还舍身救人，品性也不错，怪不得你当初非要把他留下来，你也有点头脑呀！"

　　"不敢当！"潇洒叔挠了挠头，"主任，您觉得我和铁生商量的多劳多得的方案怎么样?"

"不错,不错!"冯金山连连点头,"这样,总算是能治一治那些投机取巧的,你们后营的也不至于一直受欺负了!"

下午,潇洒叔又去了一趟前营的宿舍,前营的人大部分都不情不愿地同意了,后营的人也同意,少数服从多数,他们一起去找了冯金山,把这个方案落实了下来。

潇洒叔回到宿舍,把这个好消息告诉了李铁生:"他们同意啦!多亏了你的主意,要不然这个架还不知道要打到什么时候呢!"

李铁生心里反倒有些不舒服,这说到底也是他靠弄虚作假才得到的结果。

"潇洒叔,我知道我没什么资格参与村里的事,虽然咱们现在是平息了一时的矛盾,但是以前的恩怨还在,保不齐以后还是打架,咱们以后还是尽量搞好关系。"

"你说得对!"潇洒叔拍了拍李铁生的肩膀,"看你这娃长得憨,没想到还挺聪明的!可惜啊,就是没什么文化,你要是多念点书就好了,何至于跟我们一样在这干装卸工呢?"

其实,李铁生也想念书,他从小就有一种探求知识的渴望。可是母亲身体不好,家里的钱大部分都给母亲看病了,他也想早点为家庭分担些负担,便连中考都没去。

灵秀在电话里听潇洒叔说李铁生受了伤,在家里炖了些排骨酸菜送了过来。她先把饭菜端出来放好,又神神秘秘地来到了李铁生的床边,有些羞涩地笑道:"猜我给你带了什么?"

李铁生摇摇头,灵秀这才从包里拿出三本崭新的书——《平凡的世界》全三册。李铁生接过书,激动地说:"灵秀,太谢谢你了!"

"还有呢!"灵秀又拿出一本新华字典,"以后有不认识的字就可以查字典啦!"

18

因为脚踝受伤，李铁生不得不请几天假。

这是自打他来到货场以来第一次请假，也让他从繁重的工作中暂时解脱出来。他拿着灵秀带来的书，顺着牵出线（是为列车解体、编组、转线调车作业而专设的牵出式调车线路）走到货场外，从一个小坡上下去，来到了一片小树林。脚上的伤让他没法健步快走，只能慢慢地散步。李铁生找了块大石头坐了下来，休息片刻后才感觉到在这粗糙的石头表面已经有了一些太阳的温度。

前两天，这个地方还是春寒料峭，初春的小雨还带着雪花。而今天，雨过天晴，林子里的空气像被雨水洗了一遍，夹杂着新芽的香气和泥土的腥味，让人心旷神怡。李铁生原本是来看书的，可现在，这股熟悉的气息让他不由得闭上双眼，细细品味，好久没有闻到这种味道了。记忆中，好像只有在自己老家村头的草地上，才能嗅到这样的气息。

天空很久没这么蓝了，一朵轻云飘在头顶，如同一缕淡淡的青烟，缓缓地飘动着。李铁生觉得白云飘动的方向仿佛是自己当初来到这里时的方向，云朵的终点或许就是自己的家乡。远处群山延绵，山顶上不知什么时候披上了一层毛茸茸的绿装，盯着山头看上一会儿，眼睛都能变得明亮起来。

李铁生又将视线移到了不远处的铁路上，阳光照射着钢轨的踏面，反射出白色的光芒，这比他曾经见过的所有灯光都要亮。

忽然，一阵长鸣的汽笛，伴随着铿锵的旋律打破了此刻的宁静。李铁生知道，又有一列车皮要进站了。自己来这里的这么些天，还从来没有好好地看过火车。他赶紧起身，走到铁道边上调整了一下位置，确认自己站在安全距离，然后朝着火车的声音望去。果然，一台蒸汽机车牵引着几节篷车缓缓驶来，透过机车的驾驶室窗户，李铁生甚至能看到司机大致的模样，他似乎是一位大叔，面容慈祥，年龄大概与潇洒叔相仿。

李铁生感到很兴奋，他不由得朝着火车招了招手，很快，机车又响了一声汽笛，这声汽笛短促而柔和，那是火车司机特有的打招呼的方式。不知为什么，李铁生一开始就知道，这是司机师傅对自己的回应，这让他感到十分自豪。

火车越来越近，直到从他身边缓缓驶过，李铁生第一次近距离仔细观察了"上游"Ⅰ型蒸汽机车的外观。不过那时候，他还叫不出这些火车的名字。

李铁生看到，这台蒸汽机车乌黑而斑驳，深红色的车轮在连杆的带动下，驱动着整列货车向前推进着，车顶的烟囱里喷出灰色的滚滚浓烟，车的两侧则喷着白色的水汽，一股一股的，就像喘着粗气一样。望着这台看起来颇有年头的机车，李铁生首先想到的居然是辛勤耕耘的老黄牛。

这里是一段上坡，车轮偶尔出现打滑使原本均匀的节奏被打乱，一旁的李铁生吓了一跳。机车的驾驶室在正中间，车门敞开着，这让李铁生甚至有了一种跳上去看个究竟的冲动。在驾驶室的后面，挂着一个货箱一样的东西，上面装着很多煤炭，后来李铁生才知道，这也是蒸汽机车的一部分，叫作"煤水车"。

李铁生最感兴趣的是这列货车的尾部挂着的一节四四方方的如同小房子一样的车厢，猛地看去它有点像蒸汽机车的驾驶室，但是明显要低矮得多。车厢后端的通过台上，还站着一个身穿蓝色制服的工人，双手拿着红色和绿色的小旗。李铁生很喜欢这种小房子一样的奇怪车厢，不过他也叫不出名称，直到后来才知道它叫作"守车"。

很多年以后，当李铁生来到铁路展览馆，看着那些少年时见过的遥远而陈旧的展品，他总能回想起第一次仔细观察火车时的情景。他记得，那是1996年的初春，自己在这座山沟里的货场工作，而中国铁路正渐渐走向变革的前夜，只是身处在内蒙古荒凉的专用线小货场的李铁生还没有感受到这些。

列车走远了，李铁生还望着渐渐远去的守车出神。忽然，他听到灵秀那柔而脆亮的声音："铁生！你咋在这？"

李铁生朝灵秀看过去，笑着招了招手："我本来要在这儿看书，正好火车经过就来看看。"

灵秀提着篮子边走边笑道："火车有啥好看的，这玩意儿天天见，有啥稀奇的？"灵秀今天穿着一件淡灰色的大衣，里面是碎花白衬衫，显得活泼可爱，细而淡的眉毛使得她透着几分秀雅，若是仔细端详眉毛，像被刻意整理过。

李铁生若有所思，微微笑道："你有没有觉得，那个火车头像是活的一样，边走边喘着气，看起来好累。"

李铁生的这番话，让灵秀的笑容荡漾开来："什么活的，那个火车是烧煤的，是老火车了，好多地方都不用了，现在人家用的都是烧柴油的内燃机，还有电力机车呢。咱们这是条专用线，给那家厂子运货的。听说陇海线可长可长了，那儿的火车头全是电力机车。"

李铁生听着这些陌生的名词，脸上写满惊讶与钦佩："你懂得可真多。"

"哪有，你还没吃午饭吧？快尝尝我娘做的肉夹馍，可香了！"灵秀一边说着一边从篮子里把肉夹馍拿了出来塞进李铁生的手中。

李铁生接过来，有些难为情："你这几天总是给我送吃的，还亲自跑过来送，真的挺不好意思的。"

"羊肉得趁热吃，你赶紧吃吧。"灵秀笑着，没理会他的客气。

"谢谢你啦，灵秀。"李铁生咬了下去，肉香在口中四溢，"真香！"

"我妈的手艺不错吧！"灵秀自豪地说。

"嗯！"李铁生一边吃一边说，"你给我送了这么多东西，我刚开工资了，等我脚好了，也给你买个礼物吧，不知道你想要啥？"

灵秀连连摇头："我啥都不缺，倒是你，都四月了，还穿着一身棉衣棉裤，得买一身新衣裳啦！"

李铁生有些舍不得买新衣裳，他想把这钱攒着，等到脚好了就请假去趟外面，把这钱寄给父母，也得写信告诉父母他在外面找到了一份工作，不必担心他。可是，灵秀说得也对，自打前几天开始，干起活来身上就不停地冒汗，汗流太多弄得他都快没力气了，场里虽然发了工作服，但是里面也得有个贴身的衣裳，是得买一身新衣裳了。"灵秀，你知不知道这附近有没有什么地方买衣裳便宜？"想到这里他问。

"我知道。"灵秀想了想说，"但是告诉你，你也不认识路，干脆咱们一起去吧。"

"怎么能总是麻烦你？"李铁生颇不好意思。"哎，不麻烦，你去了还能帮我拿东西呢！"灵秀说得很在理。

"行，那咱们去镇上还是县城？"李铁生想想也对，便接受了提议。"去县城干吗？要去就去青城。"灵秀说。

"啊？买个衣服还专门跑一趟省城。"李铁生不解。"不是专门，我早就有计划，最近要去省城转转，索性你跟我一起去喽。"灵秀解释道。最后，两人一拍即合。

在脚伤好得差不多的时候，李铁生跟潇洒叔请假："明天我要去青城买身衣服穿……和灵秀一起去。"

潇洒叔爽快地同意了，像以往那样在络腮胡子下面露出两排白牙："好呀，你身上的钱够不够用？不够的话，先从我这里拿！""多谢你，潇洒叔，我的钱够用。"

潇洒叔点点头："不够就张嘴说……对啦，你看着点灵秀，别让她买什么电影明星的海报啦，家里都快贴满了，还有磁带！"李铁生笑了笑："灵秀喜欢哪个演员呢？"

"曹明。也不知道那小子哪里帅，把我娃迷得不行，要我说那小子长得连个男子汉都算不上！"潇洒叔对于灵秀追星一事感到非常不解，"你说她喜欢人家有什么用？人家也不给她钱，反而她还得花钱呢！"

"叔，现在年轻人中就流行这个。"李铁生憨声憨气地说。

"流行啥还不都得吃饭睡觉，这种东西有什么用吗？"潇洒叔不屑道。

李铁生摇了摇头："时代不一样啦，不像你们那时候连吃饱都成问题，现在的年轻人已经吃饱穿暖了，就开始追求精神生活啦！"

潇洒叔哈哈大笑："我是争论不过你们，看来还是你们年轻人能聊得来。这回去青城，你让灵秀多带你逛逛青城，不着急，天黑之前回来就行！"

灵秀一大早就在货场外的路边等着李铁生了。她身穿黑色毛料大衣，里面穿着粉色高领针织衫，下身是牛仔裤，黑皮鞋。一直都扎起来的长发今天披在肩上，看起来时尚又端庄。

李铁生跑过去，一身旧棉袄棉裤与灵秀站在一起，反差巨大，相当别扭。这身衣服不仅旧，还因为工作出现了一些磨损，虽然不易察觉，但对于穿它的人来说内心非常窘迫。

李铁生怕自己给灵秀丢脸，走路的时候刻意与灵秀拉开了距离。

"你这是干啥？怎么突然离我那么远？"灵秀问。

李铁生挠了挠头："我穿的这一身太破，怕让你……"

还没等李铁生说完，灵秀就已经凑到了他身边："我知道你穿着这身衣服怕给我丢脸，但是我觉得挺光荣的。"

"为啥？"李铁生惊讶地看着她。

灵秀的脸上泛起两个小酒窝，笑道："因为这衣服是劳动才搞成这样的，劳动者最光荣！"

19

乘坐大巴车，大概一个小时就到达青城。

李铁生第一次欣赏这座城的美景。这是一座碧水环绕的城市，天朗气清，春意盎然，处处可见刚刚抽芽的绿树，点缀在高楼林立中，为这个城市增添了几分灵动。山脉逶迤蔓延，清晰可见一片青绿衬着高远蓝天，辽阔美丽。

此时，四五月的春风取代了冬日的萧瑟凄凉，和煦的阳光取代了满天的阴云。对于李铁生来说，巨大的遗憾已取代了当时迫切的思念。只是，这两份心情同样令他无法承受，但是又不得不去承受。

"铁生，你怎么了？"灵秀问。

李铁生从回忆中挣脱出来，现在并不是消沉的时候，他尽量把王小梅的脸从脑海中拖出去，可是脱口而出的仍然是："小梅……"

"什么？"灵秀眨了眨那双秀丽的眼睛，"小梅，小梅是谁呀？"

"是我认识的一个人……"李铁生向来不愿意说谎，但是他更不愿提及自己的伤疤，"我刚刚看到一个人，跟她长得有点像。"

"说不定就是她呢？你可以走近点去问清楚啊！"灵秀提议。

李铁生叹了口气："她不可能在这里，灵秀，我们去逛逛吧。"

灵秀笑了："走，你知道劝业商场吗？那儿的衣服又便宜又好看，我带你去！"

李铁生离开青城有一段时间了，他原本觉得，因为自己上次与这座城市有过一次邂逅，这次故地重游多少会有些熟悉感，然而今天，他的眼里却满是陌生。

青城是一座古城，有着两千多年的历史，青山脚下的人民世世代代生活在这里，创造出了灿烂的文明，是中华民族发祥地之一。战国赵武灵王在此设云中郡，北魏在这里定都，辽、金、元时期在这里建丰州城，明代蒙古族首领阿拉坦汗在这里建库和屯。这里又是丝绸之路的必经之地，随着清代中期的到来，旅蒙商号的兴起，这里成为北方的商贾重镇。"小部梨园同上国，千家闹市入丰年"，这优美的诗句就是描绘这里的一片繁荣景象的。

作为少数民族自治区的首府，青城也是一座草原文明与农耕文明交融发展的城市，千年来发生在这里的故事，书写着中华文明的磅礴史诗，也是人类历史的重要篇章。

李铁生和灵秀坐在公交车上，望着窗外，两个人都没有说话，只是静静地透过车窗欣赏着城市的街景。他们这一趟短暂旅程只是管中窥豹，但街巷中林立的传统建筑已让人感受到那份历史的厚重气息。关于青城的历史，李铁生之前也略知一二，而今天他终于有机会细细地品味青城，这座城让这位山里走出的年轻人备感震撼。

两个人下了车，来到了劝业商场的门前，灵秀拉着李铁生眨了眨眼睛，说道："铁生，一会儿我砍价的时候，你就别说话啦，遇到喜欢的你就装作不喜欢，这样咱们好砍价！"

"好。"李铁生跟在灵秀的身后，看着商场里各式各样的服装，一阵眼花缭乱，他之前的衣服都是在大集或是县城的小摊上买的，没什么新款式，如今这样式一多起来，反而让他不知该选哪一件了。

好不容易看上一件上衣，一问价格竟然要五十块，这比他半个月工资还要多，他马上就往外走，灵秀就跟了上去，笑着说："咋啦？刚才那件我也觉得挺好看的，你喜欢吗？"

"不喜欢，再看看吧。"李铁生苦笑道。

灵秀说："没事，看我跟她砍价！"

回到刚才的店铺里，灵秀开始跟售货员砍起价来，你一言，我一语，争论得相当激烈。李铁生以为照这个架势下去，这两个人八成要打起来，但没想到成交了，以十五块钱的价格。售货员拉着张脸把衣服递给了灵秀："你这闺女可真能说，算了，就当我赔钱给你了！"

"你这么厉害？"买完了衣服，李铁生对灵秀赞叹道。

"那可不，我砍价可在行了！这也都是我多年积攒下来的经验啦！"

看着灵秀那笑盈盈的样子，李铁生说："你可真活泼。"

灵秀一扭头问："那你说，活泼好不好？"

"当然好！"听到李铁生这么说，灵秀又兴冲冲地拉着李铁生去了几个地方，把一身上下的衣服都买齐了，总共花了三十五块钱。李铁生很心疼，这是他小半个月的工资，加上这个月还请了几天假，想给父母寄钱，就得等到下个月发工资了。

不过，人靠衣服马靠鞍。当李铁生换上一套新衣服站在镜子前的时候，的确比以前精神不少，因为在货场干了这么久体力活，原来偏瘦的身材已经有些肌肉的轮廓，加上他本来个子就高，腿也修长。灵秀不住地夸李铁生帅气："不错嘛，还真有点电影演员的架势呢！"

"你可太夸张啦！"李铁生的脸瞬间就红到了耳后，还从来没人这么夸过他。

灵秀认真地盯着李铁生："我说的是真的！我觉得你就像曹明一样帅！"

"我哪有人家帅？"不过说到曹明，李铁生突然想起在商场的一楼好像有卖明星海报的文具店，便说，"下楼逛逛。"

来到了文具店，李铁生找到了曹明的海报，他问了老板娘海报的价格，觉得太便宜，送不出手，又趁着灵秀看别的东西的时候问："印有曹明照片的文具什么的，还有贵一点的吗？"

"有笔记本，封面是曹明的。"说完老板娘翻出一个装订精美的笔记本。李铁生拿着看了看，曹明穿着一件绿色西装，头发整洁帅气，散发着一种优雅的气质。他心中不免叹，大家虽然同在一个地球上，却仿佛生在了不同的世界。

这时，灵秀凑上来说："这不是曹明吗？""你觉得这个好看吗？"李铁生问。

灵秀点点头："好看！""那就买这个了。"李铁生爽快地付了钱，然后递给了灵秀。灵秀又惊喜又激动："要送我？"

"是啊，你这段时间对我这么照顾，我早说要送你个礼物了，就是礼物不算贵重，你不要嫌弃。"李铁生笑着说。

"才不会呢！你怎么知道我喜欢曹明？"灵秀抱着笔记本认真地看着。

"我听叔叔说的。"李铁生张口就将潇洒叔"出卖"了。

灵秀撇了撇嘴："我爸这人呀，怎么什么都往外面说呀！"

逛完了商场，两人又来到了新华书店，灵秀一头扎进了小说中，而李铁生逛了一会儿，一本书吸引了他的目光——《中国铁路建设史》。

这段时间他刚好对铁路很感兴趣，而这个书架上全都是关于铁路的书籍，他心中一阵激动。他拿起来翻阅了几页，很快便沉浸在了书中，铁路建设的神秘面纱渐渐在他脑海中揭开，让他的心中生出更多的好奇与求知欲来。

"铁生，原来你在这里，我找了你好久啦！"灵秀手撑在膝盖上低头看着李铁生手中的书说，"你在看有关于铁路方面的书？"

"是啊。"李铁生头也不抬地回答。

"这些书里的知识点都是专业的人才能看懂的吧？"灵秀疑惑。

李铁生这才合上书说："专业的人一开始不也是看不懂吗？学了才懂。"

"也是。"灵秀点点头，"时间不早了，我们得赶快走啦，要赶回去的车。"

李铁生依依不舍地将书本放回去，但是刚走出了几步又折返回来，他拿起了几本书，看了看定价，犹豫了一会儿，又似乎狠了狠心，便拿起几本书走向了柜台。

20

灵秀跟在他的身后来到了柜台，售货员告诉李铁生一共是三十二块钱。李铁生爽快地付了钱。

灵秀略带惊讶地拉着李铁生："铁生你干吗呀，怎么一下子买这么多书？"

刚刚李铁生在买衣服的时候舍不得花钱，现在竟然如此大方。

"这几本书都是基础知识，想要初步搞明白铁路修建的问题，这些书必不可少。"李铁生一边说着一边看了看身上的衣服，觉得懊悔，早知道就不买衣服了，破棉裤还可以再凑合一个月。他捧着几本书，如获至宝，想到这沉甸甸的分量里都是有关铁路的知识，就不由得加快了步伐，他已经迫不及待地想要好好钻研一番了。

坐在回去的汽车上，灵秀捧着笔记本看曹明的照片，怎么都看不够，而李铁生则心无旁骛地读《铁道基础》。

"你看天上的晚霞，多漂亮呀！"灵秀推了推李铁生。

"嗯，好看。"李铁生头也不抬。

"你看外面，这里是我的高中。"灵秀继续说。

李铁生点了点头，对于灵秀的屡次打断他虽有些恼火，但还是耐心地一一回答。

"小伙子，没想到你换了身衣服还不赖嘛，帅气！"回到货场，潇洒叔看到李铁生一身新衣服说。

"灵秀帮我选的，多亏了她，要不然我在青城还不得无头苍蝇似的打转。"李铁生在昏黄的灯光里揉了揉眼睛，合上了书本准备洗漱。

"这是啥嘛？"潇洒叔翻开了李铁生桌上的书，里面净是密密麻麻的字，"你小子看得懂吗？"

"还行，先从最基础的看起。"李铁生把牙刷放进口中。

"你买这些书干吗？这些书不便宜吧？"潇洒叔翻了翻定价。

"不便宜，可是我每天看着火车进站出站，就想知道铁路是怎么修建的。"李铁生咬着牙刷说。

潇洒叔笑道："你个装卸工，还好奇这个？不过不是有那么一句话吗，不想当将军的士兵不是好士兵，保不齐你以后还能当个工程师呢！"

李铁生知道潇洒叔是打趣，便说："初中生都能当工程师，那要大学生干吗，来当装卸工？"

话是这么说，李铁生也并没有什么当工程师的远大抱负，但是他仍然每天泡在书里，只要干完了活就一个人躲在房间里，或者是树林旁边继续钻研。身边的人知道李铁生成天捧着一本书，总是说他好高骛远，有这闲工夫还不如多和他们打几把牌，李铁生就笑笑。他们哪知道兴趣是最好的老师，李铁生看书的时候，比参加打牌这种娱乐活动更快乐。

除此之外，他也开始研究内蒙古地区乃至整个中国的铁路线路，他看着《中国铁路建设史》里的全国干线铁路线路图，津津有味地研究起来。他第一眼看到的就是京包线，灵秀之前跟自己说过，这条铁路从北京经河北张家口、山西大同、内蒙古青城，最终到达包头，是通向中国西北地区的铁路干线。这条铁路起初的一段叫京张铁路，是中国铁路之父詹天佑作为总工程师建设的。在那个兵荒马乱的艰苦岁月，他克服了无数地质上的困难才修建完成，世界著名的"人字形铁路"就在这条铁路的八达岭地区。李铁生小的时候还学过这篇课文，当时他就为詹天佑的艰苦奋斗与创新精神所感动。

每当他站在铁路边上，摸着那光滑厚重的钢轨时，就好像摸到了历史车轮驶过的痕迹，也摸到了中国铁路发展至今每一位铁路人的心血与汗水。如果祖国是母亲，那么铁路就是祖国母亲的脉搏，他好想将这脉搏延伸得更长，更宽广，让每一寸土地上的人民都能够享受最便捷的出行服务。

他看着自己那双手，好像突然就滚烫起来。

中国的铁路有个特点，虽然全国的铁路已经算得上是四通八达，但大都集中在中部和东部地区，而西北地区可能因为地质复杂，铁路干线显得很稀疏。从青城再往西，地图上出现了一片小点点，那是处于沙漠与戈壁地带的阿拉善盟，铁路线到此就终止了。他觉得这个地方地广人稀，有丰富的煤炭资源，却没有一条可以通往当地的铁路。

除了偏远地区没有铁路外，他还注意到，一些县城和乡镇都没有铁路。比如他的家乡金山镇没有铁路，县上唯一的火车站在石门子村，但是金山镇和石门子村没通几班车。想要到青城去就得先到包头，再坐火车或汽车，但是这样的辗转倒车给家乡人的出行造成很大的困扰。

就没有什么办法可以在北部高原修建出更多铁路，在沙漠或者戈壁，以及像他家乡那样的小镇上也开辟出线路吗？李铁生一边嚼着馒头，一边看着地图。他已经渐渐意识到了铁路的重要性，就拿自己见到过的例子来说，交通不便使得不少孩子从初中开始就放弃了学业，老人生了病也不方便去省里的大医院。交通线路匮乏，使他们生活在封闭的小山村里，难以更好地发展。想到这里，他的心中生出一个念头，他想为家乡的铁路事业做些什么，可是他能做些什么呢？

铁路基础知识，李铁生尚能明白一些，但是中间涉及的工程专业知识让他犯了难，他只有初中文化，连一些概念和名词都看不明白。

刚好，灵秀又来货场了。自打李铁生的脚受了伤，她就总来货场给李铁生送饭，现在李铁生的脚好了，她却来得更频繁了。李铁生问："灵秀，你念过高中，能不能辅导我？"

灵秀挠挠头发："我在村里代课，就是教教小学的知识，你要我辅导什么呀？再说你都不上学了，还学习什么呀？"

"高中的数学和物理，你可以教我吗？"李铁生认真且诚恳地问。

灵秀有些为难地说："可以是可以，就是我只能教你一些基础知识，因为我学得也不好，要是好，我就考上大学啦！"

"那就多谢你啦，灵秀，你会多少就教我多少吧！"李铁生高兴地说。

自打开始辅导李铁生之后，灵秀几乎每隔一天都会来一次货场，她翻出高中时的课本，耐心帮李铁生讲解。她发现，李铁生对很多初中的知识掌握得不好。虽然基础不好，但是很聪明，很多知识一点就透，甚至就连最难的函数学起来都没有太吃力。"铁生，我发现你真聪明，我念高中的时候，学得都没有你这么快。"她不由得称赞道。

李铁生摇了摇头。他的脸上挂着两个黑眼圈，因为晚上的灯光不好，看不清书，他就主动与人调换成大家都最讨厌的夜班，好留着白天的时间看书，经常一学就是一下午，晚上又直接去干活，睡眠严重不足。"我为了学会，牺牲了不少睡觉的时间呢！"他说。

灵秀相当不解："我真不明白，你拼命学习这些有什么用？"

李铁生笑了笑："我想参与铁路修建的工作。"说完他挠了挠头又说："也许这只是一个梦想，但我还是想努力试一试。"

"你真的能行吗？"灵秀有些担心地问道。

"试试呗，"李铁生笑道，"从小上学老师不都讲过吗，将来长大要成为有用的人才，要报效祖国嘛。"

"那我支持你！"灵秀也笑了起来，露出一排洁白整齐的上牙，两只眼睛眯成了一对弧线。

日子一天天过去，李铁生掌握的知识也越来越多，随着对铁路的了解逐渐加深，他对铁路也产生了一种特别的情感。此时，老蒋的身体痊愈，他回到了货场。

按照之前对大家的承诺，李铁生的临时工生涯也该结束了。

21

老蒋回到货场的第一天，潇洒叔给他重新排了班，安排了一个最清闲的工作。

老蒋走到站台里面，就看见李铁生正在卖力地搬运着一袋袋水泥，看他那熟练的动作，老蒋明白李铁生已经完全适应了货场的工作，在他养病的两个多月时间里，已经代替了他的那份工作。

"老蒋叔，你回来啦？"一个拉着手叉车的工友走了过来，关切地对老蒋打招呼，"怎么没多歇几天？"

老蒋看上去比之前白了不少，经历了一场手术，身体也瘦了不少，他连连摇头："可不敢再歇了，这一场病花了不少钱，再歇下去家里就要揭不开锅了！"

"可是咱们工作这么累，你身体能吃得消吗？"工友担心地问。

"吃不消能咋办？除了种地就这一个营生，不干也得干！"老蒋叹了口气。

工友点点头："你说得对，咱从年轻就在这货场当装卸工了，除了干这还能干什么呢？"

这一番话让老蒋对工作感到焦虑。他在这货场干了十多年了，自己已经年过半百，要是在这个年纪没了饭碗，以后养老怎么办？这一次生病再回到货场里，哪怕是清闲的工作也让他感到有些吃力，若是场里再招几个像李铁生这样的年轻后生，像他这样的不就失业了吗？

这还不算完，当老蒋来到伙房吃饭的时候，这才听人说，场里已经不再像以前一样开固定工资了，干得多工资才多，干得少就少。老蒋心里更慌了，他从前觉得干多干少一个月开九十块钱是理所应当的，现在才觉得那时候的日子有多幸福。"这工资改革到底是怎么回事呀？"老蒋急忙问身边的工友。

他这才知道，原来在自己休班看病的时候，前营的人跟后营的人打了一架，正是这一架让李铁生受了伤，潇洒叔用李铁生受伤这件事，威胁前营的人同意了工资改革。这确实对他们后营的人有好处，但是另一部分像他这样上了年纪的装卸工该怎么办？等到以后体力越来越差，再上哪找新的饭碗呢？

一想到这里，他就更加厌烦李铁生这个外乡人。

干完了一天的活，老蒋找到了潇洒叔要求调换岗位。"这怎么行？老蒋，还是等你恢复好了再说吧。"潇洒叔不解地看着他。

老蒋不声不响地往潇洒叔的床沿上一坐，熟练地卷了一支烟点着抽了起来。正在床上看书的李铁生朝老蒋打了声招呼，并未得到回应，他便再一次埋头到书中去了。

潇洒叔看着老蒋，大概猜出了一些心思："老蒋，你不在的时候咱们场里是有些改革，我也知道你想挣钱，你要是坚持想调岗，我就帮你换一个，但你要是觉得不舒服，就再调回来！"

老蒋沉默了一会儿，才闷闷地咳嗽了一声："工资改革的主意是谁想的？"

这主意表面上是潇洒叔想的，但事实上是李铁生想的。潇洒叔说："这是我和场里的领导商量的。"

老蒋叹了一口气："张潇洒你这改革倒是没什么不对的，不过等有一天你也病了老了，你就知道难了。"

说完，老蒋就离开了潇洒叔的小屋，他听场里的人猜测，这个主意有可能是李铁生想出来的。为什么呢？因为这么多年来都没什么变化，怎么他李铁生来的这段时间，一下子就发生了这么多事？这可是几十年来货场的第一次改革。

李铁生合上书本对潇洒叔说："也不怪老蒋大叔生气，这个改革确实伤害到了一部分人的利益，你说咱们当初是不是有些考虑不周呢？"

潇洒叔回答说："改革是迟早要改的，现在好些个工厂早就开始计件算工资了，就算是我不提出来改，以后也得改。咱们现在改，主动改，还能参与到改革方案的制订里头，能弄到一点主动权，等哪天上头强行要改了，咱们可就被动了。"

李铁生点点头。

潇洒叔又说："现在老蒋回来了，你原本就是给老蒋替班的，就算是我不提，领导也不提，总会有工友提出来，可能到时候你就要走了。"

"我知道。"李铁生的眼睛依依不舍地停留在床上的那本《铁道基础》上，"潇洒叔，你说有没有什么办法能让我留下来？"

潇洒叔听到李铁生这么说，心里还是很高兴的，转而问道："这里的活又苦又累，你为啥想要留下来呀？"

李铁生诚恳地说："因为在这工作的两个月里，我有点舍不得你，舍不得大伙儿。再说，我现在发现自己慢慢喜欢上火车，喜欢上铁道了。"

"你舍不得我，舍不得大伙，还舍不得铁道和火车，就这些？"潇洒叔反问李铁生，语气有一点刻意，"除了这些，还有什么让你舍不得的人或者东西吗？"

"当然有，哦对，我对这个车站也有感情，舍不得。"李铁生补充道。

潇洒叔听李铁生这么说，叹了一口气躺下了。

人要开始干重活，身体总需要个适应的过程，更何况老蒋手术过后就一直卧床休息，现在扛起货物就双腿发颤，更别提往车厢里装载货物。可是他非要怄这一口气，还不到一个上午的时间，就累得脸色发白，身体发虚。

他现在更有了一种急迫感，如果领导迟迟没有让李铁生离开的话，那么就等于开了招外地工的这个先例，年轻后生越来越多，他不就越来越没活干了？所以他在心里打定主意，找几个跟他一样年老体弱的，一起集合起来去找领导，让李铁生走人。

"老蒋大叔……"不知什么时候，李铁生出现在自己身后。

"干什么？"老蒋不客气地回应了一句。

李铁生倒没生气，反而说："我手上的活已经干完了，我怕你身体一时还没适应，就帮你干点，我干的都算你的！"

老蒋觉得，李铁生之所以这么说，是因为怕自己去找领导把他赶走，就相当不客气地把李铁生打发走了。

这时旁边的工友说："你不让铁生帮你干点儿？他经常帮我们分担些活。"

老蒋撇了撇嘴："你们傻不傻呀？他之所以帮咱们干活还不是因为想留下来。我今天中午就去找领导说说，不能再这样下去了！"

22

中午，老蒋又联络了几个工友，来到了冯金山的办公室门前。刚好冯金山去场里开会，办公室没人。潇洒叔吃完了饭从伙房一出来，看到主任办公室门口围了几个人，便走了上去，问道："老蒋，你们这是干啥呢？"

老蒋干脆直说了："张潇洒，我看你也就别揣着明白装糊涂了，李铁生是个帮我替班的临时工，现在我已经回来了，他是不是该走了？"

潇洒叔当时脸上就不乐意了："老蒋，我好歹也是咱们班组的组长，有什么事怎么不先跟我说？走，你上我宿舍去。"

把老蒋拉到了宿舍，潇洒叔这才说："我知道你心里合计啥，你不就是怕有李铁生这个外地工的先例，以后场里还会招，你们这些岁数大了的工人就没活干了吗？"

老蒋抽着烟沉默了一会儿，这才说："最主要的是这块地是咱们的祖坟，怎么能容许一个外地人在上面来回踩踏？"

潇洒叔看了一眼老蒋，心想，这块祖坟已经不知道被来来回回的火车碾压过多少次了，火车上面的人还少吗？不过他还是说："其实，我把李铁生这个后生留下来，也不光是要帮你替班的，我是看这个娃不错，也正好是我的同乡，而且我想着灵秀年龄大了，一直也没寻到一个合适的对象，我看他俩处得不错，他俩要是能结婚，李铁生入赘过来，不就也是咱们村的人了吗？"

老蒋没想到潇洒叔原来是这个意思："你早说呀，我何必还拉几个工友一起去找领导。这也不算是打破了招外地工的先例。"

潇洒叔笑了笑："你之前也没问呀！再说灵秀毕竟是个姑娘家，这事没成之前我咋能往外说？老蒋，你也先别往外说！"

"那是一定的！到时候我得去喝一杯灵秀的喜酒！"

送走了老蒋，潇洒叔也点起了一支烟。他眼看着灵秀隔三岔五就来货场找李铁生，然后这两人就一起待在宿舍里学习，这事他知道，所以不觉得有什么，可在外人看来，一个闺女家和一个男的，在宿舍里待一下午可不是什么好事。加上现在老蒋和一些工人都希望车站辞退李铁生，他得尽快知道李铁生到底是个什么想法。

和潇洒叔一样着急的还有他的女儿灵秀。她自打在篮球比赛上第一次看到李铁生的时候就已经心动，再加上后来一段时间的相处，更加觉得李铁生这个人很善良。除此之外，他的身上仿佛还有一种特别的品质，那就是坚韧，不管工作还是学习，李铁生都尽其所能做到最好。

灵秀觉得，自己可能真的深深地喜欢上了李铁生。

"你咋最近没事就往货场跑？"灵秀的母亲说，"货场里都是男的，你一个姑娘家的怎么能成天过去呢？"

灵秀一边收拾好书本放在包里，一边踏出家门："妈，反正爹在那儿，你还有什么好担心的？"她来到了货场，李铁生还没下工，她就坐在一旁的空地上看书。光头看到了，走过去拍了拍李铁生："铁生，你对象来了，要不剩的这些就我帮你干了吧！"

李铁生收起以往脸上的笑容，严肃地看着光头："光头哥，这事儿可不敢瞎开玩笑，对人家姑娘的名声不好。"

"我可没开玩笑。"光头在李铁生的耳边小声说，"你就别不承认了，人家灵秀一来你们两个就钻进宿舍里，大伙都看见了！"

这时，李铁生才意识到自己的行为有多么不妥，他光顾着自己想学习，却没想到可能引起的误会，一时间心里感到无比愧疚。他加快了手中的工作，干完了马上就去找灵秀。"灵秀，今天你咋来得这么早？"李铁生问。

灵秀微微低下头有些羞涩地笑了，说道："我去了趟别的地方，正好经过这儿，干脆就早点过来了，对了，上回让你做的题……"她怎么能说自己在家里待不住，一心想过来找李铁生呢？

还没等灵秀说完，李铁生就摇了摇头："我没做。"

"是太忙了吗？"灵秀奇怪地看着他。

"不是……是我不想做了。"李铁生又摇了摇头。

灵秀皱着眉头，她不明白一向求知若渴的李铁生怎么会没做题呢？以往他还会往下预习一部分知识，为啥呀？

"我就是不想学习了，我觉得太难，我也不一定会留在这儿了。你这段时间对我的辅导我很感谢，我想给你买点礼物作为报答。"李铁生不想坏了灵秀的名声才不让灵秀继续辅导他学习，出于保护灵秀的自尊，他只能这么说。

灵秀愣了愣："你确定要走吗？"

李铁生叹了口气："我倒是想留下来，但是之前说好的，老蒋大叔回来了我就得走。"

灵秀捻起一绺碎发在指尖掐了掐，用很轻的声音说："铁生，要是你走了，以后会不会想我？"

"当然会！"李铁生毫不犹豫地回答，因为灵秀是他的好朋友。

灵秀抬起头，脸颊被夕阳映得绯红，一些话已经憋在她的心中好久了，让她吃不好也睡不好，她害怕李铁生很快就要走了，便再也没有机会说了。她犹豫了一会儿，这才说："铁生，其实你要是想留下来的话，也不是不可以，我爸也是外乡人，他和我妈结婚所以才留下来的。"

李铁生看着灵秀没说话，灵秀的手攥着皮包的带子握成了一个拳头："铁生，我……我喜欢你。"

李铁生的大脑顿时嗡了一下，他这才开始回想起以前跟灵秀之间的种种，他这个木头疙瘩一心都扑在工作和学习上，早就该发现灵秀对他有意思了。

"铁生，你咋不说话了？"李铁生看着灵秀那含着一汪水的眼睛，不知该怎么说才能让灵秀不伤心。

23

"灵秀……我其实……"李铁生吞吞吐吐地说。

"铁生，我知道今天跟你说这些太早了，可是要是晚了就没有机会了。"灵秀的声音显得有些慌乱，她迫切地想知道李铁生此时内心的想法，"你对我的感觉呢?"

"对不起。"李铁生的这一句话几乎让灵秀不敢相信,她本以为这么长时间的相处,李铁生多少会对她有些动心。"灵秀,我不能接受入赘,我的父母也需要我照顾。"李铁生继续说。

"你休息的时候也可以回家,或者等父母老了就接过来一起住。"灵秀仍然不死心。

李铁生长长地叹了一口气,他认真地看着灵秀说道:"你是我来货场以后交的第一个朋友,你在我的心中也有着很重要的位置,我……"

不等李铁生把话说完,灵秀突然打断他问道:"那你就直接说,你喜欢我吗?"

"我……"李铁生支吾着,大脑里迅速重新组织了一下语言,回答道,"灵秀,你知道,喜欢其实分很多种的,我喜欢你这样的人,我把你当成真正的朋友。"

灵秀看着李铁生的双眼,他的目光很温柔,很友善,甚至充满着爱意,但是灵秀能辨认出来,这种爱意太过广博了,那并不是对自己的爱。灵秀也明白李铁生说这话是什么意思,她的眼眶开始湿润,说话的声音也变得有些哽咽。"是我哪里不好吗?"她还是不甘心,于是低声问道。

"不是!"李铁生焦急地解释,"不是你不好,而是……我实在忘不了一个人……"

"小梅?"灵秀立刻问。

李铁生吃了一惊,但又想起自己曾在青城时脱口而出的"小梅"两个字,灵秀是个聪明的姑娘。"是的,我之所以能出现在货场,就是因为她。"李铁生将自己如何追寻王小梅的事情告诉了灵秀,"你哪里都好,你比小梅漂亮,比她有文化,比她活泼开朗……"

"即使是这样,你也不喜欢我吗?或者你可以试一试?你跟她之间,已经没有可能了。"灵秀依然不愿放弃。

李铁生没有回应,灵秀彻底死心了,脚步缓慢地向后退着,淡淡地说了一句:"那我走了,你保重。"话音未落,灵秀便转身要离去。

李铁生跟上去,说道:"我送你到门口吧。"

"你不要跟过来，不要。"灵秀毅然加快了步伐，傍晚的风吹凉了她脸上的泪。李铁生不声不响地跟在灵秀的身后，什么话也没说。

"我要走了，你别跟着我！"灵秀停下脚步回头大声说了这句话之后，便一路小跑地走了。

潇洒叔下了工之后没有回宿舍，而是回了家，他并不知道灵秀下午来找李铁生的事，还打算跟她商量一下跟李铁生的婚事。

晚上，灵秀妈做了一锅羊肉面片，潇洒叔呼噜呼噜地就吃完了一大碗，灵秀却几乎没怎么动筷子，潇洒叔问："灵秀，你今天是怎么啦？不舒服吗？"

灵秀摇了摇头："没事，我先回房间了。"

"你别走，爸今天回来是有话要对你说。"潇洒叔一把拉住了灵秀，在炕上坐下，"咱家也没外人，爸就开门见山地问你，你觉得铁生怎么样？"

灵秀低着头咬了咬嘴唇："他挺好的。"

潇洒叔嘿嘿一乐："你也老大不小了，我看你跟铁生处得也挺好，我也想让铁生留在咱们场里，要不我跟他说说，你俩发展发展怎么样？"

灵秀听到这里，顿时觉得心如刀绞。"我不喜欢李铁生，这事情别说了！"灵秀挣开潇洒叔的手就往屋里跑。

灵秀平常是个听话的孩子，如今这举动倒惹恼了潇洒叔，他提高了嗓门："村里有几家上门提亲的，你都不同意，看不上，现在李铁生这么好的孩子，你怎么还看不上？你告诉爸，你到底想找个什么样的？"

"我就是不喜欢李铁生！"灵秀生硬地说，眼眶发红。

"不喜欢人家？那你三天两头去找人家，是个人都能看得出来，你还要骗你爸吗？"潇洒叔一拍桌子，大声问道。

灵秀的眼泪又掉下来了，她终于忍不住放声哭了出来："好啊，那我就实话告诉你，我喜欢李铁生，可是我今天下午已经问过他的意思，他说他已经有了一个喜欢的人，所以他不能接受我。"

潇洒叔心疼而吃惊地看着灵秀："他真这么说？"

"真的。"灵秀微微抽泣着。

潇洒叔怒气冲冲地说："你等着，我去找他问清楚。"

"你别去……"可是灵秀已经拦不住潇洒叔了。他连夜从家里赶回了宿舍，

"砰"的一脚踢开了门，把李铁生从被窝里给揪了出来："铁生，我平常是怎么照顾你的？我还救了你一命呢！你怎么能伤我闺女的心呢？"

李铁生从睡梦中清醒过来："潇洒叔，我的确伤了灵秀的心，我也觉得很愧疚。"

"你现在知道愧疚？早想什么了？你让我闺女天天来给你辅导，现在她是日久生情了，你呢，你不负责了？"

李铁生低着头站在潇洒叔面前说道："对不起。"

"对不起有什么用？"潇洒叔加重了语气质问道，"你知不知道，场里的人都是怎么传你俩的事的？你现在上嘴皮碰下嘴皮，一个对不起就完了？"

李铁生看着潇洒叔的眼中并没有丝毫怒意："潇洒叔，你是我的救命恩人，我也确实伤了灵秀的心，你要是实在生我的气，你就打我一顿吧。"

本来潇洒叔立马挥起拳头，作势要打，而铁生也本能地闭上眼睛，准备好迎接一记重拳。

"我真不知道该怎么说你！你现在还想着王小梅有什么用，她已经是别人的媳妇了！"潇洒叔使劲捏着拳头，却迟迟没有打下来，慢慢地，他松开拳头，长叹一声。他实在是下不去手，他爱自己的女儿，也打心眼里喜欢李铁生。

"可我就是控制不住想着她！"李铁生的眼圈发红，此时此刻，灵秀和小梅的身影一起交织在他的心里，让他内心五味杂陈，"我是想留下来，可我不能因为这个就去对灵秀说谎，这对她是不负责任的。"

潇洒叔重重地在床上坐下来，他点燃了一支烟递给了李铁生，李铁生不会抽烟，但也接了下来。两个人抽完了烟，再没说什么便都躺下了，可是这一夜谁都没能睡着。

第二天一早潇洒叔说："铁生，我也不瞒你了，前几天有几个工友找到我，说不想让你再留下来，咱们货场本来也有不招外地工的规矩……"

"潇洒叔，我明白你的意思，也不想让你为难。"李铁生平静地说。

潇洒叔点了点头。上个月的工资昨天正好开出来，既然领了钱也不必再去找领导了，李铁生收拾东西离开了宿舍。

24

李铁生就这么走了。

潇洒叔坐在空荡荡的宿舍里，望着李铁生睡过的那张旧门板搭成的小床，心里有点不是滋味。李铁生虽然来这里的时间不长，却帮他们整个班组分担了不少的工作，不管是谁有个小病小灾临时请个假，李铁生都能顶上去。作为临时工，他工钱也不算多，他干了那么多却毫无怨言，是个厚道后生，又聪明机灵，还帮队里解决了不少矛盾。可是一想到灵秀昨天晚上的眼泪，潇洒叔心里仍旧憋着一股火，本来他还想跟领导争取争取，把李铁生留下来，可一气之下还是让李铁生走了。

他顺手在床边摸出装烟草的袋子，刚要卷上，低头便看到被褥下面信封的一角。他把信封翻开来，里面有五十块钱和一张纸，打开那张纸，上面写着这样几句话："潇洒叔，我辜负了你和灵秀对我的一片心意，让灵秀那么伤心，我实在不知该怎么补偿。除去要还给我父母的钱，就只剩下这些，虽然不多，但是请你帮我给灵秀买个礼物吧！潇洒叔，你是我在外面见过最好的人，也是我的救命恩人，我永远都会记得你，祝你和阿姨，还有灵秀，都能安好，顺便麻烦叔替我给场里的大伙带个话，感谢他们的帮助和照顾。"

看到这里，潇洒叔的心里顿时开始翻腾起来，他生气是真的生气，可是又打心里更加欣赏李铁生了，看来自己还是没有看走眼，这孩子，既有仁义又有良心。

他从床上站起来，把信纸和钱都塞进口袋中，便匆匆地跑了出去。

李铁生走了才半个多小时，现在离开车站应该还没多久。潇洒叔不知道李铁生现在有没有坐上去省城的班车，只能加快步伐去追赶他，一个不留神就和大牙撞了个满怀。

"张潇洒，你跑什么呢？"大牙拧着眉头问，还是那浑不吝的语气，只是现在说起话来嘴里漏风，听起来有点滑稽，比以前差了几分气势。当然，大牙自己也感觉出了这一点，所以比以前更加嚣张。从前在场里只有一个人能听到他稍好些的语气，现在有两个人，其中之一是李铁生，他的救命恩人。

"我追李铁生呢！"张潇洒说完就要往前跑。他却被大牙拉住了，大牙问："追他干吗？"

"他不干了！"张潇洒甩不开他。

大牙愕然问道："那为啥？"

潇洒叔挣脱开大牙的手："三言两语解释不清楚，我现在要把他追回来！"

大牙一听是这么回事，便跟着潇洒叔一起去追李铁生，他一边跑一边问："铁生最近不是干得挺好的吗？怎么突然就走了？"

"这事说来话长，你就别问了！"潇洒叔上气不接下气地应付了一句。两个人很快就来到了大门外面，在不远处有一个能等车的小站台，李铁生正坐在那里等车。汽车已经来了，李铁生刚要上车便听到有人在后面喊："你他妈先别走！"

一听到"他妈"两个字，李铁生就知道是大牙，他回过头说："大牙哥，你怎么来了？"

再一看潇洒叔也来了，正脸红脖子粗地喘着粗气，他的脸红不光是因为跑步累的，也有点羞愧。

"潇洒叔……"李铁生有点诧异。

潇洒叔一把拉住了李铁生的手腕："铁生，是我不好，你别走啦！"

李铁生摇摇头："之前已经说好了，我只是个临时工，老蒋大叔回来了我就得走，我也不想让你为难，潇洒叔，感谢你这段时间对我的照顾，我还是走吧！"

听李铁生这么说，潇洒叔莫名地觉得鼻子一酸："我就问你，你想不想留下来？我知道你心里在生我的气，你留下吧，我帮你争取！"

还没等李铁生说话，大牙就抓住了李铁生的另一个手腕："就是的，咱们找领导商量商量呗！"

"大牙哥……"想到大牙之前对他那么反感，如今却要想办法帮他留下来，潇洒叔也一样，明明心里还对他有气，可还是把他拦住了，李铁生的眼圈也红了，"真的太谢谢你们了。"

回去的路上大牙就不住地埋怨潇洒叔："要我说你这个人就不适合当组长，不知道为啥当初都选你不选我，你他妈太武断了！你让铁生在这干的时候，不跟我们商量一声就自己做决定了，现在铁生干得这么好，还他妈帮咱们解决了那么大的矛盾，你倒是好，又一声不响让人走了，我看你别当组长了，办的什么事吗？"

潇洒叔没心思跟大牙拌嘴，他的手在口袋中捏着李铁生给他的信，还有那五十块钱，刚回到宿舍就把钱塞回到李铁生的手中："什么也别说了，这钱我绝不能要。"

看大牙因为着急去上工所以先走了，李铁生才说："我让灵秀那么伤心，心里实在过意不去，之前我是想让你帮我给她买件礼物，不管我走还是不走，我都想补偿些什么。"

"那你就自己给她买！我给她捎回去。再说买礼物也花不了这么多钱，你辛辛苦苦干这么久才攒下了这么一些，千万不能乱花。"潇洒叔没有再谈灵秀的事。既然这条路行不通就只能想别的办法把李铁生留下来了，他让李铁生先去上工，自己准备去找领导谈一谈。

下了晚班的人明明看见李铁生已经背着行囊离开了，交接班的时候就跟干白班的老蒋说了。老蒋一听心里就明白八成是李铁生和灵秀的婚事没谈拢，所以才走，他心里刚觉得有块大石头落了地，却再一次在货场里看见了李铁生。

"你不是走了吗？"老蒋问。

李铁生也如实把早上的事情告诉了老蒋，老蒋一听表面上倒没说什么，心里却已经怨气冲天。正好潇洒叔和大牙到办公室找冯金山商量怎么帮李铁生转正，老蒋就拉着一群跟他年龄相仿的工人来到了办公室，说什么也要让李铁生走。

25

两伙人撞到一起，办公室里的气氛顿时显得格外紧张。冯金山看着这么多人，觉得头痛，正好又赶上上面要开一个紧急会议，他没时间管这档子事，就先把他们都轰了出来。

经过办公室里这么一闹，关于李铁生的去留问题，便迅速在整个货场内传开了。后营的几个班组里，包括潇洒叔和大牙在内的大部分人，都赞成李铁生留下来，毕竟李铁生通过一些小策略帮他们摆脱了长期受前营的人欺负的困境，还帮他们分担了一些重活累活。人心都是肉长的，已经相处了这么久，他们早已经对憨厚热情的李铁生有了感情。

而以老蒋为代表的这帮人，以及前营的人，则说什么也不希望李铁生留下来，两队人就此争论了起来。潇洒叔作为代表提出了自己的观点："我知道大家都是想维护咱们村工人的利益，但现实情况是货场的活越来越多，要是指着咱们村的这些人把货场里的活全干完，是不是有点太困难了？"

这些话虽然引起了一部分人的共鸣，但是还有很多人不赞同，他们觉得就算是这些活烂在他们手里，也不该让外人来获得利益。

眼看着两队人为自己的事情争吵起来，李铁生心里不是滋味，他对潇洒叔说："因为我一个人给你们添了这么大的麻烦，我心里也不舒服，要不然……"这时大牙从后面拍了下李铁生的肩膀："要不然你就走吗？"

"大牙哥，那你说我还有什么办法？"李铁生叹了口气，他一想到那两根光溜溜的钢轨，想到那呼啸而来又奔驰而去的火车，心里又有点不舍。

"既然今天是我把你拦下来的，我他妈就有办法，你等着，我回去找我爹！"大牙说到做到，当天晚上就回家把事情跟当村主任的父亲说了。大牙的父亲年轻的时候也曾经在货场里干过二十来年，当初就是他跟冯金山提出货场里不能招外地人的这条规则的，所以一开始并没有同意。

大牙躬着背往炕沿上一坐："你这思想就是老古板！"

他父亲一听反问道："前阵子你不是还说要把来的那个临时工挤对走吗，怎么这会儿又变卦了？"

大牙把自己被李铁生救了的事说了，还指了指自己的豁牙："那天晚上要不是李铁生给我推到一边去，我就不止掉一颗牙这么简单了！但是我也不是光因为这个想让李铁生留下，我是觉得咱们场里的规定应该改改了，现在活越来越多，工人越来越少，我一天都快累成驴了！"

他父亲陷入了沉思。从货场退休八年了，他还真不了解现在场里的情况。他说："这样吧，明天我跟你到货场去看看，要是真像你说的，我就找冯金山谈谈！"

"嗯，好！"大牙把背往炕上的铺盖卷上一靠，一身的疲惫让他的呼噜声瞬间就打雷般响起来了。

第二天，大牙陪着村主任来到了货场中，看了一圈又问了一圈，看到大伙确实是忙得脚打后脑勺，村主任这才明白今时不同往日。他天天看新闻也知道这几年国家的经济发展迅猛，怎么就没想到货场也应该比以前更忙了呢？他拿着拐棍照着大牙的屁股上敲了一敲："看来是该改改当时的规定了，别看你小子平时总犯浑，关键时候还能办件人事儿！"

大牙这人不禁夸，这会儿又犯起浑来了："爹，这么多人呢……"

村主任又见了潇洒叔和李铁生，潇洒叔对他说了这段时间李铁生在货场里做的不少好事。他大为赞叹，把李铁生夸了又夸："我这就去找领导，争取给你留下来！"

大牙又突然想起了什么似的赶紧对他爸说："爹，你就算是要去谈，也得留点余地，就算是以后真能招外地工，招工也得优先考虑咱们村！"

"你爹我活了这么大一把年纪，这还不知道吗？"他爸没好气地说。

村主任刚要走，又被李铁生拦住了："主任，还有一件事是我刚刚想到的。我知道我没有资格参与货场的这些事情，但还是有个提议，对于那些已经年老或生病的工人来说，货场也应该对他们有些照顾，在工资上面稍作调整，毕竟他们已经为货场奉献了这么多年，不该让他们晚年心寒。"

村主任一愣，连忙拍了拍李铁生的背："行，你这提议真不错，我还正纳闷儿呢，我娃怎么能替你说话，怪不得，怪不得！"

村主任虽然已经在货场退休，但还是有些话语权的。他找到冯金山的办公室，冯金山一看是他来了，马上站起来笑脸相迎："老主任，您咋来了？"接着又把村主任让到椅子上坐下，自己这才回到座位上。

村主任把来意说明，冯金山马上点头："既然村主任都这么说了，就和二十年前一样，我同意！"

这也正好合了冯金山的心思，他正为难呢，村主任就出来发话了。"不过，老主任，还得麻烦你帮我劝劝那些不同意的工人，要不我这工作难做呀！"

村主任马上就同意了。当天中午，冯金山就在食堂召开了一次紧急大会，制订了一套新的方案。本村的人优先参与货场的招工，在招不满的情况下会考虑招外地人进来，对于年龄已经超过五十周岁并且工龄超过二十年的工人，计件工资适当上提，并且在老工人不退休的前提下，不会让年轻的工人将他们的岗位顶替。

大伙儿讨论了一会儿，这个新政策不仅让他们的危机感消失，也给了老工人更多的保障，加上村主任的威望，便纷纷同意了，李铁生也顺利留在了货场。

这算是怎么一回事呢？一开始，李铁生只是想离家出走，去遥远的地方找小梅，接着阴差阳错地来到了这座地处偏僻的货场。不过此时，李铁生才刚刚意识到，原来他自己和身边这些工友们虽然整天跟铁路和火车打交道，但他们都不是正儿八经的铁路工人。李铁生终于明白，他所在的这个货场，其实并不隶属于铁路系统，而是隶属于一座规模较大的水泥厂，就连他们的主任冯金山都不是正儿八经的铁路系统的人。

但不管怎样，此时的李铁生已经对铁路行业产生了浓厚的兴趣，他说不上自己是从什么时候开始有这种感觉的，或许是从那天与蒸汽机车相互致意开始，或许是自己翻开了那些关于铁路知识的书籍开始，他隐隐觉得，自己已经在冥冥之中与铁路产生了某种奇妙的情缘。但是，当时的他并不知道，在多年以后自己的这种感觉，居然真的应验了。

26

五一假期到了，高天琪坐在宿舍的床边，双手搭在书桌上听着窗外清冷的雨声。家在北京的同学都回家了，只有她因为离家太远，一个人孤零零地留在宿舍里。

不过，她觉得这样也好，安静的环境可以让她在这个节日里好好怀念父亲。她小心翼翼地将脑海中与父亲相处时为数不多的记忆都轻轻地捧出来，再细细地回想，生怕时间模糊了父亲那张年轻的脸。

高天琪的父亲曾经是一名铁路工程师，爷爷是中国人民解放军铁道兵的老干部。当初，服役于国民党军工兵部队的爷爷，看到国民党内部腐败涣散，毅然在连长的带领下起义投诚。

起义之后，接收他们的一名解放军政委给了他们两条路，一是脱下国民党的军装，领一些路费和干粮回家。当时，爷爷的老家已经成了解放区，乡亲们都分到了土地。另一条路，就是换上解放军的军装，投身中国的解放事业。

高天琪的爷爷上过学读过书，甚至还懂点工程方面的知识。年少时的他，也曾怀着一腔报国之志，也正因此，他才得以在国民党的工兵部队中混得一个少尉排长的小官。而现在，自己可以参加解放军，为这个国家真正地做点事了。于是，他选择了第二条路，换上解放军的军装，投身中国的解放事业。

后来，高天琪的爷爷从工程兵变成了铁道兵。抗美援朝时期，他参与了保卫志愿军铁血大动脉的行动，在一次美军飞机的轰炸中，险些丢了性命。回国后，爷爷被分到了机关。而高天琪的父亲，受到爸爸的影响，后来成为工程师。

与周跃平父亲坐办公室的工作不同，高天琪的父亲常常需要出差，进行实地考察。他与妻子和女儿聚少离多，把自己大部分的时间与精力都奉献在了铁路工作中。在一次去沙漠勘测的时候，因为事故便永远地留在了那片土地上，生命也定格在三十七岁。

所以，高天琪对父亲的感情不同寻常，甚至在亲情方面是有所缺失的。更多的时候，父亲在高天琪的心中是一个标杆，一个榜样。她因为这份对父亲的崇拜，所以对铁路产生了浓厚的兴趣。

正是这个未完成的梦想，让高天琪在高考报志愿时填上了土木工程专业。她不仅仅想要完成父亲的遗愿，也要完成她自己的愿望，因为她愿意将这份坚韧不拔的铁路精神传承下来。

想到这里，高天琪翻开了桌子上的书本继续埋头钻研了起来。

"高天琪，高天琪——"窗外淅淅沥沥的雨声中传来周跃平扯着嗓子的声音。高天琪打开窗户看到周跃平正举着一把伞笑眯眯地在楼下看着她。"你干吗？"她问。"高天琪，你下来！"周跃平笑道。高天琪随手披了件外套便下了楼，周跃平赶快迎了上去，把伞遮在高天琪的头上。

"下这么大的雨，你找我干吗？"高天琪一边说着一边从口袋中摸出一根皮筋把头发绾了起来。她几乎不记得和周跃平是什么时候认识的，自打有记忆起就天天跟周跃平玩在一起，在他面前也不大在乎形象。高天琪说道："我正学习呢。"

"我找你去食堂吃饭，看你这样子就知道你连早饭都没吃吧？"他问。

"懒得吃。"高天琪笑了笑。

"我要是不找你，你是不是午饭也不打算吃？"

高天琪伸了个懒腰："差不多。"

"走吧，咱们去食堂。"周跃平无奈地拉起高天琪的手腕，"就你还学土木工程？不知道好好爱护身体，看你到那艰苦环境里怎么坚持得下去。"

其实周跃平很清楚高天琪没有出来吃饭的原因，并不是懒，而是因为怀念父亲而心情沉重，这才特地把高天琪叫出来吃饭。

到食堂的窗口，高天琪刚打算点菜，目光便敏锐地瞥到了旁边窗口的那个高瘦的身影，他是秦风，高天琪的学长，从上个学期期末，教授才介绍他们认识，参与同一个铁道设计方案的研究。

高天琪马上把身子一背，躲到周跃平的侧面去了。

"这是干什么？"周跃平不解地问。

高天琪在周跃平的耳边小声说："我不想让他看到我不修边幅的样子，你帮我挡着点！"

周跃平回过头这才发现原来秦风正在另一个窗口点菜。从上个学期末开始，高天琪的聊天中就总是秦风长秦风短的，他有些不高兴。等秦风走了，他就问："至于吗？你碰到他就开始这么在意形象了？"

高天琪回头看了看这才说："我就是不想让他看到我这样子嘛！没洗头没洗脸的不好看。"

"谁说不好看？你就是没洗头没洗脸也好看！"两个人打完了菜端着餐盘来到另一个角落坐下来。周跃平看高天琪不时地用眼睛望向秦风那边，便故意打断了高天琪的目光："天琪，下周一晚上我们话剧社演出，我主演，就在咱们学校的剧院，我给你留了张票。"

"下周一晚上……"高天琪想了一会儿摇了摇头，"不行，那天晚上我有事儿！"

"什么事？这可是我第一次当主演！"周跃平自打大一就加入了学校的话剧社，当了一年半的配角，终于拿到了一个主角的剧本。

高天琪只好抱歉地说："我周一下午要跟教授一起研究课题，还不知道要多久呢，要是结束早的话我就去。"

"说定了！"周跃平从口袋中掏出一张票小心地递给了高天琪。之前他一直都没有跟高天琪说他最近在剧团的排练情况，就是想到时候让高天琪看到他在表演中大放异彩，对他刮目相看。

到了周一晚上，眼看着话剧就要开始了，周跃平在幕后焦急地观察着观众席，他给高天琪留的可是最前排的票，别人抢都抢不到，可高天琪迟迟没有来。

此时的高天琪正沉浸在铁路知识的海洋中，与教授以及其他同学就解决沙漠中铺轨问题讨论得热火朝天。当然除了知识之外，还有另一个人调动起她的热情来，就是坐在她旁边的秦风，她不断地提出新的问题与见解，甚至让秦风这个比她高一届的学长都不由得投来赞叹的目光，而这目光又频频让高天琪脸红。

讨论课题结束之后，高天琪刚打算离开，背后却传来秦风的声音："高同学，你这会儿要回宿舍吗？"

高天琪回过头："不……我打算去食堂吃个饭。"

"我也饿了，那咱们一起去吃吧，方便吗？"

秦风的声音既温柔又儒雅，不似周跃平那般活泼吵闹，却让高天琪的心激烈地震颤了起来，她简直不敢想象优秀的秦风学长竟然会主动找她一起去吃饭！

"那就一起去吧。"高天琪微笑着点了点头，虽然脸上不动声色，可心里已经激动得小鹿乱撞，至于看话剧的事早就被抛到九霄云外了。

27

台上的幕布场景更替，而周跃平台词念得有些生硬，他的目光不时瞥向前排那个空座位上，这让他的心里也发空。

微凉的轻风，带着雨后的气息，似乎以一种温柔缱绻的方式缠绕在耳边、发端。高天琪抱着怀中的书本静静地走在秦风的身边，二人之间的距离不远不近。她心中有种莫名的情感轻轻地涌动着。

来到食堂门前的商店，秦风问："你……要喝汽水吗？"还没等高天琪回答，他就直接问："喝橘子味的好吗？"

"好。"冰凉的橘子味汽水中冒出密密麻麻的气泡，高天琪笑着说，"谢谢。"

两个人来到了食堂里面，分别点了饭菜之后相对而坐。

秦风吃饭的样子很优雅，虽然食堂的菜很简单，但从他那静静品味的神态中仍然能看到对于面前这份食物的尊重。在这点上，周跃平就远不如他。每次一吃到不合自己胃口的东西，周跃平都会倒掉，哪怕高天琪每次都告诉他不要浪费。

"真没想到你一个女生，竟然能提出那么多犀利的问题。"秦风放下筷子，用一种欣赏的眼光看着高天琪。

高天琪红了脸说道："因为我很喜欢铁路，所以只要一有时间，我就看铁路方面的书籍，专业课之外的资料也会收集一些。"

"原来如此，不过，土木工程可是艰苦行业，尤其是铁道工程方向的专业，好像不太适合女孩子啊！"

高天琪望着餐盘中的菜，心中又涌动起一阵悲伤。她之所以选择土木工程专业，是因为她想从土壤地质的方面进行研究，而这也是她父亲的研究方向。最终，高天琪没有说出父亲的事，她觉得对一个有些陌生的人直接谈起父亲的事不妥。

"我的家乡在西北，那里的铁路不像北京或是南方那边通达，甚至只有寥寥几条线路，你了解那里吗？"高天琪说道。

秦风似是而非地点了点头："我只是在书本上了解过一些，可我并没有去过。"

"西北的铁路线路之所以少，是因为西北的地势与地貌都很特殊。黄土高原的地貌沟壑林立，有一部分是裸露的岩石地貌，有一部分被深厚的黄土覆盖，还有盆地、平原，也有沙漠，在这种地貌结构上修建铁路，必须在不同的路段选择不同的修建方案，才能保持铁路的稳定，所以我选择了综合性最强的土木工程专业。"高天琪在说这些话的时候已经全无少女的羞涩，她表情严肃，那双灵动的眼睛中充满了对于知识的渴求。秦风被她的这种气质与决心所震惊，可是作为女生，她能扛得起那么艰难的任务吗？

"你说得很客观，"秦风对高天琪投来赞许的目光，"但是我觉得，你从头到尾一直在说自然环境方面的问题，是不是有些……有些不够全面呢？"

"哦？"高天琪目露神采，"那你对此有何高见？"

"我觉得，自然环境是一方面，你说的那些问题，不光西北有，修铁路嘛，逢山开路，遇水搭桥，任何环境的问题都是可以解决的。"

高天琪看了看秦风的眼睛，示意他继续说下去。

"所以，我认为，整个西部地区，与其说是自然环境导致铁路少，还不如说是经济发展状况导致铁路少，此外城市人口规模也小。"

"对！"高天琪点点头，"你说的问题其实我也想过，人口相对少，城市规模小，铁路自然也会少。"

"不错"，秦风接着说，"不过，我觉得这种情况会得到改变的，不出几年，咱们国家西部的铁路里程一定会多得惊人，你关心的西北大沙漠，也一定会通火车的。"

高天琪听着这番话，感到很开心，她觉得，与他聊天是件很有趣的事情。

"你可知道作为一名铁路建设者，你要深入现场，可能一待就是几个月甚至几年，而且沙漠的环境你能承受得住吗？"秦风接着问。

"你是觉得我吃不了苦吗？"高天琪反问。

从高天琪的身上，秦风看到一股韧劲，他摇了摇头："我只是很担心你的身体，体力能否支撑下去。"

高天琪坚定地回答："我会尽量适应在工地的生活，这是我的梦想，再艰难我也会努力去尝试。"

秦风不知该怎么形容此时心里的感受，如果一定要用一个词来表达的话，那就是敬佩。

"我支持你！"秦风说，"一个人有梦想，也在通往梦想的方向上不断前进，自然环境什么的都不应当成为阻挡梦想的障碍。"

"谢谢。"高天琪不知该说什么，这种被秦风肯定的感觉，让她的心中升起一股激动的热情来。

话剧演出结束了。周跃平失落地站在台上谢幕，面对台下热情的掌声，他的心里倒没什么波澜，虽然这是他第一次做主演站在台上，却因为高天琪的失约而心中低落。

"周跃平，你今天好像不在状态？"同为剧团演员的孔娜学姐在背后拍了拍周跃平的肩，顺便把自己头上重重的头饰小心翼翼地放在箱子里，"这么重要的演出，你怎么心不在焉"？

"我说错台词了吗？"周跃平回过头问孔娜。

刚刚卸了妆的孔娜用毛巾将脸上的水珠擦干。她毫不客气地说："难道没说错台词就是你的底线吗？要是这样的话那干脆一开始就不要加入话剧社，哪怕是播音主持都需要有感情。你呢，像个演员吗？"

周跃平想要反驳，但是孔娜毕竟是他的学姐，在话剧团中担任着重要的工作，他只好无可奈何地说："也许我有些心不在焉吧。"

"这可是你第一次当主演，你怎么不知道好好珍惜这个机会呢？"孔娜又滔滔不绝地说下去。周跃平觉得不就是个社团吗，他加入也不过是为了丰富一下大学生活而已，有必要这么认真吗？他左耳朵听完右耳朵冒，随便找了个理由就先走了。他从礼堂出去还没走多远便看到了那个熟悉的身影——高天琪。

28

周跃平有些生气，毕竟高天琪答应过他会来看演出，哪怕晚一点到，也是对这份承诺的兑现。他刚要走上去，便看到那夜色中又突然出现了另一个身材颀长的男人，那人与高天琪肩并肩走着，二人脸上的笑容被路灯照亮。

他的脚步停下了，是被那两个人脸上的笑容逼停的。

他懂得喜欢一个人是什么样的滋味，所以当他看到高天琪脸上那有些羞涩的笑容时，一瞬间便什么都明白了。他怎么忍心去打扰高天琪呢？

马上要到封寝时间了，他仍然在操场上缓慢地踱着步子，可是冰凉的晚风却无法带走他心中的躁动。他是从什么时候开始喜欢高天琪的呢？这个突如其来的从脑中冒出来的想法几乎难倒了他，因为他也不记得了。

这份感情从朦胧变得确定还要从高中时说起。他在省城念高中，而高天琪则在县里。因为高中的课业繁重，更没什么假期，他与高天琪见面的机会便少之又少，这种长久的离别使得他对高天琪的思念逐渐迫切而强烈起来。上自习的时候，在食堂吃饭的时候，晚上睡觉的时候，高天琪都一直不深不浅地嵌在他的心窝里，渐渐地变成了一种习惯性的思维，就算是一个学期都见不到高天琪，高天琪也会以每天超高的频率出现在他的脑海中。

这种强烈的思念折磨得周跃平心神不宁。快速成长的身心让这个男孩几乎控制不住体内的荷尔蒙，他一放暑假就跑去找高天琪，可高天琪只跟他见了一面之后便匆匆回家了。

一个学期饱受思念折磨的周跃平不解地问高天琪："咱俩都快小半年没见了，难道就不能一起吃顿饭吗？"

高天琪摇了摇头："不是我不想跟你吃饭，而是我下午还得学习呢，离高考只有一年了。"

"那也不差这么一点时间吧？"周跃平的语气里甚至带着一丝哀求。他父亲是铁路系统的一个领导，母亲是大型国企的领导，家境优渥的他向来潇洒自信。可面对高天琪的时候，他的潇洒自信似乎变成了一种几近哀求的商量。

"周跃平，你怎么到了这个时候还紧张不起来？你现在浪费的时间，就是你高考丢掉的分数！"高天琪有些生气了，一双圆圆的眼睛瞪起来，竟然让周跃平都有些害怕。

"高天琪，你干吗这么凶地对我呀？"

高天琪无奈地叹了口气："我也不是故意要凶你的，只是我最近压力真的很大。"

"怎么了？"

"我想考北京交通大学，可是我觉得我的成绩还差一些，所以只能趁着假期恶补，如果等到上学了再努力的话，别人不也在努力吗？那就赶超不上了，所以才没时间跟你吃饭！"

周跃平吃了一惊："那个大学可难考了，我们学校在省城里也是数一数二的高中，每年只能考上三五个，你在一个县城的高中里，怎么考出这么高的分数啊？"

高天琪转身就要走，周跃平连忙追上去："天琪，你这是干什么？""我不想听你给我打退堂鼓，总之，我是非那所学校不考的！"她坚定地说。

周跃平回到家之后说起高天琪想考北京交通大学的事，他觉得实在太难了。父亲告诉他，因为高天琪的父亲就是那所大学毕业的，所以高天琪才非考不可。

周跃平点了点头，他独自一个人回到房间，细细地品味起高天琪今天对他所说的话。他从这些话中明白了高天琪要考北京交通大学的决心，在她与高天琪认识的这么多年中，仿佛只要是高天琪想要做的就一定能做成。

最后，周跃平下定决心：为了高天琪，为了不与她分离，为了他们可能会有的未来，他从现在起也要努力学习，一定要考上北京交通大学。

最终，周跃平在他的班级中创造了一个奇迹。原本他只能冲击普通大学，却在高考中取得了全班第三的好成绩，顺利拿到了北京交通大学的录取通知书。

当然，成绩本就优秀的高天琪也如愿拿到了北京交通大学的录取通知书，两人都实现了心愿。

暑假结束后，周跃平顺利进入了大学校园。在他的想象中，大学校园的环境好，个人的时间也充裕，可以谈情说爱，花前月下。

现实与他的想象所差无几，的确有很多学生在课业之余搞了不少课外活动，其中就包括谈恋爱。到了傍晚，或没有课的周末随处可见并排而行的情侣，种种甜蜜写在彼此那有些羞涩的眉眼间。

然而，这些浪漫跟周跃平一点关系都没有。自打进了大学校园，周跃平就找不到高天琪的人了。他自己的课业繁重，再加上学校的教室较多，他又没记住高天琪平常上课的几个教室在哪里，两个人再次见面竟然是在运动会的田径比赛上。

久未见面的高天琪依然漂亮，在田径比赛中也有出色发挥。周跃平看准时机，在她完成1500米赛跑时，他在终点等候并递上一瓶水。高天琪看到他还惊讶了一下，不过很快恢复正常。两人聊了几句，周跃平不失时机地提议明天休息可以结伴去公园泛舟，高天琪笑了笑同意了。

第二天，两个人在公园中一边撑着船一边欣赏着北京秋天的风景，蓝天之下红红的枫叶倒映在水中。周跃平无心欣赏这风景，他想跟高天琪表白，可是一直都张扬的他在此时仿佛被胶水黏住了嘴巴。他终于等到了这一天，心里却犹豫了。

假如高天琪不喜欢他呢？他们还能是亲密的朋友吗？

于是，周跃平试探性地问道："天琪，咱们学校不少人在谈恋爱呢！"

高天琪点点头，眼睛看向水面荡漾的波纹："是啊。"

"你对此有什么想法吗？"周跃平撑着船的手有些出汗。

高天琪摇了摇头："我没什么想法。"

"那你想谈恋爱吗？"他继续试探。

"不想！我觉得学生在学校就应该好好学习，不应该谈恋爱！我也是这么打算的！"她坚定地回答。

听高天琪说得这么坚定，周跃平不得不把心中那份焦灼的热情强压下去。之后，周跃平常宽慰自己：反正大学只有四年时光，大不了等到四年之后再说。

可是，这才到了大学的第二年，高天琪就开始张口秦风闭口秦风，不去看他精心准备的演出，反而跟秦风在这么晚的时间出来约会。

周跃平不知道这一年多以来他苦苦的等待到底算什么？他实在生气，可是一想到高天琪的那张脸，他所有的生气又都烟消云散了。他决定不再坐以待毙，既然高天琪有谈恋爱的想法，那他就要主动出击。

29

看出高天琪有恋爱想法后，周跃平主动展开了追求，可惜无论天天嘘寒问暖还是专程送好吃的，都被高天琪理解为朋友间的正常交往，还笑着告诉他别再送吃的了，她要长胖了。周跃平真是欲哭无泪。

五一长假，他与高天琪来了一次两日游。在颐和园，周跃平表白的话几乎已说出口，却被高天琪巧妙地挡住了话头，他一肚子的话再也无法说出口，表白的勇气顿时烟消云散。

在市里游玩了两天后，高天琪便再一次泡进了图书馆中。假期里有很多同学回了老家，也有很多同学选择出去玩，所以图书馆里冷清了不少。她喜欢这样的环境，能让她更加静心读书。

然而，一直都能做到心无旁骛的她，却在读书时久久无法集中注意力。她每每看到一个关于铁路的知识点，耳边便会响起秦风研讨课题时提出问题的声音。

这个声音困扰着她的思绪，她为了稳定自己的思绪，便开始做题，她在纸上列了公式，又画出坐标，可是算了一会儿之后并没有得出正确答案。

"你不应该用这个公式。"

心中的声音突然化为现实之中的声音，高天琪猛然抬头，一张帅气的脸映入了她的眼睛，令她拿着笔的手心微微出汗："学长？"

秦风轻轻地拉开高天琪身边的椅子，然后坐下来摊开一只手，看高天琪还有些发愣。他笑了："把你的笔借我用一下行吗？"

高天琪马上把笔放到了秦风的手中，秦风重新写下了一个公式，并且带入了题目中的数字，很快便将这道题演算完成。

这一道已经困扰了高天琪半个小时的力学题目，秦风竟然这么快就解开了，她的心中更对秦风有了几分崇拜之情："原来，是我用错了公式。"

秦风摇摇头，轻声地说："是你做的这道题太难了，大三的时候才会学到这里。"

"我想多学一些，这样才能跟得上教授研究课题的速度。"

秦风望着高天琪："怪不得教授一定要让你这个大二的小学妹加入大三大四的课题中来，原来是因为你这么勤奋好学！"

被这么一夸奖，高天琪不禁低下头去，脸色泛红。

"出去走走吗？"秦风在高天琪的耳边小声说，"我有一个消息要告诉你，我怕你得知了这个消息之后会太激动，所以我们还是到图书馆外面说吧！"

高天琪期待地看了看秦风，然后将自己的书本通通塞到书包里，她跟在秦风的后面来到图书馆外面。"学长，你现在可以说了吗？"高天琪不知道秦风要对她说什么，这让她心中紧张不已。

"你知道前几天放假我去了哪里吗？"秦风问，高天琪摇了摇头。"我跟教授一起参加了一个会议！"说到这里，秦风的眼中泛起激动的神情，"听说国家要在北京和上海之间修一条高铁，这个项目也许就要上马了！"高天琪愣了几秒钟，有些疑惑地问道："修条铁路，能让人这么激动？"

"当然了，这条铁路，和以前的铁路都不一样，你知道什么叫高速铁路吗？"秦风兴奋地看着高天琪，眼睛里闪烁着热忱的光芒。

"就像……"高天琪沉吟片刻，"就像日本的新干线那样，或者像欧洲的跨国铁路那样？"

"没错！"秦风回答道，"你知道吗，高天琪，如果这项工程真的开始了，说明咱们国家的铁路建设，即将进入一个新的时代。"

"我知道，"高天琪的脸上荡漾出灿烂的笑容，她激动地问，"这条铁路，什么时候开始修建呢？"

秦风的手自然而然地放在高天琪的小臂上："这个我也不太清楚，我只是听说了这个项目正在论证阶段而已，具体开始的时间我也不知道。你也知道，现在咱们国家铁路的总体水平并不高，还有一些铁路连电气化都没实现，列车的车速普遍也不快，你来北京坐火车，一路上也都看到了吧？有个别地方还在用蒸汽火车。"秦风停顿了一下，接着说道："但是我问了教授，最快在明年初！"

高天琪也知道一个项目的正式启动需要很多个环节，尤其是在这样大的建设项目上。可这是国内的第一个高速铁路项目，她怎么能不激动？她激动得甚至忽略了秦风第一次如此亲切地喊她的名字，忽略了秦风放在她手臂上的手，说道："这个项目三年前就已经开始筹备了，终于快要动工了，一想到咱们中国的铁路也能有着这么大的飞跃发展，我真的太高兴了！"

"我就知道你会是这个反应，所以我才把你带出来说。"秦风微微低着头看着高天琪，他竟然从高天琪的眼中看到了些许闪烁的泪水，他连忙收起笑容担心地问，"天琪，你这是怎么了？"

高天琪摇了摇头："我没事，我就是太高兴了。"

高兴得想哭？秦风让高天琪在石凳上坐下："这明明是个好消息，你为什么要掉眼泪呢？"

高天琪犹豫了一会儿，这才决定将父亲的事情说出来，或许别人不会理解，但是同样热爱铁路建设的秦风一定会懂她心中的酸楚。

"我是真的高兴才这样的。我爷爷当过铁道兵。我爸爸是个铁路工程师，我想他对于铁路的热爱程度一定是我们不可想象的，他几乎把一生都奉献给了铁路，在我小的时候，他就在挖掘铁路隧道的时候遇难了。我既为高铁项目即将实施的消息而高兴，也为我的父亲而惋惜，如果他知道了这个消息，该有多高兴，多激动。"怪不得高天琪如此热爱铁路，怪不得高天琪总是给人一种既独立而又强势的感觉，原来她从小就没了父亲，她少了一份疼爱，却坚强地长大并且想继续父亲的事业与梦想。

秦风很同情高天琪的遭遇，他轻轻地握了握高天琪的手腕："天琪，我想叔叔的在天之灵一定会得知这个消息，他也会和我们一样高兴的。他看到你将他的事业继续下来，也一定会很欣慰。"

正是这样一句话，让本来就已经跟她志同道合的秦风彻底走进了她的心里，也让二人之间的距离拉近了，他们拥有着共同的目标。她开始每天与秦风一起出入图书馆，她是秦风的师妹，在很多还不懂的问题上，秦风对她知无不言，一旦从教授那儿得知了一些尖端的技术，他就第一时间告诉高天琪。

两个人如此密切的接触，周跃平又怎能不看在眼里？他好不容易把高天琪从秦风的身边约过来一起吃个饭，可是吃饭中间高天琪除了说高铁项目一事，其余的时间便时不时地说起秦风。

这一顿饭吃得周跃平醋意大发，结了账之后高天琪也看出他脸上的不悦，问道："你今天是怎么了？"

"你张嘴闭嘴全都是秦风，天琪，你别忘了你这是在跟我吃饭，看你满嘴都是别的男生的名字……"周跃平控制着语气，但不满之情写在脸上。

"我知道我这段时间忙于学习冷落了你，那是因为京沪高铁项目就要实施了，我是来跟你分享好消息的，倒是你莫名其妙地生气。提起秦风也是因为我们一起研究课题而已！"高天琪气不打一处来。

周跃平看着高天琪那张无辜的脸，他第一次提高了声音对高天琪喊道："如果你的心也是肉长的，那你就该明白我为什么这么生气！"

高天琪被他吼得惊了一下，更生气了："周跃平！你不要无理取闹！我和秦风只是正常交往，再说你凭什么这么生气？我的心怎么就不是肉长的了？"

周跃平正在气头上，于是口不择言地吼道："我看你就是假借学习的名义与他勾勾搭搭吧！你口口声声说不想恋爱，可看看你现在这副样子！骗得了谁！我求求你别再隐瞒了！"

他的这番话，某些地方不是完全不符合现实，起码高天琪在内心深处很清楚，自己对秦风的感觉并不普通。在与秦风相处的过程中，她的内心早已起了波澜，她喜欢秦风对学习坚韧不拔的精神，喜欢他的聪明，喜欢他说话时温和的语气，喜欢他温柔的性格和那一身浓浓的书卷气。

她知道自己与秦风越走越近，周围同学已经在起哄，说他们在谈恋爱。她虽然每次都矢口否认，但内心感觉很甜蜜。从未尝过爱情滋味的她感觉既惊奇又快乐，甚至还会常常感到焦虑，担心自己是否配得上秦风那么优秀的人。

而此时，周跃平的几句话深深刺伤了她的自尊心，打破了某些她极力想要在此时维持的平衡，她一时气得几乎要哭出来，但很快平复了情绪，站起身对周跃平说："如果在你眼中我就是这副样子，那我们不必再做朋友了。"

说完，她转身离开，头也不回。

30

在两人大吵一架后，周跃平与高天琪的关系，就这样渐行渐远，有时候他也会静静地坐在图书馆的一角，远远地看着高天琪与秦风一起安静地读书做题。他从小到大几乎是一帆风顺，可是在这一刻，他终于深深地体会到了一种情绪，那就是忧伤。

一个学期结束了，盛夏也如期而至。葱郁的树叶中，蝉在高声鸣叫。阳光将他的肌肤烤得灼热。这两个月以来，他每次想跟高天琪说些什么，高天琪都只是草草应付了事，他再也无法忍耐了。

周跃平拦住了高天琪的去路。

"高天琪！"周跃平叫了她的名字。

"干吗？"高天琪平静地回应他，语气中有着几分疏离的意味。其实她疏远周跃平，也不仅仅是因为上次与周跃平吵架的事生气，更因为她也不想让秦风误会她与周跃平的关系，她能够清楚地感觉到，她与秦风之间的默契与感情正在渐渐加深，她不希望周跃平再来打扰，更不希望会伤害到周跃平。

"快放暑假了，你要回家的吧？我去帮你买火车票。"周跃平小心地提议道。

"不用了，我自己去买。"高天琪礼貌地说。

"我和你的一起买，我们能坐在一起，我能照顾你，我……"周跃平不想放弃。

高天琪摇摇头："我可能会晚几天回去……"

"那我等你，咱们一起回去！"他连忙说。

高天琪皱起眉头："其实不用你等我，我自己也可以回去。"

阳光映照在周跃平那微微闪着波澜的眼中，他的声音很轻，几乎变成了一种哀求："我从来不奢求你原谅我，可难道……我们之间就连朋友也不能做了吗？我们，就回不到从前吗？"

莫名地，高天琪感到鼻子发酸，她不知为什么在看到周跃平露出那种沮丧的表情之后，会感到一阵心酸。

终于，他们一同坐在了回家的火车上，周跃平比以前更殷勤地帮高天琪打水、切水果、递食物，他小心翼翼地将自己这份殷勤伪装成自然。面对高天琪那不冷不热的态度，他心中总是升起一阵恼火，可到头来，他还是把温柔全都给了高天琪，而把恼火全都给了自己。他讨厌这样卑微的自己，却又无能为力。

两天的旅程使人筋疲力尽，一下火车，周跃平的母亲吴芳就看到了他们，她高兴地伸手迎接："天琪，跃平！"

高天琪跟周跃平的母亲打了声招呼："吴阿姨好！"

"天琪，你上次回来我都没见着你，我和你周叔叔都想你了！你和周跃平一去上学就走这么长时间，说实话我都没怎么想跃平，就想你！"吴芳慈爱地看着高天琪，一同坐车前往家中。

高天琪在周跃平家门口见到了周跃平的父亲周建新，并被热情地迎进了家门。

周跃平的母亲告诉高天琪，因为天琪母亲所在的医院最近非常忙，可能顾不上照顾高天琪，已经提前打电话说了，让高天琪先在周跃平家住几天，过几天再来接她。

"周叔叔、吴阿姨，这几天可能要麻烦你们了……"高天琪有些难为情地说。

"不麻烦，我们想你还来不及呢！"周跃平的母亲热情地一边说着一边往高天琪的手中塞了一块白兰瓜，"你伯伯知道你最爱吃这个，上午刚去买的！"

看到自己的父母如此喜爱高天琪，周跃平的心里感到很欣慰，因为他觉得从小就没了父亲的高天琪应当被如此呵护着、宠爱着，而且一想到高天琪能在他家里借住些日子，就觉得欣喜无比。

这段时间不比在学校有秦风陪在高天琪的身边，现在只有他们两个，他要趁着这个机会让高天琪对他的印象变好，更想趁机抓住高天琪的心。

晚上，周跃平的母亲准备了丰盛的饭菜，排骨、鱼、炒青菜等摆了满满的一桌子。高天琪的碗里被夹了很多菜，她盛情难却，但实在吃不下了。周跃平说："吃不下了就不吃，在我们家你怎么舒服怎么来！"

周父也说："说得没错，这也是你的家，你可千万不要拘束！"

高天琪点点头："我知道了，其实我也一直都把这当成我的家。对啦，周叔叔您听说一件事情没？说是国家要建高速铁路了，第一条高速铁路是从北京通到上海。"

周父皱着眉头想了想："听说倒是听说了，不过北京到上海不是已经有京沪线了吗？"

"我们学校的教授也参与了这个工程的前期研讨，说不定以后还会参与工程的建设"，高天琪兴冲冲地说，"我最近也一直在学习高铁的相关知识，希望未来有一天也能够参与它的建设！"

周建新想了想，好奇地问高天琪："我说天琪啊，你是知识分子，应该是掌握着最先进的知识，你知不知道，那个北京到上海的高速铁路是啥样子的，上面跑啥样的车？"

高天琪先是谦恭地笑了笑，然后说："周叔叔，您知道动车吗？"

"动车？"周建新略微思索了一下回答道，"还真听说过，但是现在咱们国家还没这东西，我在电视上见过，车头尖尖的，外观很漂亮，动力强，速度快，对吧？"

"对！"显然，周建新的回答让高天琪有些意外，"动车是自身装有动力装置的列车，用动车编组的列车就叫动车组，速度非常快。现在，日本的新干线上面跑的就是高速动车组，日本的其他铁路上也跑着形形色色的动车，在欧洲，高速铁路的发展也很成熟。"

"是啊，在日本和欧洲这些地方，这些东西早就稀松平常了，咱们国家呢，到现在还存在'前进上游'满地跑。"

高天琪很快就明白了周建新的意思，所谓"前进上游"，指代的是中国的两款蒸汽机车，分别是负责干线运输的"前进型"和吨位较小的矿用机车"上游"Ⅰ型。周建新的意思是，当前中国的铁路发展还很不均衡，各个时代研发的机车都在混用。

"周叔叔，您不用担心。"高天琪自信地说，"迟早有一天，咱们的铁路也会像日本、欧洲的一样，甚至比它们的还要厉害。"

"没想到你这么自信。"周跃平抢话。

周建新接着回应道："我相信天琪说的，咱们中国以后肯定比日本、欧洲的还厉害，当年咱们自己搞出原子弹，搞出人造卫星，所以高速铁路肯定也没问题！"

"对！"高天琪高兴地说道，接着，四个人全都开怀大笑起来。

不知过了多久，周建新才平静地说："年轻人就应该像你这样多学习，天琪，你说我们家周跃平要能像你一样该多好！"

"周叔叔，您不用担心，跃平在学校学习也很认真的，将来肯定也会像您一样厉害！对了，周叔叔，有一件事情可不可以帮我啊？"

"哈哈，天琪就是会说话啊！你有什么事，说来听听！"周建新笑道。

高天琪认真地说："周叔叔，您也知道我在学校里学的那些知识都是纸上谈兵，虽然我已经接触了高铁的相关知识，可是我连铁路都没有怎么好好研究过，如果方便的话，您能否安排我去铁路上真正参观一下？"

"我还以为你要提什么要求呢！"周建新哈哈一笑，"这事还不好办？我安排一下，明天就可以去参观，不过伯伯可要事先说明啊，很多事情，我也是说了不算，可不是啥地方都能随便去的。"

能得到这个机会，高天琪很高兴："好，我听您的安排！"

"那，你想参观什么地方？"周父问。

"我……"高天琪支吾了一阵子，竟一时说不出话来。

周建新思索片刻，对高天琪说："要不这样吧，车站之类的地方，你就别去了，我帮你选一个地方。"

高天琪默默地点了点头。

"行，不过你一个女孩子到铁路边去，我可不放心！让跃平陪你一起去吧。"

周建新的话还没说完，周跃平便兴冲冲地说："好！太好了！"

周建新看了看周跃平，他还不了解周跃平那点小心思吗？周跃平向来不喜欢学习，这么兴冲冲地要去还不是因为高天琪。

"那好。"周建新放低了声音，"跃平，你可把这个警卫员给我当好了，要是天琪有什么事，你看我怎么收拾你！"

31

周建新给他们安排的参观地点，正是李铁生所在的那个货场。用周建新自己的话说，就是要让他们看看现在中国铁路最落后的形态，看看到底落后到了何等地步，以此激励他们奋发图强，将来为中国的铁路建设添砖加瓦。

高天琪的头靠着车窗看着窗外的风景，她从车窗玻璃的倒影上看到周跃平一直都在盯着她。

"你怎么一直看着我？"

周跃平笑嘻嘻地说："我这不是给你当警卫员吗，当然要把你看住，我爸可说了你要是有危险了……"

"我们还没到货场呢，你紧张啥？"高天琪再一次把目光抛向了窗外，远处黄色的山层层叠叠，绿色的植被一片片地覆盖在上面，天和云都仿佛压得很低，即使见惯了大城市的繁华之美，家乡这片质朴的天地仍然给她一种无可替代的归属感。

她觉得每一个漂泊在外的游子身上都悬挂着一根风筝线，而这根线连接着自己的家乡，若没有了家乡，风筝一般的游子也不知该飞向何处。

周建新作为青城铁路局的副局长，早就跟冯金山打过电话了。来到货场，冯金山到门口迎接了高天琪和周跃平，那份热情让两个还在学校里读书的孩子显得十分不自然。

在冯金山的带领下，两个人来到了货场的里面。此时，那辆斑驳的"上游"Ⅰ型蒸汽机车正在缓缓启动，顶上冒着浓烟，两边喷着雾气，机车行动迟缓。高天琪仿佛在看文物一般看着火车："这个车头，恐怕有些年头了吧？"

周跃平跑过去看了看机车的铭牌："1963年造的，可能是当初河北唐山那边出的头几批。"

高天琪惊讶道："哇，那可真是'老物件'了。"

高天琪一边说着，一边来到了钢轨的旁边，刚刚装满一车货物的工人们身上和头发上都沾满了汗水，他们正拿着发灰的毛巾在脸上胡乱地擦拭着，李铁生也在其中。

工人们发现两个年轻人来到了机车旁，一边擦汗一边朝这边张望着，高天琪和周跃平的目光也朝他们看过去。就在这时，高天琪看到了人群中的李铁生，瞬间愣在了原地。她不敢相信眼前的这个人竟然是李铁生，脱口而出喊道："李铁生，你怎么在这儿？"

32

李铁生站定在原地，从鬓角一直流到下巴上的汗水滴落在地上，在尘土上生起一朵小小的蘑菇云，他足足愣了有几秒的时间，这才惊喜地喊："天琪姐！"

高天琪连忙走了过去，她看着李铁生在这短短半年内，眼中已经没有了当时在火车上相遇时的迷茫与忧伤，取而代之的是一种坚定而喜悦的神情。

"你现在……"

李铁生点点头："是，我现在是货运站的一名装卸工！"

高天琪看了看李铁生那坚实的臂膀，手臂上肌肉的线条轮廓分明，他原本很瘦，如今整个人健壮了，身材变得很匀称。

周跃平也很惊讶能在这里见到李铁生，他拍了拍李铁生那沾着汗水的肩膀，颇有一种领导风范地说道："铁生，到这边来，跟我们说说，你是怎么来到这儿工作的？"接着，他左右打量了一下，小声对李铁生说："我之前可听我爸说过，这个站可不咋地，地方穷，规矩多，山头主义重得很哪。"

"我知道，"李铁生笑道，"我也是后来才知道的，一开始我以为这就算是进铁路了，谁知道这个站还不归铁路管。"

周跃平点了点头，语重心长地说："知道就好啊，认清自己的处境，这样才能立于不败之地嘛。"

高天琪白了周跃平一眼，她对周跃平小小年纪就装老成的样子有点烦，用胳膊狠狠地杵了一下周跃平的肋骨："咱们是来参观货场的，也不知道人家的作息时间表，万一耽误了人家工作怎么办？"

李铁生憨厚地笑了："我干活快，耽误的这一会儿工补得也快，能见到你们我也很高兴，我怎么都没想到还能跟你们再见一面，你们都是我的恩人！"

高天琪也觉得这一次的偶遇实在难得，心中对这次见面充满感动，尤其是想起与李铁生分别之时，她明明拿了钱给李铁生，可李铁生又偷偷把钱塞回她的包中。如今看到李铁生那带着忧伤的笑容，眼角竟然泛出一些泪水来。

冯金山看到这一幕，自然猜得到他们之间曾经发生过什么，他马上笑着说："没想到你们之间还有这段缘分，铁生，我跟张潇洒帮你请个假，天气这么热，站台不是说话的地方，你们到食堂去说吧，本来我就在食堂给你们预备午饭了！"

冯金山所说的食堂，其实就是场里那个不大不小的伙房，不知从什么时候起，冯金山竟然改了口。

李铁生、高天琪和周跃平来到了食堂坐下来，饭菜早已给他们准备好了，虽然不能说是色香味俱全，但至少种类多样，有荤有素，闻起来也香喷喷的。

"铁生，你是怎么来到这儿的？"高天琪问。

"天琪姐，跃平哥。"李铁生的脸上依旧保持着憨厚的笑容，"那天我下了火车之后就往回走，我都不知道我走了多久，然后我就晕倒在铁路边了，我们的班组长潇洒叔救了我。"

高天琪心疼地看着李铁生："你说你怎么这么倔？就这么一路走过来，我当时给你钱，你却……"

"天琪姐，你的钱我不能要，你们当时已经帮了我太多了，怎么还能要你的钱呢？好在，我现在因祸得福，在货场也算谋到了一个吃饭的工作，还能攒下些钱呢！"

"总算是没再出什么意外！"高天琪欣慰地看着李铁生。

周跃平在一边点点头。高天琪和李铁生只顾着说话，碗里的饭菜一口都还没动。周跃平饿了，看着这一桌的菜忍不住打断了他们："你们也别光顾着说话了，先吃饭吧！"

一边说着，周跃平一边夹了一大块肉放进了李铁生的碗中："你体力消耗得大，多吃点！"

"好！"李铁生端着碗点了点头。

一边吃饭，周跃平一边看着李铁生问："铁生，你那时候不是说要追你的女朋友吗？你的钱攒够了还去杭州吗？"

李铁生显然有些失落，高天琪狠狠地在桌子下面踹了一脚周跃平，她不知道周跃平的脑子到底是怎么长的，心直口快地想问什么就问什么，也不想想李铁生现在为什么安心留在货场工作，他一定已经放弃了，因为他的眼中已经看不到当时的那种急迫了。

"跃平哥，那天我被潇洒叔救了，他带我在这儿吃了饭，洗了澡，给我讲了很多，我终于明白这个世界上的很多事都无可奈何，并非靠我一人的执着就能完成，我甚至不知道当我再攒够了钱去找小梅的时候，已经有了婚姻的她该怎么面对我？虽然我一直到现在都还想着她，可我不能让她为难，况且她嫁的人条件不错，不是很好吗？"

李铁生在说着这些的时候，语气格外平静，他仿佛在讲述着一件别人的事情，或者发生在自己身上却已经年代久远的事情。可高天琪仍然从他的眼中看出了太多波澜，他一定不甘心，一定做了太多挣扎。

"铁生，你的决定也没有错。过去的已经不能再改变，唯一能做的就是活好当下，迎接未来。"高天琪认真地看着李铁生说。

"天琪姐，我会的。"

吃完了饭，李铁生才想起问高天琪和周跃平为什么会突然来到货场："这里可没什么好玩的，机车一开动，就灰尘满天的！"

周跃平向李铁生说明了来意："我们是来参观的。我父亲是铁路局的领导，跟你们货场领导说了一声就来了！"关于这一点，周跃平还真的没有吹牛，虽然这个货场属于企业专用线，但毕竟也是庞大铁路系统里的一个分支，还是受正规铁路系统管制的。对此，冯金山深谙其中的门道，所以，对两人不敢怠慢，尽其所能给足了面子。

同时，周跃平也把他们所学的专业告诉了李铁生。

"原来你们都是研究铁路的大学生啊！"李铁生惊喜地看着他们。

"是啊，我们都对铁路很热爱，也都希望未来能够回到咱们这里，参加铁路建设！"周跃平点了点头，肯定地说。

高天琪在心里冷笑了一声，周跃平小小年纪，说话就有了领导的那一套。他就会捡好听的说，还热爱铁路？没见他什么时候好好学习过。

"天琪姐，你们现在就要参观了吗？参观完了之后就要走了吗？"从李铁生的脸上，高天琪看到了一种迫切的渴望。

"你还有什么事吗？只要你说，我们能帮就帮！"高天琪说道。

李铁生点点头："那好，你们在这里等我一下，我回去一下马上就过来！"

过了一小会儿，高天琪听到了急速奔跑的脚步声，一抬头李铁生已经喘着粗气出现在了高天琪的面前，手中抱着一摞书和草稿纸。

33

事实上，李铁生很聪明，进步很快，经过一年多的勤奋学习，他已经对铁路专业知识有了一定的了解，但是那些更专业的知识，他自己看不懂了。

高天琪惊讶地看着李铁生手中的书本，大部分都是与铁路有关的，其中一本《铁路基础》已经被翻得发旧，应该是李铁生在工作的间隙看的。她真没想到，这个看起来憨厚的少年，干着辛苦的工作，却能对铁路建设产生如此浓厚的兴趣。

"跃平哥，天琪姐，我这段时间一直都在自学铁路施工方面的知识，可我只是初中毕业，很多问题，尤其是力学方面的知识点我实在不太明白。"

高天琪听周跃平刚刚说他有多么热爱铁路，这时候便故意对周跃平说："你这么热爱铁路，这些问题对你来说也不算很难吧？"

"这个嘛……我来看看！"周跃平翻开李铁生递过来的一个笔记本，翻开的那一页上面列着一个力学公式。

"跃平哥，我现在在琢磨咱们这块的铁路施工，但是咱们西北地区的土质结构太松散，甚至有不少沙漠，如果到时候咱们要往那个地方修铁路，那就要考虑到轨道下面的土壤所承受到的力……"李铁生说。

李铁生不了解大学生，在他的心里，只要是大学生就是了解高深技术的知识分子。他多么渴望自己也能有这样的机会去学习知识啊！可周跃平听得云里雾里，他多希望现在李铁生的问题是关于话剧的，他一定能解释得很清楚。

高天琪接过了周跃平手中的笔，在草纸上重新列出了一个公式："像这样复杂的问题，就不能再用这样简单的公式，这个公式你之前看过吗？"

李铁生摇了摇头："书本上没有。"

"既然如此，我就从头开始给你讲。"高天琪干脆地说。

说着，高天琪便唰唰唰地在纸上写了几个基础公式，画了几个三角函数的坐标图。而这时，潇洒叔来食堂找李铁生，毕竟现在是李铁生上班的时间，还有一大堆活没干呢。可是当他一进来看到李铁生和上午来的两个年轻人在一起学习探讨，便没去打扰李铁生，离开食堂后直接到站台接替了李铁生的工作。

"天琪姐，咱们内蒙古这边风沙大，到了沙漠里万一风沙把铁路掩埋了怎么办？"李铁生问。

"可以做一些沙障或者是土木网格等来防风固沙。"高天琪回答。

李铁生点点头："原来是这样。"

高天琪继续说下去："不过这些知识你暂时不涉及，现在要做的就是把基本功打好，不能急于求成。"

"我知道了。"李铁生一边说着又翻开更多的书，"还有桥梁的承受荷载问题，天琪姐，混凝土的结构与强度……"

高天琪笑着摇了摇头："我知道你上进，爱学习，可这种知识不是我今天一时半会儿就能教会你的，这个需要系统学习，才能掌握土木工程的基本理论，你在市面上买的这些书只能笼统地教你一些知识……"

李铁生的眼中流露出一丝失望，但很快又被他的笑容掩盖过去了。

"铁生，你不要灰心！"高天琪握了握李铁生的手，"我的专业是土木工程，在这方面我们学校的教材足以解答你的问题，等我开学了之后，给你买一套，到时候给你寄过来！"

李铁生觉得鼻子一酸，眼睛发烫："天琪姐，太感谢了！"别的话李铁生也说不出来，声音哽咽了。

"铁生，你这种爱学习的精神是值得我学习的，谢什么？"高天琪也有些动容。

"天琪姐你等着我，我马上就回来！"李铁生说着就往宿舍跑，再回来的时候他的手上捏着一沓钱，"我不知道这些钱够不够买教材的，但是我只有这么多……"

高天琪马上握住了李铁生的手："你这是什么意思？我要给你邮教材完全是要让你好好学习，所以我想送给你，再说那些书也花不了多少钱，你不要给我钱。"

"不行！我一定要给你钱，你已经帮了我这么多，我不能让你再花钱了！"李铁生一再坚持。

看到这里，周跃平脸上都有些愧疚之色，他明明有良好的学习环境与机会，可他整天在学校里研究话剧，心思根本不在学习上。反倒是在货场里，日夜倒班干着体力活的李铁生，抓住一切学习的机会。他也劝道："铁生，你真的不必要给我们钱，要不这样吧，我们把用过的教材直接邮给你，也不需要再花钱买！"

"真的吗？"李铁生问。

高天琪也点点头："是啊！我的教材上还做了很多标签和一些笔记，都很工整，保证你到时候看一眼就明白了！"

李铁生吸了吸鼻子："我真的不知道该怎么感谢你们，你们不但当时帮助我，现在还帮我，我……"

周跃平拍了拍李铁生的肩："你不要觉得心里有什么负担，这点小事对我们来说只不过是举手之劳！"

为了能够让李铁生看懂将要邮过来的教材，高天琪在李铁生拿来的书上画了一些基础知识："你把这些研究明白，有机会的话过几天我还会再来一次，到时候我再帮你讲解！"

下午，高天琪和周跃平才到货场的站场开始参观。高天琪跳下站台仔细查看了铁路的轨道及连接配件，甚至用脚丈量起了道岔型号，同时还对路基、道床、沿线的信号设施进行了仔细研究。这对他们来说已经算是较为基础的知识了，不过当实实在在看到并接触的时候，才能将自己的理论知识与实际结合起来。

参观了一阵子，高天琪就觉得，这个地方的总体水平完全不在自己的预期之内，当然关于这一点，周建新之前给她说过。高天琪发现，这个车站规模并不大，一共有两个货场台，五条股道，此外还有牵出线、安全线等辅助线路，在车站不远处，有一座规模不大不小的水泥厂。

站内的股道还在用木质枕木，道砟似乎很久没换了，显得不太均匀。最引人注目的，则是货场用来牵引车皮和执行调车作业的机车——那辆老旧斑驳的"上游" I 型蒸汽机车。这里的整体水平还是比较落后的。

高天琪想，或许这就是周叔叔的用意，除了他当面说的激励之外，还有什么更深的用意，恐怕还得靠自己细细品味。

34

坐大客车回到市里的时候，一向活跃的周跃平，一直看着车窗外的风景陷入了沉思。天已经黑了，车水马龙的街道上亮起了点点灯火，昏黄的路灯将周跃平的另一半脸隐在阴影中。

"你想什么呢？"周跃平一直这样沉默，高天琪反而觉得有些不习惯，她突然发觉自己似乎也习惯了周跃平在自己的耳边聒噪。

"我在想李铁生在那种环境中都能好好学习，我明明考上了这么好的大学却总是虚度时光，明明有了这么好的机会却不去珍惜……"周跃平颇有懊恼和惋惜之情，这是不多见的。

高天琪也收起了揶揄的态度，她笑了笑："我喜欢爱学习的人，如果你从今以后真的愿意端正态度的话，有不会的地方我都会尽量帮你解答！"

听到这句话，周跃平的心中大受鼓舞："以后我该加倍努力了，天琪，咱们今天这一趟真的没白来！"

在周跃平家又住了两天之后，高天琪决定回自己家里去，虽然母亲的工作很忙，但是她也要回去探望母亲，在回去之前高天琪决定再去一趟货场，周跃平自然也跟着一起去了。

她看着李铁生在草纸上计算出来的结果，不禁竖起大拇指："你的理科很好，也很勤奋。"

"还需要努力，我知道我学的只不过是基础而已！"李铁生有些难为情。

高天琪说："铁生，这几天我回去之后有一件事情一直想对你说，我们的两次相遇要不在火车上，要不在货场，都与火车相关，而且我和你一样都热爱着铁路，我想既然我们这么有缘，我想认你做干弟弟，好吗？"

李铁生愣了愣，露出激动的笑容："天琪姐，其实我在心里早就把你当成我的姐姐一样敬重了！"

"那好，咱们以后就是姐弟关系了，我给你留下我家的电话，还有我学校的电话，你若是有困难，随时都可以给我打电话。"

在帮李铁生解答完疑惑之后，高天琪说："也许我要等到开学之前再来看你啦，因为明天我就要回家了。"

李铁生点点头。高天琪问："你在货场上了四五个月的班了吧？"

"是啊，都快半年了。"

"那你回过家吗？"

李铁生叹了一口气："货场的工作很忙，我也想开口请假回一趟家，可是若是只能批下来两三天假，那就都耽误在路上了，不但要花车费，还要扣工钱。"

走在另一边的周跃平一听："那怎么行？都这么久了你怎么也该回家看看。你当初从家中离开的时候，不也是不辞而别吗？就算是花点车费也别让父母那么担心了！"

李铁生点了点头："我最近也想跟领导请个假，我妈身体一直都不太好，我也担心这个，想回家看看。"

"那就这样，我去跟领导说一声给你批一周的假，然后你就安安心心地回家待几天！"周跃平爽快地说。

"恐怕是批不下来吧？"李铁生有点难以置信。

周跃平笑了笑："没关系，我自有办法，你就别操心了，这么长时间了，也该回家看看父母了。"

高天琪很烦这种走后门的事情，但现在也笑盈盈地说："那太好了，跃平，你一会儿就跟货场的领导说一声，铁生，明天早上咱俩坐一趟车回去！"

第二天清晨，时隔半年后，李铁生终于再一次踏上了回家的路。

他还记得自己离开家的时候，车窗外还是冰天雪地的，而现在暖融融的阳光照在地面上，一片绿意盎然。

到了县城汽车站，高天琪没有马上回家，而是送李铁生上了去镇上的车。

越接近家，李铁生心里就越觉得忐忑不安。他很激动，很愧疚，也有些害怕父亲的责骂，但总体来说他还是欣喜的。

而此时他还不知道在家里的父母正在承受着什么。

他当时一走了之的潇洒，带给父母的是无穷无尽的担心，还有耻辱。大伙都知道李铁生离家出走是为了去追王小梅，而王小梅已经结婚了，李铁生再跟去不就是乱搞吗？

就为这个，王小梅的父母到李铁生家里大闹了一通，放话称，要是李铁生真的找到了王小梅，破坏了王小梅的婚姻，他们不会让老李家好过的。

在村口，李铁生下了车。

这半年时间，他在货场工作，虽然脚步被货物压得沉重，心却总是轻飘飘的，总觉得缺少了些什么。当他的脚踏上家乡这片土地的时候，心才终于踏实了下来。

"铁生，你回来啦？"村口正坐在大树下跟人聊天的王婶眼睛亮，一下子就看到了李铁生。

李铁生依旧是像从前那样憨憨地笑了："是啊，我回来了，我……我去城里打工回来了。"

可王婶的脸上并没有露出笑容，周围的几个人也与她一样露出焦急的表情。王婶说："你咋才回来吗？"

"咋了吗王婶儿？"李铁生有些不安。

王婶指了指李铁生家的方向："你快回去看看吧！"

"到底是咋回事吗？"他更紧张了。

"哎呀，你先回家去就知道了！"王婶儿似乎不便直说。

李铁生想也没想，把给父母在城里买的东西往肩膀上一扛就迈开步子往家跑，掀起了一阵尘土。来到了家门前他的脚步才慢下来，可心跳依然很快。

家里到底出了什么事？

走进自家的院子，李铁生看到父亲正坐在门槛上抽烟，一双眼睛无神地看着地面，半年时间黑发就已变成了花白。

"爹！"李铁生喊了一声。

李铁生的父亲没有抬头，直到李铁生又喊了一次，他才抬起头来，有些不可置信地看着李铁生，接着烟锅从他的手中掉落，他猛地站起来，疾步走到李铁生的面前，高高地扬起手："你这个……"

李铁生已经做好了挨那一巴掌的准备，那个巴掌却放下了，取而代之的是重重的一声叹息："你快进屋去看看你妈吧！"

李铁生的心重重地沉了下来，他冲进了屋子中。

35

午后的阳光，带着夺目的光播撒在大地上。窑洞内，褐色的墙壁上留着多年被油烟熏烤过的痕迹，杂物从墙角一直堆到破烂的柜子上，压迫着本来就所剩无几的阳光，使窑洞变得更加黑暗逼仄。

李铁生从前就是在这个窑洞中长大的，他曾经蹲在炕上，在墙壁上学着写下过许许多多的汉字和数字，在墙角抓过各种各样的昆虫，他习以为常地认为这就是家的模样。

才几个月没有回来，住惯了同样简陋却相对亮堂的工人宿舍的他，才深切地体会到这个家的贫穷，自己的家到底有多穷呢？李铁生之前学了个新词：家徒四壁。

目光落在炕上贴着墙的那一边，母亲躺在那里，头发散乱，蜷缩在枕头上，李铁生走过去想摸摸母亲的脸和手。他自打有记忆以来，母亲就一直躺在这儿了，她有一种很严重的肾病，这种病一年无休地折磨着她，让她瘦成了一把骨头。

"妈……"李铁生试探地开口。

可是，当李铁生在这昏暗的房间中看清母亲的那一刻，他愣住了，从前的母亲骨瘦如柴，可是现在却胖了起来，眼睛快胖成一条线，脸色却比从前更加黯淡无光，比从前更加衰弱。

李铁生突然意识到，这并非胖了，而是水肿。

"铁生……"母亲缓缓睁开眼睛，当她看到是李铁生回来了，她迅速从被窝中伸出手来。李铁生把自己的手放在母亲的手中："妈……"

两滴泪瞬间掉了下来，他恨不得自己现在就被千刀万剐。母亲的身体已经差到这种地步，而他竟然不辞而别。在生他养他的母亲面前，那让他撕心裂肺的爱与思念根本就不值一提。"妈，对不起，对不起，我这么久都没有回来，让你们担心……"

李铁生的母亲赵玉芳向来是个很温顺的人，她并没有责怪李铁生，而是有气无力地说："你回来了就好，妈担心你，怕你在外面出事，你现在安全回来了就好！"

"你怎么突然病得这么严重了？妈，怎么会这样呢？"李铁生把头埋进被子中，身体随着哭泣而颤抖。这时李铁生的爹李富民走了进来："还不是因为担心你？你不知道你走的这段时间，我和你妈是怎么过来的。"

李铁生愧疚得说不出话，他低着头。在回家之前他把攒下的钱都用小布包装着放在口袋中准备给父母，可是看到母亲的病，看到这个家的破败，那几个钱又能抵得上什么用场呢？

赵玉芳从被窝中探出身子，浑浊的眼中溢出眼泪："老李，你就别再怪娃了，他能回来就行，就别怪他了！"

李富民现在也顾不上责怪李铁生，他这些天眼睁睁地看着赵玉芳一天天像吹气球似的肿起来，饭却吃得越来越少，最近几天已经吃不下什么了，就是口渴要喝水，他听人家说肾病到了这个时候恐怕也就到头了。

"妈，都怪我！妈，这回我不走了，我在家好好陪着你们……"李铁生有些哽咽了。

赵玉芳的脸上露出了些许笑容，她用力抬起手摸了摸李铁生的脸："妈可想你了，你就陪陪妈吧，陪妈走完最后这……"

"你这婆娘瞎说什么呢！"李富民突然大喊了一声，"别说这么晦气的话！"

赵玉芳说："其实这些天我就感觉身体连以前都比不上，以前的时候还能自己尿出来，可是这些天你也知道我已经什么都尿不出来了……我连累了你半辈子了，以后你也能轻松了……"

"伺候你我愿意，伺候你一辈子我也愿意……"李富民的声音也变得哽咽起来，他听别人说过，肾病一旦到了连尿都尿不出来的地步，哪怕是神仙来了，也都无力回天，可他不愿接受，更不敢相信。

李铁生听到这些心如刀绞："爹，妈的病不能不看，现在咱们就带她到县里的医院去！现在就去！"

赵玉芳拉着李铁生的手："别去了！妈的病治不好，去了还得花钱，咱家哪来的钱呀！"

"我攒了一些……实在不行的话，我还可以跟别人借，我先把你送到医院去，然后我去找我的工友借，去找我的一个姐姐……"李铁生说，他想到了高天琪，高天琪帮助了他这么多，他实在不好意思再对高天琪张口，可是他实在走投无路了。

李富民咬了咬牙："那就试试吧，能借多少咱就借多少吧！"

顾不上赵玉芳的反对，李铁生去找开拖拉机的王大哥，可是他正好出车，无奈就在隔壁借了个平板车，和父亲一起把赵玉芳抬到了板车上就往镇里赶，他们打算先把母亲送到镇上的医院里。

下午的日头偏西，却比中午更加燥热。李铁生卖力地拉着车，恨不得自己的脚上再安上一对车轮。以他们这样的速度什么时候能到镇医院呢？

好在拖拉机的声音从身后响起，原来王大哥出完车刚回家听到了此事便匆匆赶了过来，他们把赵玉芳抬到了拖拉机车厢里。

"王大哥，太感谢你了！"李铁生抓起身上的衣服在脸上擦了把汗。突然听到李富民在后面大喊："铁生，你妈她……"

李铁生愣愣地回过头，他突然听到母亲的喉咙里发出一阵咕噜噜的响声，紧接着他便看到被子上已经染上了一片片鲜红的血印。

"妈！"李铁生大喊一声，声音都有些不稳，他的心重重地剧烈跳动起来，他看到鲜血从母亲的口中一股一股地不断涌出来，甚至让母亲无法呼吸，那张刚刚看起来黯淡无光的蜡黄色的脸，此时变成了白灰色。

父子二人面对这样的情形完全手足无措，他们只能把赵玉芳的身体从车子上扶着坐起来，好让血液不流进气管中。

"妈，妈……"李铁生的手上沾满了母亲吐出来的黏稠的血液，他的心底升起了一种深深的恐惧，他有一种预感，他即将失去这个世界上最爱的亲人了。

36

赵玉芳死死地拽着李铁生的衣服，在血液从口中喷涌出来的间隙勉强呼吸一下，接着又开始不停地吐了起来，她的脚在被子中踢了一番之后，身子一软便歪在了李铁生的怀中。

"妈！"李铁生一边喊着一边擦去母亲嘴角的鲜血，血液染红了他那双颤抖的手，"你醒醒啊，你看看我……"

"铁生，你别哭了，哭有什么用？"李富民大声呵斥着李铁生，可他的泪填满了眼角的沟壑。他轻轻地在赵玉芳的鼻子前探了探，从他那小心翼翼的神情，以及那颤抖的手可以看出他仿佛在等待着一个宣判。

好在这场宣判对于他来说，还没有残忍到极致，赵玉芳还有呼吸！

"你妈肯定能坚持住！"李富民的声音带着哭腔。

李铁生顾不上哭，他让母亲枕在他的怀中，尽量减轻颠簸给母亲带来的痛苦，他终于明白"时间就是生命"这句话的含义。

来到金山镇医院门口的时候，李铁生浑身都已经被汗水浸透，他抱着母亲跑到了医院门前，对着来往的医护人员喊道："求你们了，求你们救救我妈……"

护士和医生赶快把赵玉芳抬到了病房里，镇上的医院并没有太多先进的检测仪器，医生只能初步断定赵玉芳的昏迷是因为失血过多，而浑身的水肿大概是因为肾病导致的。

医生给赵玉芳挂了上药，但是露出一副束手无策的模样："我们这里治不了，最好到省里的医院去！"

李富民眼看着病床上的妻子胸腔的起伏越来越小，悲痛交加的他恨不得给医生跪下："可是现在她已经要撑不住了，难道咱们医院就没有什么能救救她的方法吗？"

医生为难地说："要是在咱们这小医院，恐怕熬不过今晚了！"

李铁生看到此时的父亲已经彻底处在崩溃的边缘，这个一边照顾着生病妻子，一边带大一个娃娃的家庭顶梁柱的父亲，现在被即将失去妻子的痛苦彻底击垮。他在这一瞬间意识到自己已经是一个大人了，他要做这个家的顶梁柱，所以此时他虽然也一样悲痛，但还是逼迫着自己冷静下来："那我们这就去汽车站！"

从金山镇到青城一共有两条路线，第一条路线就是他离开家时走的路线，从金山镇坐汽车到包头，再从包头坐车过去，但是这段路程很长。还有一条就是先到县城再到石门子村，那里有固阳唯一的火车站，从那里坐火车到青城，这条路比较近。虽然班车很少，但是路程短。是去包头还是去石门子村站，两条路线必须选一个合适的。本来李铁生是打算带着母亲先去包头，如果路上母亲的状况不好，可以到市医院去。

从金山镇到包头的车只有两班，早上一班，中午一班，下午和晚上这两班车再开回来。除了这两班，没有再去青城的车了。一看时间，最后一班车已经发走了，可是母亲的情况眼看是坚持不到明天了。

最终李铁生别无选择地去石门子村的火车站，在那直接坐火车去青城。

在母亲的情况暂时稳定了之后，他背着母亲出了医院，到汽车站的路程有二百米，他和父亲迈开步子飞奔，总算是把母亲送上了汽车。

可是，这时候突然变了天，晴朗的天空被乌云遮盖，下起了雷阵雨，轰隆隆的雷声伴随着豆大的雨点骤然而至，李铁生父子俩急得额头冒汗。雨水已经湿透了沙土地，变得又湿又滑，车子只能慢慢开。

看着窗户被雨水模糊成一片，李铁生的眼睛发湿："要是我不选这条路就好了，说不定去包头那边的路会更好一些……或者要是有铁路就好了，铁路不会被大雨影响，可惜镇里没有！"

他一边说着，一边幻想着母亲正坐在高速飞驰的火车上该有多好。

终于，汽车几乎耗了好几个小时才到石门子村的火车站，而他怀中的母亲一路都在昏睡着，他看到了车窗外雨水模糊了的灯光，激动地说："妈，咱们就要到火车站了！"

赵玉芳这才微微抬起了眼皮，她回头看了看她这辈子最割舍不下的两个亲人，眉头皱了皱，声音虚得只能听见气息："儿啊，别折腾妈了，妈怕是撑不住了！"

这话再一次让李铁生眼睛红了，他摇着头说："妈，你能坚持住，咱们就要坐火车了，坐上火车就快了……"

车进站，李铁生就背着母亲往火车站跑，他这辈子不信神不信仙，但是他现在多想求求老天爷，再多给母亲一些时间。

可是，他突然觉得母亲放在他肩头的手狠狠地握了一下，接着便开始剧烈地呼吸起来，那声音好像是用尽了全身最后的力气，接着一边咳嗽着一边虚弱地喊："放妈下来……"

"不，妈，你再坚持下，马上咱就要……"还没等话说完，李铁生就感到领口有一股黏糊糊的湿热，夹杂着一股浓烈的血腥味。他转头一看，赵玉芳又吐血了。

这一次与上次不同，大口大口的血液已经不留任何呼吸的余地，如同坏了的水龙头一样往外喷涌着，流淌到他肩膀上，再从肩膀淌到地上。

"妈，妈——"李铁生放下母亲捧着她的头，他手足无措，想要止住母亲吐血，可是他什么都做不了。

"玉芳！"李富民也半跪在地上，用干枯粗糙的手去擦那鲜血，但是怎么擦都擦不完……

赵玉芳抓着李铁生的手，想说些什么，但是涌出的血液又被吸进气管里，已经说不出话了，只能发出坏了的风箱一般嘶哑的声音。最后她用眼睛诉说着她对李铁生爷俩的爱意与挂念，这是她这辈子最后的遗言。

赵玉芳走了，就在她即将要坐上火车的前一刻。

李铁生仍紧握着母亲的手，那手明明还有温度，可是充满了不舍和遗憾的眼睛却永远失去了光芒。渐渐地，这手的温度也消失了，任凭李铁生执拗地捂着，却还是在冰冷的雨中凉透了。

李富民无可奈何地接受了这个残酷的现实，他一边帮赵玉芳闭上眼睛，一边懊恼地说："早知道是这样，干吗这么折腾你呢，好歹也该让你在家里走啊！"

这个老农民不会表达什么情感，但是那如雨点般落下的泪，无声地诉说着他对这个相伴了半辈子的人的不舍。

李铁生的悲痛与懊恼更是无法用世界上任何一种语言来形容，若是他知道母亲的生命这么快就要走到尽头，他一定不会离家，一定会陪着母亲走完最后一程。

因为人是在县城里去世的，按照当地习俗，若是找车再拉回去也不合适，所以他们联系了县城的殡仪馆。在走进殡仪馆大门的那一刻，阴冷的气息瞬间闯入李铁生的鼻腔、身体。在这一刻，他才终于清醒地意识到，生他养他的母亲，这个世上最亲的亲人去世了。

办理好一切手续，赵玉芳的遗体被排好了号放在了殡仪馆里面。

李铁生执拗地看着躺在那里的母亲，她仿佛只是睡着了，说不定一会儿就会苏醒，然后摸着他的头说："铁生，妈睡着了……"

可是，再看那胸膛却早已没有了起伏。

家属不能一直待在里面，李铁生父子终于恋恋不舍地离开。

"爹，你说今天要是没下这场雨，要是我们再快一点，妈是不是就能到省里的医院了？我妈就有救了……"李铁生坐在殡仪馆门口的台阶上，低着头口中喃喃地说。

李富民坐下来拍了拍李铁生的肩膀："哪有那么多假如啊！其实，我都没想到你妈能坚持到今天。你不知道，在你走的这段时间里，她的身体就已经不行了。她其实就是因为担心你才一直这么挺着，直到看见你，她就放心了，心里没了挂念，一夜都坚持不下去了……"

李富民说着说着，也和李铁生一样哭了起来，父子二人抱头痛哭。

37

第二天早上，李铁生来到了母亲的身边。他的年纪不大，到现在还不到十九岁。他从小就喜欢听母亲给他讲故事，他一边聚精会神地听着，一边握着母亲的手。童年时的习惯仍然保留至今，他再一次握了握母亲的手，却已经是冰凉的了。

"咱们到了。"李富民的声音比从前更加沙哑，他把李铁生的手从赵玉芳的手中抽出来，"现在，那边说要推进去了。"

李铁生呆呆地看着母亲的脸，他的眼神聚焦在母亲那紧闭的双眼上，与母亲相处的记忆在脑海中一幕幕地播放起来，他多想再看看母亲的脸，多想再听听那声充满慈爱的呼唤。

殡仪馆的工作人员准备运送赵玉芳的尸体进火化机，李铁生突然紧紧地拉住了赵玉芳的手："再等一会儿，再等一会儿……"

"铁生……"李富民再一次将李铁生的手抓住了，"别给人家添麻烦。"

"我想再看看妈……"李铁生哭了，他的眼睛已经被泪泡得肿胀，现在也流不出任何一滴眼泪来，只剩下喉咙中那沙哑的呼喊声，"让我再看看吧！"

"你们能不能等几分钟再推进去？"李富民对殡仪馆的工作人员露出哀求的表情。

工作人员对此司空见惯，表示理解："那就再等十分钟吧，不过后面还有排队的。"

"铁生，跟你妈说说话吧，好好告个别，让她放心地走。"李富民说。

"妈，妈……"李铁生有好多好多想对母亲说的话。一时之间不知该如何开口，因为那难以承受的悲伤，已经令他说不出话来。

十分钟过去了，工作人员推走了赵玉芳的尸体。这一刻，李铁生浑身的力气仿佛消失殆尽般，他重重地跪了下来，浑身颤抖。

从殡仪馆出来的时候，曾经那个爱说话也爱笑，并且温柔的母亲变成了李铁生手中的一坛骨灰。他轻轻地捧在手中，不敢相信生命的重量竟然变得如此之轻。

就这么回到了家，村主任和村支书帮李富民办了一场白事。

李铁生迷茫地做完了丧事上各种各样的仪式。他觉得自己的一颗心仿佛麻木了一般，他甚至感受不到悲伤。他迷迷糊糊地想回家睡上一觉，就在母亲的身边，好好睡上一觉。

丧事结束了，村里的人都散去了。李铁生父子二人拖着疲惫的脚步回家，在踏进门槛前的那一刻，李铁生下意识地认为母亲应当躺在家里等着他。可是当看到炕上只有空荡荡的一床铺盖的时候，李铁生才真正意识到母亲死了。死亡已经彻彻底底地把他们母子二人永远分开，他再也不会听到母亲对他说话，再也不会看到母亲打毛衣，或者做针线活……

李铁生呆呆地愣在炕边，而李富民则到了厨房，他已经生起了火。李铁生茫然地来到厨房，他不知道父亲这个时候为什么还要生火。

"去把挂面拿来。"李富民抬起头对李铁生说。

李铁生没有动，李富民便自己到柜中拿了挂面，然后放进了锅中的滚水里，很快面条就做好了，他用筷子盛出来，一碗给了李铁生，一碗放在锅台。

"你从到家一直折腾到现在，都没好好吃顿饭，快吃吧。"李富民看着李铁生说。

"我不想吃。"李铁生摇了摇头。

"人总要继续生活下去，总不能一直不吃吧。"在父亲的劝说下，李铁生终于拿起了筷子，面条在口中却仿佛失去了味道一般，他机械性地咽了下去，甚至感觉不到烫。

李铁生吃完了，李富民这才说："铁生，咱们把这碗面条给你妈送去。"

李铁生有些诧异地看着李富民，李富民说："你妈最后的那段时间一直吃不下东西，她当时说就想吃碗面条，可是一直到最后都没吃上。"

李铁生听到这里眼泪再一次掉下来，父子二人捧着这碗面来到了后山。赵玉芳坟包上的土仍然湿润，散发着雨后泥土的清香。"玉芳，吃吧。"李富民跪下来把面条放在坟包前面。

父子二人在山上坐到了天黑，直到那碗面条被吹进了黄色的沙尘。

夜晚，李铁生躺在炕上，他对父亲说："都怪我不辞而别，否则妈的身体也不至于……"

"铁生，我和你妈都没怪过你，这都是命，都是命……"李富民喃喃地说。

李铁生没有再说话，他太累了，不知什么时候睡着了。在梦里，他看到一条长长的铁路一直修到了他们家，母亲坐着铁路上的列车来到了省城的医院里，她的病被彻底治好了，又坐着火车回到了家里。她满面笑容地对李铁生说："铁生，妈好了。"

38

李铁生帮李富民处理完了赵玉芳的丧事，又在家陪伴了父亲几天，最终还是走了。

本来他是不想走的，怕父亲太过伤心，可是李富民说："你好不容易找到铁路上的这份工作，就别丢了，你不知道，你第一次写信回来告诉我们你在铁路上工作，你妈有多开心！"

李铁生这才离开，他先是去山上好好地看了看母亲的坟包，算是和母亲道别。随后他把身上除了车费以外所有的钱都留给了父亲。在省城里，他用公用电话打电话给高天琪，对高天琪说了母亲的死，因为他当高天琪是他的亲姐姐。"姐，要是铁路能够通到我们家，该多好！"

然后他回到了货场。繁忙的工作消耗了李铁生身上所有的力气。他比从前更加卖力，恨不得把别人的工作也抢过来，因为只有这样他才没有时间去悲伤。下了工的他在床上倒头就睡，对于工友们经常开的玩笑，他用沉默回应，从前那个热情的他仿佛消失不见了。

潇洒叔问李铁生到底是怎么了，李铁生说没什么。对于母亲，他越想越觉得愧疚，不管母亲的病是不是因为对他的思念而恶化，他都没有在母亲最需要他陪伴的时候留在母亲的身边，他的愧疚令他说不出话来，令他不敢再回想母亲离开的场景。

潇洒叔也拿李铁生没办法。一次回家的时候，趁着灵秀睡了，潇洒叔这才对妻子说："李铁生，就是我跟你说的那个老乡前段时间回了一趟老家，回来之后就突然一句话都不说了，闷乎乎得像个木头疙瘩！"

"他家出了什么事情？"他妻子也关心起来。

"我也问不出来，他啥也不说，一天就知道闷头干活，我估计下个月的劳动模范准是他！可我就是怕他这么闷着，时间长了再憋出病来！"潇洒叔叹了口气。

灵秀根本就没有睡着，她侧着耳朵贴在门上听着父亲说的这些话，心里忍不住担心起来。自打上次她对李铁生表白失败之后，她再也没去过货场，虽然一直没去，可心里一直挂念着李铁生。

第二天，灵秀借口说同事约她一起去看电影，然后来到了货场。面对跟李铁生同组的那些工友的目光，灵秀感觉面颊发热。

灵秀是个聪明的女孩，从前她天天过来找李铁生，后来又不来了，她知道别人能猜出来是咋回事。可是，对李铁生的担心又让她的脚步坚定了起来，很快她在那些正在干活的工人中，找到了李铁生的身影。

她在那里踌躇了一会儿，但还是走了上去："铁生。"

李铁生似乎没有听见，他把货物重重地扔在手推车上，刚准备推走的时候，一只白嫩的手放到了他那黝黑的手背上，冰凉凉的。

"铁生。"

李铁生如梦初醒般抬起头，过了几秒钟才反应过来面前的人是灵秀。这些天来，他都在不停地干活，只给自己留下一点点睡眠的时间，所以身体的超负荷劳动使得他的思维也变得迟钝起来。

"铁生。"灵秀又喊了一声。

"灵秀，你怎么来了？"此时灵秀的眼眶早已经湿润了，她噙着泪水，一句话也说不出来。她自己也不知道，为什么在看到李铁生的那一刻，心中就涌动起一种莫名的情绪来，尤其当她看到李铁生的眼睛里失去了曾经那份热情的光彩，就更加心疼。她低下头吸了吸鼻子，然后从拎包中拿出一个鼓鼓的塑料袋：

"我给你带了些苹果。"

"谢谢你。"李铁生看了看一旁的手推车，又看了看灵秀，"只是我现在还在上班……"

大牙路过看到了这一幕，他马上把李铁生手中的手推车抢了去："这几天你抢着替我干了那么多活，正好我现在没事，你去跟灵秀说说话吧，我在这儿干活。"

"大牙哥，那就多谢你了。"李铁生对灵秀心怀歉意。

在铁路边的一块空地上，李铁生坐了下来，浑身的疲倦袭来。他全身的肌肉都在隐隐作痛。

"你这段时间，还在学习吗？"灵秀问。

"眼下这段时间，几乎没学。"李铁生说着目光垂下去。

"怎么不学了呢？"灵秀继续问。

"没心思。"

"怎么没心思学？"灵秀这样一句一句地问，让李铁生本来就焦灼的心情更加没了耐心。可是因为对于灵秀的愧疚李铁生便一句一句地回答："家里出了些事。"

"所以这段时间你就变得一句话都不说，就一直沉默着了吗？"灵秀不放弃。

李铁生轻轻地叹了口气："灵秀，你很长时间都没来了，其实我一直都想跟你说声对不起……"

灵秀摇了摇头："那些事情都已经过去了，现在我还是你最好的朋友吗？"

"是，你是我在这个地方最好的朋友。"李铁生诚恳地看着灵秀的眼睛。

灵秀温柔地说："铁生，我倒不想逼着你说不想说的事，可我听说你最近一直很消沉，也一直在加班加点干活，我很担心你，如果可以的话，作为朋友我愿意为你解开心事，如果不能的话，也愿意陪着你走过这段艰难的时光。"

"我不想说。"李铁生盯着地面。

"你不想说我就陪着你，陪着你说说别的事情，这样你心里也能好过些吧？"灵秀微笑着对李铁生说了一些最近身边发生的事情，还有村小学的孩子们最近在河里游泳，被她抓到之后领回家去，警告说不许再去河里游泳了。

终于，灵秀讲得口干舌燥。李铁生说："灵秀，谢谢你愿意跟我说这么多，就为了能让我的心情好起来。"

灵秀笑了："不仅仅是想让你的心情好起来，也是因为我想跟你说这些。"

灵秀的温柔让李铁生感动，他终于决定打开心扉："灵秀，我想跟你说说我的事好吗？"

"当然好！"灵秀望着他。

在烈日的树荫之下，李铁生一字一句地给灵秀讲着，说着这段时间在他身上所发生的事情。

39

灵秀终于明白，李铁生为何会变得如此消沉低落，她听着李铁生的倾诉，轻轻地握住了李铁生的手。

"如果我当时不离家出走，不让我妈那么担心，她也就不会病得那么严重……"李铁生慢慢地述说着，声音一度哽咽，"如果我知道会是这样的话，当初我说什么都不会离开家，至少我会陪着我妈走过最后的那段时光……"

"铁生，这不怪你，你不能把所有的错误都揽到自己的身上……"灵秀劝慰道。

"这怎么能不怪我呢？我根本就不敢想象，在我妈病得最重的时候，我居然不在她的身边，她该多难受？"李铁生捂住脸。

灵秀不知该怎么安慰李铁生，她只能轻轻地抚摸李铁生的肩膀，结实的肌肉线条掠过她的手掌，留下一层薄薄的汗水。

这场倾诉最终还是有了效果，当李铁生把心里所有的愧疚都说出来的时候，他终于在心里直面了母亲去世的事实。

"铁生，也许我不能理解你的难过，但我还是希望你能振作起来，毕竟你母亲的在天之灵一定在看着你，她那么爱你，一定不希望你像现在这样折磨自己！"灵秀轻轻地说。

李铁生抹了一把脸上的泪："可我心里觉得懊恼……"

灵秀很清楚李铁生为什么要这样折磨自己，他是想通过这种方式来惩罚自己。"可懊恼又能怎么样呢？你应该打起精神来好好生活，因为这一定是你母亲最后的心愿！"

李铁生强忍着泪水说："谢谢你愿意听我诉说这么多，可我现在只想自己一个人待一会儿，灵秀，你可不可以先回去？"

灵秀把苹果放在李铁生的面前，然后就离开了，不过她并没有走远，而是来到附近的货堆后面。她看到李铁生抱着膝盖哭了起来，颤抖的肩膀依靠在大树的旁边。她明白李铁生的自尊不会允许他在任何人面前哭泣。

在经过了这场倾诉与哭泣之后，李铁生再一次振作了起来。他渐渐变得和从前一样愿意跟工友开玩笑，也不再像从前一样折磨自己。灵秀为李铁生牵挂着的心也终于放下了。

然而对于灵秀来说，这次的见面让她对李铁生刚刚冷却下来的爱慕之情再一次燃烧了起来。对于一个女人来说，心爱的男人在她的面前表露出脆弱的模样是多么令她心疼，令她心动啊！

高天琪的暑假即将结束，她在去北京之前，放心不下李铁生，便与周跃平再一次来到了货场。

"姐，跃平哥，你们到我宿舍去坐坐吧。"李铁生热情地招呼着他们二人，高天琪本来还担心李铁生会因为母亲的去世而变得消沉，现在看到李铁生的状态总算放心下来了。不过她从李铁生的眼中看到了一些之前从未有过的神情，如果一定要用一个词来描述的话，那就是成熟。

想到这里，高天琪便不由得想起了自己童年时在听到父亲遇难的噩耗时的心情，她也是在那之后真正地学会了坚强，变得成熟。

高天琪关切地问："铁生，这段时间你还好吧？"

李铁生说："不瞒你说，前阵子我真的很难受，也很消极，还好我在货场这儿有一个很好的朋友，她开导了我。"

"是啊，人总要向前看，我真的很佩服你的坚强勇敢。"高天琪笑着看着李铁生，眼神中充满了怜爱。

李铁生却叹了口气："姐，跃平哥，你们毕业了还会回到咱们这个地方吗？

会回到这里来修建铁路吗？"

"我想我们都会回来的，为什么这么问？"周跃平问。

李铁生说："这段时间我一直在想，假如我们这里通了铁路，修了火车站，我就可以提前把我妈送到省里的医院了。不管刮风还是下雨都不会对列车造成影响，而且速度还很快，我想在这些西北的县城里，我妈不是个例，还有很多人面临着这个问题。"

高天琪听到这里，心里触动很大："是啊，也正是因为这些，我们最终一定要回到这里，把铁路铺到更多的地方！铁生，你也要一起努力！"

李铁生摇了摇头："我能做什么呢？我又没什么技术，也没有学历……"

高天琪立马打断了李铁生的话："可是你在学习呀！等你以后学成了也可以为西北的铁路建设发光发热的，所以你一定不要放弃学习，等我们到了学校之后就把教科书给你寄过来，你要是有不会的问题就记录下来，等到我放假回来就讲给你听！"

李铁生的心里感动万分："谢谢你，帮了我这么多，还要操心我的学习……"

高天琪微笑着说："我帮你，不光是因为我跟你之间的缘分，也是为了你的梦想，能有更多的人愿意参与家乡的铁路建设，也是我的梦想。"

在高天琪与周跃平回到北京一周后，李铁生就收到了整整一大箱的书，他兴奋地翻了翻，从大一到大三的所有教材都在这里。李铁生决定振作精神投入学习中，因为他不想自己母亲身上的悲剧在别人身上重演。

除此之外，更令他感到振奋的是，在货场里的劳动模范评选中，他因为平时工作积极，又通过一些自学的铁路知识，帮助铁路工人修整了货运段的铁路，不仅受到了冯金山的赏识，也得到了最多的票数，获得了劳动模范的奖状。他把奖状贴在自己的床头，有的时候累了一天躺在床上，看到奖状的时候，仿佛浑身的疲倦都消退了。

40

这张奖状虽然给李铁生带来振奋的心情，但也引起货场里一些工人的不满。

这个劳动模范不会加多少奖金，可是对于这一小部分工人们来说，一张劳动模范的奖状，包含了一种比金钱更高的价值，代表了被认可，被看得起。就是这样一份特殊的荣誉，却给了一个外乡人。

不过李铁生的工作实在让人挑不出毛病来。有几个工人时不时给李铁生找些麻烦，要不就是故意让李铁生帮忙干活，要不就在李铁生已经堆放好的货物上搞点破坏。有时候忙了一晚上的李铁生刚刚回到宿舍，就听说他夜班刚刚摆好的货物塌了一地。无奈之下，李铁生只好拖着疲惫的身体又回到工作岗位上，把货物堆好。

这么几次下来，李铁生和同组的人都知道，这八成是有人故意的。光头看不下去了，说道："铁生，我觉得这件事儿咱们得给领导汇报，要不然还不知道要白干多少次呢！肯定是眼红你那劳动模范的奖状！"

李铁生一边把货物扛到背上，一边说："就算是汇报给领导又能怎么样呢？他们是趁着黑夜过来捣乱的，总不可能专门派个人出来守着我弄好的货物吧？再说，我要是汇报了，领导批评下来，还不知道他们怎么对付我这个外乡人呢！"

光头砸了砸嘴："那你也不能任由他们这么欺负呀！"

李铁生想了想，其实他多干一些也无妨，为了那张奖状上的荣誉，他愿意多干，可是牺牲休息的时间来干活，就没时间学习了。自打当上劳动模范，别的班组的人也故意来找他帮忙，他要是不帮，那些人就阴阳怪气地说："还说什么劳动模范，原来劳动模范只帮他自己班组的，不帮别人班组的！这就是潇洒叔带出来的工人！"

哪怕是为了潇洒叔，李铁生也能帮则帮，可是刚刚翻了没几页教材，还没学多少知识，就在这繁重的体力工作中都忘光了。

中午吃饭的时候，李铁生对潇洒叔说："潇洒叔，你说这劳动模范的荣誉，能不能给别人呀？"

潇洒叔一听直撇嘴："你这孩子，给你奖状你还不要？"

李铁生只好把他最近的遭遇告诉了潇洒叔："为了这张奖状，为了这份荣誉其实受点委屈也无所谓，就是这段时间，前营那几个班组的小头头贺超，没少找我麻烦。他一开始就不同意我这个外乡人在这儿工作，后来是领导出了政策我才勉强留下来的，现在我这个本来就在风口浪尖上的人还得了奖状，他怎么能愿意呢？"

潇洒叔点起一支烟，眯着眼睛抽了一口："你说的倒也不假，这段时间我也看在眼里，但是这奖状恐怕还真不好收回！"

"不能找领导问问吗？"李铁生一边啃了一口馍一边说，"潇洒叔，我这也是为了咱们货场里的团结，不过说实话，我也希望能把更多的休息时间用在学习上。"

潇洒叔点点头说："我知道你爱学习，但是你没明白领导的这一步棋。"

"什么呀？"李铁生不解。

潇洒叔示意李铁生凑近一些，小声说："还记得你上回跟领导的提议吗？当时就是为了让大家能够同意招外地的工人，所以答应了大家优先招本地的工人，对本地的工人也有各种各样的福利待遇。可就是因为这样，本地的一些工人认定领导不会开除他们，也希望能够多招进来一些外地工人，好把脏活累活都推给他们，所以工作做得越来越散漫。领导之所以把劳动模范的奖状颁发给你，就是为了刺激刺激他们，让他们知道对本地工人和外地工人是同样对待的！"

李铁生还真没想到他竟然起到了这么大的作用。潇洒叔笑了笑："铁生，当然这也是我对领导的猜测，毕竟你这个劳动模范是当之无愧的！你就当是帮叔叔这个忙，我也想这个荣誉奖状能够留在咱们班组！"其实潇洒叔有很多话并没有告诉李铁生，在评选劳动模范的时候，他在冯金山面前说了不少李铁生的好话，为的是通过这个奖状把李铁生留在货场里。这段时间，他发现灵秀又经常来货场找李铁生。灵秀没死心，他这个当爹的也没死心，能找到李铁生这样的好青年可不容易，他觉得自己当初跟李铁生说与灵秀的婚事还是有些为时过早，怎么也应该等到李铁生把之前跟王小梅在一起的那一段淡忘了再说。想到这里，他又觉得李铁生是个重情重义的孩子，不由得心里又对李铁生增加了几分好感，说不定等日子一长，李铁生能和灵秀日久生情呢。

想到曾经对灵秀与潇洒叔的亏欠，李铁生也只好答应下来，他只能牺牲自己的睡眠时间用来学习，学习已经成为他生活的一部分。自打看了高天琪和周跃平寄过来的教材之后，他才明白原来有关于铁路工程的专业知识如同浩瀚的海洋，他必须抓紧一切时间学习，才能实现建设家乡铁路的梦想。

不过，不管潇洒叔还是李铁生，谁都没有真正猜到冯金山的心思。

冯金山还有两年就退休了，也知道多一事不如少一事。不过这段时间上面刚好下发了一个通知，有机会让他评上职称，做领导的都希望自己的政绩出众，所以他打算把货场的工作好好抓一抓，等退休了也留下个好名声，所以货场里的陈年问题他也不能像从前那样睁一只眼闭一只眼了。

就比如前营的那个小头头贺超，一直以来都在这几个班组中拉帮结派，四处推卸工作欺负别人，他早就看不顺眼了，所以给李铁生发劳动模范的奖状只不过是个前奏而已，他接下来打算把贺超和他的那一派争强好胜的党羽都开除了。

41

冯金山召开了一场大会。大会上，冯金山对大家说："咱们起早贪黑地在货场里上班，不是为了享福，更不是为了作威作福，而是为了工作，为了能够保证每个人都享受到同样的待遇。所以，今天我们要严格地实行新的条例！"

冯金山把新的条例念了一遍，其中最重要的一条是：不得拉帮结派，打架斗殴。要认真完成自己分内的工作，在这个基础上团结工友，乐于助人。

通常，大家对这样的会议也就是听一听罢了，甚至有的人坐在小马扎上也能睡着。毕竟在货场干了这么多年，本地的这些工人们还从来没有过什么危机意识。

"李铁生，你上来一下！"李铁生冷不丁地被冯金山揪到了台上，冯金山直接说，"你们要是不知道怎么做，今天我就给你们找个榜样，你们从此以后就用李铁生的行为来要求自己，他从今天开始就是你们的榜样！"

李铁生心里不禁暗暗叫苦，如此一来他又不知道该被多少人针对了。

果然，刚刚坐在小马扎上也能睡着的一些工人纷纷抱怨起来。冯金山听到他们议论纷纷，便直接问："你们有什么不满意的，就说出来。"

贺超站了起来："领导，李铁生不过是一个新来的，他哪懂得咱们乡里的这么多规矩？咱们干了这么多年，早就有了些约定俗成的规矩，要拿一个外地来的临时工当榜样，恐怕不太好吧！"

看到贺超用冷冷的目光看着自己，冯金山把台上的话筒又往自己面前拉了拉："贺超，那你倒说一说到底有什么约定俗成的规矩，也让我听一听！"

贺超说："都是一些咱们在工作上的分配而已，没啥好说的，这么多年大家也都是这么干过来的！"

冯金山知道，要是真想把贺超这样的硬骨头啃下来，他必须强硬："从今天开始，我不管你们有没有什么约定俗成的规矩，从今以后都必须严格遵守货场的规矩，以李铁生为榜样干工作，不得有任何拉帮结派或是欺负人的行为……"

贺超直接打断了冯金山的话："你拿一个外地工人给我们本地人当榜样，到底是什么意思？"

"没什么意思，就是告诉你们，我也是外地人，你觉得我老冯配得上当你们主任吗？"冯金山说这话时显得精气神十足。他本来是有些想做做架势的，可没想到贺超竟然一时语塞，不知该怎么回怼自己。

于是，冯金山决定乘胜追击，又把嗓门提高了一些说道："本地工人和外地工人一样，干得好的都是榜样，干得不好的就只有一个结果，那就是开除！还有，我听说前段时间刚刚招进来的几个新工人挺受排挤的，以后谁要是再敢排挤新来的工人，也都开除！"

一场大会结束了。

这恐怕是本地工人这么多年以来印象最深刻的一次会议了，他们一直把货场的工作当成了一个铁饭碗，无论是谁都没有想过还有可能被开除。

晚上，贺超和几个人就拦住了李铁生，从宿舍到站台还有一段黑灯瞎火的路，李铁生就被他们堵在了这条路上。

"李铁生，你今天挺风光的呀！"贺超阴阳怪气地说。

李铁生说："我要去上工了，你们让我过去！"

贺超冷笑了一声："你们听听，劳动模范果然不一样，说起话来这么牛气！"

"那你们找我是有什么事吗？"李铁生问。

贺超直言不讳："咱们以前在货场上一直干得挺顺心的，自打你这个外地人来了之后，就一个规矩又一个规矩的立……"

李铁生也懒得与他们掰扯："这些事情跟我没关系，你们要找就去找领导，我还要上工！"

突然，贺超就在李铁生的肩膀上狠狠地推了一把："你别想走！要不是你天天这么没命地干活，领导也不会把你当成榜样来要求我们，我看你就是成心给我们添堵的！你要是想在这个货场继续干下去，以后就别他妈像头驴一样拼死地干，要不然你就是留下来，我们也不会让你好过！"

贺超说完带着一帮人离开了。

李铁生现在是心里有苦说不出，冯金山有意拿他当个典型捧着，他也不好推卸。然而，当天晚上贺超就来警告他，以后还不知道要遇上多少麻烦呢！

来到站台上，李铁生正常投入工作，省城新来的几个工人被安排和他一起工作，为的就是让新来的工人以李铁生为榜样。其中一个比李铁生还要小一岁的工人小勇问："铁生哥，今天领导在大会上表扬了你，你咋还显得闷闷不乐的呢？"

李铁生笑了笑："没啥，干活吧！"

小勇问："到底出了啥事儿？你就跟咱说说呗！"

等到中间休息的时候，李铁生把这几个新人都召集到了自己身边："其实，你们今天也都看到了，这个货场的情况挺特殊，几乎不招外地人，所以咱们这些外地人来了就一定会受到排挤。"

小勇等人点了点头。

"但是工作该怎么干还怎么干，货场的老工人肯定还会找咱麻烦，但咱就别放在心上。要是有人对你们说什么，就告诉潇洒叔，不行就跟领导说！"李铁生补充道。

这时，小勇说："前几天贺超跟我说让我跟他们一起干去，他说我要是跟他们干就不排斥我，要是还跟你一起干就不会让我好过。"

李铁生叹了口气："你要是想在这里干下去，最好别跟贺超那帮人同流合污，你就算是跟他们一起干了，也一样是把大量的工作都推给你，横竖受欺负，还不如问心无愧地把自己的工作干好！"

小勇点点头："我知道，我还不知道领导说的话是什么意思吗。跟他们混在一起，准没好结果！"

李铁生点了点头："他们要是再找麻烦，大不了咱就躲着点，被说几句无所谓，最重要的是在这儿挣个养家糊口的钱！"

李铁生虽然这么说，但他自己都不知道接下来贺超他们又会出什么幺蛾子，而他又该怎么应对。果然，还没过几天，以贺超为首的几个老工人就直接搞起了罢工。

42

好几车货物都堆在站台上，由贺超拉进来的那些工人竟然没有一个去卸的，任由货物那么放着，这事一直捅到了工厂领导那里。很快，一通电话打到了冯金山的办公室。是其中一个副厂长打来的，他在电话中厉声质问冯金山："你这排班是怎么安排的，怎么连个卸的人都没有？"

冯金山到站台上一看，又回到办公室拿排班表一翻，果然，今天早上是贺超所在班组的班，应当由他们来装车，可是现在，这些货物都堆放在站台上。

"你等着，我去找找这个班的工人！"冯金山一边说着，一边连跑带颠地往工人宿舍那边跑去，要是耽误了火车调度就麻烦了！

结果，他打开宿舍门，一股烟酒味混合着床铺和汗渍的气味扑鼻而来。一看，贺超和那帮工友正躺在床上呼呼大睡，再一看地上的啤酒瓶子和烟头就知道他们昨天晚上干了什么。

"你们干什么呢？不知道要上工了吗？"冯金山气得一脚踹在铁门上，咣当一声惊醒了几个人，但是他们仍赖在床上装睡。

冯金山干脆上去直接扯掉他们的被子："现在那车货等着卸呢！你们还要睡到什么时候？"

贺超这才慢悠悠地从床上爬起来，冷眼看着冯金山："领导，咱哥几个昨天晚上喝了顿酒，今天都挺困的，就不上工了！"

冯金山一听就急了："你他妈听听自己说的是什么话？不上工了你打算怎么着？"

贺超毫不掩饰地说："打算罢工呗！咱不干了！"

无论冯金山还是贺超，大家心里都很清楚这货场上的工作是一个萝卜一个坑，现在突然整个班组罢工，根本没有多余的人能够填补上，势必要耽误火车的调度。

冯金山明白，贺超这是跟他杠上了，问道："你是不想干了吗？"

"也没不想干，就是瞅着货场那几个新来的不顺眼，反正他们要是在咱们就不上工！"贺超说着，打了个哈欠。

冯金山看着贺超那一副死猪不怕开水烫的样子，露出了一抹冷笑："那行，你他妈就躺着吧！"

虽然冯金山此时心里没底，不知该怎么处理现在这个难题，可要是在这个时候低声下气地求贺超他们去上工，那以后这货场可就是贺超的天下了。他急急忙忙地跑到了潇洒叔那里，把贺超他们罢工的情况说了。潇洒叔说："咱不能让领导为难，现在我就带人去把那车货卸了……但是吧……"

冯金山心领神会："你们多干的，肯定补工资！"

潇洒叔很快就带着本班组的人来到了站台上，以李铁生为首的年轻工人很快就将货物都卸完了，勉强没有影响到列车的调度。

本来就上了个夜班，早上又加了个班，李铁生还没来得及休息就看见灵秀来了。

自打上回灵秀开导李铁生以后，她又像以往那样时不时地到货场来找李铁生，不是带些水果就是带些点心。

有了上一次的事情，李铁生也不再像从前那样迟钝了。他从灵秀的眼睛中，分明看出灵秀对他还没死心。

"你看，铁生！"灵秀从大手提包里掏出一个圆圆的网纹瓜，还带着一小截绿绿的藤蔓。

"这不是蜜瓜吗？"李铁生吃惊地看着灵秀。他觉得灵秀背在身上的那个大手提包好像带着魔法一样，每次她随手一掏，就能拿出个不一样的东西。想到这里，李铁生觉得心里愧疚，灵秀时不时地给他送这么多东西，他却不能回报灵秀的这份情谊。

"这瓜挺贵的吧？"

灵秀摇摇头："才没有，这是我今天去赶集的时候买的，不贵，我带了刀，一会儿咱到那边切了吃，剩下的那半儿你给俺爸就行了！"

吃着蜜瓜，李铁生看到灵秀的表情似乎有几分忧郁："你怎么了，心情不好？"

灵秀嘟着嘴说："前几天，我二姨从省城回来探亲，她见我还单身就非要给我介绍个对象，我不想见，这两天我妈跟我二姨就轮番来游说我。"

李铁生沉默了片刻："既然是你二姨介绍给你的，那个小伙子条件应该不错吧？"

"条件倒是不错，我听二姨说他在省城的厂子里上班，工资挣得还挺多，可我还是不想见！"灵秀说。

"其实你去看看也好，万一真的合适呢？"李铁生舔了一下黏在嘴角的蜜瓜香甜的汁液，轻轻地叹了一口气，他知道灵秀为什么不去看。

灵秀突然执拗地说："我不，我就是不去看！我妈说我这个女娃从小就犟……"

"你为啥不去呢？"李铁生打断了灵秀的话，"人家是城里人，你嫁过去了也是城里人，比你留在农村找个出大力的装卸工要好。"

灵秀咬了咬嘴唇说："只要是我认定的人，管他是装卸工还是庄稼汉，我要是不喜欢，城里人又能怎么样？"

李铁生用试探的语气说："其实你可以试一试的，哪怕只是为了应付你二姨和你妈。"

"我偏不！铁生，反正之前我的心意你都已经知道了，现在我还想跟你说，你要是还忘不掉王小梅的话，我就等你，等你什么时候忘了，再说咱俩的事儿！"

李铁生没说什么，他手中捏着一块瓜皮，不知该怎么回应灵秀。他觉得灵秀很漂亮，人也很好，可是他对她的感情偏偏不是那种男女之间的喜欢。

送走了灵秀，李铁生回到宿舍，在床上躺了下来，一边想着他在货场里此时尴尬的位置，一边想着灵秀为了他而不去看那么优秀的相亲对象，就这么辗转反侧地一直躺到了傍晚。

他来到了冯金山的办公室里。"你说什么，你要辞职？"冯金山惊讶地直接从椅子上站了起来。

李铁生点了点头："对，我要辞职。"

43

冯金山在听到李铁生确切的回答之后，愣住了，他用一只手在自己的腹部来回盘了几圈，另一只手拿起了桌上的一盒烟，从中抽出一根，一边递给李铁生，一边问道："你抽烟没？"

"冯主任，我不会。"李铁生说。

冯金山还是不死心，硬给李铁生的手中塞了一根："铁生，你陪我抽一根，咱俩说说话。"

李铁生点了点头，接过烟，学着冯金山的样子点着烟，可是一番火燎之后，烟没点着。

"铁生呀，其实咱们货场待遇真算不错的，像你这样的农村娃娃能找到这样一份工作真的挺不易的，如果去建筑工地打工，可比咱们这儿累多了，伙食还没有咱们这儿好。再说咱们这儿的伙食，可不仅仅比工地上的好，比城里的工厂还好呢！你还是要珍惜这份工作呀！"一边说着，冯金山又划了一根火柴，帮李铁生点烟。

李铁生叼着烟凑过去，这次还是没有点燃，一根火柴又浪费了。他把烟从嘴里取下来，说道："冯主任，你能给我工作机会，我很感谢，可是……"

"其实你不说我也知道你有什么顾虑！"冯金山打断了李铁生的话，一边又划了一根火柴，帮李铁生点烟，他一边点烟，一边对李铁生说，"你得吸一口，不然点不着。"

李铁生吸了一口，呛着了，弯着腰咳嗽不止，一旁的冯金山连忙帮李铁生拍着背，一边嘴里念叨着："唉，算了算了，不会抽就别抽了。"

其实，冯金山是打心底里欣赏李铁生的，由于他这个外地工的偶然出现，帮冯金山解决了不少货场里的老旧问题。他觉得李铁生这个孩子虽然看起来老实憨厚，但实际上是很聪明的，尤其处理人际关系上更是如鱼得水，要不然怎么可能排除万难留下来呢？

所以冯金山觉得可以将李铁生树立成一个典型，通过他这个劳动模范，不仅可以鼓励新来的外地工人，更可以给货场里面那些拉帮结派、偷懒耍滑的老工人一些警醒。当然，他也考虑到这么做的后果，那就是会给李铁生很大的压力，不过李铁生既然能在这里待下来，就说明他也一定能处理好现在这些错综复杂的人际关系。

等李铁生缓了过来，冯金山才接着说："肯定是这个劳动模范给你带来压力了，但是你刚才也说了，我能给你这个工作机会，当初也是排除万难。现在好不容易树立一个劳动模范的典型，你就要走，你这不是为难我吗？"

冯金山在货场里当了这么多年的主任，在人情世故方面是个老油条。他不仅知道李铁生头脑聪明，更是吃准了李铁生心地善良，见李铁生脸上露出些为难的神色，便又加了把劲儿，说道："当初我为了让你留下来，可是冒了很大的险的，怎么说我也算是帮你吃上了铁路的这碗饭。现在还有一大批工人在这跟我闹，你要是在这个节骨眼上走了……"

李铁生叹了口气："可我一个人，也干不出那么多的工作量……"

"能多个人干活，就多个人干，实在不行这个主任我也别当了，也下去当装卸工……"冯金山这一席话堵得李铁生不知该怎么开口，他还没来得及对冯金山说理由，就被冯金山直接推了回来。"冯主任，那怎么行呢？"他为难地看着冯金山。

"唉，我就知道你这孩子挺体谅人的，你先留下来。"冯金山狠了狠心，"至于现在贺超他们闹事这件事，我也打算好了，不能让他们再继续猖狂下去。这几天我就把贺超开除了，剩下那些罢工的工人这个月工资全扣！我对他们手腕硬一点，他们以后也就不敢再罢工或者为难你了！"

其实，货场里这些乱七八糟的人情世故虽然让李铁生头疼得很，但也不是不能忍受。他想辞职的真正原因是不想再耽误灵秀，灵秀已经因为他伤透了一次心，不想有第二次，更不想再次辜负潇洒叔的一片苦心。但是冯金山既然这么说了，他就打算过了这个节骨眼儿再说。

其实，冯金山明白，李铁生既然已经有了想辞职的这个意思，说明离开只是个时间问题，即使他今天把他留下来了，也不知李铁生能坚持多长时间。所以，他不得不趁着劳动模范还在，大刀阔斧地对货场来一次大裁员。

只是他得找个契机，想个能让工人心服口服的理由去开除贺超。

这几天，贺超搞罢工，带着一群工人在货场里游手好闲来回游荡。他经常在别的工人耳边说："你们还傻乎乎地干活呢？等以后有一天你们老了干不动了，场里就要找外地的年轻工人来取代你们了，到时候可就没人管你们了！你们现在也应该加入我们的行列中，把那些外地工人彻底挤兑出去！"

虽然贺超领着一小帮人在罢工，但他手下还是有很大一部分工人选择兢兢业业地干活。毕竟贺超等人罢工，分到别人手中的活就越来越多。在上次改革之后，多劳多得，上有老下有小的中年人都想趁着这个时候多挣点钱。没活干的贺超等人看到游说不起作用，只能游手好闲起来。反正按照规定，不管干多少活他们都有底薪可拿，法不责众，冯金山也没办法一下子把他们这二三十人都责罚了，于是闲着没事儿就在空场地上喝酒抽烟打牌。

空场地上有一棵百年老树，要几个人手拉手围在一起才能合抱起来。李铁生平常就在这棵树下看书，这天他正学得入迷的时候，便听到贺超骂骂咧咧的声音："你他妈给我滚起来！"

李铁生将视线从书本上移开，抬头看着贺超，眼神中不免带着怒气，毕竟他也是个血气方刚的小伙子，被这么突然骂了一句心里哪能舒坦？但是多一事不如少一事，他懒得跟贺超这些人计较，干脆合上书本就走。

"让你滚你就滚，你他妈真像俺们家看门的那条狗！"贺超一边说着一边朝地上狠狠地啐了一口，"记住，这地方是我们祖先留下来的，你他妈连站在这儿的资格都没有！"

李铁生冷眼看了一眼贺超，但还是转头就走，这时他听到后面一阵嬉笑的声音："这驴日出来的，真窝囊！"

突然，一股怒火从李铁生的心里不可抑制地喷薄而出。

44

别的李铁生都能忍，可这句话他无论如何都忍不了，尤其是前段时间他的母亲离世了。

这种巨大的、难以忍受的侮辱让李铁生牙关紧咬，他先是把书整整齐齐放在了一边，接着直接急步冲上去，一拳狠狠地打在了贺超的脸上。

贺超还以为李铁生真是个窝囊废，所以没半点防备，一下子就被李铁生打了个踉跄。他愣了一下这才反应过来，接着便冲着李铁生大喊："你他妈胆子还大得很，竟然还敢打我？今天老子就让你看看我的厉害！"

说着一群人便直接冲上来把李铁生摁倒在地上，也不知是多少人的拳头如雨点般落在李铁生的背上，他动弹不得，也无法闪躲，只能一声不吭地挨着这些拳头。

正好大牙就在旁边的场地上干活，他听到这阵吵闹之后跑过来一看，挨打的竟然是李铁生。他直接推着独轮车就朝这群人冲了过来，一下子推翻了好几个人："打我兄弟你们是不想活了！"

这些人一看是大牙，心里都有点发怵，毕竟大牙是个狠角色，打起架来一个能顶仨。

"大牙，这可是李铁生先动手的！"其中一个人喊道。

大牙咧了咧嘴，豁着一颗漏风的牙气势却不减："我不管是谁先动手的，今天谁要是再敢动我兄弟一下，我非把他的皮扒了不可！"

贺超看了一眼李铁生，脸上挂了彩，身上估计也没少挨拳头和脚，也念及大牙的爹是村主任，说："行了，人你带走吧，但你问问他，是不是他先动手的？"

李铁生从地上爬起来，他愤恨地看着贺超。贺超冷笑了一声："你先动手的这事儿我就不追究了，只要你道个歉就行！"

李铁生定定地看了贺超几秒，接着张嘴就说："你他妈的，你才是驴日的！"

就是这一句话，彻底激怒了贺超，一个毛头小子竟敢这样骂他，让他在众人面前丢了面子。现在，贺超就是不想打，也不得不打了。众人一看，反正有贺超顶在前面，便几下就把大牙和李铁生一起按在地上，又打了一顿。

大牙虽然平时总是牛哄哄的，但是有一句话他一直记在心里，那就是大丈夫能屈能伸，还有一句就是好汉不吃眼前亏，他被打得受不了了，便连忙告饶："别打了，我帮铁生跟你们认个错不行吗？我错了！"

"那你倒说说谁是驴日的？"贺超不依不饶地问。

大牙本来也不是什么要面子的人，想着大不了之后他找人再打一架，便说："我是！"

看到大牙这样的硬茬子道了歉，贺超便放过了大牙和李铁生。大牙拉着李铁生到一边去，摸了摸自己嘴角的血："真看不出来你这小子平常蔫得像个瘪茄子，怎么这会儿来能耐了？"

李铁生摇了摇头："真对不起，还连累你跟我一起挨打！"

"没事，到时候咱们再打一架就是了，君子报仇，十年不晚。你看我咋收拾他们。再说了，让人欺负多了，还手了，就算没打赢，人家也能知道你是个狠人不是怂包，以后多少也会掂量着点，这叫啥？这叫打得一拳开，免得百拳来！"大牙虽然被打了，但是脸上显得很轻松，甚至露出一丝的期待神情，每天在货场的日子实在太无聊了，正好趁着这个契机他打算再打一架，上次就没打起来，这次他非要打个痛快不可。

"大牙哥，不管怎么说你都帮我解了围，谢谢。"李铁生郑重其事地说。

两人一边说着话一边朝站台的方向走，这时一阵微风吹来，李铁生突然闻到了一股烧焦的气味，问道："大牙哥，你闻到什么味道了吗？"

大牙吸了吸鼻子："我有一个鼻孔一直堵得很，什么味儿都闻不着，吃饭都不香了，就说前两天食堂做的那个什么菜来着？你们都说香，我就吃不出什么味道……"

李铁生顺着那股烧焦的气味回头一看，已经顾不上大牙絮絮叨叨地说起前几天食堂的菜，因为他看到橙红色的火苗已经从那几个蛇皮口袋上蹿出来了。

"火，火！"李铁生连忙拉了一下大牙。大牙回过头来的那一刻脸色也瞬间变成了灰白："我的娘啊，那堆货物是麻草！"

"你怎么知道？"

"那是我上午搬的货呀！"大牙的脸上露出几近绝望的表情，像这种易燃物品，他在堆货的时候就已经检查过了，现在怎么会突然着起火来呢？

正说话的工夫，火苗已经噌噌上蹿，几乎一下子将整个一堆的编织袋都包围了起来，即使隔着几米还都能感到脸上一阵滚烫的炙烤。

"铁生，你快去喊人救火，我去拿水！"大牙匆忙地一边说一边冲进了附近的一个宿舍中。他随手从床底下抄起了一个脸盆，然后又把脸盆塞到水池里面，接了满满的一盆水跑了出来，可是这盆水倒在那蹿蹿上蹿的火苗上毫无用处。

李铁生去喊人救火，离他最近的只有贺超等人。他急步跑过来，贺超还以为他是没挨够揍，一边晃晃悠悠地从树下站起来，一边亮出拳头，这才看到在李铁生的身后大火已经着起来了。

"快救火！"李铁生朝他们大喊。

在这块场地上根本没有什么水龙头，他们救火的唯一方法跟大家差不多，要回到宿舍拿脸盆，可是脸盆的那点水根本起不到什么作用，况且来来回回也耽误时间。

李铁生急得满头大汗，他看到在这堆燃着的麻草旁边堆的是煤，那些散落在地上的一层厚厚的碎煤渣子，此时已经被火舌燎得通红，眼看一场更大的火灾就要来了。

"你还愣着干什么呀？赶紧拿脸盆去救火呀！"大牙一边说着一边在李铁生的背上拍了一下。李铁生却拉住了大牙："来不及了，现在这堆麻草已经救不出来了！"

45

"那也得救啊！万一这火真的着起来了，咱们货场里的易燃物可不止这么一堆……"大牙急得满头大汗。他虽然平时吊儿郎当，但对货场里的事还是很上心的。

李铁生没回答大牙的话，他的目光锁定在墙根边上的一把铁锹上。这时燃起的火焰已经引来了更多的工人，他们纷纷投入救火的队伍中。李铁生则跑到墙根，抓起那把铁锹便冲到了火堆旁边。

"危险，铁生！"潇洒叔正好迎面撞上了往火堆处跑的李铁生，他一把拉住了李铁生，"前面火太大了，危险呀！"

李铁生已经顾不上那么多了，他直接挣开潇洒叔的手，然后冲到了大火边缘，热浪随着风滚滚而来，但是他现在必须把那些碎煤渣都弄到一边去，否则那堆煤就要烧起来了。

通红的煤渣子被李铁生用铁锹扔到了一边，他每弯一次腰，便会闻到一股焦糊味，那是火将他的毛发烤焦的味道，而火舌每一次在他皮肤上舔过，都会烤焦一片汗毛，皮肤也火辣辣地灼痛起来。

潇洒叔明白李铁生这是要干什么，他要在煤堆的旁边清理出一条隔离带，所以赶紧指挥大家："你们不要再管那堆麻草了，救不出来了，快到铁生那边去，帮铁生灭火！"

一盆盆水浇在李铁生面前的火焰上，把李铁生从热浪的包围中解救出来，他加快了手上的速度，也与旁边灭火的人配合默契，每浇上一盆水，他就趁着火焰还没有反弹的时候迅速清理煤渣子。而另一边，大牙和潇洒叔也开始同李铁生一样打算挖出一条隔离带来。

虽然水火无情，但是在众人的努力之下，火势最终没有蔓延到那堆煤上。李铁生累得扔下铁锹直接倒在了地上，他不知道这会儿出了多少汗，可汗刚一出来又被火苗烤干，一摸胳膊是一层汗渍。

麻草没有抢救出来，只能任凭火苗将所有的货物吞噬干净，最后只剩下一堆黑黑的残渣。大家都惊魂未定地看着这一切，冯金山也在其中，他是刚刚得到消息才跑过来的，抚摸着肚子正气喘吁吁地看着这堆残渣。

下午冯金山便召开会议，坚决要找出放火的人。

要知道在货场或者站台等地方，是绝对不可以带火柴的，到底是谁违反了规定把火带了进来？

冯金山在前面喊："这可是公家的财产，当时到底是谁带的火？"

工人们都安安静静地看着冯金山，冯金山说："当时谁在那堆货物旁边？自动自觉地站出来，不要让我一个个去查！"

李铁生和大牙站了出来，李铁生说："当时除了我们还有贺超他们也在那儿。"

只见贺超的脸上出现了一丝慌张，辩解道："当时我们只是在那棵树下坐着而已，我们什么都没干……"

因此，嫌疑人也就确定在大牙以及贺超和他的同伙身上，贺超一口咬定他们根本就没有带火进来，这场火说不定是李铁生放的。

"你有什么证据说是李铁生放的？"冯金山问。

贺超说："刚刚在火场上就数李铁生表现最积极，我看他就是故意的，放一场火然后去救火，好显得他这个劳动模范积极！"

"你他妈放屁！"大牙站了起来跟贺超对骂。这个时候另一个工人站了起来："你们先安静下来，今天我和贺超正好打了个照面，看见他们就在今天起火的货物旁抽烟，我还提醒他们别在那儿抽烟，他们直接把我骂了一顿！"

"你可不要乱说！我看你根本就是捏造事实，是不是因为李铁生帮你干过活？"贺超骂骂咧咧地说。

那个工人说："你们在那儿抽烟我是亲眼所见。"

这时，好几个人一起站起来指证贺超他们在那儿抽烟。冯金山说："贺超你就不要再狡辩了，今天的这场火就是因为你，你要为这些货物的损失负责！"

"凭什么是我一个人负责？他们也抽烟了，不知道是谁的烟头……"贺超的这句话，直接承认了他们在货堆旁边抽烟，引燃了麻草。他慌乱地说："如果一定要查出来这火是谁放的，那就得看看是谁往那边扔的烟头，反正不是我……"

冯金山用手狠狠地一拍桌子，发出咚的一声响，他冷冷地说道："我告诉你，罪魁祸首就是你，要不是你聚集了一帮工人在一起搞罢工，大家怎么可能游手好闲地在货场里抽烟？所以没有你就没有这场火灾，你要为这场火灾负主要责任，其他人都要承担责任！"

"我罢工是因为李铁生和那些外地工人，所以这个罪魁祸首不是我，要怪李铁生他们……"贺超已经百口莫辩，所以开始胡搅蛮缠起来。冯金山不吃他那一套，直接说："好，既然你是这个态度，那你就不要再来货场上班了，现在你就给我回宿舍收拾你的铺盖，走人！"

所有的工人都愣住了，而贺超更是张着嘴巴说不出话来，这是自打这货场成立以来，第一次开除工人。

"主任，领导，我……我可是本地人，咱们之前有规定是不能开除本地人的……"贺超慌忙地大喊。

冯金山看着他说："是啊，货场永远不会开除任何一个正常工作的人，不管本地人还是外地人。可是货场绝对不会留下任何一个兴风作浪、品行恶劣、不遵守规章制度带头闹事的人！"

贺超朝着大家大喊："你们看看，他要开除我，保不齐你们以后犯了点错误也要被开除，有这样的领导咱们还干什么活？难道这个时候我们还不团结起来吗？"

可是已经没有人回应贺超的话，包括他之前的那些同伙也都乖乖地低下了头假装没听见，因为没有人想丢了这个铁饭碗。

46

贺超看着身边那些曾经围着他的工人们，满脸的惊愕与失望，尤其是那个成天跟着他跑前跑后的略有残疾的歪脖子工人，更是离他远远的。他干脆一把就抓起歪脖子的领子："你平常像个狗一样跟前跟后，现在倒成了个缩头乌龟，也不为老子说句话？"

歪脖子看着贺超的眼睛面露怯色。他天生残疾，身材长得也小，所以贺超抓着他就像是抓着一只小鸡一样轻松。他哆哆嗦嗦地缩着脖子，准备挨打。

突然，光头在贺超的后腰处狠狠地踢了一脚，歪脖子和贺超同时倒在了地上。"贺超，你真不是个人，除了欺负残疾人你还能干什么？"

"你妈的，要你多管闲事？老子今天剁了你！"贺超朝着光头就冲了过来，两个人扭打在一起，但是很快一群工人便拉住了贺超，令他动弹不得，贺超只能眼睁睁地看着光头的拳头落在自己的脸上却不能还手。这时，冯金山从台上跑了下来阻止了这场打斗。

贺超仍被众人架着，胳膊动弹不了便不断地踢腾着双腿，口中往外唾着唾沫，直到骂累了，像个瘪茄子一样安静了下来。

冯金山嘴角带着一丝冰冷的笑容，说道："你还真以为你拉拢的这些人是真心拥护你的？他们要不是迫于你的淫威，要不就是想在你这寻求个庇护而已！"

这个时候歪脖子也从地上爬了起来，他走到贺超面前，一脸愤恨地看着他："冯主任说得对，你真以为我愿意成天跟前跟后当你的狗腿子吗？我是没有办法，我要是不当你的狗腿子还不知道你要怎么欺负我呢！"说着歪脖子掀起了衣服，在他的肚皮上留着一道旧伤疤，他激动地把这道伤疤给围着的每一个人看："我当时没当贺超狗腿子的时候，他成天欺负我。他那天看我不顺眼一脚就把我踢到了墙边，墙边有钉子，把我的肚子划成这样！"

本来大家就对贺超积怨已久，看到这道伤疤，听到歪脖子的激烈控诉，更是视贺超为货场里的搅屎棍，纷纷指责他。比起从前那般风光模样，贺超现在就如同一条丧家之犬。

从前高高在上的他，如今怎能忍受得了这样的羞辱？贺超突然疯狗一样挣脱了工人们的控制，转头就往外面跑。大家都认为贺超是因为无地自容所以才跑了出去，但是只有贺超自己知道，他要干什么。

他先是跑进了自己的宿舍，把被子踢到一边，脚踩着床扯下来两块带着钉子的木板，然后就往李铁生住的宿舍里跑。

经过了今天这么一番折腾，李铁生整个人几乎都虚脱了。他当时躺在地上喘了好一会儿，才被潇洒叔扶着回到了宿舍休息，所以不用参加下午的大会。

贺超冲到了小木屋门前，一脚就踢开了门。他今天一定要把李铁生狠狠地收拾一顿，如果没有李铁生，他今天照样可以逍遥自在地做货场里的一方霸主。然而，就是李铁生的到来让他变成了如今这般落魄的模样，他把一切原因都归结到了李铁生的身上，也把一腔怒火发到了李铁生的身上。

连着几天的加班加上今天救火，李铁生睡得很死，门被踢开了也没听到，直到一块木板打在他的头上，钉子在他的额头划出一道白印，他才惊醒过来。

"李铁生！"贺超疯狂地大喊着，又一板子朝李铁生的头上劈了下去。这次李铁生没有乖乖地等着他的攻击，他身子灵活地一翻，滚到了地上又迅速跳起来，与贺超对峙。

而这时，李铁生额头上那道白印子也渗出了点点血珠，接着迅速汇合到一起，流到面颊上。贺超再次扑了上去疯狂地用木板抽打李铁生的身体，李铁生手中没有拿东西，只能躲。

突然，一声尖叫打断了二人之间的打斗，李铁生定睛一看原来是灵秀，她的脚边散落着一个袋子，几个红彤彤的苹果滚进了屋子里。

贺超回过头来，他一看是灵秀更是怒上心头，他能有今天除了李铁生，更是拜潇洒叔所赐，就是潇洒叔当初非要把李铁生留下来的，如今他要报复潇洒叔，而有过儿女的人都知道，伤害一个人的子女就是对这个人最大的报复。

还没等灵秀反应过来，贺超就像疯狗一样扑向灵秀。李铁生一把就从后面抱住了贺超，朝着灵秀大喊："你快跑！"

"那你怎么办？"灵秀大哭着，眼看着贺超手中的钉子板，一下一下地砸在李铁生的背上，每砸一下，李铁生的身上就多一个血窟窿！

"你别管我！快跑！"可李铁生的话还没说完，贺超狠狠地踢了一下李铁生的肚子。他挣开李铁生的手，红着眼朝着灵秀扑了过去，眼看着那带着钉子的板子就要打到灵秀白嫩的脸上。

李铁生看到这一幕几乎是手脚并用地从地上弹了起来，他迅速冲到了贺超的面前，替灵秀挡下了那一板。灵秀愣住了，她也在这一瞬间感动无比，看着李铁生保护她的身姿，既心疼又惊喜。

刚刚在宿舍里李铁生施展不开，如今他与贺超都站在宿舍外空旷的地面上，年轻的优势就展现了出来。他猛地一抬腿朝贺超的腋下一踢，另一只手便抢过了贺超手上的木板，他把木板扔到了一边，然后勒着贺超的脖子便将他摔在地上，膝盖紧紧地顶着贺超的脖子："我不知道你发的是什么狗疯，但今天你竟然敢对灵秀动手！我不会再忍让你半分！"

47

灵秀听到这句话，泪水再一次汹涌，李铁生喊："灵秀，你快走，去喊人过来！"

灵秀这才如梦初醒，她迈开步子奔跑在货场的小路上。一时间，焦急、恐惧，夹杂着一种难以言表的幸福感，一起袭上了灵秀的心头。李铁生在保护她的那一刻，身上就仿佛披上了英勇的铠甲，他如同英雄，英雄救美，这是个多么美丽的词语。

很快，门口保卫处的人就赶来了，他们三下五除二就把贺超给控制住了，准备送派出所。这时灵秀才来得及看看李铁生那张沾满了鲜血的脸，她心疼得想要抬起袖口去擦，却被李铁生制止："灵秀，你这白衣服就别碰我了，沾上血就洗不干净了！"

可灵秀哪能顾得上这些？她仍然用袖口擦去了李铁生脸上的血迹，她越擦越心疼，眼泪涓涓不止，她的声音也从小声哽咽变成了大声啜泣，李铁生不知该怎么安慰她。

李铁生只能抚摸着灵秀的肩膀，衣服的布料凉凉的滑滑的，灵秀就这样突然滑进了李铁生的怀抱中，她的脸紧紧地贴在李铁生的肩头，除了哭什么都说不出来。

李铁生也知道灵秀刚刚是受了惊吓，所以也就任由灵秀抱着他，他的手轻轻地放在灵秀的背上，抚摸了一下："是不是刚刚吓到你了？你受伤了吗？"

灵秀摇摇头，李铁生接着说："那就好，你放心，只要我在，绝对不会让别人伤害你!"

灵秀从啜泣中抬起头来,那双水灵灵的眼睛看着李铁生:"你为什么要这么保护我?"

李铁生想都没想:"没有理由,我保护你是应该的。"

散了会,工人们纷纷回到了宿舍或是工作岗位上,潇洒叔这一次得意万分,李铁生是他们班组的,不仅仅是劳动模范,还通过智慧救了一场大火,顺便把贺超那个恶霸也给彻底铲除了,他打算跟冯金山商量商量,给李铁生开个表彰大会。

还没等潇洒叔开口,冯金山就已经在后面冲着潇洒叔喊:"张潇洒,回去通知李铁生,咱明天给他开个表彰大会!"

"好!冯主任。"难得的不谋而合,让张潇洒一时间觉得冯金山变得那么地可亲可敬。

回宿舍的这一路上,潇洒叔就跟光头和大牙等工人说:"我当初要把铁生留在这儿的决定怎么样?"

光头说:"还能咋样?英明决策呗!李铁生的确是个好青年!"

大牙口中漏风地说:"我倒觉得没什么好的,铁生这娃娃人品好,又聪明,跟咱们在货场出一辈子大力,那不是屈才了吗?"

潇洒叔没说话,他是真心喜欢李铁生,想把他留在货场里,他要是跟灵秀成了家,就能在这干一辈子。张潇洒是入赘过来的,连个亲戚都没有,要是有李铁生当他的女婿,他老了也就不愁了。

正这么想着,远远地便看见李铁生正抱着灵秀。两人就这么光天化日地抱在一起,也不避讳着点?

不过潇洒叔心里倒觉得挺好,看来李铁生这会儿也把王小梅忘得差不多了,打算跟灵秀好好发展了。不过作为父亲,他还是怒气冲冲地走了上去:"李铁生,你干什么呢?"

李铁生松开了抱着灵秀的手,而灵秀也吓得一哆嗦,她满脸是泪,看着潇洒叔:"爸……"

"这是怎么回事儿!"潇洒叔一看灵秀脸上有泪,李铁生脸上、身上都有血,不免大惊失色,"李铁生,你说这是怎么回事儿?"

还没等李铁生解释，灵秀就说："我刚刚过来找铁生，一进来就看见贺超拿着木板打铁生，贺超一看见我又冲着我来了，铁生一直在保护我，为了我又受了不少伤！"

潇洒叔终于明白过来贺超为什么会突然冲出去了，他后悔自己没早点跟出来，万一灵秀真受了伤，或出了什么更严重的事，他可咋活？"贺超呢？"

李铁生说："刚才已经被保卫处的人带走了，说是要送到派出所。"

"那我去通知主任一声，下午去派出所处理一下。"潇洒叔刚要走。灵秀就说："爸，铁生的伤得处理一下，你帮他请个假我陪他去趟医院，还有我看那板子上的钉子都有铁锈了，得打个破伤风针！"

潇洒叔一听，顿时觉得自己这事情做得不大对，光顾着想自己的女儿，没顾得上好好关心关心李铁生。他马上说："好，铁生我去帮你请个假，你的活我帮你干了，医药费不够就从我这出，你好好把伤口处理了，然后休息休息，明天还有个对你的表彰大会呢！"

"表彰大会？"

"是啊，表彰你救了火！"潇洒叔拍拍李铁生的肩，看李铁生还愣愣地，便说，"你这是咋了吗？有表彰大会还不乐意？是不是伤得太严重了？"

李铁生摸摸自己额头上的伤，钉子很钝倒也没伤得多重，他摇了摇头："还行。"

从货场外一直坐车到医院的路上，李铁生都在看着窗外，入秋了，高远的天空上浮着几朵白云，杨树叶变成了墨绿色。

"铁生，你咋回事？不高兴了？是不是伤口太疼了？"灵秀关切地问。

李铁生摇摇头："不疼。"

他的心里一直在后悔一件事，那就是刚刚没有躲开灵秀的拥抱，如今灵秀这么一抱，又被潇洒叔他们看见了，往后无论如何也说不清了。而且这么一抱，对于灵秀来说也一定意义非凡，可是当时他只是不忍心把受惊吓的灵秀推开而已，他害怕这个拥抱给灵秀带来误会，再次受到伤害。他在想着到底该怎么跟灵秀和潇洒叔解释呢。

这时，车已经到了医院，灵秀有些羞涩，但主动牵起了李铁生的手："铁生，咱走吧！"

48

医院里，医生帮李铁生处理了额头上的伤口，以及身上的一些小伤。灵秀担心地问医生："大夫，他的头上这个伤需不需要缝针？"

"得缝个两针。"医生说。

灵秀心疼地说："那一定挺深的，铁生，你一定很疼吧？还有，这个会不会留疤呀？"

李铁生顾不上疼，他觉得要是时光能倒流，不去拥抱灵秀的话，让他疼几倍也愿意。医生说："肯定会留下点伤疤的，但不会很明显。"

简单缝过伤口之后，李铁生又打了针破伤风，两个人这才离开了医院。这一路上，李铁生能够明显地感觉出来灵秀与他说话，或者是看着他的眼神都与从前不同，以前的欢快活泼变成了温柔体贴，让他更感到压力极大。

还没到货场，李铁生就说："灵秀，这站离你家近，你先下车吧，我自己回去就行！"

"那怎么行？你现在是伤员，是病号，我一定要把你护送到场里才行！"灵秀态度坚决。

"反正我回去了，也是睡觉。"李铁生继续推辞。

灵秀看着李铁生，眼睛亮亮的，说道："那我就看着你睡着了再走，等明天我给你炖些肉汤送来，你好好补补。"

李铁生没说什么，他知道就算是阻止灵秀也没用，他太清楚灵秀执着的个性了。

第二天，冯金山组织的表彰大会开始了，他站在台前先是绘声绘色地说了一遍昨天的火灾情况，接着对李铁生临危不乱的救火方式进行了一番夸赞："别看李铁生是咱们货场里岁数小的工人，但头脑是最聪明最灵活的，咱们大家都应该向李铁生学习，以后再遇上突发紧急事件，也要像李铁生同志一样迅速高效地处理，最大程度地挽回咱们场里的损失！现在，咱们请李铁生上来说两句！"

李铁生头上还包着白色绷带，他也没有什么想说的，只能赶鸭子上架，来到了前面。在掌声雷动中，冯金山把话筒递给李铁生，李铁生清了清嗓子，音响中突然传来了很大的声音，把他吓了一跳。

冯金山拍了拍李铁生的背："别紧张，想说什么就说什么！"

李铁生想了想终于开了口："其实，我当时也没想什么，就是觉得能清理出来一条防火带，就能保护住煤，就不至于让火着得更大，别的也没什么好说的了。"

冯金山马上说："铁生，你不仅仅是运用了你的聪明才智，更是勇气可嘉，我听工人说了，当时的火可大了，别人都不敢往里冲就你敢冲，你的大无畏的精神最值得大家学习！"

李铁生听着觉得脸上发热："其实当时也没想这么多……"

冯金山对着话筒大声说："你这份想都不想就往火场里冲的勇气，更加值得表扬！还有你之前是咱们货场里的劳动模范，我们新来的工人都是你一手带出来的，我非常感谢你！"

李铁生点点头："能帮助他们我也觉得心里好受……"

"鉴于你这段时间的表现，还有你的出现整顿了咱们货场的风气，让你受了伤我心里也觉得过意不去，所以我决定把新来的工人都组织在一个班组里，你就当组长吧！"冯金山宣布道。

李铁生愣愣地看着冯金山："冯主任，我真的没有这么大的能力……"

冯金山大声笑道："谁说你没这能力？我都已经观察过了，你有这能力，组长还有工资补贴，以后你的工资也多了，不好吗？你们大家觉得好不好？"

主任都已经发话了，昨天又开除了贺超，谁能说不好？便齐刷刷地说"好"，掌声再一次雷动起来。灵秀藏在工人队伍中，她踮着脚看着李铁生，觉得自己的手掌都快拍麻了。

李铁生瞬间就明白了，冯金山是想通过这个方式把他留下来："主任，我真的不适合当组长，我太年轻了，比我有资历、有能力的人还有很多……"

"我说你适合就适合，就这么定了。好了，你先下台去吧！"冯金山大手一挥，表示木已成舟。

就这样，李铁生当上了班组的组长，莫名其妙地被推到了这个位置，和潇洒叔平起平坐。然而他不知道的是，昨天潇洒叔在帮他请假的时候，对冯主任说了一些掏心窝子的话："我挺看好铁生这个后生，也不拿主任你当外人，其实我女儿灵秀也挺看好铁生的，我想求主任一件事儿，能不能……"

冯金山心领神会："张潇洒，我明白你的意思，你不就是想让李铁生一直留下来吗？那这样吧，反正新来的工人到别的班组里都得受欺负，干脆就组合到一起，让李铁生当组长，他也算有个一官半职的，就能留下来了！"

潇洒叔一时间甚至有些感动得鼻子发酸："太感谢你了！主任……"

"别说那些见外的话了，其实我也喜欢铁生这孩子！"冯金山笑呵呵地说。

自打李铁生当了组长之后，潇洒叔对李铁生更好了，仿佛李铁生已经成了他的女婿一样，灵秀也天天来货场里找他，每次带的不是刚蒸好的包子，就是炖的肉，和李铁生像两口子似的。

李铁生在心中考虑了很久，若是再这样下去的话，恐怕他就再难张口对潇洒叔和灵秀说出拒绝的话了，于是他再一次来到了冯金山的办公室，正式提出了辞职。

冯金山仍然很惊讶："你现在也是个组长了，还有啥不满意的？再说你和灵秀……"

李铁生打断了冯金山的话："冯主任，我实话跟你说吧，我对灵秀的感情根本就不是那种的，潇洒叔待我不薄，我把灵秀看作妹妹，真怕大家误会。"

"这就是你要辞职的原因？"冯金山问道。

"对，我不能再继续耽误灵秀了，我也对不起潇洒叔……"李铁生说。

冯金山看着李铁生长长地叹了口气："你怎么不早说？"

"姑娘家的事儿，我怎么能说出来呢？"李铁生叹口气。

冯金山挠了挠光亮亮的头顶："你不是一直都在自学铁路知识吗？你就这么离开铁路了，以后可没有这么好的机会了！"

"冯主任，"听到冯金山这么一说，李铁生干脆明说了，"我知道咱们这个站是啥情况，跟真正的铁路上有啥关系吗？这是厂子下属的货场，它不是铁路局管的真正的火车站啊。"

冯金山沉默片刻，有些扫兴地说："小伙子，看来你是嫌弃咱们这个地方了。"

李铁生连忙解释道："不是的冯主任，我从没嫌弃过这里，我只是觉得，我迟早得从这走出去，去干点别的事情！"

冯金山沉默着，什么都没说。

李铁生也沉默了一会儿，这才咬了咬牙，自顾自地补了一句："我这么说，可能有些太自私了，但是我真的不想耽误人家姑娘。"

49

冯金山这下心里算是全明白了，原来潇洒叔家的闺女对李铁生是一厢情愿。灵秀小的时候经常到货场里来玩，他不忙的时候也会逗逗这个女娃，从那个时候他就发现灵秀聪明活泼，还有一点跟别人家孩子不同的，那就是执拗，只要她认准的事不办成绝不罢休。

他还记得当时货场的场地上有一堆被雨打湿的沙子，灵秀把沙子堆成一个半圆形，然后非要在中间掏出一个洞来，结果沙子太粗，每次掏到中间就塌下来。灵秀这个五岁的小毛孩，竟然为了这堆沙子从早上一直干到了晚上，到最后也没掏出一个形状完美的洞来。潇洒叔让灵秀回家去，灵秀还不干，最后还是潇洒叔把灵秀夹在胳肢窝下带走的。

"其实灵秀那女娃娃挺好的，你可以尝试着跟她继续相处一阵子。"冯金山试图劝劝。

李铁生摇摇头说："我对她真的没有那种感觉。"

冯金山叹了一口气，要说他见过比灵秀还执拗的人，也就是李铁生了。他要是没有这一股执拗的劲儿，自打他来到货场以后这里里外外这么多事情，他一个小娃娃又怎么处理得来呢？

李铁生继续说："我已经拒绝过灵秀一次了，可是潇洒叔和灵秀仍然对我很好，这种好让我感到愧疚，我实在说不出拒绝的话，但我不能对一个人、对一个家庭不负责任。"

"所以现在，你觉得就只有辞职这一条路可以走了吗？"冯金山思忖道。

李铁生反问："冯主任，那你说我还有别的办法吗？"

"我也不知道，可是我知道你一直都在学习铁路工程方面的知识，你在这里工作，也算是对于书本知识的一种实践。你真的舍得离开铁路吗？铁生，你辞职这件事情还是先放一放再说，货场最近也忙，先干到年底吧！"冯金山说。

李铁生眉头紧皱："冯主任，您怎么还拿这个说事呢？我不是小孩子，咱们这个站是啥情况，我也是清楚的，再说了，我可以干到年底，可是之后怎么办？"

冯金山抚了抚自己的额头，脸上有些为难："我帮你想想有没有什么别的办法，说实话，自打你来到这货场，帮我处理了不少疑难的事情，我挺感谢你的，也挺舍不得你，你先回去吧，有办法了我就告诉你。"

李铁生无奈地出了办公室，这时灰白色的天空上已经飘起了米粒般大的小雪，与呼出的白气几乎融为一体。繁重的体力劳动让他几乎忘却季节的更迭，他来到这里工作已经快一年了。

他回到宿舍，把手凑近了火炉。潇洒叔推开小木门，笑呵呵地对他说："铁生，晚上去我们家吃饺子！"

李铁生抬起头，有些惊讶地问："怎么突然让我去吃饺子？"

潇洒叔咧了咧嘴："你婶子总听我跟灵秀提起你，但还没见过你呢，今天她正好包饺子，下午打电话到货场来让我回家去吃，你也不是外人，就跟我一起回家吃顿饺子，让你婶子也认识认识你。"

李铁生心想，这要是去了不就是相当于默认了与灵秀之间的关系吗？

"怎么了，不想去？"潇洒叔问。

李铁生摸了摸自己的肚子说道："我昨天上夜班时被凉风吹了，肚子实在不舒服，也吃不下啥东西。"

潇洒叔马上关切地问："你病了？那我让灵秀给你拿点药过来吧，你病了咋不跟我说一声呢？我好替你上个工。"

李铁生觉得脸上发红，他这辈子还没撒过什么谎，潇洒叔看他脸红，又问："你是不是发烧了？"

李铁生摇摇头："就是肚子不舒服，也不用吃药，我想休息一下。"

"那好，等着下回再去吧。"

总算瞒过了潇洒叔，可是李铁生知道，他下次不能拿生病继续搪塞吧？他心里一直装着这件事，连学习都无法专心了。

50

寒假来了，高天琪和周跃平一起回到了家乡。与上一次一样，高天琪还是先在周跃平家住几天。她还想去货场，因为心里一直惦记着李铁生，所以这次回去，一方面想看看李铁生，一方面也想辅导一下李铁生的功课。

晚上，周跃平的母亲吴芳摆上了一大桌子丰盛的菜肴，热情地招呼周跃平和高天琪吃饭。周跃平一看到这些菜就连连皱眉："妈，我知道你是想我了，做了这么一大桌子菜，可是咱家就四个人，哪能吃得完呀？"

说"咱家就四个人"的时候，周跃平故意拿眼睛瞟了一下高天琪，他想看看高天琪对此有什么反应，结果高天琪并没有感到惊讶，这让他觉得很惊喜，是不是高天琪也已经默认了他们是一家人的关系呢？

吴芳说："我哪里是给你准备的？我这是给天琪准备的，你看这一桌子上，有几个是你爱吃的，都是人家天琪爱吃的！"

周跃平就等着这句话呢，他想方设法让高天琪有一种回了自己家的感觉。自打暑假结束回去上学，他一改之前横冲直撞的追求风格，因为他太清楚自己和秦风的差距了。人家秦风已经跟着教授摸到高铁尖端技术的边边了，而周跃平就算是之前被李铁生的精神感动了，可考试也就是七八十分，成绩平平，别说高速铁路了，他毕业了之后能不能把本职工作干好都未可知，所以在这方面秦风和他是一个天上一个地下。

他决定不再给高天琪任何压力，而是默默地给她呵护与关心，他想用这种实打实的付出渐渐地感动高天琪。用一句难听的话说，叫温水煮青蛙，等高天琪发现他的意图时，已经沉浸在他这份无微不至的爱当中无法自拔了。

一桌子菜已经准备好了，周跃平的父亲周建新却迟迟没有回家，等着菜又热了一遍，外面才传来敲门声。

吴芳打开门就抱怨："你咋才回来？你不知道今天天琪和跃平都回来吗？"

周建新拍了一下头上的雪碴儿："我咋不着急呢？可巡道工今天的工作出了个大错，我得把事情处理完了才能走。"

"周叔叔好！"高天琪走上去接过了周建新手中的公文包，"我去帮你拿条毛巾擦擦头发。"

周建新笑了："你坐着，让跃平去！"又转而对周跃平说："周跃平，你看人家天琪都知道帮我拿条毛巾，你就一点都不心疼你亲爹？"

周建新向来不是个严肃的人，周跃平笑着起身去拿毛巾："我看你不是我亲爹，妈也不是我亲妈，你们都疼天琪、夸天琪，天琪才是你们亲女儿呢！"

吴芳端上菜："你小子还不高兴了？你和天琪都是我们的亲儿子亲女儿，哪个我们都疼！"

在一番欢声笑语之中，大家在桌子前坐了下来。吃饭间，高天琪问起了今天铁路上出的事。周建新皱着眉头有些为难："还是别说了吧，吃饭的时间我怕……"

周跃平也说："到底出了什么事儿？"

周建新还是摆摆手不肯说，直到吃完了饭，高天琪再一次问周建新，他才开口说："那个场面实在是有点血腥，我怕吓到你这个小姑娘。"

高天琪说："我能提前知道一些，不就能提前规避一些危险吗？"

"那好吧。"周建新喝了一口热茶后说，"在咱们这个路段上有一个老巡道工，他这个人向来干活仔细、认真。但只有一点不好，他这个人爱喝酒，不过平常工作的时候也不喝，刚好有个同事家里有事儿，所以找他串了个班，他刚喝过酒就上岗了，他发现钢轨上的螺栓松动了，就上去拧，可是因为喝了酒人的反应变慢了，竟然没有发现一列火车已经开了过来。"

"那他出事了吗？"高天琪紧张地问。

周建新点点头："他躲闪不及，火车直接从他的左脚上碾压过去，现在他已经被送进医院里了。我也是刚刚从医院回来，等晚点我还得再去一趟，看看他怎么样了。幸亏当时车的速度慢，他躲了一下，不然的话，人肯定得碎成渣。"

高天琪想了想，惋惜地说："那以后岂不是要变成残疾人了？"

周建新严肃地看着周跃平和高天琪："是啊，在铁路沿线工作需要人打起十二分精神，天琪，跃平，等以后你们参加工作了，一定要小心！"

"那单位对那位受伤的工人有什么赔偿吗？"高天琪继续问。

"算是工伤，但是这些赔偿也换不来完整的身体，所以你们一定要引以为戒！你们两个可都是我的心头肉。"

"我们知道！"周跃平抢先答道。

周建新点点头："对了，上次我听你们说起来在货场里有一个爱学习的装卸工，也不知道他现在学得怎么样了，有没有点小成绩？"

"还不知道呢！我们打算明天去看看他。爸，你跟冯主任打个招呼吧！"周跃平说。

"好。"

第二天，高天琪和周跃平来到了货场。

李铁生下了工正往宿舍走，远远地就看见高天琪戴着红色的毛线帽子，穿着一身红色的羽绒服，和周跃平一起在他的宿舍门口站着。他立刻快步跑了过去兴奋地跟他们打招呼："天琪姐，跃平哥，你们来了！"

"来看看你，也验收一下你的学习成果！"高天琪说。

"你们快进来坐！"李铁生热情地推开了宿舍门，简单在床上收拾了几下就请高天琪他们坐下，又翻出一个搪瓷缸涮了涮，倒了一杯热水，"也不知道你们要来，我就这一个杯子。"

周跃平马上接了过来，然后递给了高天琪："没事，我们两个用一个杯子就行！"

还没等高天琪问李铁生学得怎么样了，李铁生就急急忙忙地从桌子上拿出一本笔记来，上面一页一页记着密密麻麻的公式数字，还有很多练习题。"天琪姐、跃平哥，我把你们寄过来的书看了好几本，这些是我一直都没弄懂的问题。"李铁生说道。

高天琪接过本子，她仔仔细细读过了几道题之后，心里对李铁生又多了几

146

分赞许。李铁生归纳出的这些习题相对来说是比较难的，还有些习题是教授曾经留给他们一两周的时间去做的。习题的下面，清清楚楚地写着解题方法，但因为没有老师面对面的授课讲解，所以李铁生遇到这些难题就不会了。

高天琪对李铁生这个没念过高中的小伙子在学习上并无太大的期许，只希望他能够学明白基础就够了，但是现在李铁生对学习的这份热忱与认真，让高天琪感到兴奋："我来教你怎么解题！"

两个人坐着小板凳围在桌子前做起了习题，周跃平在旁边看了一会儿就觉得枯燥无味，干脆起身："我去线路上看看，顺便活动一下筋骨。"

周跃平前脚刚走，门口便传来了敲门声，李铁生打开了门，是灵秀，他问："你怎么来了？"

被李铁生这么一问，灵秀反倒感到惊讶："我一周能来个三四次，你还问我怎么来了？"说着灵秀就走进了屋子里，看到穿着打扮时尚漂亮的高天琪，灵秀作为女人敏锐地感觉到高天琪的身上有着一种大城市时尚女性的气质，这让她这个在农村长大的女孩子心里不自觉地产生一种自卑。

"铁生，这，这是……你们在房间里……"灵秀的脸迅速涨成了红色，她以一种不可置信的眼光看着李铁生。

李铁生马上介绍："这位是高天琪，你叫她天琪姐就行，她是北京的大学生，今天是来帮我辅导功课的。"又转而对高天琪说："天琪姐，这位是我的好朋友灵秀……"

灵秀却打断了李铁生的话："既然她给你辅导功课的话，我就先不打扰了，反正我也没什么事。"

"灵秀……"

灵秀朝着高天琪点了点头算是打了个招呼，就走了。

51

高天琪看着在原地有些发愣的李铁生，笑道："你咋不追出去？"

李铁生摇了摇头："不想追，追了也不知道该怎么说。"

高天琪眨了眨眼睛："铁生，实话告诉我，她是不是你女朋友呀？我想她一定是看到我在你的房间里，所以吃醋才走了。"

听到这里，李铁生的脸上露出了几分惆怅，叹了口气说道："天琪姐，有件事情我还没告诉你，我已经跟主任提出了辞职，就算是主任不同意，我也打算做到年底就走了。"

"为什么，难道你不想在铁路上继续工作了？"

李铁生摇了摇头："我怎么不想呢？"

接着李铁生把灵秀的事情告诉了高天琪："所以我才没追出去，要是追出去不就又让她心里误会了吗？"

"原来是这样，可是你就这样贸然辞职，下一步有什么打算呢？走了可就不好回来了，你这么用心的学习铁路知识，不就是为了有一天能够在铁路上发光发热吗？"高天琪担忧地问。

"我不知道，也许我会去城里打工吧，但是我真的不忍心再伤害灵秀了，灵秀和她的父亲对我的帮助很大，所以我心里就更是愧疚。"

高天琪也不知该怎么办好，无论如何，她是真心希望李铁生能够在铁路上发挥出更大的作用。这时周跃平走了进来，带着一身的冷空气凑到火炉边烤火，看到高天琪和李铁生脸上都闷闷不乐的，他充当起活跃气氛的角色："到底是什么问题把我们的高天琪都难住了，让我来帮你解答解答吧！"

周跃平一边说着一边大摇大摆地像老师一样走过去，指了指李铁生本子上的字说："是哪道题不会呀？"

高天琪被周跃平的样子逗笑了："那你倒是解题呀，别光说不练！"

"哎呀，这个问题嘛很简单，李铁生同学你自己开动开动脑筋就明白啦……总之，可别把你天琪姐给累着了！"

高天琪不想再开玩笑："我们倒还真被一个难题给难住了！"

高天琪把灵秀的事情告诉了周跃平，周跃平的眼睛转了转问高天琪："你觉得铁生学得怎么样？"

"还不错，尤其是有关于铁路基础方面的知识，都已经学得差不多了。"

高天琪回答："不过你这时候问这个干什么？他以后离开了货场还有没有时间学习都不知道了！"

看高天琪那一脸惋惜的样子，周跃平拍了拍她的肩："车到山前必有路嘛！我相信老天是不会埋没铁生这个人才的。"

在货场一直待到快傍晚，周跃平和高天琪才回了家，周建新也才回来。

"爸，你加班？"周跃平迎上前问道。

周建新点了点头："最近上面领导要下来对铁路进行视察，这不，咱们最有经验的巡道工还出了事儿，我不放心别人，就到沿线看了看！"

周跃平问："爸，听说上次那个巡道工出事后，那个岗位就一直空着？"

"是啊，我也让他们段里再招个人过来，可现在又不在招聘期。"周建新叹口气。

周跃平继续说："你先说说招聘巡道工有什么要求。"

"首先得是个胆大心细的人，而且热爱铁路。你们也知道，在铁路上工作无论风吹日晒，只要列车还在行驶，他们就不能懈怠，所以这份热爱是必不可少的，招人困难，就难在这儿！"周建新说。

"我倒有个人选！"说完这句话高天琪和周跃平两个人相视一望，然后笑了，因为他们是异口同声说出这句话的。

周建新一愣："你们两个什么时候这么有默契了？天琪，你来说说那个人怎么样！"

"周叔叔，就是李铁生！他爱学习，我们觉得要是让他在货场当一辈子的装卸工，岂不是白白浪费了他对铁路的那份热情吗？"高天骐说。

周建新早就听他们说起过李铁生，觉得有道理："那就让他来试试吧！不过巡道工有一个对铁路基础的考试，不用分数太高，考过就行。"

周跃平这个人学习不怎么积极，除了学习上的难题，大都能解决。

第二天，冯金山就把这个消息带给了李铁生："你小子可得给我好好准备准备，这可是上面领导亲自告诉我的，要从咱们货场里选出一个人去当巡道工！"

李铁生激动地说："领导，我一定会努力准备，就是这个消息你还是先不要说出去……"

冯金山摆了摆手："我当然知道，要不灵秀肯定不同意！"

很快，考试就开始了。李铁生怀着万分紧张的心情走进考场，要知道他已经好几年都没考过试了，如今这种感觉让他觉得虽然紧张，但很兴奋，因为只要通过这场考试，他就真正成为铁路系统的人了，也离自己的梦想近了一步。

卷子发下来，他浏览了一下上面的题，大部分都是一些铁路方面的基础知识，对于已经开始研究工程力学的他来说，这些知识可以说是皮毛，半个多小时卷子就已经答完了，巡道工的工作，他心里已经十拿九稳了。

分数要明天才能出来，李铁生怀着期待的心情往货场走，可刚到了门口便看到灵秀站在那里等他，一双流着泪的眼睛几乎让人心碎。

"灵秀……"李铁生有点无措。

"铁生，你和天琪姐到底是怎么回事？"灵秀问。

李铁生长长地叹了一口气："她帮过我很多忙，是我认的干姐姐，我们之间什么都没有。"

灵秀总算是松了一口气，这几天她在家想东想西辗转反侧睡不着觉，不过听到李铁生这么说也总算是放下了心，毕竟李铁生从不撒谎。

"灵秀，我有一件事情跟你说……"李铁生顿了一下，觉得有些话得说清楚了。

灵秀低下头，夕阳映红了她的脸，她觉得他跟李铁生之间的关系该挑明了。

52

灵秀满怀期待地看着李铁生，她觉得李铁生这个人哪儿都好，唯独有一点不好就是太害羞、太内向，她觉得他们之间的关系早就该明说了。

"灵秀……"李铁生轻轻地咳嗽了一声，他想起了自己离开家时，因为不辞而别所以给父母留下了无尽的担忧与思念，这一次他不想再不辞而别，"我，我参加了一场考试。"

"考试?"灵秀完全没有意识到李铁生参加了什么考试，她还想问问李铁生今天出去干了什么，为什么没有叫上她。

李铁生点了点头。早在考试之前高天琪和周跃平就已经来了一趟货场，他们告诉李铁生这是专门为他设的一场考试，只要能达到 60 分就可以当上巡道工，可以他的感觉，自己至少达到 90 分，他把这一切原原本本对灵秀说了。

灵秀愣了愣，接着她惊喜地笑了："你之前怎么不告诉我?"

李铁生对灵秀的这个反应有点吃惊："考试也很突然，所以没机会对你说。"

"那你以后成为巡道工的话，会在哪段铁路上工作呀? 是咱们货场这段，还是……"

李铁生摇了摇头："我得听分配，不知道。"

灵秀的脸上终于露出了困惑的表情："你不会去得很远吧? 你去得远我还怎么过去看你? 不过你当巡道工总比当装卸工好……"

"灵秀，以后你不用经常来看我了。"李铁生狠心地打断她。

灵秀眨眨眼："为啥呀，是因为巡道工没有装卸工这么忙，你会经常回来看我?"

李铁生又摇了摇头，这一刻灵秀终于觉得不对劲了，她的心仿佛坠落一般的慌乱起来，李铁生虽然此时近在眼前，却仿佛一瞬间变得很远很远："你说这话到底是什么意思?"

"就是，以后我就要离开货场，所以趁着我还在这儿，想要跟你好好地告个别，如果你有时间的话，明天我想去省城给你挑个喜欢的礼物，也给潇洒叔买点东西。"

"你所说的告别，意思就是像朋友一样告别对吗？那你与我之间……"灵秀终于明白了他的意思。

李铁生捏了捏拳头，脸上却露出了淡淡笑容，他温柔地问灵秀："你想要什么礼物呢？还有，潇洒叔喜欢什么呢？"

"李铁生，你好好回答我的问题！"灵秀的眼泪唰的一下就流了出来，"你就这么轻易与我告别了？在你的心里，我俩到底算什么关系？"

李铁生认真地看着灵秀，他的眼睛里充满了愧疚，但很真诚："朋友，你是我非常好的朋友。"

只听见脆亮亮的一声响，李铁生的左脸麻麻地痛了起来，他没动也没说什么，仍然满含愧疚地看着灵秀："也许这段时间我让你误会了太多……"

"那你为什么对我那么温柔那么好，还在贺超发疯那天保护了我？难道你对谁都是一样好吗？"灵秀不死心地问。

"不，只是对你，但也只是因为你是我最好的朋友。"李铁生轻声说。

"不！"灵秀眼泪汹涌，她一只手抓住了李铁生的衣袖，"我们之间不仅仅是这么简单的，铁生，也许我们只是还需要时间去相处，你不要这么轻易就把我们之间的感情断定为友谊……"

在李铁生的心里，女孩子都应当是矜持且优雅的，就像是王小梅，她的爱一直都默默藏在酸枣中，还有脆甜的香瓜中，她绝不轻易表露出来，但已经完完整整表达给李铁生。

所以，当李铁生看到灵秀如此主动的时候，他更加难受，他恨自己让灵秀如此伤心。"对不起，对不起……"他喃喃地说道。

灵秀朝李铁生大喊："我要听的不是对不起……"

"可我只能说这一句。"

灵秀捂住耳朵，朝货场外跑了出去，此时天已经快黑了。李铁生担心灵秀一个女孩子哭成这样会出事，便马上跟在她的身后。

那绵绵不绝的哭声一直带着李铁生走过了一条山间小路，又走过了一条小河，来到了灵秀的家。

原来灵秀的家离货场这么远，李铁生想到灵秀几乎是天天都来货场找他，那么她就天天要在这段崎岖不平的路上走个来回。

在天彻底黑下来的时候，灵秀终于到了家。前段时间潇洒叔和灵秀一直都想让李铁生去他们家吃顿饭，李铁生一直以各种理由推脱，这一次他终于看到了灵秀的家，他静静地看着灵秀跌跌撞撞地跑进家里，这才转身离开。

他靠着村口的一堵破墙根坐了下来，想起今天傍晚与灵秀说话的那一幕幕场景，眼泪终于忍不住掉了下来，让自己最好的朋友那么伤心，他一辈子也不会原谅自己。

也不知道在这里坐了多久，李铁生才往货场走去。在宿舍睡了一晚后，早上，他跟冯金山请了半天假，去省城里买了不少茶叶和点心，这些是要给潇洒叔的。然后他又到一家商场里，看到一条宝蓝色花边、中间带着米色花纹的丝巾，他让售货员拿给他看看，放在手中又滑又柔。

"就要这个吧！"他说。

售货员看李铁生穿着朴素，问他："真的要这个吗？得100多块呢，这可是真丝的。"

李铁生点了点头，他从口袋中掏出钱来，一张张摆在玻璃柜台上："就要这个。"

当李铁生把点心礼物带回货场的宿舍里时，潇洒叔已经在那里等着他了，他看着李铁生，脸上是一种难以言说的失望。

"潇洒叔，这些是给您的，这个是给灵秀的。"李铁生把礼品放在桌子上。

潇洒叔长叹了一口气："我当初还不如不救你，现在把我娃祸害成这样，就要拍拍屁股走人了！之前你还在大庭广众之下跟我娃抱在一起，你给她的名声造成了多大影响，你觉得你拿来的这些东西跟我娃受的伤能比吗？"

53

李铁生除了沉默也只能沉默，此时此刻的道歉已经毫无意义。

"你倒说说，我娃到底哪里配不上你？"潇洒叔急了。

"她哪里都好……"

"你怎么能忍心三番五次伤害她？你要是当初不喜欢，又为什么和她走那么近？"潇洒叔不依不饶。

李铁生没有回答，潇洒叔越看李铁生那副沉默的样子越生气。他的大手一把就抓住了李铁生的衣袖，然后将他往床上狠狠地一摔，接着粗壮的拳头便落在了李铁生的身上："我真是看错人了！"

说完，潇洒叔夺门而出，茶叶点心散落了一地，李铁生弯下身子一样一样捡起来，又放回到桌子上。他拍了拍丝巾盒子上面的尘土，小心翼翼地放在了桌子中央。然后他拿起了潇洒叔放在桌子上的一盒烟，抽出来一根烟，用火柴有些笨拙地点燃了。

又过了一天，成绩出来了。

李铁生这才知道，原来铁路的知识并非他所认为的那么简单，他以为能答九十几分的卷子却只有八十几分。通过这一次考试他终于明白，原来他对铁路对列车的认识还不够深刻，正因如此，他更加坚定了想要探寻知识的欲望。

不过，他的分数已经超过及格线二十多分，周建新告诉冯金山，成绩下来了就让李铁生到青城铁路局工务段报到，他已经顺利通过了考试。

冯金山笑眯眯地拍了拍李铁生的肩膀："虽然以后你就不在这货场了，也不用再在这个不属于铁路系统的小地方干装卸工了，但是你考出的这个成绩确实让我脸上有光，以后到新的工作单位要好好表现！"

李铁生点了点头，嘴角露出淡淡的笑容，眼睛看向玻璃窗外，看着那些正在搬运货物的工人们，流露出不舍的神情。

"铁生，以后你到那边去工作了，千万不要放弃学习，我总有种预感，你一定会在以后的工作中取得更高的成就！"冯金山真诚地看着李铁生。

"我知道了。"李铁生不知怎的眼角含泪，"我不知道我人生的命运将怎样安排，若是我未来在工作中能有一点点小小的成就，都感谢货场的收留，谢谢主任。"

冯金山觉得鼻子有些微酸，他起身送李铁生出办公室："你最该感谢的人啊，还是潇洒叔，去跟他好好告个别吧！"

潇洒叔此时正在干活，远远地就看见李铁生走了过来，便气不打一处来，把身上的货物往地上一摔，李铁生匆匆跟了上去："潇洒叔……"

"你别喊我潇洒叔，我不是你叔！我听冯主任说你成绩下来了，既然考上了就赶紧走吧！"潇洒叔冷冷地对李铁生说。

李铁生一边跟在潇洒叔的身后一边说："潇洒叔，我知道你现在不想看见我，但我还是想告诉你我真的很谢谢你，也很感谢灵秀！"

潇洒叔停下了脚步，他回头望着李铁生，眼神中仍然带着冰冷。

"潇洒叔，以后希望你能多多保重自己的身体，别的我就不多说了，潇洒叔，你永远是我的恩人！"

李铁生说完便转身离开了。这时身后响起潇洒叔那带着些许哽咽的声音："铁生，到了新单位好好干！好好学习！好了，你走吧！"

李铁生顿了顿脚步，这一刻，热泪从他的眼中奔涌而出，他用手背抹去了眼泪，严冬的风在他的脸上留下刀割般的痛楚。他朝着货场的大门走去，在这个货场里留下了他最后一段脚步。

灵秀是看着李铁生上汽车的，她看着李铁生先是把牛仔背包里的行李塞到汽车下方的行李厢里，又在车门处跺了跺脚这才上了汽车，然后车门啪的一声就关闭了。

灵秀这才松开一直捂着嘴巴和鼻子的手，她朝着汽车迈开步子奔跑，她看见自己因剧烈呼吸而吐出的白气与灰暗的天空融为一体，接着她在这团白气的后面看到汽车缓缓开动了，越开越快……

"铁生——李铁生——"灵秀带着哭腔的声音划破了冬日寂静的街道，最终她双腿变得疲惫而麻木，再也追不上汽车了，就像她再也追不上李铁生的脚步。

她捂着胸口蹲了下来，李铁生就这样从她的生活中离开了。

"师傅，停，停车……"李铁生是在不经意间回头的时候看到蹲在马路上的灵秀的。

"怎么上来就要下车？你东西掉了吗？"司机在前面扯开嗓门问李铁生。李铁生想要下车去看看灵秀，但他突然觉得这或许是对灵秀最好的告别。他转过头对司机说："没事了……"

汽车一路开进了省城，李铁生想起自己几次与灵秀一起坐车的场景，那时的灵秀时常指着窗外对他说："看，这是我念的高中；看，我去过那家商店，买过手绢；看，再往前我们就到西河街了，下一站就到了！"

那欢快的声音仍然萦绕在李铁生的耳边，只是这一切都已成为回忆，将在他人生前进的路上渐渐远去，成为他珍贵的记忆。

来到青城铁路局，周建新特意接见了李铁生，他很佩服这个不放弃学习的装卸工。果然，当他看到李铁生的时候，便感受到了一种与常人不同的坚毅与聪慧，他明白，一个人的成功除去种种不可抗的因素之外，最重要的是坚毅与智慧。"你就是李铁生？"他问。

"是的。"李铁生回答。

周建新握着李铁生虽然年轻但布满老茧的手说道："虽然你暂时只是工务段巡道工，但是我仍然希望你能珍惜这个机会，通过与铁路的密切接触，真正学到一些实际的知识！"

李铁生坚定地点点头："我会珍惜这次机会，绝对不会辜负您和跃平哥，还有天琪姐对我的期望。"

54

李铁生怎么也没想到巡道工比装卸工还要累，以前当装卸工每天要搬运不计其数的货物，可现在他每天要走不计其数的步数，还要无数次弯下腰检查线路上是否有异常。

带李铁生的师傅姓王，他年纪和潇洒叔差不多，长着一张黝黑的长脸，眼睛下面的那块皮肤松弛，皱纹交错成网格状。他的身形很瘦弱，但是干起活来灵巧又有力。他告诉李铁生，巡道工的工作虽然比不上铁路上的技术人员，但是他们巡道工担起了铁路上一个不可或缺的职责，那就是"哨兵"。他们必须及时发现钢轨、夹板、螺栓任何的变形弯曲，甚至断裂的情况，然后马上进行修复处理，要在长长的线路上来来回回、仔仔细细地巡查，排查出安全隐患，保证铁路正常运行。

如果说从前的工作只是让李铁生感到身体疲惫，那么这份工作便是让人身心俱疲，尤其到了冬天，雨雪过后的铁路上总会有一些结冰的地方，李铁生得拿着凿子一下一下地把冰破除。不过，他深深地爱上了这种既疲惫又充实的生活，他甚至觉得钢轨仿佛他的爱人一般，让他不仅仅在工作的时候与钢轨亲密接触，下班休息后仍然要看书继续了解这位亲密"爱人"。

寒假结束之前，高天琪与周跃平又去看望李铁生，这时李铁生已经适应了新的工作。

一个多月的寒假，便让高天琪的心焦灼不已。

中国第一条高铁修建在即，她即使放假在家也时刻不离书本，继续学习着高铁方面的专业知识，她积攒了一肚子的疑问好好地在头脑中梳理了一遍，打算回去之后找教授和秦风一起研究。

然而，对于高天琪来说，使她的心如此急迫的并不仅仅是学习，还有秦风。

秦风，秦风，秦风。她在做题的时候已经不少次下意识地在本子上写下这个名字，每当她做题做累了，或者看书看困了，她就开始畅想未来。她与秦风一同在铁路设计院工作，一同研究如何将高铁的速度提得更快、更稳。

每次想到这里，疲倦就好像烟消云散了一般。带着这种急迫的心情，她终于迎来了开学。这种急迫周跃平也看在眼中，他虽然心里不痛快，但不再说什么。他忘记是什么时候从哪里看过的这句话：爱情有时候也是一种忍耐。

总之，比起高天琪的快乐，他更愿意牺牲自己的快乐。

开学第一天，高天琪就来到了图书馆。她坐在老地方等待着秦风，突然一个又大又红的苹果出现在了她面前，接着秦风的声音从她的背后响起："小丫头，新年快乐！"

高天琪不喜欢小丫头这样的称呼，似乎并不符合她女强人的作风，秦风这么叫却让她的心里突然惊喜了一下。

"你怎么突然这么叫我？"高天琪拿起苹果放在手中轻轻摩挲着，分别一个假期，她甚至觉得有点不敢直视秦风的眼睛。

秦风笑了笑："过年的时候我的小堂妹来我家了，她真是个可爱的小姑娘，我总是忍不住叫她小丫头，结果看到你的时候也叫顺嘴了。"

高天琪低下头，怕自己红得像苹果的脸被秦风看到，所以马上打开书本，上面贴着便签，右边记着好多公式与记号。她说道："学长，我好多地方都不明白，能不能麻烦你帮我讲讲？"

"客气啥！"秦风低下头看着那些知识点，"也难怪你不会，时速 200 千米以上速度的铁路，咱们国家也是第一次修建，所以我觉得不是你看不懂，而是咱们缺乏很多相关的资料与文献。"

高天琪有些困扰地点了点头："是啊，这是咱们国家的第一次实践，所以我们几乎没有什么参考，恐怕是我们这一次的实践给后人做参考呢！"

"所以我们更要努力了，因为咱们身上担着的责任太大了。"

一个下午的学习与查阅资料，高天琪与秦风都觉得有些疲倦。高天琪还想跟秦风一起去食堂吃个饭，秦风却说："我晚上还有个篮球比赛，不能跟你一起去吃饭了。"

"你还打篮球？我之前都不知道。"高天琪说道。

秦风叹了口气说："同学拉我去凑数，我只能从学习中挤出一点时间，劳逸结合嘛。"

高天琪点了点头："那你去吧。"

"好。"秦风刚要走，眼神却停留在高天琪的身上。他不得不承认一件事，一个寒假不见，让他如高天琪一样，有一种极其急迫的心理。他想见到高天琪，他确定。

"怎么了？"高天琪问。

"说起劳逸结合我突然想到，或许我们也应该在学习之中换换头脑。"一直以来思维敏捷的秦风说到这里的时候，竟然有些组织不好语言，"就是，嗯，周

158

末的时候，我听说有个挺好的电影，咱们……"

"去看个电影吧！"还没等秦风磕磕绊绊地说完，高天琪便直接说，"你想看什么类型的？"

秦风摇摇头："我对这些不懂，不过我们可以到了电影院之后再选。总之，就先定下来了！"

"好！"

恋爱的甜蜜与激动就这样猝不及防地在高天琪的心房中剧烈地碰撞起来，她怎么都没想到秦风会主动约她去看电影。要知道他们之前的交集都建立在学习上，虽然这一次只是看个电影，但对他们来说，交集已从学习延伸到了生活。她觉得自己浑身上下仿佛蕴含着一股奇异的能量，而正是这种奇异的能量让她浑身充满热量，去电影院的那天，她穿了一件连衣裙和一件白色呢子大衣。

55

高天琪正从宿舍楼下准备往校门外走，迎面就碰上了周跃平。

只见周跃平的手揣进棉袄之中，棉袄里面鼓鼓的，他另一只手又紧紧地护着棉袄。他笑眯眯地来到高天琪的面前："你是不是又要去图书馆了呀？你看我给你带的什么？你先把这个带回宿舍吃了，再去学习！"

周跃平一边说一边把一个铝制的饭盒拿出来，饭盒有些烫手。

"这是什么？"

"你上回不是说想吃鸡蛋羹吗？你看，我去买了个饭盒，叫食堂的阿姨帮你蒸了一盒。"周跃平轻轻打开盒子的一角，让高天琪看了看，说道，"上面还撒了些葱花，我特意叫阿姨放的，我知道你喜欢吃这个口味，葱香！"

看着周跃平脸上的笑容，高天琪心里有些过意不去，她只是随口对周跃平提起了一句想吃鸡蛋羹，没想到现在就摆在她眼前了。高天琪还是深感诧异，周跃平到底哪来的本事，居然能让食堂的工作人员为他开小灶。

因为早上要化妆打扮，所以没来得及吃早饭。随着饭盒打开的那一瞬间，鸡蛋羹的清香也扑鼻而来，她的肚子咕噜噜响了一声。

"还愣着干吗？我听见你肚子响了，快拿回宿舍吃吧！"周跃平说着就把饭盒往高天琪的手里塞。高天琪连忙推了推，说道："我今天还有事，所以，来不及吃鸡蛋羹了……"

周跃平只顾着把鸡蛋羹给高天琪，却忽略了高天琪脸上精致漂亮的妆，问道："你要去哪里呀？"

"我，我要去找教授，请教一个问题，就是……"还没等高天琪说完，周跃平指了指高天琪身上的衣服说："天气这么冷，你怎么就穿了这么点？"

"我不冷！"高天琪皱了皱眉头，这可是新年的时候妈妈买给她的新衣裳，她早就迫不及待想穿了，尤其想给秦风看看。

"这不行，你快回宿舍把衣服换了，春天的风又冷又硬！"周跃平一边催促一边推着高天琪的胳膊。

"我来不及了！"高天琪说着就要往前走。周跃平把饭盒放在地上就开始脱自己的棉袄，说道："那你把我的穿上！"

"谁穿你的破棉衣呀！"

"我这可是名牌，什么叫破棉衣？我爸爸在专卖店给我买的！"周跃平一边说着一边就把棉袄往高天琪的身上套。

高天琪撇了撇嘴："我管它是不是名牌，反正穿上像老干部似的，你喜欢穿你就穿呗！"高天琪一边说着一边不顾周跃平在说什么就走远了。周跃平只好叹了口气，又把衣服穿上了。他端着那盒鸡蛋羹，看着高天琪远去的背影显得有些落寞。

突然，周跃平感到自己的肩膀被拍了一下，回头一看是高天琪的室友张文洁。

"跃平！"

"文洁！"周跃平打了声招呼，"你也出去啊？"

其实张文洁刚才趴在宿舍的阳台上看到了这一切，看到高天琪走了，她这才裹了件棉袄匆匆跑了下来，她嘴上却说："想出来吃个早饭！"

周跃平看了看手上的鸡蛋羹，说道："这是刚刚给天琪准备的，她没吃，你要是不嫌弃……"

"我不嫌弃！"张文洁接过了鸡蛋羹，"我拿去食堂吃吧，顺便买个馒头，你陪我一起去吗？"

周跃平反正也没什么事，就跟着张文洁去了食堂。两个人就话剧的话题聊起了天，周跃平却总是一副心不在焉的样子。

张文洁干脆直接问："你是不是在想高天琪？"

周跃平直言不讳地说："是啊，鸡蛋羹她没吃，可我都听见她肚子里咕咕作响了，穿得又少，叫都叫不住就跑了。"

张文洁送一大勺鸡蛋羹到口中："嗨！我劝你还是别在这费心思了，实话告诉你吧，天琪今天跟秦风学长去约会了。他们去看电影，当然没有时间吃你的鸡蛋羹了！"

周跃平听到这里，心脏似乎重重地收缩了一下。他虽然知道高天琪和秦风走得近，但没想到他们一起去了电影院。

"原来是这样。"

"所以今天的鸡蛋羹就让我占便宜了，我最喜欢吃鸡蛋羹了。"

周跃平笑了笑："既然你喜欢吃就多吃点，下回我也帮你送一份。"

张文洁兴奋地看着周跃平："真的吗？"

周跃平点了点头。事实上，他之所以这么做是因为以前张文洁帮话剧团做了不少工作，搭建舞台、采购道具服什么的。但他从未想过她为什么这么积极地跑来帮忙。

"那就明天，我还想吃。"张文洁欢快地说。

"好！"周跃平爽快地答应了。

校门外，高天琪见到了秦风。不得不说高天琪的母亲眼光很好，这件白色的牛角扣呢子大衣非常符合高天琪优雅的气质。

"你穿这身衣服真好看。"秦风不由得夸奖道。

高天琪低着头笑了笑，脸上泛起两抹红晕来。秦风继续说："我们去电影院吧，我已经买好票了。"

高天琪和秦风在电影院里坐下来后，她才知道原来秦风买的票是一部战争片，有些失望没能一起看部爱情片，但是能跟秦风坐在一起，就足够了。

一场电影看下来，秦风心里酣畅淋漓，高天琪也一样，只不过秦风看的是电影情节，而高天琪看的是身边的这个人。

看完电影后，秦风说："也到中午了，咱们去吃个饭吧。"

高天琪没有推辞，她想和秦风多待上一阵子。

"我知道西安路上有一个不错的馆子，咱俩坐公交车去。"

两个人来到了公交站，可是公交车左等也不来右等也不来，秦风不住地看着手表，似乎有些着急。

"你很着急吗？要是着急的话，不吃饭也行……"

秦风点了点头："我是有点着急，今天下午我还有个学习计划呢，只是我也饿了，这个饭咱俩必须得吃，你不饿吗？"

此时一阵冷风夹杂着薄薄的雪花吹来，高天琪打了个哆嗦，不过她还是说："要是等不到公交车的话，咱们就走着去吧！"

56

秦风同意了高天琪的建议。

两个人并排慢慢地走着，一路上寒风萧瑟，吹得人脸上生疼。秦风不住地跟高天琪讲着刚刚电影里面的情节，冷风一阵阵钻进高天琪的呢子大衣里，不过她还是用灼灼的目光看着秦风，不住地点着头。

"咱俩这么走过去，还是有点远，会不会耽误你下午的学习计划呢？"高天琪一边搓着手一边问。

秦风摇摇头："说实话，我也挺想跟你就这样一起走一走，至于学习计划，那就稍微延后一点吧！"

高天琪顿时觉得浑身发热，这句话似乎将她的身体点燃了似的，她的心里已经激动万分，可脸上仍然显得不动声色："是吗？你想跟我一起走一走？"

"是啊，有时候我总觉得咱俩见面的时候，都待在图书馆里，要不就是资料室，能像这样在广阔的天地中走一走，不是也很好吗？"

秦风的回答总是那么潇洒自如，高天琪低着头微微笑着，她希望这条路很长很长，没有尽头。

走了好长一段路之后终于来到了饭馆，秦风把菜单递到高天琪的面前："来，你点菜。"

高天琪似乎有些难为情，又把菜单推回到秦风的面前："我之前又没来过这家店，还是你点吧！"

秦风拿过了菜单，点了几个菜。

高天琪的目光落在隔壁桌的情侣身上，她看着那对情侣交谈甚欢，也觉得心里充满了幸福与喜悦，她在想，是不是在别人的眼中她和秦风也已经是情侣了呢？

吃完饭，高天琪和秦风坐上了回学校的公交车。到了学校门口，秦风说："今天真是充实的一天，难为你陪我看电影又吃饭，天琪，谢谢你。"

听着秦风那温柔而又礼貌的话，高天琪的脸再次红了起来，她还想要感谢秦风呢，能给她这样一个浪漫的约会。

"一会儿我要直接去自习室了，就不送你回宿舍了。"秦风说。

高天琪本来也想跟秦风一起去自习室，可是心里的热情终难抵挡寒风的侵袭，她一下公交车就觉得浑身冷得厉害，便想回宿舍先换个衣服。周跃平说得果然没错，这种天气穿呢子大衣还是有点冷了。"那一会儿我也去自习室。"

"好，我等你。"

跟秦风约定了之后高天琪回到宿舍，莫名地觉得脸上发烫，她照了照镜子，果然看到了一张红扑扑的脸。张文洁看到后在一旁调侃道："天琪，你约个会怎么害羞成这样？"

高天琪朝张文洁噘了噘嘴："你别瞎说，才不是约会呢！"

"还说不是约会？不是约会你能穿得这么少，又打扮得这么漂亮？"

高天琪感到有些头疼，便没跟张文洁继续拌嘴，拉过被子就躺下了。她本来还想一会儿去自习室，可是头疼得却越来越厉害，干脆一觉就睡到了晚上，半夜的时候才醒来，觉得喉咙又干又疼。

她从床上爬下来，想要倒上一口水喝，这才觉得头昏脑涨，她摸着黑在椅子上坐了下来，浑身发抖。

是感冒了，她在心里暗暗叫苦。她还记得在饭店里吃饭的时候热得浑身冒汗，一出门就被一股冷风吹了一下，果不其然在半夜发起烧来。早知道就听周跃平的话，不在这初春的天气里穿那么少。

一口凉水灌下去，高天琪觉得喉咙清爽了不少，她刚想要回到床上去睡觉，就觉得胃中一阵痉挛，来不及反应，她就跑到厕所里将那口冰凉的水又吐了出来，然后她难受地倚在走廊的墙上，待了好一会儿才回到宿舍。

第二天早上，高天琪觉得头疼得更厉害了，但她挣扎着起来了。这天是周日，可上午还有两节课，她打算去跟老师和教授请一天假。生了病的身体变得十分脆弱，她现在可不像昨天那样不怕冷，今天就算裹着棉衣外套也觉得浑身瑟瑟发抖。

老师看到高天琪脸色苍白，嘴唇有些干裂，便担忧地说："你病得这么厉害，去医院看看，要不我陪你去？"

高天琪摇了摇头："老师，谢谢您，我想我只要休息一下就没事了。"

比起去医院打吊针，高天琪更想躺在被窝里。

请过假之后高天琪一打开宿舍的门，便闻到一阵香喷喷的味道，接着她看见张文洁的桌子上放着一盒鸡蛋羹，飘着些许油花，黄灿灿的，张文洁正大口地吃着，她认得那个饭盒，是周跃平的。

半夜吐过了，高天琪此时此刻饿得厉害，但实在没力气下楼买东西吃，她一向要强独立，不愿麻烦别人，就到床上拉开被子睡了。

"天琪，你怎么又回来了？今天不是有课吗？"张文洁问。

"今天的课……取消了。"高天琪含糊地说。

"取消了？"

"对，我想睡一会儿。"高天琪翻了个身，把脸朝向墙面。不知道为什么，她心里有些在意那盒鸡蛋羹，她想知道为什么周跃平的饭盒会在张文洁这里，为什么张文洁会吃着周跃平的鸡蛋羹？

这一切与她有什么关系呢？可是她现在真的很想吃上一盒鸡蛋羹，似乎从来都没有这么饥饿过。

张文洁吃完了鸡蛋羹，舔了舔嘴巴，跟另外一位室友说："鸡蛋羹真好吃，要是周跃平天天给我送就好了！"

"你想得美，人家凭什么天天给你送？"

张文洁脸上露出笑意："我现在天天都去剧团，说不定有一天和周跃平日久生情，他成了我男朋友，当然要天天给我送鸡蛋羹！"

"到了那时候啊，估计你就吃腻了！"

张文洁不屑地看了一眼舍友："才不会呢，我吃不够！"

本来想入睡的高天琪因为发烧难受得睡不着，此时此刻她觉得心口泛着一股酸意，也许是饿的，这应该与张文洁的话无关。

57

终于，高天琪生病被人发现了。

她在下床喝水的时候，一个踉跄，张文洁扔下手中的小人书扶住了高天琪。这一扶不要紧，摸到了高天琪滚烫的胳膊和身体。

"天琪，你生病了？"张文洁赶紧把高天琪扶到椅子上坐下来，又随手拿了一件棉衣帮高天琪裹上，"你生病了怎么不说呢？"

高天琪有气无力地说："我不想让别人担心我。"

"你呀，总是这么要强！我陪你去医院看看吧，这么病下去也不是办法！"

高天琪说："我自己去就行，不用陪我，外面那么冷你就别出去了。"

张文洁说什么也不放心高天琪一个人去校医院，可也拗不过高天琪的倔强。高天琪说："我自己去校医院就行，你帮我到图书馆去跟秦风学长说一声，我今天下午去不了了，我天天下午都会跟他一起在自习室学习，今天不能去他肯定会担心的。"

张文洁无奈地说："现在都什么时候了，你还担心秦风？还是担心担心你自己的身体吧！"

"哎呀，你要是好姐妹就帮我这个忙吧！"高天琪推了推张文洁。

"那就这样吧，等我去跟秦风学长说完了之后，就陪你去医院，你在宿舍等我！"

去往图书馆要经过话剧团排练的礼堂，周跃平刚好出来，迎面便看到了张文洁。周跃平说："你一会儿帮我抬一下道具……"

"我有事儿，今天就不去话剧团了。"

周跃平细问之下才知道高天琪生病了，他有些担心，便问："她病得重不重？"

"反正烧得挺厉害的，我看八成是昨天她穿得太少了，她让我跟秦风学长说一声，今天下午她不能来学习了。"

周跃平想了想，要不是昨天跟秦风去看电影，高天琪绝对不会穿得那么少，所以他想当面问问秦风，怎么就不能心疼一下高天琪，别让她穿得那么少呢？

周跃平在图书馆左拐右拐，这才看到了在角落里看书的秦风。

周跃平走上去直接说："秦风。"

"怎么了？"

"高天琪今天没有过来学习，你知道是为什么吗？"周跃平绷着脸。

秦风想了想说："恐怕她是有什么事情吧，她出了什么事吗？"

周跃平的手握成了一个拳头，他讨厌秦风脸上那风轻云淡的表情。难道他对高天琪的关心与担心就仅此而已吗？

不过，周跃平还是没有告诉秦风高天琪是为什么生病的，因为如此一来，不就等于告诉秦风高天琪有多么在乎他吗？

张文洁说："她有点生病了，所以托我们过来跟你说一声，下午不能跟你一起学习了！"

秦风皱了皱眉头，那张平静的脸上终于流露出些许担心："记得让她吃点药，然后好好休息，至于学习也不必担心今天所落下的，告诉她我今天在复习，明天才学新的知识。"

跟秦风打完了招呼，张文洁就和周跃平一起来到了宿舍，周跃平在楼下等着，张文洁把高天琪扶下了楼。

其实这时候的高天琪打心里最想见到的人就是周跃平。她似乎只有在周跃平身边的时候，才能完全放下心来，也放松下来。

但是，她现在最不想见到的人也是周跃平，因为周跃平明明在昨天已经提醒过她不要穿这么少，她却没听，结果就生病了。

"天琪！"周跃平冲上来，他摸了摸高天琪的额头，"你烧得厉害，我带你去医院。"

"我……"高天琪还想说什么。周跃平就已经在她的面前蹲了下来，背对着她："我背着你去。"

"我不用，又不是不能走，只是发烧而已……"还没等高天琪说完，周跃平已经将她背了起来。她身材苗条，周跃平背起来完全不费力气。

"文洁，你先回去吧。"周跃平对张文洁说，"天琪这儿有我就行了。"

"我也去……"

"真的不用。"周跃平看了一眼张文洁，眼神中似乎有些祈求的意味，"让我照顾天琪吧！"

张文洁明白了周跃平的意思，她虽然大大咧咧，但比高天琪心细。在这一刻，她有些后悔刚刚把一切都跟周跃平说了。

周跃平把高天琪背到了校医院里，医生帮高天琪量了体温。高天琪坐在病床上一个劲地流鼻涕，周跃平就去旁边的小卖部买了一卷纸塞到高天琪的手里。

"三十八度九。"医生看了看手中的温度计，然后就去帮高天琪打了吊针。

周跃平接了杯热水递到高天琪的手中，他看着高天琪那虚弱不堪的样子，又心疼又生气："不是跟你说过了吗，让你多穿一点，你怎么就不听？"

高天琪没说话，周跃平反倒越说越来劲："你知不知道现在是什么天啊？只穿一件呢子大衣，就为了约会，为了好看？"

高天琪终于忍无可忍，她抬起头看着周跃平，还没等说话眼泪便唰唰掉了下来。

周跃平也愣住了，高天琪向来是很要强的，高天琪掉眼泪，就连周跃平也没看过几次。

可这一次，周跃平没想到只是说了几句，她就哭了。

这一哭似乎把周跃平的心融化了，他马上坐到高天琪的身边，哄着她说："我真的没有怪你的意思，我就是心疼你，你别哭了好不好？"

高天琪擦了擦眼泪，她也不知道自己为什么要哭，只是在周跃平面前，似乎可以卸下一切伪装，她的委屈、难过都可以不必掩饰，在意识到这些的时候，眼泪又掉了下来。

周跃平更急了，说道："哎呀，都怪我，我给你讲个笑话好不好？你可别哭了，我心里不好受！"

周跃平刚打算表演些什么的时候，高天琪的肚子里就咕噜噜地叫了起来。高天琪有些不好意思，一下子就破涕为笑，周跃平也笑了："你要吃什么？我现在就去给你买！"

高天琪抿了抿嘴："我想吃鸡蛋羹，可是你的饭盒在……"

"我再买一个就是了！"周跃平爽快地说。

58

周跃平急匆匆地跑了出去，临走之前他跟医生要了一个热水袋，然后轻轻地放到高天琪的手中。

听着周跃平匆匆离去的脚步声，高天琪的头靠在背后的墙上，她仍然觉得很难受，可心里仿佛突然踏实了下来。她从小到大从来没怕过生病，更何况是这样的小病，可她不知道为什么今天在周跃平的面前掉了泪。

大概过了半个小时，急匆匆的脚步声伴着粗重的喘息声吵醒了正微闭着眼睛的高天琪，周跃平朝高天琪笑着说："我去给你搬个小桌子！"

很快，高天琪的面前放上了一个小桌子，周跃平把饭盒打开，黄澄澄的鸡蛋羹散发着清香味。如此特殊的待遇，在这个小小的校医院病房中显得实在隆重，让高天琪都有些不好意思了。

"你不知道，我刚刚去买完了饭盒，然后又到食堂去请求阿姨给我做上一盒，结果阿姨说现在已经过了早餐时间，蒸笼都撤下来了，我求了她好半天，她才答应给我蒸了一盒。"周跃平一边兴冲冲地说着一边从口袋里掏出了一个勺子，用纸巾擦了擦就放进了饭盒中，"快吃吧！"

高天琪听到这里眼角有了泪，她低下头拿起勺子，这才看到周跃平因为拿着滚烫的饭盒而红通通的手。"你的手，烫不烫？"

"不烫！"周跃平不在意地搓搓手。

高天琪的头发是披着的，周跃平轻轻地将她头发别在了耳后："天琪，好吃吗？"

鸡蛋羹的咸香软嫩让高天琪胃口大开，她一边吃一边对周跃平说："好吃，谢谢。"

周跃平像两人小时候那样摸了摸高天琪的头发："那你就多吃点，你呀，就是因为太瘦了所以才会生病。"

就在高天琪吃着鸡蛋羹的时候，病房的外面传来了一道熟悉的声音："给我拿一盒扑热息痛。对了，还有什么感冒药也帮我拿一盒！"

高天琪一惊，循声望去，看到秦风站在病房外面，正在看着药盒上面的说明。

"学长。"高天琪脱口而出。

这时，秦风惊讶地往病房里看去，随即走了进来。高天琪说："你也来买药吗，生病了？"

秦风说："我倒没有生病，听说你感冒了，想给你买点药，没想到你好像病得挺严重的。"

"我还好……"高天琪看了看身边的周跃平，他就在自己身边亲密地挨着自己，这令她一时间有种百口莫辩的尴尬。

秦风看了看周跃平，说道："有你在这照顾天琪，我就不担心了。"

周跃平的嘴角向上翘了翘，不屑地笑了："你很担心吗？你要是担心的话刚才为什么不一起来看看天琪呢？我们明明都已经跟你说过了。"

秦风的脸上一如既往地平静，只是看着周跃平的时候显露出一点敌意，转而说道："我刚刚正在做一道工程力学的题，如果思路中间断掉的话……"

"思路断了就重新再想就是了，难道这……"周跃平的嗓门突然大了起来，他实在看不下去高天琪如此小心翼翼地在乎的这个人，对高天琪却是这么不在乎。

"你不要在这里吵，要吵出去吵！"医生从旁路过。

周跃平的话被医生的训斥打断了，他对医生点了点头，然后对秦风说："那咱们出去说！"

高天琪拉住了周跃平的衣角："你这是干什么？你不要对学长说什么奇奇怪怪的话……"

周跃平从来没有对高天琪如此粗暴过，可他按住了高天琪的手："你就是为了跟他去看场电影，所以才冻病了的，而他现在这么不在乎，我就要找他说说……"

高天琪的脸唰的一下红了。周跃平已经拉着秦风来到了校医院的外面。

冷风吹拂着秦风的发丝，他那一双仍旧平静而毫无波澜的眼睛终于显露出一些情绪来："我和天琪之间的事情，跟你有什么关系呢？"

"当然有关系！天琪是我最好的朋友，而她就是因为你才生病的，你都这么不在乎！我不想你伤了天琪的心！"

看着气呼呼的周跃平，秦风只是淡淡地说："我相信天琪不是那么脆弱的女孩子，而且她会明白我为什么要做完了题之后再去看她，因为光是草纸我就已经列了好几大页，重新捡回思路又需要很长时间，像你这样根本不知道学习为何物的人，恐怕不能理解吧？"

"你……"周跃平咬着嘴唇，他的拳头狠狠捏着，恨不得现在就打在秦风的脸上，"但是这也比不过天琪的身体重要！"

秦风的双手插在裤兜里，仍然用波澜不惊的语气说："不过是一个小感冒罢了，我去看她或者不去看她，又能怎么样？还有，你作为好朋友未免管得过于宽泛了吧？"

"她是为了你才生病的呀！她为了见你才穿得那么少，你……"周跃平越说越激动，他也不知道为什么，明明他最不想让秦风知道高天琪的心意，这时候他想帮高天琪打抱不平，说到底他对高天琪的爱，已经不仅限于男女之间的关系，更是一种胜过于爱情、友情的亲情。

"周跃平，我希望你能够成熟一点，一个已经成年了的人应该为自己的行为负责，包括什么样的天气穿什么样的衣服，所以你不必把这一切强加到我的身上，但对于天琪，我很关爱也很担心。"

秦风看着周跃平的眼睛，说完了这些话。那份不近人情的冷静与理智几乎点燃了周跃平心里的所有怒火，他一步一步朝秦风逼近，然后一拳就挥了出去，但在这刹那之间被秦风扳住了胳膊，动弹不得。

他甚至不知道秦风是如何完成这一动作的。

"周跃平，请你成熟一点，就算是为了天琪着想，你也不应该对我动手。"秦风镇静地说。

59

秦风说完便一下子甩开了周跃平的胳膊。周跃平虽然觉得心中屈辱但并没有再打过去，因为他心里产生了一种深深的不解："你很成熟，也很冷静，但这是否因为你根本就不在乎天琪呢？"

秦风看着周跃平的眼睛，有几分挑衅的意味："这是否跟你这个好朋友无关呢？我也有权利不回答你的话！"

"你表现得这么冷淡，这么满不在乎，难道你就不怕天琪会对你失望吗？"

秦风显得有些不耐烦，他摆了摆手表示不想跟周跃平继续说下去，他看了一眼时间，说道："我还有事儿，天琪就拜托你照顾了。"

周跃平在原地平复了一下自己的情绪，这才回到病房。可刚刚走进去，便看到高天琪那张已经涨红了的带着怒意的脸："你刚刚为什么要跟学长说那么多？"

周跃平叹了口气，他知道自己又冲动了，可面对高天琪的事情，他仿佛不能不冲动！

"我……抱歉。"

"你凭什么说我生病了是因为我要见秦风学长穿得少才引发的？这是你自己揣测的吧！你为什么要把你的猜测告诉秦风学长呢？"

周跃平的拳头仍然捏着，他看着桌上那半份鸡蛋羹说："天琪，我就是心疼你，我既不瞎也不傻，我能不知道你昨天是精心打扮的吗？我能不知道你精心打扮是为了谁吗？可他那么满不在乎，你觉得你所做的这一切值得吗？"

高天琪低着头，她的声音变得不冷静起来："你别说了，你别再说下去了！"

"我要说，我就要说！他那么个冷血的家伙，他不配你这份热情，咱们从小到大这么多年，难道我看不出来你对他的……"

"够了！你走……"高天琪双手捂住了耳朵。

"我不走。"周跃平执拗地说。

高天琪点了点头，她伸手就要去拔手背上的针头，说道："那我走！"

"你……"周跃平眉头紧皱，看着高天琪，最后这份愤怒终于变成了一声叹息，"你好好打针，我走就是！鸡蛋羹你记得吃……"

"我不想吃，你带走吧！"

"你吃了病才好得快，你才吃了几口……"

"我说了我不想吃，你全都带走，我不要！"高天琪说完把头转到另一边，她几乎把周跃平的感情全部隔离在自己的身心之外，甚至连周跃平的东西都排斥。

周跃平愣在原地，他怔怔地看着高天琪，狠狠地把饭盒扣了起来，突然的声响把高天琪吓了一跳。周跃平拿起饭盒，头也不回地离开了病房。

他真生气了，出了门便把饭盒扔进了垃圾桶。这时天空中又下起了细密的雪，他在一栋楼的拐角处点燃了烟，静静地看着这场雪，看了很久很久。

打了吊针之后，高天琪的身体好了起来。她照常投入忙碌的学习之中，像以前一样，在秦风的教室外面等着他一起去图书馆。只是这一次，她的脸很红，甚至有些不敢看秦风的眼睛。秦风走了出来："你的病还没好吗？脸还是这么红。"

高天琪小声说："好了。就是……我朋友周跃平这个人总是有一些奇奇怪怪的想法，比较想当然，你不要把他的话放在心上。"

秦风反倒笑了："我知道他也是心疼你，但是我相信咱们之间有着一种默契，你会理解我要把题做完了之后再去看你吗？"

"秦风学长，你能帮我去买药我就觉得挺好啦，而且做题的时候我也不希望思路被打扰。"

"这就是咱们之间的默契。"秦风拍了拍高天琪的肩膀，"走吧，去资料室，你生病的时候教授让我研究工程力学方面的问题，我要去查一些资料。"

"好！"高天琪爽快地答应了。她走在秦风的身后，心情舒畅，秦风不是也打算给她送药吗？

与此同时，周跃平情场失意，无心学习，便将所有的精力都花在了剧团上面。在这里他可以尽情演绎每一个角色，抒发自己的感情。舞台上，穿着西装的他按照剧本跪了下来，镁光灯只打在他一个人的身上，在座无虚席的剧场中，他却几乎忘记了台词，成为一场即兴表演。幕后的张文洁吓了一跳，这场排练他们花费了不少心思，周跃平怎么能在这个时候出错呢？可是再听下去，那一句句临场发挥的台词那样打动人心，紧接着她听到周跃平带着哭腔的声音，他捂着胸口，眼泪一滴一滴地掉在台上。

这一刻，整场戏结束了。

所有的人都安静地看着幕布缓缓垂下，接着场内爆发出一阵雷鸣般的掌声，周跃平的表演几乎将所有人的情绪带向了一个高潮，这是一场精彩绝伦的表演。

周跃平流着泪谢幕，在掌声中他来到了台下，大家都在欢呼演出成功，这时张文洁递上了纸巾。

周跃平愣了愣："谢谢。"

来不及再说什么，一群人已经去聚餐了，吃过饭后快到深夜了。

月明星稀的夜晚，清冷的月光将他的脸也映得充满了悲伤。

"跃平，你不要再难过了，真的。"张文洁说。

周跃平看了看张文洁："你说什么呢？"

张文洁咬了咬嘴唇："高天琪喜欢的是秦风学长，她这个人的性格你比我更了解，她是那种不达目的誓不罢休的人，她的执拗不会因为别人的行为而改变，甚至，我觉得你无法感动她。"

周跃平从不把对高天琪的那份心意说给任何人听，但是他今晚喝了酒，他坐在花坛的边上，点燃了一支烟。"我真的很喜欢她，不对，是爱她，是爱她你懂吗？"说到这里，周跃平的声音有些哽咽，"可她从来没有肯定过，哪怕把一点点感情给我，从来都没有。"

顿了一会儿，周跃平接着说："她……她那么聪明，难道看不出来？连我都能看出她的心思，她能看不出我的心思？她就是在这里装糊涂！本来一句话就能解决的事，她非要在这里把人吊着，我真的不知道她是怎么想的。"

60

突然，周跃平感到自己的手背一热，竟然是张文洁的热泪。

"文洁……你哭什么？"

"我不知道，我就是心疼你，这么多年的感情都没有得到回应，你一定很难过。"张文洁哽咽了。

周跃平笑了笑："我已经习惯了，你也别哭了，晚上的风太冷，把脸吹疼了，快走吧，一会儿宿舍关门了。"

张文洁却不走，她执拗地停在原地看着周跃平："跃平，其实爱情又不是只有一条路可走，世界上又不只有高天琪一个女生！说句不好听的，你选择现在离开，可能受到的伤害会少一点。还有，你可能误会天琪了，她可能就是不好意思直说。"

周跃平熄掉了手中的烟，随手扔进了旁边的垃圾箱里，说道："我明知道天琪不喜欢我，可我就是喜欢她，我从小就喜欢她了，你明白我的意思吗？"

张文洁不再说话了，她静静地跟周跃平走到了宿舍门口，周跃平说："快回去吧！"

"等一下！可以拥抱一下吗？"张文洁忽然说。

"这怎么好啊？"

"庆祝咱们今天演出成功！"她不由分说地抱住了周跃平，又调皮地松开了手，小兔子一般跑了，回头说，"明天见！"

周跃平愣了愣，便往回走了。

然而，除了楼下那一盏孤零零的灯瞥见了这一幕，正对着窗台练习英语口语的高天琪也看到了。

高天琪有个习惯，就是每天晚上临睡前都要在窗台前静下心来练习一段英语口语，从不间断，这也是宿舍里每个人都知道的习惯。

突然，高天琪的心仿佛震动了一下，她早就知道张文洁跟周跃平是好朋友，可是他们已经发展到这一步了吗？他们已经是男女朋友了吗？

带着这些疑问，高天琪看了面色绯红的张文洁，她想要开口问些什么，但觉得没资格，毕竟她已经好几天没和周跃平说过话了。

自打那天在校医院一别，以后就算是在路上碰到了周跃平，周跃平也当没看到高天琪一样。高天琪甚至有时候想要主动找周跃平打个招呼，换来的也只是漠然的回应。

他们似乎再也回不到从前了，这让高天琪感到很失落也很沮丧。她后悔自己那天说话太绝，可是她斗不过心里强烈的自尊，周跃平那天的举动实在让她难堪。

随着京沪高铁开工期的落实，高天琪和秦风的心里也都有一块大石头落了地，教授答应他们，会带着他们一起进入研讨小组。秦风笑了，这是高天琪第一次在秦风的脸上看到那么真挚的笑容，他想都没想，抓住了高天琪的手："天琪，太好了！"

晚上，他们一起吃了饭。

很少高谈阔论的秦风在高天琪的面前谈起了对未来的畅想，他想要把高速铁路的线路修得更多更长……

高天琪静静地听着，脸上带着微笑。她和秦风一样激动，但有一样令她更加高兴，甚至有些窃喜，她能和秦风一起为梦想奋斗！

吃完饭，秦风和她在操场上散步聊天。空气中弥漫着淡淡的春雨过后的香气，万物萌发，湿润的空气中蕴含着生机。

两个人走累了，就在台阶上坐下来。他们像周围的几对情侣一样，坐得很近，甚至能感受到彼此的呼吸与心跳。

这时，秦风的手突然放在了高天琪的肩膀上。高天琪一惊，整个身体都仿佛僵硬了，几乎不敢动，甚至不敢看秦风，更不敢说话。

"天琪，这段时间真的谢谢你，若是我一个人学习的话一定枯燥无味，但有你一起相互鼓励着前进，我觉得这段学习的时光真的很快乐！"

"我也是。"高天琪的心跳加快了，她低着头，气息间充满了热度。

"天琪，以后咱们要做一辈子的合作伙伴，你知道吗？在这个世界能有一个知己是多么不容易呀！"

秦风的声音在高天琪的脸颊旁响起，声声都触动着高天琪的心，她伸出一只手握住了秦风的另一只手："我会继续努力的！"

或许，这样简单的举动对于周围那些情侣来说并不算什么，但对于高天琪来说，她主动握手已经是鼓起了相当大的勇气。

晚上回到宿舍，高天琪躺进被窝里仍觉得心在咚咚地跳，她的手紧紧地握着床边冰凉的栏杆，一边微笑着一边咬着下唇，她太开心了，她太激动了，她甚至莫名其妙地感到一种惶恐，因为这一切都来得猝不及防，来得让人感到幸福。

秦风这样的举动是不是已经证明了他们之间的感情更进一步了呢？或许，在秦风的心里他们已经是情侣了吧。

高天琪一个晚上都难以入眠。第二天早上起来，却感到精力充沛，她甚至不觉得饿，只想学习。她想一直追赶着秦风的脚步，所以学习比以往更加努力，甚至整天都泡在自习室里，更无暇顾及周跃平和张文洁的进展如何了。现在她的生活里，除了学习就是秦风。

虽然她不再和周跃平有什么交集，但是周跃平又怎能真的不在乎她呢？

她与秦风的一切进展，周跃平都看在眼里，也从张文洁的口中得知了高天琪与秦风马上就要进入高铁的研讨小组中。周跃平听到这个消息，觉得心仿佛重重地被撕裂了一下。但是想了又想，这何尝不是一件好事呢？

爱不就是让所爱的人得到幸福吗？他把脸埋进枕头中，让泪水肆无忌惮地流出来，然后慢慢地渗进枕头中。他想把今天当成一个对过去的告别，他决定从此以后把对高天琪的这份爱深深地藏在心里。

也不知哭了多久，他在梦中似乎回到了与高天琪的童年，五岁的高天琪在他的耳边轻轻地说道："我最喜欢跟你一起玩儿！"

这句话，他一直都记得。

不过，周跃平也在想，自己或许从一开始，就误会了这句话的意思，把这句两小无猜的话太当回事了。

61

高天琪每天泡在自习室里。她心中的美好向往即将成为现实，所以她比从前更用心地读书。她要和秦风做一辈子的搭档，做一辈子的合作伙伴，不管工作上还是生活上，这一切仿佛顺理成章，或者理所应当。

可她不知道，此时此刻的京沪高铁科研小组得到了一个坏消息。

一方面，铁道部认为以眼下的技术修建高铁可能导致安全隐患；另一方面认为修建高铁的成本太大，而之后的盈利也成问题，所以京沪铁路的项目被搁置了，至于什么时候会重新启动，那至少也是几年之后的事情了。

因为这场会议教授带着秦风参加，所以他在第一时间就得到了这个消息。他整个人都僵住了，这对他无疑是一种巨大的打击。

突然，一向沉默的他站了起来，会议上所有人的眼睛都望向了他。他说道："我觉得以我们现有的技术完全可以支撑高铁的修建……"

"年轻人，你还是学生吧？"铁道部的一位领导也站了起来，他耐心地劝导秦风，"首先，在技术上我们并不成熟。你知道铁道部每年要支出的费用有多少吗？你知道修建高铁所需要的经费吗？"

秦风不解地看着那位领导："可是一旦京沪高铁修成了，就是中国高铁的第一个里程碑，向全世界证明我们并不落后，我们拥有这种技术……"

这时，教授无奈地把秦风按回了座位，说道："秦风，有些事情不是你想的那么简单！"

那位领导继续说："是啊，我明白你们这一代年轻的学生在想什么，你们迫切地想将所有的本事都学到手，然后向世界证明中国的强大。可是，比起面子，我们还有更重要的事要做。在中国这片广阔的土地上，还有很多地方连普速的铁路都没有，比如西北偏远地区。我们首先要解决的是人们的出行问题，当解决了这些基础问题之后，我们才有资格去研究高新技术！"

秦风找不到什么反驳的话。他是北京人，从小生活在一个富裕的家庭，父母给了他优渥的生活以及良好的教育，若不是领导的这一番话，他根本意识不到在中国还有无数老百姓受到出行困难的困扰。或者他的心中，根本从未考虑过这些。

会议结束了，教授来到车里。秦风说："教授，原谅我刚刚在会议上的不礼貌。"

教授摇了摇头说："你也别自责了，我知道这对你来说是个打击，前几天说决定了工期，这会儿又突然说搁置了，你一定接受不了。"

"嗯。"秦风低着头，眉头紧皱。

"你也大四了，既然高铁的项目被搁置了，你有什么别的打算吗？"教授问秦风。

秦风没有立即回答，他沉思了好一会儿说道："我原本就有出国留学的打算，我想学到更多的技术。"

教授几乎每天会见到秦风和高天琪，在他眼皮下面的两人发生了什么，他大体猜得到。"出国留学是好事，但首先得处理好个人问题。"

"我明白。"

"离你毕业，也就剩两个月的时间了，抓紧时间吧！"

秦风点了点头："好。"

回到学校之后，高天琪在图书馆的自习室里等着秦风。当秦风透过门上的那块玻璃看到高天琪正在用功学习时，他的心里不好受，几乎不知道该怎么跟高天琪开口。

他来到高天琪的身边坐下来，高天琪看到他马上说："学长，你去开会，会上说什么了？"

看着高天琪那双明亮的眼睛，秦风最终还是没将这个消息告诉高天琪："说了一些专业技术以及工程成本上的事情。"

高天琪有些担忧地说："那经费批下来了吗？"

"还需要再等等看！"

"原来是这样，真希望经费快点批下来，这样，我心里的这块大石头就彻底落地了。"

秦风没有继续说下去，而是沉默了一会儿，接着说："高铁的开工在下半年，倒还不急。我现在已经大四了，所以在临近毕业这段时间要写论文……"

高天琪马上说："那这段时间我就准备我的期末考试吧，你要好好写论文。"

秦风有些凝重地看着高天琪，高天琪总是那么善解人意，有很多时候还没等他开口，高天琪便已经知会了他的意思。

"就是这段时间，可能我没有太多时间能跟你一起学习……"

"没关系的，毕业论文要紧。不就两个月的时间吗，我自己学习就是了！"

秦风看着高天琪的笑脸，他想说些什么，可心里已经被愧疚感占满了。

62

回宿舍的路上，秦风在想，他之所以对高天琪隐瞒下来，究竟是因为不想高天琪受到打击，还是因为不想高天琪的情绪影响他出国的事。

但是，他是一定要去德国学习。他知道国内的高铁项目之所以被搁置，也是因为技术的限制，而德国有着最先进的技术，他要将这些技术全都学会，然后为国所用。与此相比，儿女情长显得微不足道。

他希望教授暂时不要把这件事情告诉高天琪。教授严肃地看着他说："可天琪迟早会知道。一个人在做成大事之前，首先要为自己的事情负责，你和天琪之间……"

他打断了教授的话："您放心，我绝对不会不了了之，在我成功申请公费留学后，再告诉她。"

教授点了点头，仍然怀有顾虑地说："我活到了这个年纪，你们年轻人的这些心思我一看就明白，天琪对你不是一般的感情，你一定要委婉一点，妥善处理。"

初夏的风静静地从高天琪的耳旁吹过，她坐在公园的长椅上，最近她的内心有些惆怅。

虽然跟秦风在同一个校园里，可是她已经很久没见到秦风了。她知道秦风现在忙着写毕业论文，可是就无法抽出一点时间见她吗？

她合上手中的书本，回到宿舍楼下的时候，突然看见站在楼下的秦风。

她心里有几分嗔怪的意思，秦风这么久都没找她，现在反倒在楼下等着。她便悄悄地从秦风的身后走过去，接着朝秦风的肩头一拍："学长！"

秦风并没有如她意料之中的那样被吓了一跳，他仍旧像往常一样沉着冷静，脸上带着几分说不清的意味。

"你回来了。"秦风说。

高天琪说："我才从自习室回来，在长椅上坐了会。对了，你就不问问我最近的学习成果怎么样吗？"

秦风说："我知道你一定会用功的。"

"你今天找我干吗呀？你的论文写完了吗？"

秦风不置可否，而是说："我……我们去一个安静的地方吧，我有话对你说。"

高天琪一愣，她不明白秦风为什么要专门找一个安静的地方跟她说话，但是这些年她看电视和阅读文学作品，知道一旦男生要跟女生说些严肃话题的时候，大概就是两人关系更进一步的时候。

来到宿舍楼后面的一块空地上，秦风的脚步停下了，高天琪有些羞涩地站在他的身边。她在想或许这么久都没见面，秦风也跟她一样充满想念。

秦风酝酿了一会儿看着高天琪说："天琪，请你原谅我一件事，当然不原谅也没关系。"

"什么事？"高天琪有些紧张，她竟然从秦风的脸上读到了一种情绪，那就是愧疚，深深的愧疚。

"其实，京沪高铁的项目……"他想着措辞。

"不再进行了？"高天琪是个聪明的姑娘，她就在刚刚的那一刻突然想到，最近教授几乎没有继续开什么研讨会，而秦风也突然玩起了消失，他们那紧锣密鼓的学习计划突然暂停，而这一切并不是因为秦风要写毕业论文，"对吗？"

秦风深呼吸了一下："对。"

高天琪站在原地，她这么多天以来所有的热情与激情，却是以这样的结局而告终，一时间觉得难以接受。

"出于技术和成本的考量，这个项目暂时被搁置了。"秦风继续解释说，"也不得不考虑高铁建成之后的盈利问题，所以他们才做了这个决定。"

高天琪几乎是下意识地握住了秦风的手："学长，那有没有说什么时候才能继续动工？"

秦风摇了摇头："至少几年之后。"

高天琪深深地吸了一口气，秦风说："你冷静一些，现在我要跟你说第二件事。"

似乎在接受着某种审判一样，高天琪的心里有点忐忑。

"什么事？"

"想修建高铁，就要学习更多的技术，其实我国现在的高铁技术并不算成熟，所以我已经申请到了到德国的公费留学。"

秦风一股脑说出这些话时，他不敢看高天琪的眼睛，害怕从那里读到太多失望与失落。

高天琪愣愣地看着他："你要去留学？"

"对。"

"去几年？"

秦风叹了口气："至少三年，天琪，我希望你千万不要说'我等你三年'这句话，因为三年我们要面临的事情太多太多，就算是三年之后我顺利回国，可能与你并不在同一个地方或单位工作，你能明白我的意思吗？"

高天琪怎能不明白？她松开了握着秦风的手，身体不由自主地向后退了两步。两个打击同时迎面而来，一方面是梦想，一方面是爱情。

"学长，你已经申请到了公费留学，就说明你早就得知了这个消息，为什么你不肯早点告诉我？为什么要瞒我这么久？"她很快反应过来。

秦风望向天边，他的脸上从来都是那么冷静的表情："我还不知道该怎么跟你说。"

高天琪的嘴角带着一丝凄凉的笑："你是不是怕我会影响你的决定……"

秦风用带着疑问的语气说："我为什么要担心你会影响我的决定呢？我只是想在这段时间把所有的精力都用在申请出国留学上，所以现在才告诉你，很抱歉，让你这么长时间都蒙在鼓里。"

高天琪的肩膀微微起伏着，她实在想不通自己在秦风的心里就是这么无足轻重吗？"学长，你就没有想过我……没有想过我一点点吗？"高天琪仍然不死心地问，"况且，我在你的心里是那种会阻止你继续深造的人吗？"

"我当然想过你，你不是这种人，只是我想把这一切都落实了之后再告诉你。非常感谢你这段时间的陪伴，所以今天我才来跟你道这个别。"秦风平静地说。

"我是说，你……"

"天琪，我很珍惜咱们之间的友情。"

秦风特意强调了友情，他似乎全然忘了，也曾对高天琪表露过些许的爱意。

63

高天琪没有直接回宿舍，下午明明有课，她也没有去教室。她黯然地走在校园里的林阴道旁，低着头，满眼失落。

不知过了多久，高天琪终于走累了，独自一人坐在操场旁边的台阶上，回想着曾经和秦风在这里散步，阔谈未来，她仍然记得秦风将手轻轻地放在她的肩膀上，对她说要做一生的搭档。

可这一切就这么戛然而止，她曾经在心里的欢呼雀跃，曾经的激动开心到如今仿佛被画上了一个大大的叉。

秦风的一番话，将他们过去所有的感情悉数抹去，与此同时抹去的，还有曾经无数个日夜中自己对秦风的挂念。

她把头埋在膝盖上，她想哭，却不知为什么一点眼泪都无法流下来。她觉得这很奇怪，难道事已至此，还不能成为让自己落泪的理由吗？或许自己此刻的心都碎了，但内心潜在的要强让自己流不出眼泪。是的，现实是多么的讽刺，曾经自己的真情，对于秦风来说，只不过是一段普通的友情罢了。

也不知道过了多长时间，日头偏西，操场上的杨树影子被拉得老长，高天琪突然感到了一阵难以忍受的疲倦，她缓慢起身，回到了宿舍。

她在床上躺下来，想好好睡一觉，却不知为什么心里发慌。一想到未来她再也见不到秦风，就无法入眠。

人都有寻求保护的本能。她在这时突然不知为何迫切地想要见到周跃平，似乎只有在周跃平身边的时候，才能感到安心。

可这时，张文洁却正在宿舍里面和别人讨论着周跃平："你们可别看跃平在舞台上那么一本正经的，实际上他总喜欢开玩笑，搞些什么恶作剧来整我，你们说我该用什么恶作剧也整整他？"

大家七嘴八舌地开始讨论起来，最终有一个人说："要不你往他的水里下泻药？"

张文洁马上不乐意了："那怎么行？你们不心疼，我可心疼着呢！"

宿舍里的人似乎默认了张文洁和周跃平之间已经是男女朋友关系，所以哄笑着说："你就知道心疼他，他也不心疼你！"

"谁说不心疼？他给我带了好几次早饭呢！"张文洁一边说一边露出羞涩的笑容。

高天琪把头埋进被子里，她知道这时候她已经没资格再找周跃平诉说什么，她也不想让已经成为周跃平女朋友的张文洁误会什么。她认为自己并不是不坚强的人，不就是失恋吗，有什么难以接受的？

自打这之后，高天琪整个人都变了。

从前一股脑儿钻进学习中的她，现在每到上课时就觉得思绪恍惚，老师讲的每一道题，似乎都和秦风之间有着千丝万缕的联系，她也曾和秦风一起研究过这个问题。

她走在学校的小路上，也总能想起秦风那高高瘦瘦的身影，他们一起走过这条路。

公费留学的申请下来之后，秦风并没有离开学校。有时候她也会与秦风在校园的某一个地方不期而遇，可秦风每次看到她只是礼貌地笑一笑。

这笑容，几乎将高天琪的心再一次击碎了，她发现失恋的痛苦是令人难以抵御的，而且会随着秦风离校时间的推移变得更深。

她和秦风最后一次见面，是在宿舍的楼下。秦风正站在树下等她。

"你来干什么？"高天琪故意装出一副不在乎的样子。

秦风说："我明天就要出国了，所以今天来看看你，也不知道咱们以后还能不能见面？"

这句话深深地刺痛了高天琪的心，她几乎不想再听下去，也不想再说下去，只是说："祝你在国外一切顺利，我要去上课了。"

秦风点了点头，他们之间仿佛一次平常的告别一般："去吧。"

高天琪就这么走了，她心里明明知道这也许是和秦风此生的最后一次见面，不管秦风对这段感情的看法如何，她都想要冲过去抱一抱秦风。可是，强烈的自尊让她压下了这股冲动，她一直绕过了教学楼，确定秦风不会看到她的时候，才倚着墙边蹲了下来。

她一直都强忍着的眼泪，终于在这一瞬间无法抑制，她把头轻轻地靠在墙边，炽热的日头照在她那颗凉透了的心上，留下了深深的伤痕。

周跃平正在体育馆里挥洒着汗水，篮球在他的手上灵活地跳动着，他不停地突破重围，然后投篮。

这时，他听到有人在喊他的名字，回过头来这才发现是秦风。

他扔下篮球，带着一脸敌意走了过去："你喊我？"

"是的。"

"嗯，说。"周跃平的语气冷漠。

秦风并没有被周跃平的态度激怒，而是说："天琪应该已经跟你说了吧？"

"什么事？"

"我要出国留学了。"

周跃平突然扔下手中的毛巾，他不可置信地看着秦风："怎么突然要出国留学了，你不是已经和天琪确定好了要去高铁的项目上吗？"

"看来天琪什么都没对你说，早在半个月之前我就已告诉天琪我要公费留学的事了。"秦风顿了顿，"我能够感觉到天琪很伤心……"

"可你根本就不顾她的伤心，你……"

"对于梦想来说，真的重要吗？"秦风说完之后便离开了。

周跃平来不及换下球衣，他飞奔地来到高天琪的教室外面，等待她下课。

他甚至一分钟都不想再等下去，他想马上见到高天琪。

就这样左等右等，周跃平甚至比坐在教室里的高天琪还觉得难以忍耐。

终于，下课铃响了，他很快就发现了失魂落魄的高天琪，那双红红的眼睛让他后悔刚刚为什么没有暴揍秦风一顿。

可有什么用呢？

"天琪。"

高天琪愣愣地抬起头，她几乎不敢相信周跃平还会跑来找她，还不等她说话，周跃平便在她的耳边说："跟我走。"

64

高天琪有些发愣地看着周跃平，她此时此刻心里悲喜交加。她以为跟周跃平之间已经彻底完了……

随着下课的人流，两个人来到了教学楼的门外。高天琪这才问："你要带我去什么地方？"

"去小卖部。"换作平常，高天琪一定会问清楚，周跃平为什么要突然带她去小卖部，但是，今天的她心乱如麻，对于很多事情没法去在乎。

在小卖部的外面，高天琪站在树荫之下等周跃平，很快周跃平买了两只奶油冰棍，一根塞到了高天琪的手中："吃吧。"

高天琪将冰棍放入口中，丝丝清甜在口中化开。她已经好久没吃过可以被称之为"好吃的"食物了，哪怕是像冰棍这样的零食，并不是她不想吃，而是食不知味。

周跃平一直都记得，小的时候和高天琪在一起玩，一旦他把高天琪惹生气了，就用冰棍哄她开心，他不知道现在这个方式是否像当年一样奏效，他只是想做点什么，来转移高天琪的注意力。

"天琪，晚上你有时间吗？"周跃平一边问一边看到高天琪脸上那犹豫的表情，接着说，"别说你晚上还要学习什么的，我带你去永定河，晚上的夜景可漂亮了。"

"为什么突然要带我出去玩？"高天琪不解地看着周跃平。

"没有为什么，不过咱们说定了！"

"可是，我晚上还有事。"高天琪说。

"你还有什么事？"

其实高天琪没什么太要紧的事，这个时候别人都在准备期末考试，而她所学的知识，以及对知识的掌握程度已经远远超过了期末考试所考的范围，她并不需要像其他同学一样继续看书。只是她没有心思去外面玩，她此时此刻满脑子想的都是秦风，秦风就这么突然地从她的生活中消失了，她的头脑中还在反复回忆着今天跟秦风最后的对话，难道秦风对她真的没有一点点动心吗？为什么他要对这场感情否定得那么彻底呢？

"我要学习……"她说。

"今天晚上可以不学习吗？我就在你宿舍楼下等着，你要是不跟我去，我就一直等着！"

傍晚时分，周跃平就站在高天琪宿舍楼下的门口，像一盏路灯似的，只是别的路灯会发亮，他不会。

等了好一会儿也不见高天琪的身影，他便站在楼下扯开嗓门大喊："高天琪！高天琪！"

高天琪本来坐在桌子前发呆，听到周跃平在楼下喊她，朝着窗户往下望了望，马上看到周跃平的笑脸。他挥了挥手说："下来呀！"

可高天琪现在根本没心思去玩，她只想彻彻底底沉浸在悲伤的情绪中。无奈之下，她只好下了楼，周跃平兴奋地来到她面前："天琪，走！"

"你为什么今天突然就来找我？为什么突然要带我去永定河？"高天琪问。

周跃平明白，对于高天琪来说，这世界上有两种东西是最重要的，学习和自尊，有了上一次的教训，周跃平不会主动说是因为怕高天琪因为秦风的离开而难过。

"还能为什么？"周跃平的脸上露出一丝委屈的神色，"我心里难受呗，想让你陪我走走，喊了你半天你才下来。"

"你还有心里难受的时候？"

周跃平皱了皱眉头："你不会真认为我没心没肺吧？我也会有难过的事情啊！"

"什么事？"

周跃平见高天琪的注意力转移了，便马上拉着高天琪的手腕说："等到了河边我再慢慢告诉你。"

坐在公交车上，高天琪望着车窗外面的天边，最后一丝晚霞也要燃烧殆尽了，她的心里又忍不住伤感起来。秦风明天就要走了，他将乘坐着飞机去到地球的另一端，他们的距离远到甚至无法看到同一片夕阳……

来到河边的时候，夕阳已经彻底褪去了，天空变成一片深蓝色，路上亮起了灯，河边熙熙攘攘的人群中传来小贩的吆喝声。一阵晚风吹来，是河流特有的味道。

两个人走在河边，高天琪望着河面上被灯光照亮的涟漪，觉得一颗心都在不断地往下沉，仿佛沉到这冰凉的河水中一样。悲伤与思念仿佛水一样，无孔不入地渗透到她的心中，将她包围。

正当她完全陷入悲伤中之时，周跃平带着几串烤鱿鱼来到了她的面前："吃，烤鱿鱼！"

周跃平分了两串给她："快趁热吃！"

这一路上，高天琪只要开始发呆，周跃平不是买个小吃到她的跟前，就是说个笑话来让她开心，终于两个人在长椅上坐了下来。

高天琪没有再继续问周跃平到底是因为什么而觉得心情不好。她是个聪明的姑娘，她怎么可能不知道周跃平是怕她难过才带她出来的。

高天琪低着头，手里握着凉凉的汽水，贴在玻璃瓶上的标签纸因为凝结的水珠而快要脱落，她把贴纸撕了下来。

周跃平把她手中的贴纸接了过来，然后扔进了旁边的垃圾桶中。回来的时候他变魔术似的从口袋里掏出了一个小瓶子。然后他拧开盖子，里面是带着香味的泡泡水，他拿起圆圈在嘴巴前一吹，一串圆圆的亮晶晶的肥皂泡飞舞了起来，有的落在水面上，有的被风带到很远的地方。

"你什么时候买的？"

"刚刚。"周跃平一边说一边把泡泡水塞到高天琪的手中，"你也来吹！"

高天琪拿起来，吹起了泡泡。虽然是小孩子玩的东西，但这样简单的快乐，才最能毫不设防地闯入人的心中。高天琪的脸上终于露出了淡淡的笑容。

看到这个笑容，周跃平的心终于不用那么紧绷了，他暗暗松了一口气，总算让高天琪的脸上重新露出了笑容。

65

在周跃平的短暂陪伴下，高天琪的心情总算有所好转。她躺在床上想着天空中飞舞的泡泡，在灯光的掩映下那么绚丽，可又破灭得那么快。

她才明白，这个世界上越是看起来完美，甚至万全的事情，就越容易消失。像秦风那样把所有心思都放在自己梦想上的人，又怎么会把心思用在谈情说爱上呢？她记得，当时秦风告诉她就要去国外留学的时候，也曾经强调过这一点。

想到这里，她心里又产生了一种不切实际的幻想，也许她可以等，等秦风留学回来，等他不再把全部的时间用在学习上，或许能够重新正视他们之间的感情。

暑假来了。高天琪并没有选择回家，她留在北京的学校学习，准备迎接大四就要开始的实习。她有两个选择：一是进入北京的铁路系统，然后在这里等着秦风回来；二是进入家乡的铁路研究院，为家乡的铁路建设出一份力。

坐在宿舍的小铁床上，耳边是窗外嘁嘁的蝉鸣，夏日明媚的阳光将高大的杨树影子映在宿舍的墙上，偶尔有一阵风吹过，墙上的光影才懒懒地动了动。

她的心如这炎热的夏季一样焦灼，两个选择在她的心中打起架来。她之所以费尽千辛万苦考进这所大学的土木工程专业，为的就是有一天能接过父亲手中的接力棒，把家乡的铁路铺得更多更远。可是她又想等秦风回来，她的心里总有一股不服输的念头，秦风现在如此忽视他们之间的感情，她心中有千万不甘。所以她想未来有一天能让秦风看到更优秀的她，再将这段感情重新拾回。

周跃平只在家待了半个月，就回到了北京。除了话剧团要在暑假排练一些大型节目外，更重要的是他的心中牵挂着高天琪。

可是，回到学校之后，周跃平却发现高天琪仍然与他刻意地保持距离，而且他们之间也没什么共同话题。高天琪已经开始规划起未来，而周跃平的重心则在话剧团的演出上。开学之后，话剧团将在北京各个大学举办巡演。

张文洁天天跟在周跃平的身边，有时候在话剧团一待就是十几个小时，从早上10点到晚上10点都在紧锣密鼓地排练。

大家都觉得时间安排得太紧，张文洁反倒觉得时间安排得很宽松，她有时候早上8点多就来到话剧团里，打扫卫生和整理道具。当然最重要的是，她能给周跃平提前带上一份热腾腾的早餐。

她喜欢周跃平，喜欢这个在台上闪闪发光的主角，也喜欢这个在台下总开小玩笑、搞恶作剧的同学，而这份喜欢，话剧团里的人早就看在眼里。

他们相当默契地在中午成群结队地去食堂吃饭，而把周跃平和张文洁留下。

有时候，周跃平想跟大家一起去吃饭，这时张文洁就说："你今天陪我去学校外面吃冰粥好不好？"或者找个别的理由。总之，在中午这个短暂的休息时间，张文洁会想方设法将周跃平牢牢地拴住。

当然，周跃平也不太好意思拒绝一个小女生的请求，况且他和张文洁已经是很好的朋友了。

只是时不时地，他们在食堂里也会遇上落单的高天琪。每当周跃平拿着餐盘想跟高天琪坐在一起的时候，张文洁的脸上就出现了短暂的不快，尤其是看到周跃平对高天琪习惯性的关心，就觉得心中隐隐作痛。

终于，张文洁打断了他们二人之间的对话："天琪，跃平，你们想过去哪里实习吗？"

高天琪犹豫了一会儿。

周跃平想留在北京，他留恋这座城市的繁华与便利，而对于家乡那块总是吹起沙尘的黄土地，没什么眷恋之情。不过，他不知道高天琪是否愿意留下来。

"也许会留在北京吧。"高天琪沉思了一会儿说道。

周跃平对于高天琪的这个回答感到很惊喜，他马上笑着说："我也想留在北京……不过以我的成绩也不知道能不能够留下来。"

想到这里周跃平又感到很困扰，北京是祖国的"心脏"，像他这样在专业知识上不扎实的学生恐怕很难留下来。

晚上回到宿舍，一向喜欢开玩笑的张文洁脸上带着严肃，她扯了扯高天琪的被子："天琪，你睡了吗？"

"还没。"

"我有事想对你说。"张文洁在高天琪的床边坐了下来，"天琪，其实你一直都知道吧？"

高天琪点了点头，她大概猜到了张文洁想说什么。

"天琪，我知道秦风学长的突然离开，给你造成了很大的打击，但是我想像你这样努力的人，应该无论如何也不会喜欢上周跃平吧？他很讨厌学习，也没什么上进心。"

高天琪愣了愣，她一直处在秦风离开之后的悲伤中，无暇思考这个问题。张文洁继续说："我一直很喜欢跃平，他也愿意留在北京。你也知道我家是本地的，你或许不知道我父亲在这里还算是一个领导，跃平的成绩想要留在北京怕是很难，但有我父亲的这层关系能够让他轻松留下来，找到一份很好的工作……"

高天琪点了点头："看来你已经把未来都规划好了？"

"嗯。"张文洁爽快地回答，"关于我跟跃平的未来，我已经规划好了，但是我只有一点顾虑，那就是跃平对你似乎有一种很特殊的感情，可是……"

高天琪想了想："我明白了。"

张文洁握住了高天琪的手："那好，天琪，你是我最好的朋友，以后我们都留在北京，你有什么难处就找我！"

66

自此之后，周跃平几乎没在学校里遇到过高天琪，除非他刻意在高天琪宿舍楼下等着，但是高天琪见了他也只是简短地说上几句话而已。

他不明白为什么会这样。但是随着大四开学，话剧团的巡演也开始了，他也没有多少空余时间再去找高天琪了，不过他倒不觉得紧张，反正高天琪也打算留在北京，他们以后的时间还多着呢。

这对周跃平来说是一场至关重要的表演，这也是他为自己的青春交上的一份答卷。在巡演结束之后，他也将开始实习，步入社会。

"天琪，有你的信。"早上上课之前，一位同学把一封信放在高天琪的桌子上，"我刚刚去收发室拿东西，看到有你的信就帮你拿来了。"

高天琪说了声谢谢，然后有些疑惑地看了看信封。她认得那白色信封上面隽秀的字迹，她和秦风共同学习了那么久，所以她一眼就看出来这是秦风写给她的。

其实，暑假里有好长一段时间，她都不敢打开书本，因为上面保留了许多秦风留下来的笔迹，有的时候是公式，有的时候是页码，有的时候是长长的一段演算，还有他阅读某个段落后产生的想法和见解……

此时此刻，高天琪的手有些颤抖，她尽量使自己平静下来。

打开信封，她的心悬到了顶点，秦风这封信写的会是什么呢？会说他在国外的生活吗？会说他在新的学校里是否适应吗？还是会问候自己好不好呢？

然而，还没等高天琪的这些思绪在脑海中一一梳理，一张照片就率先掉落了下来，正面朝上落在桌子上——那是一张秦风与一个中国女生的亲密合照，秦风的手放在女孩的肩头，两个人的头微微向对方靠着，笑得那么甜。

一种说不出来的感受几乎将高天琪重重地击倒，她的心中极其失落，却流不出泪来。

过了大概两分钟，她才平复了情绪，带着一种侥幸的心理打开了稿纸，但是秦风清清楚楚地写着："天琪，你好。最近过得好吗？照片上的这位，名叫苏娜，这是我到了德国之后交的女朋友。也许这个消息有些突然，但我确实与她一见钟情，或许因为某种心灵上的默契，或许因为她也是中国的留学生……"

高天琪在这一刻突然感到一阵心慌，她的手紧紧握着纸。她这才明白，秦风并非为了学习而没有时间谈感情，他是可以谈的，他甚至可以在这短短的两个月时间里跟另外一个女生一见钟情……

一种自尊被严重挫败的羞辱感在高天琪的心中蔓延开来，她涨红了脸，鼻子发酸，眼睛发热。此时此刻，她终于认清了秦风的真面目，原来秦风与她之间的恋情，不过是一场他不承认的游戏。

也就是在这一刻，高天琪突然有一种冲动，她想找人说说话，想找周跃平一起去河边散步，因为周跃平总能在任何时刻给予她安慰。

下课之后，高天琪匆匆地来到了话剧团平时排练的礼堂，可是刚刚走到门口，她在听到里面排练的声音的那一刻，却突然清醒了过来。

她是多么自私！她在大学四年中似乎只在乎自己的感受，似乎理所当然地享受着周跃平带给她的关心，带给她的快乐，她又有什么资格在这个时候去找周跃平呢？况且，张文洁不是也已经说过了吗，她能够让周跃平留在北京找一份好工作，这就是周跃平的理想生活，而且张文洁那么爱他，他以后也一定会生活得很幸福，她怎么能去做那个破坏别人幸福的人呢？

高天琪打算离开礼堂，这时一个人喊住了她："同学，要票吗？"原来是管理礼堂的老师。

"什么票？"

"就是咱们学校朝阳剧团的票呀！朝阳剧团这次大学巡演的票都快抢疯了，今天晚上轮到在咱们学校演了，同学，你也是来要票的吧？"

高天琪愣了愣，她这才发现跟周跃平做了四年的大学同学，却从来没有看过周跃平的一场话剧演出，她点了点头："对，我想要一张票！"

"那我就给你一张，不过这可是最后一张了，你来的正是时候！"

高天琪接过了票，对老师鞠了一躬："谢谢老师。"

晚上，在掌声雷动中高天琪坐在礼堂中等待着周跃平他们的演出，在主持人报完幕之后，灯光渐渐变暗了，再次亮起来的时候，周跃平已经站在台上了。

镁光灯打在他那张帅气的脸上，他深情地念着内心的独白，他的声音回荡在整个礼堂中，他的每一个动作，每一个眼神，像极了一个专业的演员……

在这一刻，高天琪终于明白，为什么张文洁在看完一场话剧之后就深深地爱上了周跃平。原来，在这个舞台上，周跃平将他心中那丰富的情感完完全全地表达了出来。

他的身体里藏着一个敏感而又有趣的灵魂。他与演员们时不时地让大家乐得开怀，也会将情感渲染得当，催人泪下……

一场精彩的话剧结束了，周跃平在台前谢幕，他把手放在胸前鞠躬，高天琪拼命地拍着手，与周围的人一起给演员们欢呼。

然后高天琪离开了礼堂，她决定明天请一天假，在北京走一走，就回到家乡去实习。

至于与周跃平告别，她觉得这么伤感的事情就没必要了，他该在学生生涯的最后时光好好享受他热爱的舞台，然后好好迎接新的生活。

67

在北京游玩的这一天，高天琪去了曾经与秦风一起走过的路、吃过饭的餐馆，也去了跟周跃平一起逛过的商场和散步的河边。她望着天边那淡淡的夕阳，长长地呼出一口气来。回想起在北京度过的这三年。有过欢笑，流过眼泪，有过令她刻骨铭心的爱情，时间的脚步一刻不停歇地向前走，将这一切都推成了过往的回忆。

而如今，是告别的时候了。

她回想两个月之前，还幻想着在北京留下来等待秦风回国，那时候的自己是多么天真。冷静下来之后，她才发觉心中对父亲的愧疚。她明明要接过父亲手中的接力棒，回到家乡建设铁路的，却差点被一场单方面的恋情冲昏头脑。

不过，这不就是年轻的意义吗？

回到学校后，高天琪向教授申请实习，教授很快批准了下来。在高天琪拿着材料准备离开的时候，教授叫住了高天琪，他有些愧疚地说："天琪，高铁项目的事……"

高天琪微笑道："教授，我知道您是怕我一时接受不了……"

教授点了点头语重心长地说："你知道男女之间的差异是什么吗？就是对待感情的态度。男人在面临感情和事业抉择的时候，会毫不犹豫狠下心选择事业，而女人则不同，比较感性。所以，这种感情不只包括爱情，还有生活中的方方面面……"

高天琪看着教授，手指轻轻地捏着手中的纸。教授继续说："我知道你的梦想是建设家乡的铁路，你的一生或许都要为铁路建设事业做奉献，那么你也许要放弃很多感情方面的东西，你要想好。"

"我懂了，谢谢您，教授。"高天琪告别了教授。她走在凉爽的走廊里，她曾经对爱情的那颗火热的心，似乎渐渐冷却了下来，因为对爱情的新鲜感已经过了。

晚上，高天琪回到宿舍收拾东西，在别的学校演出结束的张文洁也回到了宿舍。

"天琪，你这是要去哪？"张文洁问。

高天琪说道："我决定回到我的家乡那边实习。"

张文洁一愣，她皱着眉头看着高天琪："你不是说准备留在北京吗？怎么突然要回去了？"

高天琪笑了笑："怎么，我突然要走你想我了？"

张文洁心事重重地低下头："你走了我当然会想你，因为咱们是最好的朋友，还有就是，我怕你走了跃平也会……"

高天琪握住了张文洁的手："你放心，我还没有告诉跃平我准备离开的事，等到什么时候他在这边安顿下来了，我再告诉他。"

"那这段时间，我该怎么瞒着他？天琪，我真的很喜欢他，我好怕他会因为你而离开……"

"反正你们这段时间忙着巡演，你就趁着这时候跟你父亲说动用一下关系，帮跃平找个工作，到时候工作待遇好，他也就留下来了。"高天琪说。

张文洁点了点头："那好……不过，你怎么突然决定回去呢？留在北京不好吗？以你的成绩一定可以找一份不错的工作，然后留在北京。"

高天琪把手中的书本放进行李箱中，她看着张文洁说："我来北京学习这个专业，就是为了有一天能够回到家乡建设铁路，你知道吗，这是我的梦想。"

"既然是这样，那我也不阻拦你了，不过你离开了咱们也要常联系！"

"好。"

高天琪躺在宿舍的床上，思绪万千，明天她将离开这座繁华的城市。她辗转反侧睡不着，心里仿佛缺了什么，令人不安。一直到了清晨，她才终于明白这种不安感从何而来。

每当她伤心低落的时候，周跃平似乎成为她安全感的来源，如今她就站在这个人生的路口上，准备与周跃平分道扬镳。

此时的周跃平，仍然沉浸在巡演成功带来的成就感中，他喜欢站在镁光灯下抒发感情的每一个瞬间，也喜欢享受掌声雷动时的欢呼声。

终于，巡演结束了，周跃平站在高天琪的宿舍楼下，等她出来。

等来的却是张文洁。

"你去帮我喊一下天琪呗，我好长时间没见到她人影了！"

张文洁有些为难，她只好说："天琪，她最近没回宿舍，我听说她好像已经进入某单位实习了。"

"是吗？"周跃平有些失落，"可是，她都不跟我打声招呼吗？"

"你最近巡演这么忙，她当然没时间跟你打招呼了！走吧，我们去吃饭。"

周跃平同意了，仍然不死心："她要是什么时候回来了，你帮我问问她去的什么单位。"

"我知道了！对了，跃平，你这几天抽空去跟老师打一个实习报告吧，我已经找我父亲调动了一下关系，说是铁路局的一个单位能留出一个岗位来。"

周跃平听到这里，心里突然有些不是滋味："你的意思是，你已经帮我安排好了这些？"

"是啊，这也就是举手之劳而已，没什么大不了的……"

"能在北京安排一个工作，还说没什么大不了的？"周跃平也不傻，"你为什么要帮我这么多？你这样，我实在欠了你一个太大的人情……"

张文洁回想起自己在家里跟父亲大闹了一场，父亲于心不忍，这才帮周跃平找了一个岗位。"没关系啊！你我之间还说什么欠不欠的，我就是希望你能留下来！"

"为什么？这明明是我自己的事情，你好像比我还用心……"

张文洁拉住周跃平的衣角，认真地看着他："难道你还不明白吗？我……我想让你留下来，是因为我，我跟你说过的……"

周跃平摇了摇头："既然是这样，我就更不能去了，我也实话告诉你，我仍然喜欢高天琪，我愿意等她，即使五年、十年也愿意！"

68

张文洁的手突然松开了周跃平的衣服，她每天都和周跃平在一起。可是，在这一刻她突然感觉周跃平的身边仿佛有一层屏障似的，她的爱无论如何都输送不进去，只能留在自己的身边打转。

"好了，我知道，可是就算是作为朋友我也想帮你……别说这些了，我们去吃饭！"终于，张文洁打破了这安静的沉默。

"你是不是觉得我是一个特别爱开玩笑的人？是不是觉得我是个轻易就改变的人？"周跃平突然严肃地看着张文洁，他发觉当他每一次提到高天琪的时候，张文洁都急匆匆地转移话题。

"当然不是。"

周跃平突然笑了："其实，我从小到大根本没有什么远大的理想，做什么事情大概率也是草草了事或是半途而废，北京交通大学可不好考，我却能顺利考上，你知道为什么吗？"

"也是因为高天琪？"张文洁的鼻头有点酸，不再看他。

"是的，这是我从小到大第一次努力，终于如愿以偿跟天琪在同一所大学读书，虽然我知道天琪一直都不喜欢我……"周跃平说。

张文洁不解地看着周跃平："可你这样真的值得吗？去追一个不爱你的人，你其实可以有更多更好的选择……"

周跃平突然反问："你也一定有不少选择吧？你的家庭情况很好，你长得很漂亮，你的性格这么活泼开朗，追求你的人一定比我要优秀得多，为什么你要选择我呢？"

爱情向来是一道复杂的题，对于两情相悦的人来说，就相当于数学题找到了公式。除此之外，每一道题都无解。

"我明白了，其实……"在这一刻张文洁想把高天琪已经离开了北京的事情告诉周跃平，但是她想了想，最终还是没开口。

她把希望寄托在时间上，寄托在未来。

高天琪回到家乡之后，就开始准备青城铁路局勘测设计院的考试。在经过认真的复习后，高天琪进入了选拔考试。在最终的面试环节中，青城铁路局勘测设计院院长对眼前这个女孩的表现非常满意，问了她几个铁路方面的专业知识，高天琪都能够对答如流。

院长放下了手中的笔，看着高天琪问："你作为一个女生，报考的岗位却是铁路工程设计师，未来是要跟项目的，你真的做好准备了吗？那恶劣的环境与气候……"院长没有再继续说下去。

"我想在沙漠修上铁路，这也是我学习土木工程专业的原因，在我当初选择这个专业的时候，就已经下定了决心，而且这些年我的决心从没变过！"高天琪坚定地说。

院长沉默了一下才说："极端天气，缺氧，冻土，无论哪一样，都够你这个小女孩受的，这些你都考虑到了吗？"

高天琪摇了摇头，她目光灼灼地看着院长说道："这些我都不怕，而且我在大学一直都在研究如何改善冻土对铁路的影响，我希望把我的知识用在最有用的地方。这世上的女孩子并不是都怕吃苦，我不怕！"

高天琪身上那种坚韧不拔的精神正是修建铁路最需要的。

"我知道了。"院长那心疼怜惜的目光，变成了一种鼓励。

很快，高天琪接到了实习通知，她来到青城铁路局勘测设计院，成为一名实习生。

一天下班回家，高天琪被吴芳叫到了家里。

"天琪，你是什么时候回来的？怎么没来我家？"

高天琪笑了笑："我想在家安安静静地复习考试，就没过去，当然了，也想给周叔叔一个惊喜！"

周建新点点头："那天开会，会上设计院院长说有一个叫高天琪的女孩进入了青城铁路局勘测设计院，我就知道是你。你的成绩确实不错，让我感到很惊

197

喜，但我没想到你居然想加入神延线的设计项目。你这个女孩真是让我刮目相看！"

"不管男人女人，只要敢想敢干，什么样的环境都能克服！"

看着高天琪那坚毅的眼神，周建新不住地摇头："什么时候我家那小子也能像你这样就好了。对了，跃平怎么没跟你一起回来？"

"跃平留在北京了，他想在北京实习工作。"

"这孩子！"周建新有些恨铁不成钢似的说，"我送他出去念书，他却贪恋大城市的繁华，不想着用知识来建设家乡！不像你，一心想着回家乡修建铁路！"

高天琪想到自己曾经差一点就因为秦风而留在北京，她摇了摇头说："每个人想要的生活并不同，不管怎么样，叔叔一定不要干涉跃平的想法，更不要强迫他。"

周建新点点头，不过他还有些疑问，北京真的那么繁华漂亮吗，竟然能让周跃平这个倔娃舍下高天琪留在那儿？

张文洁并没有告诉父亲停止运作找工作的事，她直接告诉周跃平："岗位已经办好了，你直接去实习就行！"

周跃平吃惊地望着张文洁："我不是跟你说过……"

张文洁突然用哀求的语气说："你当然跟我说过了，可是我又能怎么办，我父亲已经托关系把岗位留出来了，要是你现在还不去上班的话，那我不是两边都不是人了吗？跃平，你就当是帮我个忙吧！好吗？"

周跃平算是被张文洁说动了："反正是实习，那我去吧。"

69

周跃平本来以为就是个工务段技术员的小岗位，来到这里才发现，这里的每个人都对他照顾有加，甚至跟他年纪差不多的同事更是恭恭敬敬。

一直以来在学校里习惯了玩笑打闹的周跃平感到一种无形的压力，他知道大家对他格外尊重，并非他业务能力突出，而是因为张文洁父亲的那层关系。想到这里，他就觉得心里仿佛梗着一个东西。这里的工作条件不错，薪资待遇也高，想走舍不得，而不走，他将继续承受着这种压力，也继续欠着张文洁一个不知该怎么还的人情。

在办公室待了差不多一周的时间，周跃平这才想起来应该跟家里人说说他在外面的情况。可刚刚拨通周建新的电话，便被周建新劈头盖脸地骂了几句："你呀你，就知道贪图享受，待在大城市里，不想着回来怎么建设家乡。真是连天琪的一半都赶不上！"

周跃平被这么一骂，有些摸不着头脑："天琪……不是也留在北京了吗？"

电话那边顿了顿，接着怒斥："你小子是不是吃错了什么药？天琪都已经回来在青城铁路局勘测设计院上班一个星期了！"

"什么？"周跃平握着电话的手心开始出汗，他的眉头紧皱，急切地问，"这是真的吗？你看到她了吗？"

"你还不知道她回来了？你呀你，我真不知道你心思放在什么地方！"

周跃平焦急地说："那我也回去，把现在的工作辞了！"

周建新哼了一声："你爱回来不回来！"说完就啪的一声挂断了电话，周跃平一个人握着电话听着对面的忙音。

晚上，周跃平拨通了张文洁家中的座机，把张文洁约了出来。

这是周跃平第一次主动约张文洁出来，张文洁略显兴奋，像以往在学校那般，迎面却看到周跃平那张铁青的脸。

"跃平你怎么啦？"张文洁被那双眼睛震慑住了。

"文洁，你实话告诉我，你是不是知道天琪已经不在北京了……"

张文洁心里一沉，这件事终究纸包不住火，便说："我……我不知道。"

周跃平的目光中沉着一团即将爆发的火焰，他一步一步逼近张文洁，以往的温和全被现在的怒火所替代："天琪和你是好朋友，你怎么能不知道呢？你为了把我留下来，帮我找了工作，隐瞒了天琪的离开，你……"

张文洁从小就是家里的掌上明珠，如何能受得了这般委屈？她哇的一声就哭了出来："你知不知道我求我爸帮你找工作费了多少心思？你想留在北京我帮你想一切办法，我之所以没有告诉你，是因为你和天琪没有结果，她绝不可能喜欢上你这样的人！"

"你凭什么这么说？"周跃平的怒火彻底爆发了。

"就凭你学习时根本没什么热情与激情，高天琪却要把工作做到极致，她绝对不可能爱上你，你认清现实吧！"张文洁索性直说了。

周跃平的手突然高高地扬了起来，张文洁吓得瞬间就闭上了眼睛，她的肩膀缩起来，可下一刻周跃平的手只是落在她的肩膀上……

周跃平深深地叹了一口气："是，你说得没有错，她或许不会爱上我，就像我不会爱上对我隐瞒了这么多的你一样！"

说完，周跃平的手从张文洁的肩膀上离开，望着那远去的背影，张文洁心里清楚，这或许是她最后一次见周跃平了。

第二天，周跃平就递交了辞职信，当着办公室所有人的面交给了领导。这一刻，所有人都好像看傻瓜一样看着周跃平，要知道这份铁饭碗的工作对于周跃平这个外地人来说有多么重要。

领导批准了周跃平离职，周跃平几乎是马不停蹄地回到宿舍收拾了行囊，便奔向了火车站。在即将进入车站之前，他回头望了望这座他爱着的繁华都市，这一刻他才明白，原来他之前向往的这一切，跟高天琪比起来什么都不是，此时此刻的他只想化作一支箭，回到家乡，回到高天琪的身边。

经过漫长的火车旅程，周跃平踏上了家乡的土地，他来不及回家放下行囊，掐算着下班的时间来到青城铁路局勘测设计院，也不知为什么，虽然他从小就跟高天琪认识了，却在这一刻心中激动万分。

终于，他在人群之中一眼就看到了高天琪。

这是一个突如其来的拥抱，差一点将高天琪那纤瘦的身体扑倒。周跃平将她扶住，说道："天琪，我回来了！"

高天琪吃惊地看着周跃平："你怎么回来了？在北京的工作不是已经……"

"你为什么隐瞒了已经回来的事实？"周跃平打断她。

高天琪整理了一下被弄乱的头发："我不想我的决定干涉你的梦想，既然你愿意留在北京……"

"那是因为你呀！"周跃平突然打断了高天琪的话，他无比深情地说，"我纵然喜欢北京，可若是北京没有你的话，对我来说那也是一座毫无生机的城市，而有你的地方，哪怕再偏僻，再艰苦，我也愿意去！"

高天琪望着周跃平的眼睛，她感到鼻子一阵酸楚，心里仿佛流淌过一阵暖流，这段话，也彻彻底底将她感动了。"可是，文洁那边……她会伤心的。"

"我跟她之间本来也没有什么，我早就告诉过她，我心里已经有了爱的人，绝对不会改变。"周跃平专注地看着她。

高天琪愣在原地思索着这句话，她当然明白周跃平说的人是谁，正不知该如何回应的时候，周跃平笑着说："天琪，回家吃饭吧。"

高天琪点点头，脸上终于露出了笑容："好。"她不知道自己在此之前是否也在心里默默地思念着周跃平，她的心被工作和学习占满。可是在这一刻，她可以确定，她很开心，因为周跃平回来了。

70

一家人和和美美地吃了顿团圆饭。吃完饭，周建新面色凝重地对周跃平说："跃平，跟我到书房来一趟。"

周跃平正对着电视啃着苹果，笑呵呵地说："等我看完了这一段……"

"你给我过来！"周建新的嗓音突然压得很低，屋子里的气氛瞬间凝固了起来。周跃平赶紧放下苹果，跟着周建新来到了书房，接着周建新把书房的门关了起来。他坐在椅子上，仍然一脸凝重地望着周跃平。

周跃平被这气势吓着了，因为自打他小时候，父亲一直挺宠他的，几乎没说过什么重话。"爸，您这是干吗呀，突然这么严肃？"

周建新问道："你当初为什么选择留在北京？"

"我……"周跃平想了想，并没有说当初想要留在北京实习的原因，他一只手插在口袋里，一只手抓了抓头发，"就是觉得北京也挺好的。"

"既然北京好，你怎么又回来了？"周建新追问。

"天琪回来了，我就回来呗！"

周建新看着周跃平："你说说你，怎么就不及人家天琪半点？她是为了自己的梦想回来的，而你呢，是为了谈恋爱？"

周跃平叹了口气："您都知道，干吗还问我呀？反正天琪到哪儿我就跟到哪儿！"

看周跃平倒也毫不避讳，周建新说："跃平，你看看你现在这一副吊儿郎当的样子，真不知道我把你送到北京去读书这几年你都干了什么！"

"我这几年搞了话剧团，你不知道我们话剧团的演出有多成功，去了好几个高校巡演呢！"周跃平说到这里，眼睛亮了起来。

只听得啪的一声，周建新的手狠狠地拍在桌子上："我让你去读书，是让你好好学习的，你却搞什么毫无用处的演出，你可真是……"

"我搞演出怎么了？"周跃平一听到周建新如此贬低他的爱好，一股火也从心里升了起来，"你是送我去读书了，可是难道我就不能有我的兴趣爱好吗？我就非要一门心思扑在读书上？"

"那你倒是告诉我，演出能为你带来什么？能让你学会更多的专业技能吗？我要是没猜错的话，你每次考试也都是临时抱佛脚吧。"

"演出给我带来更多的见识，开阔了眼界，也锻炼了我，难道这不是用处吗？"

"这对你的专业有用？你今天要不是跟我说起这个，我真不知道你在学校里是如此浪费时间的！你简直让我太失望了！"

周跃平听到这里，心生委屈，他眼眶发红，鼻尖发酸。这世上的每一个孩子，都希望得到父母的认同，当失望那几个字传入他耳中的时候，他的心如同遭到了重击。

周跃平的声音陡然提高了，也带着几分哽咽："你怎么能这么说我的爱好呢？我就是喜欢演出，喜欢表现，难道你给了我学费和生活费，我就必须完全按照你的意愿活下去吗？我有我想做的事……"

"够了！这些年我真是把你惯坏了！"

听着书房里父子二人越来越激烈的争吵声，高天琪和吴芳心里都不住地担心起来。吴芳推门进到书房里："建新，孩子今天才回来，你就算心里有气，也慢点说啊。"

周建新对吴芳大喊道："谁让你突然进来了？我正在教训儿子，你把门给我关上！"

"建新，你……"

没等吴芳的话说完，周建新就先一步把吴芳关在了门外，并且把书房的门反锁上了。高天琪赶快拉着吴芳坐到了沙发上："吴阿姨，周叔叔就是一时生气，您别放在心上……"

吴芳叹了口气："你叔叔这人平常就有些大男子主义，我已经习惯了，我就是怕吓着你！"

高天琪摇了摇头："我还好，就是有些担心跃平。"她透过门上的一小块磨砂玻璃，焦急地望着周跃平的身影。

书房里，周建新继续说："你不是也认识李铁生吗？他想读书还没机会，你有这么好的机会反而在学校里不务正业，你对得起你的机会吗？"

周跃平的眼泪不由自主地掉了下来："爸，你根本就不了解我是什么样的人，根本不了解话剧，所以在你的眼里，你对我的评价就只有失望！"

"你的那些爱好我根本就不想了解！"周建新失望地将椅子转到一边，叹了口气之后又转了回来，"跃平，我知道你喜欢天琪，你看看你现在这副样子能配得上人家天琪吗？她是要在家乡这片土地上干出一番大事业的人，你呢，成天就想着话剧。"

周建新的话很难听，但是周跃平在心里承认，他的确有着同样的顾虑。他讨厌铁路上艰苦的环境，讨厌那一道道根本就算不懂的专业题。他当初只是在高天琪的影响下才选择了与铁路相关的专业，当初的一腔热血将他推到了现在这个尴尬的境地。

"你要是想配得上人家天琪，就收收心吧，跃平，你也不小了，该为你自己未来的人生负责了。现在工务段上正好缺人，你就去维护线路吧。"周建新说。

其实周跃平在回家之前，也不是没有打算过未来，他想先到青城铁路段的某一个部门做一个员工，再慢慢往上考试晋升，以后也像周建新一样，在办公室里做个领导。现在父亲却要让他去当一个工务段的技术员，去干和巡道工差不多的工作。"我不去，我一个堂堂大学毕业生，就去做那种工作？"

这句话再一次激怒了周建新："什么叫那种工作？我告诉你，在铁路上的工作不分高低贵贱，每一个岗位都同样重要！"

"那我也要考进来，我要到办公室去。"周跃平很固执。

周建新哼了一声："你有考进办公室的能力吗？"

71

"那我也不去！"周跃平说着就离开了书房，他把门重重地关上，眼泪也随着这声巨响又掉了下来。

高天琪连忙跟上去说："跃平，你干吗非要跟叔叔顶嘴呀？他就是一时在气头上，你平常那么聪明，说话也圆滑，怎么这会儿……"

"他根本就不了解我！"周跃平打断了高天琪的话，他直接把鞋架上的鞋摔到地上，"我要出去走走。"

"跃平，这么晚了你还要去哪儿？"吴芳跟到了门口。

这时书房里传来周建新的怒吼声："他爱去哪儿去哪儿！你别管他！"

周跃平一听，头也不回地走出了家门。

高天琪连忙说："吴阿姨，我跟着周跃平出去走走，劝劝他，您就别担心了。"

初秋的晚上格外沉静，只有偶尔几声风吹树叶的沙沙声。周跃平走在前面，高天琪跟在后面，脚步轻轻地。沿着小路走了一阵之后，周跃平回过头，才发现高天琪也跟着他来到了这里，脸上写满了担忧。他有些惊讶，没想到这段时间一直对他冷淡的高天琪竟然能跟过来。

"你还好吧？跃平。"高天琪温柔地问。

在大学校园里，周跃平照顾了高天琪三年，如今高天琪反过来关心他，他的心里很惊喜，但更多的反倒是一种不适应："我没事。"

高天琪在周跃平的脚边坐下来，她拍了拍身边那块地方，周跃平也坐了下来。她说："还说没事，你一定很伤心吧？"

"没有。"

"叔叔说你演话剧是不务正业，你一定觉得很难过吧？"

周跃平对着晚风叹了口气，他苦笑道："演话剧本来就是不务正业，我爸说得也没错……"

"不！"高天琪突然打断了周跃平的话，"你的表演很有张力，很有感染力，不管对你，还是对观众这都是一件很有意义的事。"

周跃平惊讶地看着高天琪："你去看了？"

"嗯，我看了，我看到你挥洒青春，看到你心中洋溢着的感情，你感染了我，也感染了大家，这虽然不会提升什么专业技能，可是我想这段回忆一定也是你心中宝贵的财富。"高天琪认真地说。

周跃平突然背过脸去，他的泪水被无声地吹到了晚风中，他实在太感动了，本以为高天琪会和周建新一样不理解他，以及他的话剧，他的表演，可高天琪看懂了他的内心，也对他的爱好给予了极大的肯定。他从来都想要了解高天琪的心，如今高天琪却先一步走进了他的心。

"跃平……"高天琪看到周跃平那微微颤抖的肩膀，没有再说什么。她知道，她的这份理解或许来得迟了点，但对周跃平来说足够了。

夜空中，繁星密布，闪闪的星光就如同一双双澄澈的眼睛，将这个静谧而又平凡的夜晚永远记录下来。

周跃平拉过高天琪的手，他认真地看着她的眼睛："谢谢你，天琪。"

晚上，周跃平被高天琪带回了家。周建新没有再说什么，可父子间的冷战拉开了帷幕。周跃平不懂周建新为什么因为他曾经想留在北京这个想法而如此气愤，周建新也不懂周跃平为什么不第一时间和高天琪一起回来，为什么要在宝贵的学习时光中不务正业。

周跃平错过了青城铁路局的招聘考试，除了走上周建新安排的那条路以外，别无选择，于是一周之后他来到了工务段。

开始工作的他，每天的工作和巡道工差不多，只不过巡道工需要在这段铁路上反反复复地走上好几个来回，他只需走上一个来回就够了，然后听一听巡道工的报告，偶尔做检修之类的工作。

周跃平拾起铁路边一块尖尖的石头，又远远地抛了出去。上班的第一天他就感到这样的日子实在太无聊，他喜欢与不同的人交流，曾经学校里的喧嚣热闹，如今只剩下一趟趟火车鸣笛的声音，怎么能填满他那颗空虚的心呢？这时，迎面走来了一个熟悉的身影，定睛一看是李铁生。他正拿着道尺，盯着钢轨，脚步慢慢地移动着，直到差一点撞到了周跃平才抬起头。

李铁生看到周跃平先是一愣，接着脸上露出热情的笑容："跃平哥，你怎么在这儿？"

周跃平觉得很没面子，毕竟曾经他去看李铁生的时候，还是个令人尊重的本科大学生，他常常会不由自主地表露出一种高高在上的表情，至少在李铁生的面前，他帮助李铁生找到了工作，所以他有足够的资格高高在上。而如今他跟李铁生的工作差不了多少。他撇了撇嘴说："我暂时被安排到这里实习了，做技术员。"

李铁生兴奋地说："真的吗？跃平哥，那以后我就能常常看见你了，还能跟你请教不少工作上的问题！"

周跃平心不在焉地说："好。"

李铁生继续说："跃平哥，真没想到像你这样的大学生也能够在基层实习，不过在这里上班也不错，这是一个了解铁路的好机会。"

听到李铁生这么说，周跃平心里更加不是滋味，他现在反倒成了李铁生的后辈似的，便摆了摆手："我知道了，你先忙工作吧，上班时间还是别闲谈。"

李铁生刚想说什么，听到周跃平的话马上笑了笑："好了，那我去忙了！"

周跃平轻轻地点了点头，然后继续向前走去，他心不在焉，因为志不在此。烈日烤得他额头发烫，他来到一片树阴下面，百无聊赖地看着发亮的钢轨和沿线的信号设备。他的心里装满了诗情画意，装满了阳春白雪，他在大学里看了很多诗集，读过很多文学作品。他觉得自己应当是个文人，坐在办公室里走上仕途之路，而不是像现在做个工人，在炎炎的烈日之下做着检查铁路这样最普通和基础的工作。

这种矛盾在他的心中翻滚起来，使他浑身更加燥热。

72

周六晚餐时间，在铁路局勘测设计院食堂的大门口，高天琪看到了满面笑容的周跃平。

"你怎么来设计院这边的食堂了？我听说工务段那边也有食堂呀！"她笑着问。

周跃平一边拉起门口的帘子一边说："我想跟你一起吃个饭，反正我那边有人看着，也没什么事。"

高天琪有些疑惑地问道："那边的工作不忙吗，再说你的领导不管你？"

周跃平笑了笑："他倒是想管，可我爸是他的顶头上司，他想管我，就不怕我在我爸面前说他几句坏话？虽然我不会这么做，但是他哪里知道我是什么样的人，还不得忌惮着我点？"

高天琪看着周跃平摇了摇头："你就不能端正工作态度吗？"

"你又没看到我工作时是什么样子，怎么说没端正态度？我也到铁路上去巡查了，就是想抽空跟你一起吃饭嘛！"周跃平满不在乎地说。

高天琪懒得和周跃平拌嘴，以她对周跃平的了解，他要是真能踏踏实实地端正工作态度，几乎是天方夜谭。

吃完了饭，周跃平从口袋中掏出了几块小点心塞到了高天琪手中："你看你晚上吃得这么少，把这个带上，明天饿了吃。这是正宗的晋三元点心，可香了。"

"你留着吧，你在铁路上来回走耗费体力。"高天琪想拒绝。

他又推了几下，直到高天琪收下了这些小点心，周跃平这才依依不舍地离开。此后他工作时总是盘算着时间，到了跟高天琪约定的时间见上一面，生活才算有点色彩。

李铁生倒觉得时间过得快极了。他认认真真地工作，把所有的心思都放在线路的每一个细节上，已经工作了一年的他，几乎将这段线路完完整整地印在脑子中，什么地方容易出现什么样的问题也都了如指掌。充实的工作让他的时间过得飞快，在下了班之后他匆匆忙忙地带上书本又跑到夜间大学课堂中，继续学习专业知识。

他俨然把铁路当成了一位老朋友、一位知己，想要通过一切方式，了解得更多一些，再多一些。

然而，此举引来了老员工的不满。毕竟，老员工每一次汇报工作的时候，大部分是草草了事，只要保证铁路运输的时候不出错就行。可李铁生这个临时工一来，每周都事无巨细地汇报工作，线路上的一点点小问题，一点点小隐患都被他极其细致地汇报给上级领导，还发现了很多潜在的问题。

领导一听，对李铁生自然是频频夸赞，而对老员工则进行了严厉的批评："你们这一年年在线路上都干了些什么？这么多的问题不知道汇报，是没发现吗？"

李铁生的师傅老王愤愤不平："怎么能没发现呢？只是这些问题其实也算不上是个问题，就比如说轨道伤损，其实没有伤损到一定程度，只要稍微保养一下就行了，平常打道钉拧扣件根本就不需要汇报。"

"什么都不需要汇报，那万一有一天真的出了事谁来负责？你们要记住，你们的工作，就是发现线路上一切安全隐患，这一点你们都应该向李铁生学习。他虽然不像你们这么有经验，但至少他细心热情。你们最好都改一下你们这些老油条的心态！"领导有点动气了。

"领导，我们不是没发现，这些我们就算是不汇报也都会进行维修和养护的……"老王试图找个借口。

"那也要汇报！散会吧！"领导直接打断他。

前几次这样的会议开下来还好，老王也帮着李铁生说话，毕竟李铁生年轻，铁路上的一切事物对他来说都很新鲜，所以自然事无巨细地上报，以后时间久了，对工作了如指掌了，就不必这么细致地上报了。

可是，李铁生的工作作风依然没改，他善于发现问题，也善于解决问题，领导自然每次都夸赞他做得好，时间久了就连老王都不替他说话了。他找到李铁生说："我知道你是觉得在这当个临时工，好像没什么保障似的，也想要转成正式工，所以才这么表现，但是……"

李铁生摇了摇头："王师傅，我根本没有在表现什么，也并没有想过到底要不要转成正式工，我只是正常完成我的工作而已。"

"你……"王师傅指了指李铁生，"你就死鸭子嘴硬吧，你知不知道咱们工务段的工人都干了多少年了？我们已经有了一套固定的工作模式，有很多地方也无须上报，这样我们轻松，领导也轻松，你这样不是打乱了这种工作秩序吗？再说汇报得再细致，不也不给你加钱吗？你这娃怎么想不明白呢？"

李铁生明白了王师傅的意思，不过他也没有继续说下去。毕竟在他刚来两个月的时候，就已经明白了这些老职工的工作态度。其实，这些老职工并不是玩忽职守，他们对待工作也是格外用心，算得上是一丝不苟。毕竟，铁路行车安全是人命关天的大事，只不过长期重复劳累且枯燥的工作，消磨了他们曾经的锐气，使他们形成了一种独特的工作方式，看似松垮，实则外松内紧。

如今，他被这些老工人排挤也在意料之中，他明白这些曾经与自己素未谋面的老职工，目前并没有把他当成自己人。不过，即便这样，他也并不打算用消极怠工来融入老工人的那个群体当中，他还是希望自己能从这些老职工、老前辈身上，多学习一些专业技能和专业知识。

李铁生明白，自己现在终于进入了正规的铁路工务系统，这和当初货运站的装卸工有本质的不同。况且，他并不觉得寂寞，毕竟之前在货场的那段时光，让自己有了一些难得的阅历，眼下这些情况，其实算不了什么。

当然最重要的，还是因为他把整个身心都投入工作中，几乎所有的业余时间都在学习。这样的生活让他感到非常快乐，甚至当他有一次凝望着长长的铁路时，心中的热爱竟让他莫名地热泪盈眶。

73

"首先啊，同学们都知道，在铁路隧道的开凿上，我们通常使用爆破，或者是钻孔等方法……"夜大的老师一边说着一边在黑板上写出了一些注意事项。老师刚要擦掉这些字，准备继续讲下去的时候，李铁生举起手说："老师，有些地方我不明白。"

老师抬起头说："你说，同学。"

"我们所在的这片黄土地上，地质松软，如果用爆破这种方式的话会不会造成大面积的塌方呢？"李铁生看老师愣了一下继续说，"在我老家听说有一家人箍窑的时候，为了省力气就用炸药炸了一下，结果炸塌了好多地方。"

老师是个五十来岁的男人，他调来做夜大的老师快十年了，大部分来听课的，都是一些青城铁路路段上的巡道工或技术员。他们学习很认真，但是更多的是关注与自己工作相关的知识，比如铁路的基础保养或病害防治知识，不曾有人问过他这个问题。所以老师有些吃惊，但更多的是惊喜。他用教鞭指了指书："这本书讲的是一些基础的铁路建设，而咱们这边属于黄土高原，地势和地质都不能与别的地方一概而论，你提出的问题很对！"

面对着老师的笑容与夸赞，李铁生的脸微微有些发红。

"所以在修建隧道的时候，要尽量绕开地质疏松的地方。当然，迫不得已的时候要进行人力挖掘，不过即使这样，也不一定能避免塌方的问题……"老师一边说着一边看了一眼摆在教室后面的石英钟，"这样吧，待会儿我单独给你讲这一块。"李铁生激动地点点头。他身边的工友陈志强小声问："铁生，你又不搞施工，学这个干吗？"

李铁生朝他笑了笑，接着又把全部的注意力放在了黑板上。

下课后，李铁生对陈志强说："你先回宿舍吧。"

陈志强收起了书本说："那好，回去我先帮你把水打上。"

"谢谢。"李铁生说完便在老师的身旁坐了下来。老师给李铁生不厌其烦地讲了几个黄土高原地区修建铁路隧道的案例，又把其中遇到的一些实际问题帮他具体分析了一下，时间一晃就过了两个小时，李铁生和老师都觉得兴致勃勃，甚至不觉得困倦。

讲完了之后，李铁生朝着老师深深地鞠了一躬："谢谢老师。"

老师提出的问题和陈志强的问题一样，李铁生回答道："如果有机会的话，我很想未来有一天能够参与铁路建设，尤其想参与咱们黄土高原这一块土地的建设。"

"为什么?"

李铁生顿了一下,接着说:"也没什么,就是觉得,我老家那个地方,本来可以有更多更好的铁路,我们那里很穷,可能有人也觉得,没有必要通铁路。我就想,如果有一天我们那里变富了,需要修新铁路了,也就用得上我了吧。"李铁生的话有些语无伦次,态度真挚。

"还有像我妈那样的人,要是家乡通了铁路,就可以提前坐火车去省城,甚至去更大的城市,去那里看病,要是这样的话,那么她……"停顿了片刻,李铁生继续说,"而这,就是我想参与修建铁路的原因,我想在咱们这片土地上,一定还有很多饱受路途困扰的人。在我后来的学习中,才知道很多商业贸易也要通过铁路运输来实现……"李铁生说到这里,或许是因为心中那份对梦想的渴望与向往,眼眶竟然有些湿润:"我希望在我家乡的土地上,人们都能过上富足而安乐的生活,而铁路就是人们通往幸福生活必不可少的路。"

老师有些震惊地望着眼前这个朴素的小伙子,他的皮肤因为风吹日晒而黑黑的,他的手因为经常辛勤劳作而变得粗糙。"同学,你的精神令我很感动!我们国家的建设,就需要你这样的人。"

李铁生脸有些红,说道:"我不算什么,我只是祖国建设中一个小小的螺丝钉,若能将这螺丝钉的作用发挥出来,我就满足了。"

老师郑重其事地说:"可是,不就是这样千千万万的螺丝钉才将我们整个祖国建设搞起来的吗?同学,以后你有不会的问题,我都会帮你解答,只要你一直保持着这份精神!"

"谢谢老师,我会努力的!"李铁生承诺道。

披着漫天的星光,挟着深秋的晚风,李铁生回到宿舍。

而同样在这片星河之下的,还有周跃平。他觉得实在不适应现在的工作。让他惆怅的是,前几天主任开会的时候还让他多跟李铁生学习,向李铁生学习铁路方面的专业知识和他认真刻苦的工作态度。他明白,因为父亲是铁路局的领导,所以主任才说得比较委婉,其实就差直接告诉他,他的工作态度不好。

他在阳台上坐了好一会儿,才回到房间睡了。

几场秋雨将夏天残存的温度带走了。最近这段时间雨水增多,对巡道工来说，无疑让他们的工作变得更加艰难，每个人都要穿着雨衣在铁路上巡逻，路滑，不好行走。

大部分的巡道工在认真完成分内的工作之后便回到房间休息，李铁生和陈志强却一直顶着雨在铁路上待到了傍晚，才回到房间中烤火。

李铁生和陈志强是一个班的，经常一起去夜大学习，后来成为朋友。陈志强一边烤火，一边说："你这个人太认真了，雨下得这么大，非要多巡个几遍不可！"

李铁生憨憨地笑了："我也不知道为什么，每天不多看几遍线路，老觉得心里不踏实，生怕出了什么差错。"

74

那两人说话时，周跃平坐在一旁的办公桌前，他今天上午趁着雨小的时候打着伞出去巡查了一遍，接着便躲在办公室里了。

李铁生想到了主任前几天说，让周跃平能够在实践中多学一点知识，便来到周跃平的桌子前说："跃平哥，其实这雨天更应该到外面多巡查几遍，这线路上有很多小问题、小毛病平时看不出来，大雨把这些灰尘什么的都冲散了，看得才清楚呢！"

周跃平本来在房间中待了一天就有点心虚，也多少有些愧疚，碰巧这时候李铁生对他这么说，更让他心里生起了一种恼羞成怒的情绪。他板起一张面孔，全然没有之前在货场中相遇时的那种友善和幽默了："李铁生，咱们之前虽然认识，但是现在工作是工作，你不要喊我跃平哥，应该叫我周工，或者直接叫我名字，周跃平！"

李铁生一心想着让周跃平能够在实践中学到更多的专业知识，哪里看得出来周跃平的脸色变化，仍然说："周工，要不咱们再巡查一趟吧！"

周跃平看了看李铁生，迟疑了一会儿，突然站了起来："你这是觉得我今天在办公室里偷懒了？我知道你一直都是劳动模范，也知道你是主任面前的红人，你要是觉得我工作干少了，大可向主任报告。"

李铁生愣了愣，他才意识到周跃平生气了，马上说："我不是这个意思……"

"那你是什么意思？我告诉你，我自然有我的工作安排，今天我也在办公室里写了一天的报告。"周跃平说着就往门口走，随手抄起一把伞。李铁生跟着上去："周工，我跟你一起去吧，有很多问题正好直接……"

"不用！"周跃平硬生生打断了李铁生的话，"我说过我有我自己的安排。"

咣当一声，密集的雨声被关在了门外。谁都知道这个铁路局副局长家的"大少爷"生气了，大家默不作声地看了李铁生一眼，又做起了自己的事情。

李铁生叹了口气回到火炉旁，王师傅这才走过来拍了拍李铁生的肩膀说："我知道你想在主任面前表现，可是也得分得清人和事，人家周工也就是到基层来实习几天罢了，你何必那么认真。"

李铁生连忙解释："我根本就没想过表现……"

可是王师傅已经走到一边去了。李铁生看着炉中燃起的火苗，心中百般不解。他以为选择了铁路专业的周跃平也会像他一样热爱铁路工作。

周跃平撑着伞站在雨中，心里要多别扭就有多别扭，他一想到李铁生这么个农村走出来的山娃子也能对他教育上几句就觉得心里憋气，更何况要不是他当初的帮助，李铁生连当巡道工的机会都没有。

在线路上巡查了一圈之后，周跃平看了看手表，快到了与高天琪一周见一次面的时间，便匆匆跑去找高天琪。

正如他所料，设计院办公室离宿舍的路途不算远，没带伞的高天琪正打算小跑着回去，便直接被他拦住了："天琪，我送你回宿舍。"

高天琪走在周跃平的伞下，她看到周跃平把伞倾斜到了她这边，她又往回推了推，周跃平又推了过来，正当她又要推回去的时候，周跃平的手握住了她的手："伞多给你打一点，你别被淋湿了。"

"那你呢？"

"我身体好。"

高天琪没有再去推雨伞，周跃平的手却没有再松开，他握着高天琪的手放到了自己的嘴边，轻轻地哈着热气。那温度似乎从手一直传到了脸上，高天琪的脸红了。

"你的脸怎么这么红？是不是这几天冻着了？"周跃平担忧地问。

高天琪并没有回答周跃平的话，因为她的心里正在被一种感动的情绪包围着："跃平，谢谢你。"

"怎么突然说这个？"周跃平问。

高天琪的脚步突然停下来，她认真地看着周跃平的眼睛："我觉得我应该好好谢谢你，自打上大学到现在你就一直对我照顾有加，我似乎已经习惯了你的照顾，有时候甚至觉得是理所应当的，我想我早就该对你说声谢谢……"

"我不希望你谢我！"周跃平的手握得更紧了，"我希望你觉得这是理所应当的，因为……因为我希望你能全然接受我对你的关心和照顾……"周跃平的眉头轻轻地皱了起来，继续说，"如果可以的话，我希望你也能够有所回应，也许这是一种奢求，就算你不回应我的话，我也愿意一直照顾你，关心你……"

突然，周跃平感到自己冰凉的脸颊被一种温热的触感所代替，他惊讶地愣在原地，他不敢相信高天琪竟然吻了他的脸。

"天琪……"

高天琪看了周跃平一眼，在认识周跃平的这二十几年中，她第一次感到了脸红心跳的害羞。宿舍楼就在前面二十米的地方，她便突然跑进了宿舍。

周跃平仍然在原地愣着，一阵风将他的伞吹到了地上，他的脸上湿漉漉的，有雨水，也有泪水。

高天琪回到宿舍中，没顾得上擦干头发上的水便直接裹进了被子中。她的心里此时此刻满是后悔，为什么她刚刚会不由自主地吻了周跃平的脸颊？她只是当时那一刻迫切地想要回应些什么。

她的心里被一种熟悉的感觉所占据，这种感觉让她想起了一个人，就是秦风。难道，她对周跃平也产生了曾经对秦风那样的感情？她把脸深深地埋进被子中很久。

不知道在雨中站了多久，周跃平才捡起了伞，他已经不在乎那冰凉的雨落在身上的冷意，因为他的心是火热的，身体也是火热的。

回到工区已经是半夜三点了，刚进入值班室就与陈志强撞了个满怀："怎么

214

了，慌慌张张的？"

陈志强气喘吁吁地说："周工，路基塌陷了！"

75

周跃平停顿了一下，一边往事发地跑一边问陈志强："告诉主任了吗？"

"告诉了！他还让我到各处通知大家一声，赶紧去抢险维护！"

"去吧！"周跃平撒腿继续往路基塌陷的方向跑，鞋子随着脚步发出扑哧扑哧的声音，像他喘息的声音。发生了这么大的事情，他这个技术员却没有第一时间发现，是他的失职。

一路上他跟着一大群人朝着一个方向跑去，周跃平边跑边问身边的人："主任赶到了吗？"

"主任还没到，刚刚已经把电话打到他家里了，可赶过来也得一阵子！"

终于来到了地陷的地方，他看到李铁生和一群人已经在进行紧急抢险了，他们在往这个直径 2 米、深约 0.5 米的坑里填土。在塌陷坑的上方有一条小溪，这条小溪因为雨水而变得充沛起来，在水的反复冲刷之下，铁路旁边的沙土快被带走了。

不过，因为发现得及时，铁轨并没有因为这段塌陷而变形，这让众人松了口气，可是填进去的沙土很快还会被雨水冲走，主任不在这里，工人们齐刷刷地看着周跃平，等着他的指挥。

周跃平在塌陷的坑里抓了一把土，地表的黄土已经被水泡成了稀汤。他心里发慌，因为他根本就没有处理过这样的突发情况，不知道接下来该怎么办。

"继续运土吧，把这里填上再说。"他只好先下达了这个命令，然而这个命令似乎没什么实质上的意义，因为已经有巡道工用独轮车运土去了。

此时的李铁生并没有像身边的其他巡道工一样往中间填土，因为他看到刚填进去的土太松软，很快就被雨水冲成稀汤了。

"李铁生，你在这愣着干什么？"周跃平看李铁生发愣，在他的背上拍了一把，"还不赶紧填土！"

李铁生并没有偷懒，而是继续思考着该用什么办法才能最快地控制住塌陷，只是往里填土显然并不能解决任何问题，很有可能连塌陷坑的扩大都控制不了。他想了一会儿说："应该用沙袋填，然后把溪水截住。否则咱们填进去的土，就算是支撑得了一时，雨如果不停的话，基床还是会被冲坏的！"

周跃平知道李铁生提出的建议或许是解决当前问题的唯一办法，他周跃平却没想到这个方法，而是让李铁生这个没啥文化的巡道工想到了。

"你看这样行吗？周工！"李铁生又问了一遍。

此时的周跃平也顾不上面子了，他把李铁生的建议重复了一遍，分配了一下工作，自己也跳进这摊烂泥中开始了抢险。

可是他还不知道该如何做支撑，手忙脚乱只能给身边的人添乱。这时，他才从心里真正感到愧疚，愧疚自己上了大学却对铁路实况一无所知，愧疚他作为青城工务段的一名技术员却一直高高在上，后悔自己从来没有认真地从实践中学习。

这场大雨，将他的虚荣心冲刷得一干二净，他终于咬了咬牙，开口问李铁生和身边那些有经验的老巡道工："我们现在应该做些什么，支撑应该怎么打？"

几个巡道工马上告诉周跃平该怎么做，他才在别人的指挥之下配合着打起了支撑。也就是在这一刻，他才发现原来开口去问并不丢人，他之前那样不虚心学习，不仔细检查铁路出现了这样的事故才真的丢人。

沙袋被填进了铁路之下，溪水也被拦住引流到了另一边，坑里的烂泥汤被清理之后马上便填进去了沙袋……

直到天快亮了，大雨也停了，这段塌陷的坑才被填平，大家都筋疲力尽地坐在地上，也不管身下的泥土和雨水，露出了欣慰的笑容。

主任是半夜接到电话才往来赶的，他来到这里的时候，危险已经解除得差不多了。他让大家先回到房里换一身衣裳，这才问是谁第一个发现的。

王师傅说："是我徒弟李铁生！"

"你是怎么发现的？"主任问。

李铁生放下毛巾说："我晚上巡线的时候发现那个地方似乎被雨水冲刷得有

点严重，不放心，便过去看了几趟，结果看到了这个坑，其实这也是我的失职，应该更早一步发现问题，把溪水拦住，也许就不会发生这么严重的事了！"

"你做得很好！"主任拍了拍李铁生的肩膀，然后对大家说，"在铁路上，任何一点小毛病和小隐患都要重视起来，我知道大家做了这么多年已经有了经验，但有时候越是有经验就越是容易犯马虎，而李铁生，他知道自己没有多少经验，所以就更加认真！之前我为了这件事情批评大家，大家还都觉得心里有怨言，现在出了这样的事，你们是不是也应该从中吸取教训？"

通过这一次的事件，大家确实对李铁生的做法心服口服了。王师傅首先站出来说："主任说得对，我们的确不能因为有经验就懈怠马虎，以后我也应该向我的这个徒弟学一学！"

"好在李铁生发现及时，才没有造成什么损失。以后大家都仔细点儿，绝对不能再有这样的事发生了！"主任点了点头，这时他又看了看身边的周跃平，"发生塌陷的时候，你也在吗？"

"我……"周跃平的脸色发红，他当时刚跟高天琪见完面，根本就没在段上。

李铁生马上说："主任，周工已经在第一时间赶来了，他还跳到泥坑里面跟我们一起抢险！"

主任看了一下周跃平那条已经被泥土浸湿的裤子，转瞬对周跃平露出了赞许的眼光，说道："就是应该这样，你是咱们的技术员，所以要比巡道工更了解铁路！"

周跃平甚至在这一刻不敢看主任的眼睛，他在想，如果今天没有李铁生好几趟的认真巡线，后果将不堪设想。

76

这次事故后，周跃平有些消沉。

他心里明白，以这样的工作态度继续下去，说不定自己在这个岗位都干不长久。在线路上，每一个环节的小事，都有可能是人命关天的大事，不能有一丝一毫的疏忽。

可是，他真的不适应这样艰苦的工作，这种矛盾折磨着他的内心，他接连好几天都没有回家，住在工区的简易宿舍里。

高天琪的那个吻带来的兴奋，也在这场事故之后平息了下来。他想去找高天琪，又觉得心里惭愧，他觉得实在配不上认真工作的高天琪，更配不上那个吻。

在一天午休的时候，高天琪来到周跃平的工作单位，她背着一个大挎包，脸上洋溢着笑容。

周跃平惊喜地问："天琪，你怎么来了？"

面对周跃平，高天琪的脸一下子就红了。她小的时候也不是没吻过周跃平，可是前几天的那个吻让她思绪翻涌了好几天。

"我……"高天琪微微低下了头，"我今天休息，不是来找你的，我是来找铁生的。"

周跃平心里有些失望，他还以为是因为他两周都没去设计院找高天琪，所以高天琪才来的。

这时，刚吃完饭的李铁生也迎面走过来，他看到高天琪激动地说："天琪姐！"

高天琪越过周跃平走到了李铁生面前，先问李铁生在这边的工作怎么样，又问李铁生多长时间回一次家，言语之中的关心让周跃平感到心里不是滋味。他走到一边在一棵倒下的枯树上坐了下来，看着高天琪面对李铁生的热情笑容……

"好几个月才回一次家吗？"高天琪问。

李铁生点了点头："回一次家实在太不方便了，这边的工作时间又紧，管理得比较严格……"

高天琪从挎包中掏出了一张大大的地图，然后摊在李铁生的面前："你看看这个！"

李铁生拿起来认真看了看，然后露出惊喜的笑容："天琪姐，这个是铁路的路线图吗？正好通到我们家那个县城！"

"是的！"高天琪也同样激动地说，"这是我下班之后自己临摹的临策铁路初步规划设计图，很快就能定稿了，我想再过几年，你老家那个镇上就能通铁路了！"

"真的吗？"李铁生望着上面那道代表着铁路的线，脸上荡漾出欣喜的笑容，可是笑着笑着，他的眼睛中却盈满了泪水。

高天琪明白李铁生眼中的泪水究竟是为了什么。从小他就在那样一个落后而闭塞的环境中长大，做梦都希望能够有一天，躺在自己的床上就能听到火车的轰鸣声。

"铁生……"高天琪轻轻地抚摸了一下李铁生的肩膀。

李铁生吸了吸鼻子，说道："虽然这条铁路的建设对我来说有些晚，但是对于县里的父老乡亲来说，这条铁路仍然意义重大，我很高兴。"

高天琪点了点头："这就是我们建设铁路的意义，能够给更多的人带去便利，带去美好的生活！"

在一旁听着的周跃平，轻轻地叹了口气。高天琪和李铁生的思想高度，他恐怕这辈子都难以达到了，也怪不得高天琪和李铁生亲近，和他之间却没什么共同语言。

高天琪正说话间，一抬头便发现周跃平已经离开了。她眨了眨眼睛，轻轻地咬住了下唇，那种讨厌自己的感觉再一次在心中升起。她实在不想再一次爱上一个人了，不仅仅是因为爱情的滋味太苦涩，更因为她要把全部的精力都放在工作上，不想再因为感情分走一点精力和心思。

在此之后，周跃平再去找高天琪，高天琪也都是以较为冷淡的态度回应，这让周跃平不禁觉得在雨天中的那个吻，好像一个梦，一晃而过消失在他的生活中，变成了一段记忆。

周跃平和高天琪的实习期结束了，要回到学校去写毕业论文，两个人一同坐上了开往北京的火车。

周跃平一如既往地帮高天琪打热水或洗水果，而高天琪要不在座位上看书，要不就是看着窗外的风景。周跃平是个细心的人，他能够体会到他与高天琪的感情在刚刚进入实习的时候有一段缓慢的升温，然而在那个吻之后戛然而止。

他在火车上好几次想跟高天琪说些什么，可高天琪只是淡淡地回应。下了火车，他像往常一样帮高天琪拎着行李，来到了她宿舍的楼下。

半年的时间一晃而过，那些曾经在学校里发生过的往事在他脑海中一幕幕反复上演。

高天琪接过他手中的行李："谢谢你，跃平，我先回宿舍了。"

突然，周跃平抓住了高天琪的手腕，行李掉在了地上他也没有去管。

"怎么了？"高天琪一边问着一边想抽回手，周跃平却更加用力地捏住了她的手腕。

"天琪，我有话对你说。"周跃平说。

高天琪望着那双深情的眼睛，另一只手提起行李："时间太晚了，我想回宿舍去休息……"

"耽误不了你多长时间！"周跃平突然强硬了起来，他逼着高天琪看着他的眼睛，"天琪，你为什么要对我这样？"

"我怎么了？"高天琪露出一个不解的表情，"你突然说什么呢？"

周跃平的眉头皱了起来："天琪，咱们是从小玩到大的朋友，你心里的想法根本逃不过我的眼睛。我问你，你为什么要对我这么冷淡？你难道对我就没有一点心动的感觉？"

"我没有……"

"那你为什么会吻我？你看着我的眼睛告诉我，你真的对我没有一点心动的感觉？"

这是周跃平第一次咄咄逼人，也让她不得不直面自己的内心："那我告诉你，我有！我不是一块石头，我知道你对我的好，我也……有些被打动了！"

周跃平激动地看着高天琪："你说的是真的吗？"

"是真的！"高天琪丝毫不逃避地看着周跃平，"我对你有过动心，但这一切，都结束了。"

77

　　周跃平的心情仿佛坐过山车一般，此时此刻重重跌到了谷底："为什么？我到底哪里做得不够好，或者是我突然做错了什么？"

　　高天琪摇了摇头："你什么都没做错，但你做对了一件事。"

　　"我做对了哪件事？"

　　"就是那个吻之后的几天，你没有来找我，在那几天我终于让自己冷静了下来。我觉得我现在还不是接受爱情的时候，我想你一定很清楚我已经在感情上深深地受过一次伤，现在我只想把全部的精力放在工作上……"

　　"工作工作，你满脑子里想的都是工作！"周跃平放开了高天琪的手，"我真的理解不了你的思想高度，宁愿放弃你自己的幸福，也要去工作……"

　　"幸福是什么？"

　　高天琪的一句反问让周跃平愣住了，他想了想说："幸福的定义太多太广，但我想这里一定包含了接受和享受爱情。"

　　"你也这么说。"高天琪点了点头，"幸福的定义太多太广，而对于此时此刻的我来说，幸福就是能学有所成，能实现自己的价值，能有个好工作，不辜负爸爸生前的希望。还有就是，能为铁路建设做一点贡献，能有一天亲眼看到中国的高铁通车，看到铁路能修遍大江南北，尤其是大西北！"

　　周跃平不解地说："可这些跟爱情并不冲突……"

　　突然，高天琪有些痛苦地抓住了周跃平的手："跃平，可我现在想要的真的不是爱情呀！我能不能请求你，继续做我的朋友？如果你不愿意的话，至少现在不要再跟我说什么爱情了。"

　　说完高天琪松开了周跃平的手，她拎起行李往宿舍走去。她的脸上满是泪水，她的确对周跃平动了心，可每次当她准备接受周跃平的时候，秦风便会不受控制地闯入她的脑海中，也正是因为跟秦风的那一段痛彻心扉的感情，让她对爱情产生了深深的抗拒。

周跃平久久地站在高天琪的宿舍楼下，他后悔当初为什么没有趁着那个吻继续乘胜追击，为什么路基又偏偏要在那个时候出现塌陷？他的心里有一万句怨言。

毕业论文答辩结束了，高天琪和周跃平此时要真正地跟北京告别了。坐在回乡的火车上，周跃平这一次没有像以往那样对高天琪侃侃而谈，他安静地望着车窗外繁华的街道，回想起曾经在这个城市中与高天琪一同留下的回忆，也回想起曾经在话剧团中的表演，如今都已成为记忆。

让周跃平感到困惑的是，今年开始大学生毕业不再包分配工作了。这个突如其来的政策，把他打了个措手不及。他若是早知道不分配工作的话，在大学期间就会更努力地学习专业知识，更何况他为了高天琪也不愿意去外地工作。

高天琪在回到家乡之后，顺利进入了青城铁路局勘测设计院，正式成为一名铁路工程设计师。周跃平却无缘进入铁路局。

爱情与工作通通弄了个一塌糊涂，让周跃平彻底地消沉下来。回到家后，他把自己关在卧室里整天不出门。从前他还在铁路工务段实习的时候偶尔找过几次高天琪，而现在他这个彻头彻尾的失败者又有什么资格再去找高天琪呢？总之，他一个北京交通大学的毕业生整日悠悠荡荡，成了一个无业游民，对他来说无疑是一个巨大的打击。

周建新嘴上骂着周跃平不争气，作为父亲还是打心里心疼周跃平的，可越是心疼，就越是着急，时不时地骂周跃平在大学里不务正业。

周跃平本来就心里苦闷，被骂过了之后更觉得无颜待在家里，便悄悄地收拾了行李箱。他打算去外面打工，不管端盘子还是去建筑工地，总比在家里当个寄生虫要好。他没脸见父母，也没脸见高天琪。于是他在桌子前给家里人写下了一封信，说他打算去外面闯一闯，在凌晨时分偷偷地带着行李箱出发了。

关门声惊动了周建新，他追出来看到周跃平正拎着行李箱下楼。他一把夺过了周跃平手中的行李箱："你要去哪？"

"我去哪儿你别管了，总之，我不会继续留在家里做一个寄生虫。"周跃平挺了挺背。

周建新把周跃平的行李箱重重地摔到一边："所以你就打算这么不辞而别？"

"我实在……没脸见你们。"周跃平把脸扭到一边，"到现在也没考上什么机关单位，我也觉得自己挺失败的！"

"你说的什么话！"周建新一边说着就一边把周跃平往回拉。周跃平一把甩开了周建新的手："我不回去了，你是一个单位的领导，我是个无业游民，我不想给你丢脸！"

周建新愣住了。"我从来没有认为你给我丢脸了，不管到了什么时候，你都是我的儿子，更是……"周建新那浑厚的声音顿了顿，"更是我最重要的人，你知不知道你若是不辞而别，只身一个人去外面闯荡，我会多么担心你！"

"可我也实在受够了这种生活，你天天都说我大学的时候不努力，可大学的时候已经过去了，现在我也很后悔，我只能去外面闯一闯……"周跃平一边说着一边觉得鼻子又热又酸。

周建新叹了一口气："我说你还不是因为我为你着急？我说你是因为我看着你每天消沉的样子，我恨铁不成钢，我心疼！跃平，爸这是不会表达感情，如果我说得太重了，你就原谅我吧！"

周跃平低下头，他的泪唰唰掉下来，这些天来他心中的苦闷在此时彻底不受控制地宣泄出来："爸，那你说我到底该怎么办？"

78

其实，作为副局长的周建新早就已经想办法调动关系了。他的同事不明白，以他的能力完全可以让周跃平得到一份在铁路局里稍微轻松点的工作，可他还是把周跃平安插到三等站让他做值班员。

周跃平成为三等站的一名值班员，工作比之前更加繁重，不仅要负责车站客运服务与票务管理工作，确保车票、现金安全，还要负责接发列车、执行调度指令、监控车站系统与设备等工作。繁重的工作让他每天从早忙到晚，无暇再去思索更多，那颗浮躁的心也终于因体力的巨大消耗而渐渐平静了下来。

与此同时，高天琪与同事们完成了初步的规划，通过一次次的实地考察与勘探，终于确定了临策铁路的修建方案。在实践当中，高天琪成长得很快，已经成为一名优秀的设计师。

作为巡道工的李铁生也迎来了他工作生涯中的第一次转折。在主任的争取下，铁路上的临时工也有机会通过考试成为正式巡道工。

每天晚上都去夜大听课的李铁生掌握了更多的专业知识，这一切主任和王师傅都看在眼里，他们鼓励李铁生去参加考试。经常跟李铁生一起学习的陈志强同样是一名临时工，他积极准备考试，还给李铁生带了不少铁路养护方面的书籍与资料，可李铁生似乎并没有认真准备这场考试，这与他一贯爱学习的作风不同。

陈志强故意打趣地问道："看来你胸有成竹了，连考试都不准备？"

李铁生摇了摇头："我不想参加考试。"

"为什么？这种机会几年才能等到一次，要是咱们成为正式工，不但待遇比之前好了，还有了铁饭碗！"

李铁生随手翻了翻陈志强给他的资料，又放到了一边："多谢你还想着我，可是我已经想好了，我想去施工队！我听人说正在建设的神延线缺工人，在招工，我要去。"

陈志强从床上跳了起来，差一点就踢碎了脚边的热水瓶："你疯了吧？为什么偏偏要去施工队呢？你知不知道施工队多辛苦，咱们的工作虽然累，但再累也累不过施工队呀！要是转正了，工资不仅比施工队的要多，以后也稳定了！你不会是在开玩笑吧？"

李铁生认真地看着陈志强，说道："我是喜欢开玩笑的人吗？事实上我关注铁路规划很久了，我的梦想就是往更多偏远的地方铺设铁路。"

陈志强看着李铁生："我知道你想建设铁路，但是巡道工不也一样吗？而且，巡道工看着累，但有法定节假日，一样为铁路做贡献，这不挺好的吗？"

"不一样！"李铁生回想起母亲因为车程耽搁而在路上去世的场景，仿佛发生在昨天，让他痛苦万分。唯一能够缓解这种痛苦的方法，就是去铺设修建新的铁路，让更多的人远离这份痛苦，"总之我已经下定决心了，我是一定要去施工队的！"

224

带着这份决心，李铁生四月底辞去了巡道工的工作。在宿舍收拾行李时，王师傅和陈志强前来送别，王师傅说："你要是后悔的话，现在还来得及。"

李铁生朝王师傅笑了笑，眼中充满了对未来的希冀："我不后悔，我现在是朝着我的梦想前进，多谢你们在这段时间的照顾。"

李铁生最后一次踏进夜大的教室，下课后，李铁生对老师说："老师，我要去施工队了。"

老师的眼中流露出不舍的神色，只是他没有像别人一样劝李铁生留下来。他握着李铁生的手说："这是你的梦想，好好去干！"

"我会的，谢谢老师在这段时间对我的教导，你教给我的知识我会运用到未来的工作上去，谢谢。"

老师看着李铁生的眼睛，仿佛从那眼神之中看到了一颗赤子之心："那就好，国家的铁路建设需要你这样的人才，只是……一定要小心，施工作业可是很危险的！"

"我会的，老师也要保重身体，只是，今天能不能请老师再帮忙解答几个问题。"

哪怕是最后一堂课，李铁生也认认真真地做了笔记，把不懂的问题总结起来请教老师。他珍惜每一次学习的机会，就如同珍惜他的生命一样。

第二天清早，李铁生走出了青城铁路局工务段的大门，他回头望了望，心中感慨万千。从货场到工务段，他对铁路的了解越来越深，而以后，他还会参与修建铁路，将那两条铁轨铺到更远更远的地方。

他早就了解过神延线，铁路建成后将会成为服务西部大开发的重要干线，对加快我国"三西"地区资源的开发、推动当地人民脱贫致富、缩小东西部差距意义重大。

他有种预感，他的人生将跟铁路紧紧地连接在一起。

两天后，李铁生来到了铁路局工程处的项目部。他和工友们乘坐大巴车来到施工地点。在简易的宿舍里，带领他们的杨队长给大家开了一个会，教会了大家一些铁路施工过程中的注意事项。

最后他看着大家说："这会是一段很艰苦的路，希望你们做好准备。"

这句话，李铁生真正理解的时候在工作之后了。

他刚刚进入工地的那一刻，就被眼前的景象震惊了：在广阔的黄土高原上，在风吹雨淋之下，一群工人拿着铁锹等工具修整着用机械设备挖出的路基和台阶。如果从高空俯瞰，他们就如同一群蚂蚁，在这一片荒芜的土地上，开辟出一条新的路线，完成这项浩大的工程。他们的脸上、身上被晒成了黝黑的颜色，他们的皮肤上沾满汗渍，他们的手因为长时间握着工具而布满了老茧……

李铁生心中热情激荡，在领工员的指引下加入了这支庞大的施工队伍，学习怎么轨排拼装。其中包括很多流程，熬制硫黄砂浆、铺设道枕、上锚固板、灌浆锚固等。从前他确实学了很多修建铁路的相关知识，现在才知道原来实践比书上说得更复杂。

他和所有的工人一样，有好几次差一点被工作的疲惫所击倒。每一次当他眺望这片广袤的土地时，当他想到那些在交通闭塞的村庄、城镇里生活的人们，以及他的母亲，他的身上又迸发出新的力量来。

79

神延铁路所经地区地质极为复杂，其中一段是陕北黄土高原与毛乌素沙漠东南缘接壤地带，另一段是陕北黄土高原梁峁沟壑区。这一带是风积沙、黄土滑坡、溜塌、小煤窑采空等不良地质条件发育地带，整个线路需要多次跨越秀延河、无定河和淮宁河，穿越天山、冒天山两大山脊，工程艰巨。

李铁生发现，施工过程中面临着很多困难。

西北地区昼夜温差大，又距离风源地区蒙古比较近，地势很高，又过于平坦，风力非常大。这里降雨量少，土地极其干燥。

每到春季或秋冬，从蒙古奔涌而来的大风与松散的黄土融为一体，猛烈的风沙铺天盖地地袭来，哪怕是细沙，打在皮肤上也会让人感到强烈的痛感。风沙常常自天边滚滚而来，漫天的土黄色还会遮挡视线，甚至处于室外的植被都会被染成土黄色，人难以活动。

李铁生所在的神延线第九标段线路，位于陕西省北部榆林地区，靠近毛乌素沙漠边缘，大部分需要通过流动沙地及半固定沙地。这里风沙活动非常频繁，对路基的危害大。就在他们刚开始修建这段铁路时，就遇到了一个难题：如何打下坚实的地基。

这也是李铁生自加入施工队以来一直在思考的问题。当他好不容易一铲一铲地在地上挖出一段人工隧道，在遭遇了一阵沙尘暴后，挖出的一段就会被风沙掩埋，他又不得不重新挖掘。如此下来，施工进度非常缓慢。如此脆弱的地基又如何能够保证沉重的列车在上面运行呢？

有时候挖着挖着，他开始泄气，当初的一腔热血被风沙摧残殆尽，中途休息的时候便在一旁止不住地叹气。

施工队队长，也就是一开始组织大会的杨勇，看到工人们逐渐出现了畏难的消极情绪，便把李铁生叫到了一边。

"铁生，你之前不是挺有干劲儿的吗？怎么现在这么消沉？整个队里的人都要被你影响了！"

李铁生把手肘放在铁锹上说："勇哥，你说咱们这么挖下去，真的有用吗？"

杨勇有些吃惊也有些生气："你这话是什么意思？"

"你看，前几天的隧道刚刚挖好，这几天大风一吹，整个地基都变形了，咱们重新挖回来，可是过两天再来一阵大风，这不就白挖了吗？"

面对李铁生的抱怨，杨勇更加生气了："我早就跟你们说过，这是一段非常艰难的路程，你以为修铁路是那么容易的?!"

李铁生摇了摇头："我知道这不容易，但我觉得与其每天在这做无用功，还不如想想法子解决这个问题！要是有机会的话，我想跟技术人员谈一谈，或许我能提出一些建议。"

杨勇看着这个年轻人，鼻腔中轻哼了一声："你以为技术人员不知道改变方法的吗？他们比你还着急！你是个工人，就干好你工人的活儿，地基的问题自然有专业人员会处理，别添乱！"

"可咱们再怎么干，都是不合格的！"李铁生执拗地看着杨勇。

"我记得你刚开始的表现是很不错的。当然，我也能够理解年轻人，心里的干劲儿总是很足。我希望你能够沉下心，不要总想着抱怨！你已经来了施工队，那就既来之则安之吧!"

杨勇把李铁生提出的问题,当成了李铁生对施工环境的一种抱怨,他说完拍了拍李铁生的肩膀就离开了。

李铁生也没再说什么,他继续扛着铁铲回到了工作岗位上。

冰冷的风夹杂着沙尘将他的双手吹得僵硬,他的眼睛时不时被风沙迷住。抬头是绵延不绝的漫漫黄沙,偶尔有些耐干旱的植被树木一簇簇分布在其中,在炙热的太阳下显得更加荒凉。

结束了一天的工作后,工人们早早地躺在床上睡了,沉重的体力活让他们睡得很沉。而李铁生在工人们睡了之后,每天晚上偷偷一个人溜出了宿舍,他的腋下夹着一堆课本,有夜大学习时的课本,也有高天琪曾经寄给他的那一份。他借着明亮的月光翻开书,然后又掏出一个手电筒,开始在书上寻找困扰着他的答案。

有时候,他需要用笔在书上写写画画,便用双腿夹着书,一只手拿着手电筒翻书,一只手在上面写。虽然这个姿势很别扭,但是丝毫不影响他高度集中的注意力。

就在这时,风中飘来了一股淡淡的烟草味,接着是一连串脚步声。李铁生的眼睛适应了手电筒的光芒,一抬头便出现了几个人影,把他吓得站了起来,书本和笔都掉在了地上。来的人是郑工,铁路局工程处项目总工程师,约莫四十岁的样子,还有另外几名技术人员,他们正在现场勘查,以便白天工人在施工过程中,可以及时指导他们,深入一线解决出现的问题。

"吓到你了吧? 孩子!"郑工笑着说道。

李铁生看着他们说道:"领导们好,这么晚了你们怎么还没休息?"

"我是咱们项目的总工程师郑工,我倒要问问你。"郑工看着李铁生,"你怎么还不睡呢?"

李铁生在郑工说话的间隙弯腰将书本捡了起来:"领导,我还不困,想趁着有空的时候看看书。"

郑工疑惑地看着他:"你们白天的工作已经够累的了,晚上怎么不早些去休息?"

"郑工,我不能回去睡觉,其实我一直想见见咱们队里的工程师们,我早就有些话想说了！"

郑工虽然有些吃惊，但还是温和地问："什么话？"

郑工的眼睛扫到了李铁生手里拿的书，是关于地质方面的。

80

"郑工，我只是一个普通的工人，对铁路相关的知识粗浅地了解一点，要是说得不对您别见怪。我觉得咱们现在修路基的方式可能有问题，或者说不太适合毛乌素沙地边缘这段线路的建设。"李铁生说完，用试探性的眼神看着郑工，他很清楚作为一个工人，对郑工这样的项目总工程师提出的建议，人家并不会被放在心上。

但是郑工引导着他说："所以呢，你发现了什么问题？说出来！"

李铁生顿时深受鼓舞，继续说："西北的风力很强，而沙土又过于松软，所以地基很容易变形，如果我们继续用传统的方式来修路基的话，恐怕不太适合，我想肯定会有更适合的方式来修建这段铁路，所以这些天我一直都在学习，想从书本上找出一些方法来。"

郑工用欣赏的目光看着李铁生，在李铁生说完之后，他说："这也是我最近一段时间一直都在考虑的问题，显然这块地方并不适合用传统的技术去修建。"

李铁生听到郑工这样肯定自己的话，眼睛瞬间发起光来："郑工，那您说咱们有什么解决的办法吗？"

郑工反倒说："我倒想听听你的建议，你不是也学习了很多铁路方面的专业知识了吗？"

"我只是一个工人……"

突然，郑工握住了李铁生的手，他摸到的是一双年轻的手，可是上面布满了老茧，非常粗糙。他有些感动，说道："工人又怎么样？工人是奋战在我们第一线的人员，才是对现场最了解的人，你大胆说，不要怕！"

"那我说了，有啥不对的地方，郑工您给我指点啊。"李铁生继续说，"我认为普通的夯实方式，对于松散的沙土恐怕起不到什么作用，首先必须加强夯实的力度、加大压强，当然夯击技术也需要改进。我在书上看到对于不同的地质情况，夯击的工艺方法也不同，要通过土质的试验来改进。就拿咱们黄土高原的土地来说，这种松软的土质除了容易塌方之外，还容易因为雨水的浸泡而膨胀变形，所以必须先进行试验，再改进方法……"说到这里李铁生的声音已经慷慨激昂了起来，这时他听到屋子里的一声叫骂——"谁呀，大半夜的还让不让人睡觉了？"

这时李铁生马上压下了声音，问道："郑工，你说我的建议可行吗？当然，我对于夯击这方面的技术实在不太了解，大部分都是从一些大学课本上看到的，所以我不知道是否真的有用。"

郑工愣了片刻没有说话，他实在太吃惊了，在这个施工队中，竟然能有一位新来的工人向他提出修建路基的建议，这个建议正是这些天来他在思考的。

他几乎想象不到在这样繁重的工作之余，有人竟然能抽出精力和时间去思考解决问题的办法。这一刻，他对李铁生充满了敬意。

"郑工，是不是我的这个建议过于理想化了？"李铁生犹豫了。

"不！"郑工看着李铁生，"你说得很对，你提出的建议也非常有用。告诉我，你叫什么名字，是第几组的工人？"

"我叫李铁生，在第八组。"

郑工郑重其事地说："我记住你了，铁生，你的建议很不错，非常感谢你的建议，请你以后一定要坚持学习，不过今天的时间太晚了，你先回去睡觉吧。"

郑工将李铁生送回了宿舍，李铁生在屋子里摸着黑把书本整整齐齐地放进自己的牛仔包，这才摸进了被窝。

暖暖的被子紧紧地包裹着他的身体，他闭上眼睛嘴角仍然挂着微笑，心脏激动得嗵嗵直跳，不仅因为郑工这位项目总工程师对他所提出的建议高度认同，而且这个问题引起了他们的注意，那么一定离解决不远了！

可是，几天过去了，李铁生和工人们仍然干着与之前差不多的工作，并没有任何新方法和技术的指导。

修好的路基仍然像之前那样被风沙吹得变形，他心中的那份激动也渐渐归于了平静。工作的时候，他忍不住在想，为什么郑工已经得到他的建议好几天了，却丝毫没有给他们制定新的工作方法呢？难道是因为他没有提出更加具体的建议吗？想到这里，他决定晚上再多用些功，争取能够拿出更加合理、具体的方案来。

可是，李铁生也不是铁人，在如此重体力劳动之下天天晚上熬夜学习，白天的工作效率便下降了，这再一次引起了杨勇的不满。

他这一次没有把李铁生拉到一边，而是直接在工友面前训斥李铁生："李铁生，你的工作态度应该好好改一改了！"

李铁生茫然地抬起头，他看着杨勇的时候，眼神恍惚。杨勇便更加生气了："咱们施工队可不养闲人，你这样的工作效率已经严重影响到了施工的进度！你要是再这样，我非把你开除了不可！"

"勇哥，我倒觉得咱们再这么干下去可真就要耽误进度了！"李铁生说。

"你这话是什么意思？"

"我是说……"李铁生刚想再说些什么，眼前的视野便越缩越小，头晕目眩，接着整个人便直挺挺地栽倒在地上了。

工友都愣住了，杨勇马上大喊："大家快点把他抬到屋里去！"

一边把李铁生往屋里抬，杨勇一边说："这孩子生病了怎么也不说一声？要是出了事怎么办？"

这时，一个工友说："勇哥，他每天晚上都抱着一堆书，拿个手电筒到宿舍外面坐着，晚晚熬夜，能不出事吗？"

众人把李铁生抬到了床上。杨勇这才问："这是怎么搞的？他去外面干什么？"

"我问过他，他说他在学习，也不知道学的是什么！"工友回答。

"晚上的风那么冷，能不吹病吗？"杨勇摸了摸李铁生的额头，此时已经烧得滚烫了。

81

"快，去找点扑热息痛！"杨勇喊道。

工友们很快拿来了水和扑热息痛，给李铁生灌了两片。过了一会儿，李铁生身上的温度似乎降下来了一点，他竟然还打起了呼噜，看来他突然晕倒并非全是因为生病，也因为睡眠不足。

杨勇这才放下心来，他从李铁生的枕头底下看到了书本的一角，拿出来这才看到是一本有关于铁路基建方面的书籍。

一时间他也有些惊讶，一天繁重的工作下来，竟然还要在晚上抽出时间来学习。惊讶之余，他想了想，或许李铁生提出的建议没什么不对，只是这并不是他一个工人该想的事。

等李铁生醒过来，正好到了中午吃饭的时候，杨勇打了饭回来一边吃饭，一边看着李铁生。

"你小子，终于醒了！在这样的地方工作，可千万不能有事啊！我明白你爱学习，但是你作为一个工人应当保证将自己的本职工作做好，在保护好身体的前提下再去学习呀！"杨勇训斥道。

李铁生仍然觉得头脑发沉，还是爬起来说："我保证，以后我一定不会影响工作，但是学习，我还是要学的！"

杨勇叹了口气："学习没什么不好，有一些问题就交给技术人员去解决，你作为工人就应当安下心来……"

正说着话，外面便传来了敲门声，杨勇去开门，看到郑工一副风尘仆仆的样子："郑工，你怎么来了？"

"你正好在！杨队长我正找你呢，我这边安排了一个试验，正想跟你借个人呢！"郑工急匆匆地说。

"谁呀？"

"八组的李铁生！"

杨勇一听，心里有些惊讶，但还是指了指床上："铁生病了，正在床上休息呢！"

"他病了？"郑工担心地问，"怎么样？病得重吗？"

杨勇摊着手说："病得倒不重，就是学习累的。"

郑工直接走到了李铁生的床边，他拉住了李铁生被汗水浸湿的手："铁生，你感觉怎么样？"

李铁生已经听到了郑工和杨勇在门口的对话，他马上说："我已经没什么事了，郑工，我这几天正在想一个更加具体的方案，你有时间吗？我要说给你听……"

"别急，孩子！你先听我说！"郑工轻轻地拍了拍李铁生的肩膀，"我前些天到设计单位去了一趟，跟处里的领导作了汇报，项目部紧急发起了设计变更计划，现在已经审批下来了，就等着过几天局里安排的新机器一到，做勘测试验，再进行方案优化。你说得很对，咱们这块土地不能按照老方法去建铁路，你的建议很有用，到时候进行地质勘测试验，你能过来帮忙吗？"

李铁生兴奋地笑了，他刚想说能，又抬头看了看杨勇："勇哥……"

杨勇这才知道李铁生原来已经找机会跟郑工提了建议，马上说："我下午跟队里领导汇报一下情况，帮你申请一下！"

"太好了，谢谢勇哥！"李铁生顿时觉得浑身的病痛都已经消散了一般，他激动地握住了郑工的手，"要是能参与地质勘测，那就真的太好了！谢谢郑工！"

一时间不管郑工还是杨勇，都被李铁生的这种精神所感动。在杨勇的认知中，工人们就应该听从指挥工作，李铁生却不一样，他似乎对于铁路有一种精神，这种精神让他不满足于只干好眼下的工作，他真的是一个有理想、有梦想的年轻人，这样的年轻人，谁见了能不喜欢呢？

几天之后，李铁生加入了地质勘测试验。郑工把李铁生介绍给其他技术人员，技术员们对李铁生这个工人的加入都感到很诧异，他们实在不明白要这么一个普通工人来干什么。他们只把普通的工作交给李铁生，李铁生却干得起劲儿，哪怕是最简单的工作，也做得极其认真。

在新的夯击机器到来之后，郑工和其他工程师通过对土质的反复勘测试验，得到了一组新的地质检测数据，也紧急制定出了一套新的办法，李铁生也回到了原来的工作岗位。

工友们拍拍李铁生的肩膀开玩笑："你跟着那帮工程师干了半个月，再回来干咱们最基础的活，是不是已经不适应了？"

李铁生摇了摇头："我干什么工作都行，只要是能修铁路我就觉得都能干，都能适应！"

新方案调整后，路基填筑的问题得到了很好的解决。结合土质的调查结果，施工队分别对不同土质的地基采取清除地表杂物、夯实原地面、翻挖回填夯实或采用沙黏土换填等措施进行施工，同时采用重型推土机压实方案和小型施工机械与压路机碾压方案，使得路基的填筑过程有了很大保障。

82

从 5 月份开工到现在，转眼已经过去了大半年的光景。过年的时候，所有参与神延线铁路修建的工人都没有回家，休息了三天后继续投入紧锣密鼓的建设当中。

李铁生渐渐地适应了工地上的生活，在这里虽然没有温暖的房间，没有丰盛的饭菜，也没有夜大那样的环境，但他比之前要更快乐更充实。白天工作之余，他就在施工现场反复观察研究，发现的任何问题都会第一时间记到笔记本上，晚上就抱着书学习到深夜。

从前在工务段当巡道工，他总有种浅尝辄止的感觉，如今他才真正地把铁路从里到外摸了个透。他学到的力学和地质学知识，让他对黄土高原以及整个北部高原上面修筑的铁路，有了深刻的认识。

然而，除了沙尘，施工队又遇上了难题。

经过冬春两季的季节变换，施工队发现，在冰雪冻融的侵蚀下，风沙路基表面出现了开裂、松散的情况，黏土包边对路基不能起到很好的保护作用。于是，在李铁生的提议下，施工队向上级汇报，由设计院现场勘查后，对风沙路基边坡采用了浆砌片石骨架的加固措施，还在路基边坡种草防护。

问题再一次得到了解决，但随着铁路施工进度的推进，新的问题又接踵而来。

在潘龙川右岸的 I 阶地后缘，黄土梁、峁前缘斜坡地带，以及许多较大的沟谷、河流岸坡地带，分布有很多的可采煤层。

由于神延线铁路沿线地区夏季高温少雨，冬季寒冷干燥，除了土豆、红薯、谷子等经济作物之外，种植的其他农作物非常有限，当地人的生活非常艰苦，所能支配的生产资源稀少，地下却藏着丰富的煤炭资源，所以一直以来当地人都在进行煤矿开采工作。

因为技术有限，小煤窑开采的方式都是先开浅层煤，再开深层煤，边开采边回填，哪儿煤多挖哪儿。加上缺乏运输、通风、排水、照明等设备，遇到问题时，便换地方开凿井口，继续开采。

经过几代人的竞相开采，新建铁路沿线沟谷附近布满了小煤窑采空区，这里根本没有规律可循，而且没有统一的施工标准，采空区深浅不一。这便成为影响神延铁路施工安全与线路稳定性的重要因素。一旦岩层垮塌以及变形弯曲，便会导致地面沉降、地下水渗出，还会导致地表建筑垮塌，施工难度可想而知。

难就难在有些地方已经修筑好了路基，而小煤窑问题是后面发现的。

郑工和几位工程师都陷入了沉思状态，前期的施工设计在实际问题面前还需要继续优化。

郑工再一次让李铁生作为现场代表加入了设计优化团队，想根据施工队面临的实际问题进行具体分析，重新制订施工方案。

李铁生再次被叫到工程师那边，心里仍旧感到受宠若惊。毕竟，那些工程师要听他这个小工人的想法，听起来就有些不可思议。

当然工程师们认为上一次李铁生能够提出解决方案也不过是个巧合，这次也就是抱着听听看的心理。

83

郑工抬起手拍了拍这个比自己还要高半个头的硬朗小伙，说道："之前我们都参考了你的意见，这次也别紧张，再一个，我想你最近也在琢磨这件事吧，说说你怎么想的？"

李铁生倒是不急着说自己的想法，反问道："各位是怎么考虑的？"

其中一位工程师说，他们打算尽量用工具探测空洞的地方，然后用土回填进去。

另一位工程师也这么认为，因为之前在遇到地下空洞的时候都是这么做的，他们打算在铁路沿线一点一点探测，看看有没有空洞，然后再一点一点回填。

李铁生这才说："要不，大家跟我来一下？"

工程师们互相对视了一眼，虽然觉得被一个小工人领着去做些什么，总是有点有损他们的面子，但是郑工带队，一行人也就跟着去了。

就在停工勘测的这几天，李铁生仔细观察了周围的大小煤窑。他发现除了那些肉眼可见的塌陷之外，还有一些是有迹可循的，那就是地面上的平行裂缝。他沿着裂缝下锹，发现这是地面沉降造成的。沿着裂缝向下探寻，可以清晰地看出地下的土质与岩层的结构，还有那些裂缝延展出的走向，那就是地下隧道的走向。

李铁生在自己这几天挖开的那个大坑处跳了下去，然后抬起头，指着小心翼翼挖开的断层说道："你们看这里是黏性黄土，很深，但是我比较幸运，挖到的这块还不算太厚，而且距离河岸很近，你们看这里已经有些塌陷了，再往下就是圆砾土，这里的土质比较硬，但是极其松散，我还朝着那条坍塌的裂缝挖了一阵子，裂缝延伸得很长，所以我觉得如果直接填土的话，可能不太合适。"身处深坑中的李铁生，距离地面有两米多，所以说话的声音闷闷地向上传播。

郑工其实已经想到了这点，填土肯定是不合适的，就是想看看，除了填土还有什么办法，不过他没想到李铁生竟然会自己挖一个大坑去研究。

这时，几个工程师开始研究这个下陷的断面。李铁生则对着大家挥了挥手，几个人用绳子把他拉了上去。接着他指了指对面的河岸："你们再看河岸，其实离铁路的施工点已经不远了，一旦下暴雨，地下水上涨，势必会灌进小煤窑留下的空洞里。如果我们填土，还用当地的土来填，那么水流迟早会冲刷掉泥沙，火车以后重压几次，还是会二次塌陷。"

其他几位工程师听到李铁生这么一说，也觉得填土确实不行，那么多裂缝，大大小小，纵横延伸，光是填土是填不完的。

郑工看着李铁生，微微皱起眉头，好似有几分责怪，但是更多的是赞赏："铁生啊，你既然已经开始研究，而且想法也比较成熟，怎么不早点把你的想法跟我们说说？"

李铁生挠了挠沾着黄土的头发："郑工，我觉得我的发现还是初步的，还没到应该跟上级汇报的程度。"

"这就不对了，你的发现对咱们铁路的建设很有意义，我觉得你要是愿意，应该到我们的团队锻炼一下！"郑工说。

这时，其他的工程师们互相看了看，都是四十几岁的年纪，如今要跟这个毛头小伙子共事？既然为首的郑工放发话，他们也没什么异议。

毕竟，什么面子，什么身份，都不重要，让这段新建铁路顺利完工才是他们为之奋斗的目标。

天色渐晚，广袤的戈壁滩被最后一丝晚霞映照着，这片少有人烟的土地显得更加寂寥。接着最后一丝霞光也沉入地平线，天空的绮丽不再，仿佛深蓝色的幕布被拉下，只有风沙漫漫。此时肉眼已经看不清下面的情况，郑工便先带领大家回到了驻地。

驻地上正在咕嘟咕嘟冒着泡的大锅里，炖的是白菜、土豆和豆腐，上面还飘着一些肥瘦相间的五花肉片，一起随着汤汁起伏着，散发出阵阵诱人的香味，让人垂涎欲滴。

能在工地吃上肉的时候并不多，因为刚开春不久，肉运过来还能够保存几天，总算是让工人们解了馋。工人们拿着不锈钢盆，一人盛了一大盆，再拿上两个大馒头，美美地吃完，一整天的疲惫也被一扫而光了。

郑工拉着李铁生坐在自己的身边，然后把他饭盒子里为数不多的肉夹给李铁生，李铁生想夹回去，郑工却摇头道："你们年轻人体力消耗大，得多吃点肉！"

李铁生的心里生出一股暖流。

他回想自己离家出走之后的这几年，虽然遇到过钱包被偷，但是也遇到了很多的好人，天琪姐、跃平哥、潇洒叔、王师傅，再到现在的郑工，他们给予了自己太多的帮助。在他们的帮助下，他和铁路有了不解之缘，他对铁路的了解和热爱越来越深。他在内心暗暗发誓，一定要更加努力地学习工作，才不会辜负每一个对自己有过帮助的人。

晚上，李铁生躺在床上没有任何的睡意，头脑中几乎思考了一整夜关于小煤窑的问题。第二天早上见到郑工的时候，他忍不住将自己的想法说了出来："郑工，我觉得咱们还得往下挖！或者是找到窑洞口进去，咱们得探测到下面是什么样的地质，才能搞明白到底该怎么填！"

其实这是个相当危险的工作。西北的地质土壤不用多说，万一挖开洞口后进去，里面某个地方塌陷了，那就麻烦了。

84

为了保证探测的安全，郑工说："咱们得结合已经收集的资料，现场勘查一下小煤窑的情况，进入采空区进行实地测绘，可以先找周边的老乡或者矿工问问。"

在临近的村庄里，他们找到了一个五十来岁的老乡，那人虽然看着很瘦，但是精神头很足，一看就是干过采煤营生的人。老乡答应了他们的请求，带着他们去找了一个经验非常丰富的矿工，一起去察看小煤窑采空区的情况。

没过多久，众人来到了一个刚开采不久被丢弃的煤窑洞附近，那位矿工指着洞口说："就是这里！"

工程师们都戴上了头灯，穿戴好专用防护设备，由矿工和老乡带领着一起下到了矿井里。

"我带你们进去，万一出什么事，我有经验，"说着那位矿工又叹了口气，"不过现在是冬天，这个矿井比较浅，应该不会有什么事。"

巷道大概有一米宽，高两米左右，有些地方比较窄，必须猫着腰小心通过。黑漆漆的洞里被探照灯照得发亮，头顶上不时有煤灰簌簌落下，封闭的空间内，人的胸口感到一阵阵憋闷。

十几分钟后，众人到了矿井底部。

工程师们开始对矿洞壁进行仔细的观察、测量，半个小时后，他们带回了一些采集样本。重见光明的感觉让所有人胸口的憋闷顿时全消，但是地下的土质让人愁上心头。

在几天的现场调查中，他们了解了本地区生活用煤的大致来源、开采历史、煤层的分布范围、开采深厚度，以及采空区的分布、坍塌、回填、排水、抽水等情况。

会议上，郑工抬起头，看着李铁生："铁生，你怎么想?"

他看出来李铁生想说话，但有点犹豫。李铁生说："我觉得我们修建的线路经过采空区时，可以绕道避让。"

这个想法马上得到另一个工程师的肯定："我也是这么想的！对于已经垮落的小煤窑采空区或者还没有塌陷的采空区，可以用加压灌浆法处理。"

郑工点点头表示同意："没错，对于小煤窑采空区面积较小的区域，可以采用桥梁或桩基跨越通过。不仅如此，小煤窑采空区还要进行加固处理，尤其是煤窑采空巷道埋深 20 米以内的。"

另一个工程师紧接着补充道："我同意，较大的采空区要从内到外进行逐步回填灌浆，先用浆砌片石从底到顶砌满，然后用沙石料或片石回填空洞，这样能彻底加固采空区。"

工程师们算出了一个较为精确的铁路沿线受力影响范围。

李铁生也跟着工程师们计算，但他还是有些算不清楚，毕竟没有实践的积累和更深的理论知识，他越发觉得自己的知识欠缺太多，他所学到的那些，就像煤窑里铲下的几块碎炭一样稀少，所以他觉得在自己的成长道路上，还需要更加的努力。

这不是个小工程。

通过激烈的讨论，方案得到了一致同意。

白天李铁生在工地上一边干活，一边在脑海中思考遇到的新问题：小煤窑采空区线路段的修建，怎样灌浆能够更节省材料、费用呢？他突然想到其实在浆液水灰为1：1的基础上，可以兑入一定量的黄土，这样不仅能节约成本，还能保证路基更加牢固。

想到这些，晚上他又很快来到了工程师们的宿舍。

85

李铁生带着一身的泥土，出现在郑工面前。郑工和几个工程师正在说话，一看到李铁生这般模样，有些吃惊："铁生，你这是怎么了，急匆匆的？"

李铁生喘着气，那张灰扑扑的脸上露出了两排小白牙，笑着说："郑工，我想咱们在进行灌浆工艺的时候，可以将黄土兑进去，不仅可以填充裂缝，而且还能节省整体的费用！"

其他几位工程师抬头看了看铁生，露出了赞许的目光。

"铁生，看来你真是个干工程的好苗子！"一位工程师不禁竖起大拇指。

另一位说："郑工，难怪你看好这小子，以前我总是有点怀疑他的能力，现在才明白，您就是厉害，看人的眼光真准。"

李铁生的脸红了，他挠了挠了头发，黄土渣簌簌地往下掉，笑容也变得腼腆了。

郑工拍了拍李铁生的肩膀："看来你与我们的意见是不谋而合啊！"

"看来你们也想到了？"李铁生问道。

"嗯！这几天我们还进行了试验，黄土与水泥按照1：1~1：10的比例最合适，灌浆终孔前输入压力要达到200~400kpa。"郑工看着眼前的这个小伙子，眼里满是欣赏，"要不，你就跟我们到工程部干吧？"

另一位也说："是啊铁生，别看我们都是科班出身，但是我们都已经大学毕业十多年了，不像你一直在学习新的知识，你的头脑和钻研劲儿，也许能给我们提出很好的建议！"

大家也都邀请李铁生到他们的队伍中。可李铁生紧张地摆摆手："如果你们需要我的话，我随时随地都能帮忙，我只是一个工人，怎么能跟你们一起工作呢？就算我可以加入你们，我也得先跟我们队长打个招呼。"

郑工想了想，说道："这是小事，铁生，你跟我走。"

两人去找了施工队队长杨勇，郑工直接开口说："杨勇，我想跟你商量件事儿，能不能专门把李铁生调到我们那儿用？"

"嗯，只要郑工发话，借个人还不方便？"杨勇说。

郑工摇了摇头："我不是这个意思，我是说把李铁生调到我们工程部工作，让他专门做我们的助理！"

杨勇惊讶地说："这个恐怕得跟段里报批吧？他这个身份，又没有学历，这有点麻烦，得一层一层报批吧……"

郑工皱了皱眉头："现在来不及了，等到我们这个工程结束了，我自然会跟段里报批。现在我们需要这个人才，李铁生不仅仅是个工人，以他所掌握的知识以及他的那股子劲儿，他应当是一个搞技术的好手！"

在这一刻，杨勇愣住了，李铁生更是愣住了。他瞬间觉得眼圈一红，倒不是因为他能够做技术方面的工作，也不是因为他被如此肯定，而是因为看到了机会———一个离梦想更近的机会！

"郑工……"杨勇想了想，"你要是坚持的话，人你就带走，段里报批的事儿我可不负责了，我就是一个队长……"

郑工当即拍板："你放心，我是总工程师，这些我都能搞定！我绝对不会让一个真正的人才被埋没！"

在回去的路上，李铁生走在郑工的身边，他的心里泛起了千层波浪，他激动地对郑工说："谢谢您，郑工。"

郑工拍了拍李铁生的肩膀："你只要安心好好干就行，明天我就向上面申请，我之所以想要重用你，是想让你发挥更大的作用，不浪费你的才华和学到的知识。但是，你可要记住做工人的那份吃苦耐劳的精神不能丢，我们项目上缺的就是这种人啊！"

李铁生的眼泪瞬间流了出来，他吸了吸酸酸的鼻子，郑重地看着郑工："郑工，您放心，为了铁路的建设，让我做什么都行！"

李铁生虽然现在从事的是技术工作，但在做各种实地勘测和试验的时候，也丝毫不含糊。

在进行灌浆处理时，浆体灌注到一定程度之后，便会溢出。郑工故意指着地面上涌出的泥浆问李铁生："铁生，这样是不是就没问题了？"

李铁生说："还不行，需要给地下的空洞一个泄压的时间，也要给那些泥浆一个流入缝隙的时间，然后再来一次，这才算是结束。"

郑工欣慰地点点头，爽朗地大笑了起来："铁生啊，看来我的选择没有错！"

潘龙川河岸附近的小煤窑难题终于得到圆满解决。项目施工过程中，全体参建人员攻克了一个又一个难题，经过两年零九个月的紧张建设，神延铁路提前三个月全线顺利铺通，这是新世纪中国首条铺通的干线铁路。

神延线全线贯通，对沿线的经济和社会发展具有重大意义，还能帮助加快老区的脱贫致富，对我国中西部地区的铁路干线的建设和我国铁路网主骨架的建构有着非常重要的意义。

竣工的这一天，铁路隧道上高高挂起了用绸帐做的条幅，鞭炮在这片荒芜的原野上轰鸣起来，沿线百姓无不欢呼雀跃。

每一位建设者望着已经建成的铁路，流下了激动的泪水。他们听到领导发言里，说到他们修建的不仅仅是西北的铁路，更是黄土高原地区铁路建设的里程碑。李铁生也抹着眼泪，他并不在乎未来他们的名字会不会被载入史册，他只是单纯地喜极而泣。

2002 年，神延线首部列车开通，列车在试运行时，远远传来的列车呼啸声响在耳边，大家的心情非常兴奋。在经过工人们所在的站台时，列车高亢的鸣笛声同大家的掌声融为一体，成为这座高原上最美的旋律。

试运行成功，这条铁路会承载着人们的幸福驶向更远的地方。

李铁生随着郑工等人回到了青城，许多领导早就耳闻了李铁生在神延铁路修建过程中的良好表现，经过讨论后一致决定特聘他为铁路技术员，只要通过审批程序就可以了。

86

李铁生回去后不久，便跟领导请了假，准备回一趟家，审批很快下来了。

距离上一次回家，已经过去几年时间了。这一次，李铁生一路上激动万分，恨不得立刻站在父亲面前告诉他一切高兴的事。

终于下了车，走在了熟悉的路上，李铁生的心怦怦跳个不停。

虽然大部分地区已经开始回暖，但在家乡，这个时节的天气还是很冷。他深刻地感受到银装素裹的冰雪世界和曾经奋斗了几年的风沙地区有着多么大的区别。走在被大雪覆盖的小路上，脚下发出咯吱咯吱的声音，看着呼出的白气融入空气，这一刻他闭上眼睛，家乡那熟悉的气息将他深深地包裹了起来。

那一瞬间，他似乎回到了多年前的某一天，他的手中紧紧地攥着几个鞭炮，在雪地里奔跑，母亲待在他的身后，一脸温柔地看着他。他把鞭炮藏到一个雪窝中，然后点燃，随着那闷闷的鞭炮声响起，雪花飞扬起来，然后他又欢快地跑到坐着轮椅的母亲身边："妈，你看我厉害吗？"

那一幕幕场景，仿佛发生在昨天，他仍然能从家乡的气息中，感受到母亲那慈爱的目光。可是，当他一睁开眼睛，眼前是一片灰色的云，与远处的雪山融为一体，母亲已经不在了。他已经长成了一个二十多岁的大小伙子，不再像童年时需要母亲时时刻刻的关爱，也不能再像童年时可以欢快地围在母亲身边跑来跑去，如今的他已经可以独立渡过人生中一个又一个难关。

只是，当他走过这些难关的时候，当他回到家乡这片土地上的时候，他仍然会下意识地甚至习惯性地想要问："妈，你看我厉害吗？"

在这一刻，他才突然明白：无论他成长成为一个怎样的人，仍然会在心里渴望母亲的鼓励。如今母亲虽已不在，但是他仍然有一种感觉，他是母亲的骄傲。因为他终于通过自己的努力实现了梦想，成了一名铁路建设者，这在自己的家乡，已经算是很好的工作了，只要自己努力，以后会越来越好。

回到家里，屋子里只有他和父亲两个人，父亲还是将所有的灯都点燃了。灶台的火烧得旺旺的，锅里煮着李铁生买回来的菜，有土豆、胡萝卜、白菜、肥三瘦七的大肉片，锅边贴了一圈饼子，热气腾腾的烟火将父子俩包围起来。李铁生拿出在省城买的酒给父亲倒上，他觉得眼睛很辣，泪水在这一刻不由自主地涌出，他的声音变得哽咽："爸，我回来了。"

"回来了好啊！"父亲说。

那天晚上父子俩一直聊到半夜，李铁生将自己从装卸工到巡道工再到铁路施工队的经历一一说给了父亲。

父亲似乎喝醉了，苍老的脸颊上露出了两抹苦涩的红色，眼里却满是笑容："我儿子长大了，进铁路了，有出息了，我支持！"

在家待了一周后，李铁生很快又回到了工作岗位。

他回到单位的前一天，单位领导约见了他。领导早就听说了他在西北修建铁路时的突出表现，感到很惊诧，也很惊喜，这样一个没有学历的农村孩子到底是如何蜕变得如今这样优秀的。

直到再见到李铁生的那一刻，他似乎明白了。眼前的这个小伙子，虽然穿着一身朴素的衣裳，但在他的脸上总能看到一种坚定自若的神情。

领导握了握李铁生的手，那是一双粗大的布满了老茧的手。他难以想象，就是这样一双手曾经在书本上奋笔疾书，也难以想象就是这样一个普普通通的工人在一个个晚上仍然坚持学习……

"你是铁路人的榜样。"领导深情地说。

李铁生人就像平常那样面对别人的夸奖，只露出一个有些腼腆的笑容："我还算不上是什么榜样，我做的还太少太少。"

领导欣赏地看着李铁生说："你的审批已经通过了，从明天起你就是一名正式的铁路技术员了。"

李铁生点了点头："谢谢领导，以后我会加倍努力工作的。"

领导笑了笑："谢我干什么？要谢就谢郑工，是他发现了你这个人才。"

在往后的日子里，李铁生依然在自己的工作岗位上兢兢业业、发光发热，那份炽热的心丝毫没有改变。

87

又到新年，周跃平在值完春运高峰的最后一班后，踏上了返乡的火车。

今天已经是小年了，车厢里的人并不多。

他穿着铁路制服，将帽子抱在怀中，抹开窗户上白白的一层雾气，看着这个熟悉的小站，心中感慨万千。

他已经来这个小站好几年了。从一开始的憋闷、陌生，到熟知小站里的每一个角落，如今已是副站长了。其中的艰辛，非外人可知。

他从小在省城长大，大学又是在北京读的，来到小县城的一个小火车站工作，比之前当工务段技术员还累，做了好一番挣扎后才慢慢适应了。

用他自己的话来说，所有的工作加上生活，可以用两个字来概括，那就是单调。况且，他又是这么年轻的领导，又有几个人服从他的安排？他身上那股文雅的学生气在那些年长的同事眼里就是没男子气概的体现。

但他并不在乎身边的人如何看待他，他认为协助站长干好自己的工作就够了。

有时候他一个人躺在狭小的宿舍里盯着乳白色的天花板，不由得想起了曾经在北京的那段校园时光，那才是他向往的精彩生活，充满了新鲜、刺激，而不是现在这样琐碎而单调的工作。很多次他都在怀疑自己，当初的选择是不是错了？

这一切站长都看在眼中。

临行的前一天，站长从家里带来了一些灶饼和灶糖，还有一些肉菜，与值夜班的周跃平一起热乎乎地提前过了个小年。

周跃平此时正百无聊赖地看着一本书，看到站长带来这么多食物，感激地说道："站长，您还想着我呢。"

五十多岁的站长热情地笑道："你家在省城那边，一个人在这边也冷冷清清的，我就来陪陪你呗！"

周跃平拿起一块灶饼放入口中，灶饼是无须放盐的，味道比较淡，嚼久了，麦香和麦芽糖的味道在口齿留香。

"吃肉！"站长往周跃平的饭盒里夹了一块软烂的炖羊肉。

"谢谢站长。"

吃着饭，站长问："跃平，你觉得这饼好吃吗？"

"好吃。"周跃平不假思索地答道。

站长也拿起一块灶饼说："这张饼虽然看起来很普通，但是想要制作一张饼，需要很多个步骤，你知道有哪些吗？"

周跃平以为站长的意思是说如何制作灶饼，他摇摇头说："不会做。"没想到站长竟然说："你知道麦子是怎么长成的吗？"

周跃平笑道："我没去过农村，不太懂这些。"

站长说首先要翻地，再播种施肥，其间要除草灌溉，再到后面的秋收，还要把麦子脱壳、磨粉，最后才是做成饼。站长将每一个步骤都说得非常详细，周跃平听起来觉得新鲜。

"农民的工作就是这样，年复一年，你觉得是不是和我们现在的工作一样重复而单调？"站长问。

周跃平点点头说："是的。"站长继续说："如果每一年都这样重复的话，是很单调。可是，就是这样单调的、简单的工作让我们这些人填饱了肚子，不用挨饿，给我们源源不断的能量，让我们能有精力去工作和学习。你不觉得这单调而平凡的工作也很有意义吗？"

周跃平是个思维敏捷的人，听到这里已经明白了站长的意思，他略加思索地点点头："是的。"

"我们的工作也很单调，甚至有时候会很累，每天看着火车进站出站，保证站内的铁路设施完备、安全，我们每天在做的事情单调而平凡，我却始终有一种自豪感。你知道为什么吗？"站长眼睛里闪着亮光，看着周跃平。

周跃平摇摇头，站长继续说："因为责任，因为我们在保证着县城十几万人的平安出行，这个工作看似单调，却很伟大。"

这句话让周跃平思忖了很久。

他终于明白了之前父亲将自己调到这个小站的意义。之所以让他从基层做起，从最平凡的工作做起，就是为了培养他的责任心。而他从前，最欠缺的就是这个。

对于学业，他多半时间在糊弄，少数时间才认真学一学，只想混到毕业。对于工作，他抱着一种只要不出差错就算完事的心态去做。

他之所以做什么都提不起劲，是因为缺乏最核心的东西：责任感。站长的话让他第一次开始对责任感这几个字进行深入思考。

春运高峰，人流涌动。每个务工返乡人员的身上都背着厚重的行囊，每个返乡的学子身上都背着书包，他们从千里之外赶回来和家人团聚。如今他也坐上了返乡的列车，他的身份从一名铁路员工，变成了一个坐着火车回家的游子，才切身地体会到这份工作的责任与意义。

回到家的时候，已经是晚上了，家里人都在等着他。推开门，热闹和温馨瞬间将周跃平的身心包围了，一路踏着风雪的疲惫瞬间消散。看着家人们的笑脸，他感到无比幸福。

第一次分别的时候，父子剑拔弩张。中途周跃平回过几次家，父子二人依旧板着脸面对彼此。但是今天，或许是因为年岁大了，性格也变得温和了，周建新先笑了，主动接过周跃平手中的行李，催促道："去洗手，上桌吃饭，大家都等你回来呢！你妈做的都是你爱吃的！"

周跃平点点头，来到了水池边洗手。这一刻，他突然很想哭，他切身体会到了一名铁路人的责任，原来他工作的意义，就是让千千万万的游子能够顺利回家。

他第一次觉得无比骄傲。

过完年，周跃平主动找了周建新。在书房里，他没有急着说过去一年的成绩，而是笑了笑，有些难为情地说："爸，我好像明白了我工作的意义。"

周建新抬头看着周跃平，露出了久违的欣慰的笑容。

"跃平，我为你骄傲！"周建新拍了拍周跃平的肩膀，又说起了一件事，"我听你们领导说你工作很用心，估计过完年你的调令就会下来了，是距离青城比较近的东山站，是一个二等中间站，你过去任站长，这可是内部消息。"

"怎么突然要调任？"周跃平感到很惊讶。

周建新笑了笑，告诉他原因有两个：第一个原因是东山站的老站长就要退休了，确实需要人；还有一个原因是周跃平在站内的工作能力还是值得认可的，同时作为父亲他希望周跃平能离家近一些。

周跃平趁着还没有上班，约了高天琪来家中做客。

分别了许久的两个人如今一见面竟然都有些生疏。高天琪有些害羞地笑了笑。他主动牵起高天琪的手说："天琪，你手好凉……"

高天琪微微低头，脸有些红。

她的心欢快地跳动起来。分别久了，她能敏锐地发现周跃平的变化，那张年轻的脸依然帅气，但是多了一些稳重。

周跃平没有放手："我帮你暖暖。"

高天琪没有回答，一路都没有放手，手心传来的温暖让两颗心越来越近。

"天琪，这一年，我给你的办公室打过几次电话，你能接到的寥寥无几，你知道我有多想你吗？"

"我工作很忙呀。"高天琪说起了她这一年来的工作，不是参与一些工程的勘探试验就是画图纸，忙碌又充实。

"好吧。"周跃平知道高天琪就是个工作狂，不过好在他马上就要调到附近的东山站上班，以后见面的机会就能多一些了。

"其实我以后还想去铁路施工现场的工程上当驻地工程师，去参与修建铁路，现在我也在为这个目标而努力着。"

看着高天琪那亮晶晶的眼睛，周跃平却没有像往常一样什么都支持。

他无法想象施工现场的环境到底有多恶劣，高天琪一个女孩子绝对不能去那种艰苦的地方工作。

只是他知道高天琪的性子，就是一个字：倔。

很快，两人又各自回到了工作岗位上。原本周跃平以为有时间经常回到青城看高天琪，到了那个站才知道，因为老站长退休之前已经力不从心，站里很多工作需要整改，而且站里配套设施不全。站长要对后勤采购的工作拍板，周跃平的工作更忙碌了，几乎没有时间回青城去看高天琪。

在工作中，周跃平需要和不同的人打交道。他的沟通能力和口才在工作中有了用武之地，为站台工作争取到了很多的利益。在例行帮铁路职工采购福利的时候，他发现往年的采购价格过高，于是找了好几家公司进行比价，当机立断选择了一家报价低、物品质量好的公司，职工们反响很好。这次采购福利为站里省下了一笔钱，用省下的一些钱为资料室购买了两台电脑。站里的人员非常喜欢这位新站长。

他更加深刻地体会到了这份工作的价值与意义。

88

时间到了 2005 年。

这些年里，高天琪与李铁生在各自的工作岗位上学习着、进步着，朝着自己的目标不断努力前进。

在工作的闲暇时间，李铁生还函授了土木工程本科。

有了专业的知识，加上本科学历，他已经从技术员晋升为一名助理工程师。

2005 年 6 月，国务院批准某口岸为中蒙双边性常年开放陆路边境口岸。距离该口岸 48 公里处就是蒙古国那林苏海特煤田，矿产资源非常丰富。同年，临策铁路公司成立，临策铁路修建项目获得批复并进入了招投标阶段。

临策铁路一旦建成，将是一条重要的铁路运输通道。

临策铁路的修建，青城铁路局主要负责内蒙古阿拉善盟和巴彦淖尔盟境内的乌兰布和沙漠地带的工程项目。

对于这一段铁路设计与筹备工作，高天琪从毕业到现在一直怀着无比激动的心情，如同烈火一般燃烧着投入工作当中。当她在设计图时，目光落在地图上那一片巨大沙漠地带的瞬间，泪水就模糊了双眼。那片沙漠的中心是她父亲去过的地方，她已经去过了，而她父亲的愿望将由她来完成。

20 世纪 70 年代初，高天琪的父亲高云奉命带人在巴彦淖尔境内的沙漠地带进行勘探作业。这个区域环境恶劣，很少有人到达。

沙漠地带干旱、酷热、缺水，他们每天疲惫不堪。

然而，高云从未退缩过。高云作为整个团队的主心骨，鼓励大家继续做勘测，一直走在队伍的最前面。

　　人的身体机能是有限的，在此之前因为工作高云的身体已经出现了种种健康预警，他来到沙漠地带之后，心里压着一块大石头，那就是尽快完成勘探任务。不幸的是，由于压力过大，他积劳成疾，身体一天天地衰弱了。

　　在一次地质勘探中，高云打头阵，不小心踩到了一片流沙。他意识到危险后的第一句话不是求救，而是告诉身后的人："退后，是流沙！"

　　一旦陷入流沙，单凭自己的力量很难脱身。两个同事匍匐着去拉高云的两只手，就算使足了力气也无法将高云拉上来，反而加快了下陷的速度，他们自身也消耗了大半的体力。

　　就这样僵持了好一会，同事们大喊，让高云尽量用力抬起腿配合他们的营救，但是高云没有发出任何声音。刚开始同事们以为高云睡着了，可呼唤了他几声之后才明白，原来高云昏迷了。

　　后来，同事们全力将他已经用不上力的身体拖了出来，由两个人轮流背着高云往公路边上跑。

　　刚开始的时候高云还安慰同事说："没事，这样你们会很快脱水的，慢慢来，我没事的。"但是跑着跑着，他们发现不对劲儿了。

　　在这样热的天气中，高云的身体竟然开始发凉，有个同事一边喘息着一边探了探高云的鼻子，高云的呼吸已经停止了。

　　高云去世后，青城铁路局暂停了对那片沙漠的勘测。以当时的铁路修筑技术，还难以克服大风与沙漠的障碍。

　　高天琪在几个月前做出了一个决定，她相信以现在的技术，一定可以在沙漠上成功铺设铁路。高天琪不止一次回想父亲在离去之前会是怎样的心情，是会想到她们母女吗？但她觉得，父亲更多想的是一种心愿未完成的遗憾。

　　现在正是施工图的设计阶段，只要设计通过，这项工程就可以启动了。她几个月前主动向院里提出申请，自愿作为项目设计代表，到那片土地上去，想替父亲完成未完成的心愿。

　　当高天琪把这个决定告诉大家的时候，遭到大家一致反对。原因很简单：她是一名女性，那种恶劣的气候条件对她来说，太危险。

院长知道高天琪和周副局长的关系，便将高天琪决定参加现场建设的申请立刻上报给了周建新。

周建新在看到她的申请之后，第一时间把她叫到了办公室。

"你不能去！"周建新用一种命令的口吻告诉高天琪，"我会让他们给你安排别的工作！"

高天琪坚定地说："周叔叔，我这次是一定要去的！"

"我不同意！"周建新迟疑了片刻，他的眼中充满哀伤，"你很清楚，高云，你的父亲是我最好的朋友，就是在那片土地上，恶劣的沙漠环境无情地吞噬了他的生命，我不能也不准许你……"

"周叔叔，不管谁到沙漠都会遇到同样的危险，难道就因为我父亲是在那里遇难的，我就不能去了吗？而且，正是因为这样，我才更想去，也更应该去！"

"你这孩子怎么不听劝呢！"周建新第一次提高了嗓门对高天琪说，"你不听周叔叔的话了吗？你不听领导的话了吗？而且，就算是你想去，以你现在的身体素质，连体检都过不了，你想都别想！这样，你别冲动，先回去好好想想！我先去开会，过几天你不忙了来我家一趟！"

周建新说完便离开了办公室。高天琪站在办公室的门口想追过去，但她停下了脚步。周建新的话倒给她敲响了警钟，那就是她必须先通过体检。

在接下来的日子里，机关单位的食堂中，总能看到一位身材纤瘦的女性在窗口处打上和男人一样多的饭菜，然后坐下来大口大口地吃完。她要让自己的体重长上来，身体素质必须过关。

除此之外，高天琪每天早上都早早地起来跑步，若不跑上个五六公里绝不停下。一开始，她跑一公里已经累得气喘吁吁，在通过不断坚持锻炼后，她跑得越来越远。

眼看着高天琪的身体日渐强壮了起来，周建新就知道她还没死心，只好再一次把她单独叫到办公室。"你还想参与临策线铁路的建设？"他问。

"想，而且我一定要去！周叔叔，这段时间我正在努力锻炼身体，我想我一定可以通过体检……"高天琪说。

"那根本就不是一个女人该去的地方，你知不知道你去了之后将会面临怎样的环境？远比你想象得要艰苦。"

"可我一定要去!"高天琪打断了周建新的话,她的眼圈突然红了,"我是父亲唯一的孩子!我还记得我妈曾经说过,在沙漠上修建铁路,是我爸毕生的心愿!我一定要替他实现这个心愿!"

"可这有可能会搭上你的性命,值得吗?"周建新的眼圈也有些红了,他对高天琪的疼爱有一部分因为她是高云的女儿,他怕高天琪会走上高云的老路。

高天琪说道:"周叔叔,这不仅仅是我父亲的梦想,也是我的梦想!"她又放缓了语气,仿佛自己是周建新的女儿那般撒娇地说:"周叔叔,你就答应我吧!如果错过了这个机会,我会一直活在遗憾中!"

周建新在这一刻突然有种感觉,如果他还继续阻止高天琪的话,那么他就是一个扼杀了一个女孩崇高梦想的罪人。

终于,周建新妥协了:"天琪,如果你非要坚持这么做的话,我只能尊重你的决定。"

高天琪的脸上露出笑容:"太好了,周叔叔!"

周建新的脸色依然凝重,说道:"你要保证,你这段时间好好锻炼身体,也要保证去了现场之后,千万不要逞强,遇到危险先保护好自己,否则就立即回来。"

"我知道了!"高天琪答应道。

经过了严格的体检及岗前培训,高天琪和李铁生(为了更好地与施工过程相结合,李铁生和赵工等人作为借调人员,也一起参与项目的前期勘查设计工作)一起踏上了通往巴彦淖尔的路。

高天琪坐在列车上,望着窗外的风景陷入了沉思。青城到巴彦淖尔的这段铁路高云曾经参与修建过。这段铁路包含着父亲的心血,这让高天琪的心中感到一阵温暖。这份温暖在此后的日子里,将会一直激励着她,给予她面对一切困难的勇气。

89

除了高天琪，还有一个人对这段路程怀着极为特殊的情感，他就是赵文龙，赵工。

望着这片沙漠，他的记忆回到了二十年以前。那时的他还是一个刚从大学毕业的学生，在高云的带领下踏上了这片土地。那时候的他还没有实地工作的经验，雷厉风行的高云队长对他照顾有加，帮他避开了多次危险，高云却牺牲在了这里。

此次临策线的修建，赵工便提出他带领一支队伍先深入那片极干旱的地带，对地质条件最差的沙漠地带进行实地勘测。他们要在不同的地方分别做试验段选段工作，试验结束之后，才能确定在沙漠和戈壁等地带使用的填筑材料。

因为勘探的时间有限，所以近百人的队伍要分成好几个小组分别进行勘探。好多人选择了在风沙小一点、天气相对好一些的地方。而高天琪，作为唯一的女性第一个站了出来，说道："赵工，让我加入去沙漠的队伍吧！"

这一句话顿时让大家感到惊奇，就连李铁生都劝高天琪最好留在戈壁地带，毕竟戈壁地带离水源和补给物资的地方比较近。

大家劝阻高天琪，越到沙漠地带气温越高，风沙越大，越危险，何况高天琪还是个姑娘。但是高天琪不听任何人的劝告，铁了心要去。

唯独赵工没有阻止高天琪，他明白这段勘探工作对高天琪来说有着特殊的意义。于是他对高天琪说："天琪，我同意你加入我的队伍，但你要向我保证，遇到危险的时候千万不要硬上，一定要服从安排！"

高天琪点了点头："我听您的，您就放心吧。"

赵工心里很清楚，他在这个恶劣的环境中又有了一个新的任务，那就是保护高天琪的安全。

李铁生执意要加入这个队伍中，保护天琪姐也是他的责任。

高天琪一边帮李铁生整理工作服的领子，一边对他说："铁生，每个试验组都要有两位专业的技术人员，你有你的责任，我们不要浪费资源和时间。"

李铁生摇摇头："可是，我不放心你。"

高天琪笑着拍了拍自己这段时间才壮实起来的胳膊："我没问题的，放心！"

李铁生犹豫了一会儿说："那你要注意安全，一旦中暑千万别逞强，马上找最近的公路去诊所或者医院，记得水要带充足！"

"没想到你一个大男人心还是挺细的！"

李铁生的脸微微泛红："你是我姐啊！"

高天琪觉得这七八年间，李铁生的那股子憨厚劲儿一点都没有变过，仍然淳朴可爱。她整理好了李铁生的领子，放下手又拍了拍李铁生身上的灰尘："你这人说细心也细心，平常的生活中倒是不修边幅，也该有个人照顾你了，等咱们修完了临策铁路，姐给你介绍个同学或者同事谈个女朋友吧！"

此时的李铁生二十五六岁，除了王小梅以外，还没有谈过一场正儿八经的恋爱，他倒不是不想，因为全部的精力都放在工作和学习上了。如今高天琪说起这个，他的脸更红了。

很快，赵工所在的队伍出发了。

坐上汽车，窗外的景色由一开始还有一些绿色植被，远处是黄色和绿色相接，到了后来就变成了几乎看不到植被的一片土黄色。

第二天凌晨，他们到达了目的地。

以前，高天琪从来都没有体验过极度干旱，当她刚刚顶着还未褪去的星光下车的那一瞬间，便深深地体会到了什么叫极度干旱。

要知道，他们工作的地方，80% 的地段是极度干旱区和沙漠边缘地带，沙害影响区段有 456 公里，占线路总长度的 65%，90% 的区段远离公路，400 公里无人区。这里的夏天，沙漠表面温度高达 70℃；冬天，最低温度甚至超过零下40℃。由于地处沙漠边缘，风沙危害是临策铁路最大的安全问题，大风一刮就是两三天，5 米之内看不见人，两个人走路必须手拉手，否则会走失。

高天琪最真实的感受是，大风直接混着细沙吹打在脸上，所有裸露的肌肤马上就感到一阵紧绷，仿佛空气就是个吸水的海绵，马上就要吸干体内外的所有水分。

下车后，工人们带着物资和材料负责扎帐篷，赵工和高天琪等技术人员则开始了勘探工作。

赵工规划出了一条行进的路线，然后就开始朝此方向进发。随着太阳升起，身上的灼热感更加强烈。此时正值夏季，天气炎热，脚踩在沙地上，有四五十度的温度从沙面透过鞋底传到脚底，仿佛走在火炉上一样。越热越不能脱下外套，因为那样，更容易脱水和晒伤。

汗水一直往外流，刚把身上的外套浸湿，马上就被烤得干干的。他们要忍受沙漠特有的蚊虫袭扰，由于蚊虫过多，每个人脸上都包了纱巾。

高天琪一边工作，一边承受着这种身体的痛苦。但是她有种莫名的亲切感，因为当她踩着这片沙漠工作的时候，能感受到和父亲当年一样的感觉。

赵工时不时地回头看着高天琪，问她还能不能坚持，她每次都是微笑着点头："没问题！"

父亲能够坚持，她有什么不能？

90

在东山站工作一年多，又在青铁局改制前被调入青铁局工程处工作了一年的周跃平，收到了正式的调任通知。

此时的周建新彻底明白周跃平还真的不是搞技术的那块料，用几年的时间发掘出周跃平的优势来，倒也值得。周建新便托人把他调任到施工单位，领导通过分析周跃平的长处，决定让其担任物资部长，专门负责中铁局青城公司的物资采购和管控。

回到青城的第一时间，周跃平便伸长了脖子寻找高天琪的踪影。调任的消息他之前故意没通知高天琪，就是为了给高天琪一个惊喜！可是他看来看去没有找到高天琪，来到高天琪的办公室一问才知道高天琪竟然去临策线工作了。

他带着几分怒气来到周建新的办公室里："爸……"

周建新看着周跃平说："这是工作时间，你要叫我周副局长。"

周跃平说："周副局长，天琪去临策线工作了，你让她去的吗？"

周建新看到周跃平怒气冲冲的，便知道他就是为了这个来找他的，说道："孩子，你要知道天琪那个性子，而且她也想替你高叔叔完成未完成的梦想，我们不能拦着她，虽然我也不忍心。"

"可是，你应该告诉我一声！"周跃平的拳头紧紧地握着，"你应该了解天琪的身体，她根本就不适应……"

"告诉你，恐怕你又要回来阻拦她，可是你又拦不住，难道我要看着你们这两个孩子为此吵起来？"周建新叹口气。

周跃平了解高天琪那倔强的性格，想到周建新或许也是无可奈何，便没说什么。周跃平迟疑了一会儿，终于说："现在临策线项目的物资输送，尤其是水资源的输送是个大问题，我想申请去支援临策线项目的采购任务，眼下他们那边正需要人呢。"

"你知道那里有多危险和艰苦吗，你从小就没吃过苦，你去那边能受得了吗？"每个父亲都是自私的，周建新并不想让周跃平去那么艰苦且恶劣的地方，更何况这个项目还不知道要多久才能完成。

"爸，我知道那边环境比较艰苦和恶劣，可是天琪都去了，我为什么就不能去呢？况且我到那边之后还可以照顾天琪，您也知道天琪一个女孩子，去那边的都是一群大老爷们，不能很好地照顾她，而我去就刚刚好，我去之后也可以发挥我的优势为项目做好物资支持。"周跃平恳求道。

周建新本来还想劝劝周跃平，可看到他眼睛里和当初高天琪申请去临策线时一样的神色便只能无奈地点头，所有父母在面对自己的孩子时都有私心，周建新也是一样，他明白临策线沿线的诸多危险和艰苦，但是一想到就连高天琪那样一个女性都能在现场工作，周跃平又有什么不能？"你到那边之后一定要小心，保证自己的安全才能去保护天琪。"他提醒。"好的，爸，我一定会保证天琪和自己的安全的。"周跃平一想到高天琪在工地上，就想快一点见到高天琪。

与此同时，经过几天时间的勘探，赵工和高天琪确定了试验段土场的位置。那是一片较为平坦的沙地，方便土方和材料的运输，因为时间问题，压路机和运输材料的车队及骆驼队需要等几天才能到。

高天琪和赵工决定从明天起开始工作。

晚上就先在帐篷中睡觉。高天琪并没有马上休息，而是拿起笔和稿纸在项目任务书上标注出以前没有注意到的地点，将实际的环境和施工难度做了新的考量。高天琪不禁有些感慨，在没有实地勘探前所有的想法都是不切实际的，之前只是听说这边比较艰苦，到这边之后才能感受到到底有多艰苦……前半夜帐篷外非常安静，安静得能清楚地听到隔壁帐篷的打呼噜声。后半夜便刮起了风沙，沙子打在帐篷厚实的布料上发出噼里啪啦的声音，伴随着一阵又一阵的大风，呼呼的风声也在高低起伏着，仿佛猛兽发出的声音。

高天琪缩在睡袋里，睁大眼睛，盯着外面，她是个女孩子，怎么可能会不怕？

就算再怕，但只要想到父亲的梦想依旧在这条路上前行着，就觉得浑身温暖了起来，心中有光就不惧黑暗。渐渐地，高天琪迷迷糊糊睡着了。她想帐篷外的风是大了些，等到第二天风停了就好了。

可是早上起来，一出帐篷，眼前的景象还是让她无比震惊。

铺天盖地的黄沙，几乎将帐篷全部染成土黄色，这么大的沙尘暴，她还是第一次见到。说是伸手不见五指算是夸张，但是能见度也绝对不超过三五米。

赵工等人也钻出了帐篷，一群人看着这片土黄色的天，都露出了愁容。

眼下的情况别提准备工作了，就算是人出行都必须要手牵手才不至于迷路，而这样的能见度，运送材料的车根本过不来。

更棘手的事情并非这些，而是他们的物资。

因为距离第一次运送物资已经过去了一周，原定第二批物资会在今天送达，但是现在看来一定会受到影响。

眼下他们的水维持不了几天，如果沙尘暴继续刮个三天，那整个团队的用水就会非常紧张，如果运送物资的车队再出什么意外，他们还有可能会在这样的高温天气中缺水四五天。

赵工在帐篷外面点燃一支烟，看了一眼身边的高天琪，想起当年高云的牺牲，心里懊悔不已。

早知道会有如此恶劣的情况，他当初就不该答应高天琪一起深入沙漠。但是眼下，既然来了也毫无办法。抽完了烟，他回到了帐篷，把自己背包里的水悄悄地倒进了高天琪背包里的瓶子中。无论如何，他绝不能让高云的女儿再像高云一样在他的面前出事，这一幕却刚好被高天琪看在眼里。

半夜，高天琪拿着没有信号的手机，打开手机手电筒用亮光照亮背包，拿出自己的水瓶，准备再倒回赵工的水瓶里。

但是赵工根本没睡，他按住高天琪的手："天琪，你留着。"

沙漠里，水就是生命。赵工这是将生命的希望留给了高天琪，高天琪怎么能同意？"赵叔叔，我喝了你的水，你怎么办？"

只见赵工缓慢起身，长叹了一口气："天琪，你知道这些年我有多么自责吗？当年我没有救出你父亲，现在我绝不能眼睁睁地看着你出事啊！"

高天琪这时才突然感到她太任性了。为了完成父亲的梦想，一定要到最艰苦的沙漠边缘来，却给别人造成了困扰。"对不起，赵叔叔，也许我不该来……"

赵工却摇摇头："我理解你的心情。不过你也不必这样想，既然已经来了就该做好自己想做的事。"

一番争执下来，高天琪最后还是把水还给了赵工。

91

周跃平坐着汽车带着物资来到了火车站附近，在接近这个项目的大部队的时候，又换成了数百只骆驼进入沙漠。此时此刻，他的心情是激动的，即使天气炎热干燥，想着马上就能见到高天琪了，踩在沙子中的脚步也显得无比轻松。

这样恶劣的环境，高天琪一个女孩子怎么受得了？

他已经提前联系好了工程上负责后勤的工作人员，确定了驻扎的位置。骆驼队走了很长一段路后，远远地望过去，可以看到扎好的帐篷。

他一边拉着骆驼一边想象着高天琪在见到他的时候会是什么样的表情，是惊讶，还是激动？可是，当他到了之后，正准备找高天琪时才发现，在这里驻扎的人并不多。

工人们开始卸货，而他则急匆匆地找到了一位工程师问道："其他人呢？你知道高天琪在哪里吗？"

这位工程师告诉周跃平，他们为了节省时间，分散成几队分别去找各自的里程段，高天琪和一队人在离驻扎地好几公里的地方做勘探试验。

周跃平在来之前就听说这边第一次运送来的物资紧缺，马上问："那他们的物资还够不够？现在还剩多少？"

这位工程师的脸上满是愁容，他指了指北方的天边："部长，您看看那边，天空是一片土黄，那里正在刮沙尘暴。早在几天前他们那边就已经说物资不够了，尤其是缺水。可是，这边连一条像样的路都没有，全都是沙子，我们纵然想送物资过去，根本找不到啊！"

周跃平的视线落在了远处的天边，这一刻他的心情由激动变成了深深的担忧，他来不及想太多，接着问："有没有地图？"

这时，跟他一起来的还有后勤部的科员，问："部长，你现在就要去？"

"嗯！"周跃平一边看着地图一边问那边驻扎地的情况。

谁都不赞成他现在进入沙尘暴中去冒险，可是，他一想到高天琪在那样极度干旱地带正在等待着物资的救援，一颗心就好像在火上炙烤着一般……

"你就算现在去了也得迷路！"这位工程师摇摇头，"我们已经尝试过两次带着骆驼进去，都以失败告终。说是下午沙尘暴就会减小，我们到时候再去也不迟……"

周跃平只好煎熬着等到下午，终于等到沙尘暴小了很多，能见度越来越高，便让人将一下午收拾好的部分物资架到骆驼背上出发。

另一边，在沙漠的边缘，前几天还在帐篷里高谈阔论着如何克服沙漠地质修建铁路的工程师们此时也都沉默了，因为沉默是保持体力的最好方法。

每个人的身上都已经出现了脱水导致的电解质紊乱的症状，浑身的肌肉酸痛，疲乏无力。高天琪抱着膝盖坐着，她第一次感受到，原来死亡竟然离自己这样近，当年父亲在陷入流沙时是否也是这样的感觉呢？

在昏昏欲睡中，她的脑海中出现了很多人的脸，母亲，周叔叔，李铁生……

最后定格在周跃平的脸上。此时此刻，她突然好想见到周跃平，她觉得有好多的话想说，现在的她终于知道，这个一直陪伴她的男孩对她有多重要，但是她不知道是否还有机会告诉他。

过去几天里，大家的水也快喝完了，若是再喝不到水，恐怕更是挨不到物资运到的时候了，赵工觉得不能再这样坐以待毙，他们现在必须往驻扎地走。

正当赵工准备安排人找水的时候，远处，传来了驼铃的声音，运送物资的骆驼队终于来了。

所有人的眼睛都亮了起来，走出帐篷对着骆驼队挥手。

高天琪也来到了外面，就在骆驼队越来越近的时候，她竟然看见了周跃平。

她觉得自己一定是渴得出现了幻觉，是因为她刚刚就在想周跃平的缘故。那个人朝着她大步跑了过来，她闭上眼睛揉了揉，视线黑下去，她觉得这一定是个梦……

"天琪……"

这个声音是那么真实，周跃平飞奔而来，将高天琪抱进了帐篷中。他的手一接触到高天琪的皮肤，发现已经发起烧来，这是长时间缺水的缘故。

"拿水！拿水！"他的目光注视着高天琪因为脱水而两腮干瘪发红的脸，接过了也不知是谁拿来的水，他马上小心翼翼地将水洒在高天琪的身上、脸上，这里没有能够急救的措施，只能用这种办法降温。

也不知过了多久，高天琪感觉自己仿佛走在一条深深的隧道里，她在想这条隧道应该是铁路隧道，可为什么脚下没有钢轨呢？这么想着，脚下便飞速生长出两条钢轨来，她迷茫地摸了摸钢轨又继续往前走。这条隧道深得似乎没有尽头，无论她怎么走都走不到头。她开始惧怕这条隧道中的黑暗，绝望深深地包围着她，令她几乎辨不清方向。而这时，一个熟悉的声音传来，那个声音在呼喊着她的名字，她循着声音跑过去，隧道的尽头终于出现了丝丝亮光……

看到高天琪的眼皮微微颤抖，周跃平一颗悬着的心终于落下，要知道在沙漠地带，人一旦晕倒很有可能就再也醒不过来了！

"天琪……天琪……"周跃平刚开始是温柔地呼唤着高天琪，高天琪却迟迟醒不过来，他撕心裂肺地大喊，他人生中第一次这样恐惧。

终于，高天琪清醒了过来，周跃平激动得浑身的血液仿佛都沸腾了，他马上将水喂到了高天琪的口中。

这一刻，清冽甘甜的水将她的口腔灌满，求生的本能使她大口大口地喝水。从前她总觉得水这种东西无味而又平淡，是一种再平常不过的东西，但是此时她才感觉到，水是多么的珍贵。

92

看到高天琪就要将一整瓶水都喝光了，赵工一把抢过了水瓶："不能再这么喝下去了，喝太多反而会很危险！"

几分钟后，她的意识清醒了过来，她几乎是在死亡边缘上兜了个圈。她感觉自己的手热热的，似乎正在被紧紧地握着，眼前的视线逐渐由模糊变得清晰……

一瞬间的迟疑，让连日以来因为脱水而头晕目眩的高天琪以为她还在梦里。

所以当梦里出现周跃平的脸时，她并不觉得奇怪。她反而努力地抬起手摸了摸周跃平的脸，在硬硬的胡碴刺痛她手的那一刻，她才明白这不是梦，周跃平真的来了。

当一种温暖一直围绕在身边的时候，或许并不会觉得有什么，就好像是水，等到真的完全失去，才知道原来是生命中必不可缺的东西。

刚刚在生死边缘走了一圈的高天琪格外珍惜现在的时光，她轻轻地捧着周跃平的脸，任凭那硬扎扎的胡碴掠过手掌："跃平，我好怕我见不到你了……"

周跃平的身体突然僵硬了一下，他怎么都没想到高天琪竟然会对他这么说，而且从高天琪的眼神中，他看到了一抹从未见过的欢欣。

"我这不是来了吗？"周跃平想都没想，也顾不上身边有那么多人，他紧紧地将高天琪拥入怀中，他的脸贴着高天琪的耳边，高天琪也用力地抱着这个在梦里到现实里一直陪伴着她的男孩……

这时，周围突然响起了一阵掌声，由赵工带头，其他同事也跟着拍了起来，这是他们给这段美好爱情送来的祝福与赞歌。

高天琪的目光这才转向周围，她刚才眼睛里全都是周跃平，竟没发现帐篷里已经站满了人。

刚刚才降温的脸颊又红了起来，她猛地想把周跃平推开，可是周跃平的力气太大了，让她怎么推也推不开，到最后她也只能害羞地把脸深深地埋在周跃平的肩头。

等到大家都识趣地离开，给这对恋人单独说话的空间，她才感到自己的脖颈一片潮湿，接着她听到周跃平那带着哽咽的声音："天琪，你吓死我了，担心死我了，我真的好害怕会失去你，我刚刚在想，如果你出事了的话，我该怎么活下去……"

高天琪的眼睛也湿润了，她抬起手轻轻地在周跃平的背上拍了拍："我不是没事了吗？"

两个人没有再说什么，所有的话都在这一个拥抱中传达到彼此心中最深的地方去。

"你怎么来了？"高天琪喝了水，头脑清爽了不少，这才开始疑惑周跃平为什么会出现在这里。

"我申请调到咱们项目筹备组了。"周跃平告诉高天琪他的工作调动，他此行就是来给施工队送物资的。

"那以后咱们就能在一起工作了？"高天琪脸上流露出惊喜。

"是啊！以后咱俩也不必被思念折磨了。"

高天琪的脸一下子就红了，还是从前一样的傲娇："我可没觉得折磨！要折磨也是你自己的事！"

周跃平连着两天都没怎么睡觉，疲惫的眼里写满了笑意："好好好，你不想我，是我自己受折磨。"只要现在高天琪脱离危险了，他随高天琪怎么说都行。

可是高天琪又不乐意了："谁说我不想你？我只是不像你那么儿女情长罢了。"

周跃平本来是心疼，但是这会儿却变成了责怪："是是是，你有着大事业心呢！一心想着修铁路，一个女孩子家家的就敢往这炼丹炉一样的地方跑！给我连个招呼都不打。"

"你……"

周跃平枕着背包躺了下来："我看你是一点都没把我放在心上，不过我可没怪你啊，你敬业嘛，我还得向你学习呢！我们的大工程师！"

最后这三个字说得有点阴阳怪气。高天琪现在可没力气哄这个多愁善感的大男孩，干脆直接在周跃平接近耳朵边的那一块脸颊上亲了一下。

小鸡啄米般的轻吻，顿时堵住了周跃平滔滔不绝的唠叨，所有的抱怨被抛到了九霄云外，他久久地回味着刚才这个吻。

高天琪有点害羞地转过头去："你带吃的来没有，我都快饿死了！"

"带了，给你带了你最喜欢的小点心！"周跃平愣了一下迅速从背包里掏出一个纸袋，拿出了一个绿豆饼递给了高天琪，一副认真模样，"这个是我专门给你带的，就一包，你自己吃，就别分了！"

高天琪满足地咬了一口，嘴里甜甜蜜蜜，脸上却没好气："瞅你那点小肚量吧！"

众人卸完物资后，天色已晚，周跃平和其他一些物资运送人员只能先暂时留下来。夜晚，风沙也渐渐小了下来。

坐在高天琪的身边，听着她均匀的呼吸声，周跃平的心里不免泛起感慨，上一次这么并肩在一起还是二十多年前。不过听到帐篷内此起彼伏的呼噜、磨牙声，什么浪漫的感慨也都淹没在这些声音里了，直到很晚了周跃平才依依不舍地回到自己的帐篷内休息。

第二天一早周跃平就出发了，即使心中有万般不舍，但他的任务是运送完物资之后就要立刻回去继续给其他的驻地运送物资。

随着前期工作顺利进行，整段线路的设计工作也随着批复圆满地告一段落，中铁局青城公司如愿地中标其中的一个标段。作为中标单位，中铁局青城公司第一时间加快进程，一个月便建好了项目驻地。高天琪作为设计的驻地代表，也留在了工程上，主要职责是盯控施工单位遵照图纸进行施工以及优化施工方案和设计变更工作。

接下来的日子，项目部继续土工试验。地表都是风积沙，风积沙的黏聚力非常小，其中内摩擦力在干燥的环境下无限趋近于零，如果含水量较高将会呈现出假黏聚力的特点，如果控制好风积沙路段的含水率，采用履带式碾压机具碾压，然后用双驱压路机静压一遍，使路面密实平整，后续只需确保将风积沙路段的含水率控制在 4.0%~4.5% 即可，但现有的风积沙结构松散，缺乏足够的抗剪程度，只能先从外面购买黏土才能进行实验。

第二次运送物资的时候，周跃平还给项目部帮忙，与黏土卖方谈定价格，安排运送路线，帮工人分工。他似乎有这方面的天赋，总能把每个人都安排到最合适的岗位上。

93

赵工看到后，不住地夸奖道："不愧是物资部长，虽然年轻，但是干练！我一直觉得挺奇怪的，怎么你一指挥，效率就上去了呢？"

周跃平笑了笑，递给了赵工一支烟。他穿着一身透气效果极佳的棉麻衣裤，颜色清亮，在这灰头土脸的人群里格外显眼。

从前高天琪看久了不觉得周跃平帅，但是这么一对比，莫名还有点怦然心动的感觉。

周跃平说道："在你们心里，工人都差不多，干的工作都是最基础的，你们大概只能分出来肯干的和爱偷懒的。但是，我不这么认为，我认为大家都爱偷懒，有的人喜欢蛮干，那就是属于在头脑上偷懒，有的人喜欢耍滑，那就是喜欢在体力上偷懒。根据这个特性让他们去干合适的工作，他们干自己觉得不吃力的工作，自然效率高。"

赵工夹着烟，叹了一声："你说了恐怕我也不会，在施工的时候，都是工头处理这些，不过，你说的话还是挺有道理的。"说着，赵工还打量了一下周跃平，"我看你就是典型的头脑上不偷懒的人。"

周跃平略有些尴尬，赵工说话是够直的，但他仍笑道："人嘛，在各自的岗位上各司其职，不过你们这些人是最让我敬佩的，头脑和身体都不偷懒。这工程可不是一般人能扛下来的，太辛苦了！我看着你们都心疼。"

赵工活了四十几岁，什么人没见过，便说："你没事心疼我们这些大老爷们

264

干什么，我看你是心疼你女朋友吧？"

周跃平憨憨地笑了笑，算是默认。

过了二十来天，物资车再次来到施工地点时，所有分段试验的人员都回到了起点，准备开始修筑路基了。

周跃平次日又要带着骆驼队离开了。晚上，他拉着高天琪来到了外面。

戈壁滩上的夜晚格外宁静，除去风声还是风声，月光之下，皆是苍凉。而这支巨大的队伍就是要在这样人迹罕至的地方，用上几年的时间修出一条路来。

"跃平……"

"天琪……"

两人同时开口了，以往这个时候周跃平都会让着高天琪，但是这一次他抢先说："天琪，要不你回院里吧，我觉得设计代表不适合你……"

"不可能。"高天琪回答的比周跃平说的还快。

两个人僵持了一下，周跃平指着那片荒芜的土地说："你一个女孩子在这种地方待上三年五年的，太艰苦了！"

高天琪点点头："我知道，但是为了我的梦想，我……"

"光工程技术人员就有几百人，顶尖的工程师也有好几十人，你没必要留下来！你就算是回去了，也不会耽误这个工程多少进度！"周跃平有些急躁地说，他这时候做不到心平气和讲道理，他只要想起高天琪晕倒时的那个场景，就后怕。

"这是我的梦想，如果不能实现，我会后悔一辈子的。"

周跃平看着高天琪那执拗的眼神，知道她那股子犟脾气又来了："我不忍心你受苦啊！"

"可是为了让你放心，让我放弃我的梦想，我做不到！"高天琪说。

周跃平叹了口气："这么多年来，你还是一点没变，从来都不在乎我的感受！"

高天琪避开周跃平的眼神，独自向前走："对不起。"

"高天琪，你爱我吗？"

这句话让高天琪的脚步顿住了，周跃平第一次用如此逼迫的语气道："认真回答我！"

高天琪没有回答，任凭周跃平怎么问都保持着令人焦躁的沉默。

周跃平自顾自地说："是啊，在你的心里事业比一切都重要。"他追上来，握住高天琪的肩膀说："你当然忍心让我一直为你担惊受怕，让我忍受思念，反正我的感受你一点也不在乎！"

风吹来，荒芜的大地上沙鸣声阵阵，高天琪目光里带着一种不近人情的残忍："你都已经快三十岁了，该成家了，凭你的条件找一个比我漂亮、比我优秀的姑娘很容易，你没必要天天为了我担惊受怕，忍受寂寞！"

周跃平知道高天琪理智，但是没想到这样理智，竟然轻易置他们这么多年的感情于不顾，他气急了甩开手转身就走，一边迈开步伐一边回头大喊："好，我就照你说的做，回家我就去相亲，你满意了？"

高天琪站在原地没有动，泪水已经被风吹落，洒落在脚下的沙漠中。

周跃平气呼呼地走了几步，但是把高天琪一个人扔在外面他做不到，便又折返回去，抓起高天琪的手就要走，却看到了高天琪眼角的泪。

一瞬间，所有的愤怒、责怪都消失了，他的声音突然哽咽了："我等你，几年，几辈子我都等，我就是这么没出息，不管你爱不爱我，我这辈子就是爱你，认定你了！"

这一刻，两个人的目光一同模糊了。

"我很喜欢你，但是否是爱，我还不能确定。"高天琪目光坚定，周跃平的决心给了她巨大的勇气。

"天琪……"即便是这样，周跃平也已经足够感动。

"谢谢你愿意等我，愿意为了铁路建设做出这么大的牺牲！"高天琪看着他。

此时此刻，再多的话语都无法表达周跃平心中的喜悦，两个人紧紧地拥抱在了一起。

94

在沙漠上修铁路，能够从实践中得来的经验并不多。临策铁路项目部驻地环境十分恶劣，在项目部所管的 131 公里的战线上，跨越 2 个盟、市，途经 5 个旗（县、区），7 个苏木，28 个嘎查（村），大部分施工工地无水、无电、无信号，分布在沙漠戈壁不适合人类居住的地方，极限气温高达 44.8℃，最大冻土厚度为 163 厘米。即使面对这样艰苦的工作环境，也没有一个人因此抱怨或退缩。

高天琪与刚从学校毕业的技术部员工每天挑灯夜战，绘图、审图，对每一个关键点都进行详细的设计，还要整理资料；几个年轻的测量工一去就是几天，脸晒黑了，人也跑瘦了。

项目部的员工在艰苦的环境中表现出坚强的毅力，在冰天雪地里，在百里无人家的沙漠戈壁里奋力拼搏，战严寒、斗风沙，挑战极限。

临策线的施工工作在这片沙漠里如火如荼地进行着，在沙漠里铺路基，或是在路面崎岖的戈壁滩架桥梁，都不是容易的事。只能一边从先前包兰铁路的建设经验中获取方法，一边在新环境中摸索。

此地属于风积沙路段，在 0~1.5 范围内的含水量不超过 1%，与最佳含水率差了 5 个百分点，即使夯实路基，也达不到 90% 以上的密度。

在进行选段试验的时候，用水量还不大。眼下，在实际的路基工程实施过程中，用水量比原先计划的要大，再加上难以预测的风沙天气，给施工增加了许多难度，还好有驻扎的设计人员和有经验的工程师及时指导才确保了工程的正常推进。

李铁生回想起参与过风沙地带神延线的修建过程，想从中寻找一些可用的经验，但是神延线沿线都是黄土，至少还具有一定的黏性，而这里的土质真的是一盘散沙。

李铁生随手抓起一把土，放下之后，手上连一粒沙子都不沾。

这时，高天琪从远处跟上来，手里拿着刚刚测量出的数据："铁生，还是不行，密度达不到。"

李铁生点点头，他那张年轻的脸上泛起愁容："问题是，如果在这里开始建造桥梁，恐怕在运水问题和经费支出上……"

"是啊，我也没有想到咱们这个地方运水这么难。"

在晚上的探讨会上，李铁生提出一个全新的观点："赵工，天琪姐，或许我们可以在时间上做做文章！"

"你说说看？"赵工道。

"首先是闷料，这个用水是最多的，我们虽然已经缩短了运输的距离，但不能忽略蒸发导致的水分流失，所以还要用单独的倒运设备和搅拌设备，才能让暴露面积达到最小。我想可能不必这么麻烦，只要咱们把一部分工作放到夜间。"

赵工想了想，似乎明白了李铁生的意思，他点点头，让李铁生继续将他的观点阐述清楚。

"我想我们不事先闷料，而是将填料在路基上摊平，在太阳下山之后再洒水，等水完全渗透了之后再碾压，在第二天太阳升起之前完成初压！"

高天琪一愣，她是想着多运输一些水过来，但是李铁生想在有限的条件内改变方法。

"你这个想法不错，我想我们可以先试试，然后测量一下压完之后的含水量和密度！"赵工不由得对李铁生竖起大拇指，"真是长江后浪推前浪，青出于蓝而胜于蓝，你的想法确实不错！咱们这个地方，太阳出来后的水蒸发量，确实不能忽视！"

李铁生的提议也得到了其他技术人员的认同。

此时的李铁生已经是中铁局青城公司直属五项目部工程技术部工程师，但他仍然保持着谦虚的态度："还没进行试验呢，也不知道行不行。"

"行，咱们明天晚上就进行试验！"赵工赞赏地看着李铁生，不住地点头，"我从前听郑工说起过你，听说你是工人出身，之前我一直都认为你的能力可能较差一些，但是没想到你确实出色！"

李铁生被这一夸脸都红了："并没有，我只是幸运得到了一些机会而已。"

高天琪却不这么认为。毕竟，李铁生与自己这样顺利学到知识的人不同，他所有的铁路方面的知识几乎都是自学所得，没有老师教，所以，学来的知识更加扎实，且能活学活用。

次日，两种闷料的方式一起进行。夜间，工人们戴着头灯开始洒水作业，李铁生为了能够精确地掌握每平方米的洒水量，也和工人一同作业。

在第三天早上的初压过后，测量的结果就出来了。

一位技术人员激动地将他计算出的结果摊在桌面上："看，含水量竟然高出了 0.3 个百分点！经过测量，密度已经达到了 93%！"

这一刻，好像是希望的火种被点燃了一样，所有人都欢呼了起来。李铁生这样内敛的人也显得很激动："太好了，已经接近合格了，只要我们再试验两次，就能够得到一个精确的结果。"

95

在用水量得到进一步提升的基础上，施工队采用了水平分层填筑等方式，进一步提高了效率。

俗话说："办法总比困难多。"可是在这样极端恶劣的环境下，困难层出不穷。

汛期结束了，能够运来的水，也大大减少了，眼下工程的进度明显有些慢了。但是总不能一到了干旱季节就休工，除了夏季的两个月，一年有十个月都不是汛期，这么下去，猴年马月也修不完。

更加让人头疼的是，随着秋冬季节的到来，沙漠变得更加干燥，测出来的含水量几乎可以忽略不计。

修建铁路最大的难点是解决风沙的问题，因为这才是铁路能否修建成功的关键。

在项目部的建议下，工人们在沿线栽植了梭梭、柠条、沙棘等耐旱沙生植物，而对于无法种植的地段，边坡采用碎石土包坡防护，平面则采用了碎石方格、挡沙沟堤、阻沙栅栏及刺铁丝网防护等工程措施。为防止流沙掩埋铁路，施工队还在流沙严重的地段设置了两段防沙明洞，明洞每 200 米处设置了 1 处竖井。为了解决列车内燃机的通风问题，洞内还设置了照明插座，供养护维修使用。

休息的时候，李铁生和高天琪拿出干硬的面包和冷馒头，就着咸菜、火腿肠，边吃边说。

"我在想就不能把沙子变成一个固体吗？除了水，还有什么方法能让沙子变成固体呢？"李铁生说道。

高天琪若有所思地说："这个想法简直是天方夜谭，除了水，上哪儿去找可以固沙的黏合剂？"

"有！"高天琪突然说，"摩擦力！"

"摩擦力？"李铁生没明白高天琪的意思。

"如果沙子之间的压力足够大的话，那么挤在一起产生的摩擦力就会让每一粒沙子产生互相作用的力，互相牵制，铁生，你明白我说的意思吗？"

李铁生说："可是，就算是压力再大，也无法把沙子之间的缝隙填满呀！除非碾成碎末，但是那样就没办法把沙子凝结在一起了。"

高天琪急着把这个方案付诸实践，马上就往工程师用来开会的帐篷那边走，一边走一边笑盈盈地说："振动。"

仅仅两个字，李铁生恍然大悟，明白了其中的玄机，用压力去压虽然达不到，但是如果一边振动一边压，那么振动波会引起沙子的振动，然后振到更小的缝隙中，这样就压实了。"懂了！"他说。

"到现在用这个方法施工的经验不多，还记得你去神延线的时候吗？是那个时候我偶尔听说赤峰那边修公路路基时使用的方法，叫作风积沙夹层干压施工法。能不能用在铁路上，咱们还得试验了再说。"高天琪补充道。

说着，两个人来到了办公室，赵工等人正在纸上计算着什么，草纸摆了一桌子，有的还被揉成了一团。

"赵工，你可考虑过干压施工？"高天琪一进门就问。

赵工一抬头，眼睛亮了一下，他摸着胡子拉碴的下巴沉思了片刻："这个曾经用作公路的路基工艺方法，能不能经受住铁路的压力呢？"

实践是检验真理的唯一标准，想要知道行不行，唯有实验。

首先是要大体估量出大部分沙子的直径，这个还算容易，都属 0.05~0.5 毫米的范围内，然后要用公式来计算出沙粒的细度模数。

得出结论是：所有的沙子几乎都是细沙，表面积很大；沙子的粘粒含量很少，表面活性很低，无塑性，且内聚力基本为 0，松散性强，水稳性好；不均匀系数小，表明沙颗粒很均匀，分选性好，级配不良。

然后就是沙子的含水量分析，人为控制含水量进行压实实验。

在李铁生的印象中，水是能够成形的关键，就像是之前填料，也是需要水的。但是几组含水量不同的实验做下来，沙子的含水量最接近于 0 的那一组，反而获得了最大的干密度。

高天琪给他解释道："水会在沙子的表面形成薄膜水、毛细水，这些反而会对压实产生不利影响，沙子凝聚在一起产生阻力，在进行振动的时候使沙子无法很好地进行位移排列，就无法形成摩擦力了。"

"原来是这个原理。"

接下来的实验就是确定振动的时长，振动的时间与沙子的干压密度有着密不可分的联系，随着振动时间的增加，沙子的密度开始增加，达到了顶峰之后，时间的增加会让密度下降。

通过几次精确的计算测量，工程师将振动的时间确定在了四分三十秒，干压密度达到了铁路路基的合格数值。

干压工作正式开始实施，在这一片沙粒颗粒极小的风积沙地带，效果极佳。

96

在沙漠地带作业，最常遇到的就是沙尘暴。平均每年八级大风要持续六十多天，运送物资的汽车刚走过的路，在返回途中已无迹可循，开车陷入沙窝的事常有发生。

遇到遮天蔽日的沙尘暴时，能见度不足 5 米。技术人员一遇到这种情况，就会迅速脱下衣服包住仪器，趴在地上，还要时不时地蠕动身体，否则就会被风沙掩埋。

由于工程项目稳步推进，铁路局作为业主单位，特意邀请了参与临策线铁路修建的施工单位代表们回家，食堂摆上了好饭好菜，为他们接风洗尘。

这大半年来，极度干旱地带的艰苦工作，在每一个人的脸上都留下了痕迹。在那些早就饱经沧桑的高级工程师身上还不算明显，毕竟，他们的脸已经被风沙侵蚀得苍老。在高天琪和李铁生这样的小辈工程师的脸上，痕迹格外明显，脸晒黑了，人累瘦了。

周建新作为分管局内工程项目的领导，首先举杯欢迎工程师们回家："这半年来你们历尽艰辛，也曾有过生命危险，在那样有限的条件下，还能够攻克沙漠铁路施工中的各种难题，你们做出了突出贡献，我敬你们！"

高天琪仰头喝了那杯冰凉苦涩的啤酒，眼睛也跟着发热。

如今她所做出的业绩，若是能让父亲也感受到该有多好。父亲所代表的，不仅仅是他一个人，更是众多参与铁路建设的前辈们，是他们艰苦奋斗留下的基础经验，才让现在的人们攻克一个又一个的难题。

大家纷纷举杯畅饮，整场宴席下来，大家都喝醉了，可热情不减，仍旧在酒桌上聊着，回忆着在沙漠上的艰苦时光，或者讨论下一步桥梁施工过程中如何优化等问题，以及将要面临的施工问题。有的畅想着未来在广阔的沙漠上，长长的钢轨载着一列列火车，将丰富的煤炭资源运送到祖国需要的地方。

他们好像已经很久没有在一起说过这么多的话了。

这时，周跃平端着酒杯来到高天琪的面前，看到高天琪那张写满了疲倦但是热情不减的脸，周跃平一阵心酸，说道："天琪，你很优秀，也很了不起。"

高天琪抬起头，惊喜道："跃平！我刚刚还找你去了。"

周跃平被领导拉着喝酒了，他不得不应酬，但是心早就随着目光飞到高天琪身边了。

现在，他有千言万语想说，怎奈周围的人太多，他只能先举杯敬了整桌的人：“天琪，铁生，还有各位工程师，你们都是我敬佩的人，这杯我敬你们！”

高天琪仰起头喝下了杯中的酒，此时的她脸色微红，不胜酒力的她已经醉了，今晚的她看起来很美。

“天琪，你今天看起来真的很开心。”周跃平被高天琪的开心感染了。

“你知道吗？跃平，这就是我选择铁路工程专业的意义，我真的觉得好幸福，好开心！”高天琪放下酒杯，她认真地看着周跃平，“你能够感觉到我的这份幸福吗？”

“嗯！”周跃平笑着轻轻地握住了高天琪的手。他清楚高天琪这一路走来承受了太多压力，早早地便将英年早逝的父亲的梦想背负在了身上，为了这个梦想，她几乎倾尽全力。

渐渐地，周跃平感觉到高天琪靠着他的身体越来越重，他悄悄地把手放在高天琪的肩头：“天琪，你醉了？我带你出去走走吧。”

来到食堂外面，此时远处的天空正燃烧着灿烂的夕阳，火红的光芒从层层的云中迸出，映照着半个天空。

两个人肩并肩走在食堂后面的小路上。

“好些了吗？”周跃平摸了摸高天琪的头，“我记得你不大能喝酒。”

高天琪有些嗔怪似的问：“那你还敬我酒？”

“可我怎么能不敬你一杯呢？”周跃平有些无奈。

“所以，就是你这杯酒给我灌醉的！”高天琪在走路的时候摇晃了两下，她确实有些醉了，视线突然变成了那一片火红的夕阳。

她被周跃平横着抱了起来，她的侧脸贴在周跃平的胸口上，听到周跃平胸腔中传来激烈的心跳声。“你快放我下来！”她喊。

“我偏不放！”周跃平说着，他低下头认真地看着高天琪的眼睛，高天琪听到周跃平的心跳更加剧烈了……

“你要干吗？”

周跃平深吸了几口气，他低下头说：“也许我不应该趁着你醉酒的时候跟你说这些，因为我不知道你醉酒后的决定，是否是你真实的想法，可是……可是我真的为了这一天，期待好久了！”

高天琪疑惑地看着周跃平，但也似乎明白了周跃平为什么心跳加剧：“你要说什么……"

周跃平顿了顿，下定决心说："天琪，嫁给我好吗？"

高天琪愣住了，她的重心全在工作上，似乎还完全没有想过这些。可她也清楚地感受到此时此刻自己的血液在沸腾。

看到高天琪是这样的反应，周跃平有些后悔自己的求婚太过仓促。他把高天琪放下来，双手放在高天琪的肩头，以一种渴求的眼神看着她："我知道或许你还没有想过这些，请你不要急着告诉我答案，请你好好地考虑一下，好吗？"

"为什么不能快点呢？"高天琪看着周跃平的目光说。

其实，高天琪知道自己还要在工地上干好几年，很少能有回来探亲的机会，若是这一次不给出答案，下一次还不知道要等多久。

"我……我想你还是好好考虑……"周跃平微微皱着眉头，他太害怕高天琪拒绝，可是话还没说完他便感到自己唇上一阵温暖，那是高天琪的吻。

97

周跃平多年的等待与付出，高天琪早已看在眼里，如今求婚虽然令她感到仓促，但因为这段感情的来之不易而深受感动。

一个吻结束了，高天琪的手轻轻地捧住周跃平的脸："现在，你要听听我的答案吗？"

周跃平郑重地点点头。

"从小时候起，你就对我很好，自从咱俩上大学以后，你对我更是百般照顾。从前都是你对我好，以后，虽然我还是会经常出差，但是我会尽我所能地回报你，所以……"高天琪深情地看着周跃平的眼睛，"我答应你！"

泪水突然冲出了周跃平的眼眶，他既感动又欣喜，这一天他等了太久太久，他将高天琪紧紧地拥入怀中，在高天琪的耳边说："不必回报我对你的好，你只要答应我，我就觉得这辈子都满足了。"

就像求婚一样，婚礼也来得非常仓促。春节假期过后，高天琪和周跃平又要马上返回工地，若是再拖，恐怕要到明年了。

于是在这个喜气洋洋的新年里，高天琪穿上了洁白的婚纱，在大家的祝福与掌声之中，庄重地站在周跃平的面前。周跃平身着西装，他满怀着爱意一步步走到高天琪的面前，深情地看着高天琪，牵起她戴着白纱手套的手，走进了婚姻的殿堂。

李铁生是周跃平的伴郎，他站在旁边看着这对新人满怀着幸福站在一起，目光湿润。他是周跃平和高天琪爱情的见证者，从初识的火车上，再到之后相见的每个寒暑假，再到工作后的这些年里，每每他都能从周跃平看着高天琪的眼神中，读出那份深情与呵护。

在主位上坐着的周建新夫妇与高天琪的母亲，他们为这对新人送上了真诚的祝福。周建新记得那年他与高云都有了孩子，望着两个在襁褓中的孩子，他们还开玩笑似的定下了娃娃亲，高云却看不到这一天了。

他虽然觉得遗憾但也觉得欣慰，因为在高云去世后的这些年里，他早已把高天琪当成自己的女儿，尽量弥补高天琪心中那份缺失的父爱，如今高天琪既是他的女儿，也是他的儿媳，他会更加疼爱高天琪。

来到了交换戒指的环节，高天琪与周跃平互相在彼此的无名指戴上了戒指，这一刻他们才深深地明白了承诺的意义，他们在心中发誓要陪伴对方走完这一生。

周跃平捧起高天琪的手，轻轻地吻了一下。

"天琪，我们终于走到这一天，我们结婚了！你知道我有多么高兴吗！"周跃平忍不住哭了。此时此刻，他看着穿着婚纱美如仙子的高天琪成为他的新娘，觉得做梦一般，他幸福得仿佛身体都飘在云端。

高天琪戴着白色手套的手轻轻地拭去了周跃平眼角的泪："跃平，你有多高兴，我就和你一样高兴！你对我好，我也会一样对你好，一辈子！"

婚礼的夜晚，所有的宾客都离去了，周跃平将高天琪抱进新房中，抱到那铺满了玫瑰花瓣的红色婚床上，两个人躺在百年好合的被子上，深情地看着对方……

在参加完周跃平与高天琪的婚礼后，李铁生收到了一个好消息，那就是他的入党申请书已经得到了批准。

新年一过，项目部全体人员再一次回到了第一线。

高天琪也要返回项目驻地。周跃平动情地说："天琪，这几天过得实在太快，我都没来得及好好看看你，你就要走了。"

"跃平，作为一名工程人员的家属，你的等待和付出，和我是一样的，不管多远，我的心都和你在一起！"

周跃平点点头，他抱住高天琪，在她耳边轻声道："老婆，你也叫我一声老公好不好？"

高天琪脸红了，这个称呼她真不习惯，但是大巴车马上就要开了，高天琪喊了一声"老公"就害羞地跑进了车里。

这一刻，周跃平突然在心中涌起一种责任感，他要保护和高天琪组成的家庭，直到永远。

周跃平静静地看着大巴车从他面前开过，可是这次他不能跟着去，他要坚守在这个爱的驻地。

每个人都知道这是一场漫长而艰苦的战斗。未来的几年，他们都要在这块土地上奋战，不过他们已经做好了心理准备，即使未来的工作，要比想象中难上百倍，也苦上百倍！

一路上，李铁生总会不由得回想起自己一路走来的历程，感慨万分。自己是如何从一个山里走出来的孩子，变成一位铁路工程师的呢？一开始，自己就是一个为了追女孩子擅自离家的毛头小子，后来走投无路，来到了潇洒叔所在的货场。李铁生至今还记得，自己第一次近距离看到雷霆万钧的蒸汽机车时的震撼与激动。李铁生自己也说不清，自己立志进入铁路系统的契机，是不是因为那次近距离接触机车。他只知道，这个过程，其实是一个不断实践和提高认识的过程。他相信，在未来，自己还会做出更多的贡献，实现自己的价值。

98

回到一线后，项目人员发现虽然干压工艺可以让松软的沙土变成坚实的地基，但在沙漠上架桥，非常困难。

沙漠地带的极度干旱并非因为没有降水，而是降水太少，沙土无法存水，大风吹来，加上太阳的炙烤，很快就会蒸发。

所以，这一次并不寻常的降雪成为沙漠上的奇异景观。

雪花纷纷扬扬地落在土黄色的沙粒上，轻盈得如同蒲公英降落，雪天无风，周围空旷，安静得能听见雪片层叠落下的簌簌声。

雪下了一夜，第二天早上，沙漠上就已经铺满了皑皑白雪。

大家第一次见到这样的景观，觉得壮丽奇异，都不住地赞叹着。

雪后气温骤降，冷风袭来，大风中似乎夹杂着丝丝缕缕锋利的刀片，将肌肤切割出细小的口子。

李铁生脸色非常沉重，眼下的这段铁路必须架设桥梁，但是一个巨大的问题显现出来——怎么在沙漠中打桥墩。

李铁生曾经在村里修桥的时候去打过零工，当时那条河水流湍急，想要打桥墩只有一个办法，那就是把水引流至另一处河道。但是现在，他总不能把沙子拦截到别处去。

赵工看他心事重重，在他身边坐下来，递给他一支烟。

李铁生礼貌地递回去："赵工，我不会。"

赵工就自顾自地点燃了，那干燥的嘴唇吐出一股烟雾。李铁生突然咳嗽起来，赵工马上准备掐烟，李铁生摆摆手："我没事，赵工。"

"铁生，跟你接触这么长时间，我看出你这个孩子虽然看着憨，但是其实聪明，心细。"赵工说。

"赵工，你总是这么夸我，我怪不好意思的。"李铁生的咳嗽才算止住。

"但是你也有一点不好，那就是心事太重，"赵工看着李铁生，眼里流露出对晚辈的关爱，"我这些年干过不少工程，什么样的突发情况没有遇见过？实话说干工程真难，难于上青天，但是假如每遇到一个问题都这么愁眉苦脸的，那可能还没等想到办法，就愁死了，你说是不是？"

李铁生两抹高原红的脸上露出了苦笑："我能不愁吗？这个桥梁的施工方案，行不通啊！"

"哎！办法是想出来的，"赵工在李铁生背上拍了拍，"你应该好好调整心态，不过也不急于一时。"

说完，赵工就走了，临走前还嘱咐李铁生要是感冒了就吃点药，千万别耽误了。

李铁生找了两片感冒药吞了，继续参与指导工作。

大家提出了两种方案：第一种是旋挖钻水下泥浆护壁成孔。这种工艺算是比较快的，也是比较普遍的，但是污染严重，在沙漠地区用水量太大，膨润土极为困难，不太适合现有的环境；第二种方案是采用旋挖钻干法成孔。这种方法用水量少，速度快，从经济成本上来说，是最合适的。不过，眼下这两种方案都不敢贸然实施。

在桥梁施工的专项会议上，二十几位有经验的专业工程师们再一次陷入了僵局，也包括李铁生，他后来函授的专业就是桥梁与隧道工程。

他这时在想，假如采用钢护筒呢？但是必须考虑成本。这时，赵工看出李铁生好像在想什么，便道："铁生，你有什么想法？说一下，大家集思广益嘛！"

"好，我……"李铁生刚站起来，眼前就突然旋转了起来，接着眼前一黑，人就没了知觉，扑通一声，摔在了地上。

"李工，李工……"身边的人马上把他扶起来，一摸李铁生那张泛红的脸，顿时明白了，这是烧的，滚烫滚烫的。

赵工大喊："快，你们快点把铁生送到医院去。"

李铁生早就咳嗽了好几天，赵工也叮嘱过他吃药，但还是病倒了。

李铁生马上被送往工程驻地医院，医生迅速为李铁生进行检查，通过经验判断出应该是支气管炎或者肺炎，马上让护士吊了药水。

送他一起来的同事问李铁生病得重不重，医生想了想说："倒不算重，沙漠里出现支气管炎的工人很多，住几天院就好了，若是情况严重，一周也就痊愈了。"

其他同事先回去了，准备明天再过来探望李铁生。

这里名义上叫医院，实际上就是专门为这个工程队增加的医疗点，设立在离施工队不远的地方，工作人员是从青城那边调过来的。其中，为李铁生打吊瓶的护士叫苏红。

这时，苏红要换班了，但看着这个脸色憔悴的小伙子，她的心里突然担忧起来了，便在李铁生的床边坐了下来。她看着李铁生那张俊朗又带着几分憨厚朴实的脸庞，再看着点滴一点一点地滴落，一点一点地进入李铁生的血管，他那张苍白的脸慢慢地由苍白变得红润了些许，生命体征仪器上的数值也逐渐趋于正常，她悬着的心才终于放了下来。

苏红看见李铁生的脸上还沾着些已经干了的泥巴，便去洗了条热毛巾，在李铁生的脸上轻轻地擦拭着，而就在这时李铁生醒了过来，他有些茫然地看了苏红一眼，他们四目相对，他的眼皮好沉，只看了一眼那双温柔的眼睛紧接着又沉沉地睡了过去。

99

那是多么温柔的眼神。

李铁生自从和铁路打交道那天起，一天到晚所接触的，不是工人就是工程师，几乎都是男性。他的工作生活全都在工地上，温柔这两个字可能都不会写了，又哪里体会过这种温柔的感觉呢？

唯独有一位女性和那些粗犷的汉子不同，那就是灵秀，可是灵秀是个又活泼又爱吵闹的女孩子，她的眼中时常流露出好奇和热情，可偏偏对于李铁生来说缺的就是一份简单的温柔。

不过，此时此刻的李铁生也没有精力去想这些，他仍旧觉得头晕胸闷，倒不光是因为严重的高烧，也是因为长久以来的疲惫将他的精力消耗得一干二净。他太累了，所以只是睁了睁眼睛又陷入了沉沉的昏睡中。

只是热毛巾在脸上留下的热腾腾的触感仍在。在这极其恶劣的环境下，皮肤每天经受着大自然粗糙的抚摸，如今对于这种细腻触感的温存，他的肌肤变得格外敏感。

而此时，换班的护士已经来到了病房里，她看见苏红还在，惊讶地问："你还没走呢？"

苏红看了看李铁生，这才站起身说："一会儿就走。"

躺在医院附近的宿舍里，苏红失眠了。她回想着李铁生当时被工人们七手八脚地抬进医院时的场景。

李铁生身上裹着一件又破又粗糙的棉衣，头发凌乱得早已看不出是什么时候洗的，脸上也脏兮兮的，双颊发红。脱去他棉衣的时候，汗水因为发烧而蒸腾出雾气。在临时医院做了一年护士的苏红，几乎可以断定李铁生得的是呼吸道发炎一类的疾病。自从上一场雪下过以后，气温突然大幅下降，沙尘又大，不少工人都得了这个病。

在她给李铁生进行紧急抢救的时候，她听到李铁生的口中在念叨着什么。只是当时的李铁生意识已经模糊了，她凑在李铁生的嘴边，也只听到了一句："用钢护筒打孔，但要考虑造价……"

李铁生昏迷后还念叨着工作，这个场景，深深地触动了苏红那颗柔软的心，让她眼眶发热。她原本在青城的一家医院里当护士，听到临策线需要医疗支援，便主动申请来到了这里。在医院里，她见到了许多工人和工程师，这些人都是为了在沙漠中修出铁路的这个梦想而用顽强的意志力坚持下来的，她很敬佩这些人。

李铁生的这句话，让她的心中除了敬佩更多了一份崇拜，这个年轻的小伙子昏迷中竟然还心系工作。

第二天早上，还没到交接班的时间，苏红就去了病房，她忍不住问夜班护士："那个叫李铁生的病人醒了吗？"

"还没醒，睡得踏实着呢，打了一夜的呼噜。"那护士笑了笑离开了。

苏红一听也笑了，便走过去查看李铁生的情况。

阳光照在李铁生那张年轻的脸上。苏红不由得停在李铁生的床前，有些出神地看着他，耳边仍旧回响着他昨天意识模糊之时说出的那句话。

这时，李铁生的睫毛微微颤动，他醒了。"我这是……"他问。

此时的他仍旧因为发烧而身体疲乏无力，气管被痰堵着，想咳嗽，但是看见面前的护士没好意思，干脆忍着。

苏红一直担心李铁生的身体状况，如今李铁生终于苏醒过来，她也放心了。

她告诉李铁生是因为晕倒才被送进医院的。

"那我什么时候能回到施工现场去？"这是李铁生醒来的第二句话，他的声音虽然还有些虚弱，但是语气中已经听得出来他想回到施工现场的强烈渴望。

苏红摇了摇头："恐怕还需要休息几天。"

"唉！"李铁生虽然着急，可是他自己也能感觉到头仍然沉重。

"我去帮你打早饭。"苏红说完便去帮李铁生打了一碗粥，一个馒头，然后又端了一碟咸菜，放到李铁生的桌子上，"先吃些东西吧。"

昏睡了这么久，李铁生确实饿了，他大口大口地吃着早饭。

看着他那狼吞虎咽的样子，苏红的脸上不禁露出了淡淡的笑意，等他吃完了，苏红将餐具拿了下去。再回到病房的时候，苏红发现李铁生正捂着嘴巴咳嗽，一声比一声剧烈，却咳不出痰来，憋得慌，一个人高马大的汉子难受得直皱眉头。

苏红见此情景，马上端来了一杯热水，塞到李铁生的手中："你用这个。"

李铁生说了声谢谢就要去喝，苏红连忙拦下："给你打这么热的水是让你吸水蒸气的，一边吸一边喝，痰就会被慢慢稀释，你咳嗽的时候也就不会这么疼了。"

李铁生马上照做，大概过了几分钟，咳嗽确实轻松了不少，痰也出来了。

他打算下床拿纸，但是苏红已经帮他准备好了，然后说帮他再接一杯水，就拿过了杯子匆忙离开了。

他知道苏红是刻意这么做的，为了让他能够体面地处理好。

不一会儿，苏红拿着水杯回来，胳膊下面夹着本子，然后递给他一个体温计，说道："测测体温。"

肺炎的高烧不是那么容易退的，李铁生仍在发烧，苏红看了看体温计，担忧地说："李铁生，一会儿要让医生再来看看你，你病得有点重，可能要加药。"

"还要继续在这儿？"

"那是一定的。"苏红温柔地说着，转身就要离开。

"谢谢你。"李铁生感谢地看着苏红说，"你又是帮我打饭，又是给我拿水，我真是有点过意不去。"

苏红摇摇头："这是我该做的，等着我去给你叫一下医生。"

很快，医生来到了病房，因为这里没有太多检查设备，只能用听诊器听了听，然后他说："看来，应该是肺炎。"

100

其实，李铁生这也是老毛病了，之前在神延线的时候就整日呼吸着沙尘，留下了后遗症，呼吸道一直不太好，加上对这次的呼吸道感染没放在心上，所以就严重了。

当天医生就给他加了药，并且让他安心在医院住几天。周围病床上的工人谈天说地，他则一心想着怎么架设桥墩。

这时，苏红又端来了午饭，给大家分发了下去，最后一个发到了李铁生手里，说道："好些了吗？等你吃完饭，我再给你打一杯热水来。"

"谢谢，只是我想问问，我还要住到什么时候？"他问。

苏红温和地说："我知道你心急，但是治病最要紧，治好了才能回去好好工作，这叫磨刀不误砍柴工。"

李铁生也只能抱着既来之则安之的态度住了下来。不过，还是躺不住，傍晚，便穿上他那件破袄子到帐篷外面看晚霞。

此时天已经暗了下来，西边的天空还剩下一缕浓重的橘红，上面浮着几丝像淡墨泼洒的云。

"天就要冷了，还是进去吧。"这熟悉的声音似乎让寒冷的晚风都暖和了起来。

苏红虽然催促，但是语气并不严厉。两个人进了帐篷，晚上来输液的人都回去了，小帐篷里只剩他们两个人，苏红干脆在李铁生对面的床上坐下了。

她穿着洁白的护士服，给人一种信任感，加上长着一张轮廓饱满的脸，五官不算出挑，但温和的气质让她充满亲和力。

李铁生也不知怎么的，似乎不太敢看苏红的眼睛，可又想跟苏红说说话。

好在苏红先开口说："其实我一直很好奇铁路上的事，你能给我讲讲吗？"

李铁生这个内向汉子因为找到了聊天的突破口，便一股脑地把修铁路的经历说给了苏红，苏红则静静地听着李铁生的诉说。

这一讲，李铁生就刹不住车了，他向来不擅长给人倾诉，心里的话都牢牢地圈在心里，也没想过给人说，今天却好像积蓄了一个汛期的水，开闸泻洪一般倾泻而出。

他的话在苏红的脑海中徐徐构建出一片广阔沙漠的寂寥画面，浩浩荡荡的队伍在沙漠上修建出两条笔直的钢轨。

虽然他所讲述的故事大部分是艰苦的，但是有时候也会说起和工人们一起开玩笑或是斗嘴的事情，听得苏红有时候担忧，有时候又发笑。

高天琪和赵工他们白天工作忙碌，只能晚上过来看着李铁生。她昨天得知李铁生晕倒了被送到医院的时候已经是晚上了，来不及看李铁生，今天晚上她和赵工以及其他几个同事一起来看李铁生。听到李铁生与护士聊得正热火，他们便没有立即进去。

李铁生是个山里出来的娃娃，有时候表现得很内向，且不善言辞。这是高天琪第一次听到李铁生与别人侃侃而谈，而且面对的是一位温柔而又美丽的护士。

透过帐篷边的缝隙，高天琪能够看到苏红看李铁生的眼神里充满了向往与崇拜的神情。

听着沙漠上的艰苦环境，苏红不禁赞叹："真不敢想象你们这些人是靠着多么强大的意志力才坚持下来的！"

李铁生不好意思地笑了："其实我一直都不觉得我有多么强大的意志力，我只是很热爱这份工作，也想为铁路建设贡献自己的一份绵薄之力。"

"像你这样的大学生能在铁路上干这么艰苦的工作，还不算是意志力强大？"

李铁生一边咳嗽一边摆摆手："我其实算不上大学生，这是念了夜校，函授了一个大学文凭。"

苏红惊讶地看着李铁生："你不是正规的大学生还能做工程师，还能解决铁路上这么多技术问题？"

"这……"李铁生笑了笑，"这些事儿实在是说来话长，最开始我只不过是个货场的工人，装卸工。"

苏红实在太想听李铁生的故事了，她觉得这一定是一段精彩的故事，可是现在已经到了夜间值班时间，她不舍地看了看手腕上的表，说道："我要去值班了。"

很少有人能让李铁生打开话匣子，尤其是在一个女孩子面前如此侃侃而谈，但是现在他也只好意犹未尽地说："那快去吧，谢谢你愿意听我说这么多。"

苏红站起来，她刚要走又转身折返回去，眼神里充满崇拜和期待，对李铁生认真地说："等我不忙的时候，能不能把你之前的故事也讲给我听听？我也很喜欢干工程，只是因为我是一个女生，也不是这个专业的，所以才没有选择与工程相关的工作，不过也正是因为我对铁路的热爱，才会选择到这里来当护士。"

李铁生的脸上露出惊喜的笑容："你也喜欢干工程吗？那好，等你有时间了一定要到我的病房里来，我把我的故事都说给你听！"

苏红离开的时候，高天琪追上苏红问："你好，我们是李铁生的朋友，想问问他现在身体怎么样了？"

苏红愣了愣，然后才将李铁生被送来时的状况都说给了高天琪和赵工："病人送来的时候发热严重，下呼吸道感染，状况很不好，现在烧得没那么厉害了，还是要住几天院，毕竟是肺炎！"

"当时情况很严重吗？"高天琪担忧地问。

"病情有点重，看他那样子也不知道他扛了多久。"

"我知道了，谢谢你！"高天琪刚要走，苏红拉住她说："你可一定要劝劝他，让他多休息几天，身体养好了再出院，刚刚他还急着问我什么时候能回去工作呢！"

高天琪看着这位善良的姑娘说："我知道了。"

101

高天琪和赵工来到病房，李铁生刚刚与苏红说话显然使他的精神已经恢复了许多，只是嗓子仍然哑着："你们怎么来了？"

"担心你的身体呗。"赵工说着坐下了，习惯性地掏出烟，刚拿出来，一想到这里是医院也就只能作罢。

李铁生笑着说："我没什么大事，就是有点发烧，等烧退了就能出去工作了，不用担心我。"

高天琪和李铁生负责的工作不同，高天琪正在负责别的工作，也不知道李铁生早在好几天前就开始咳嗽。"这一路过来我都听赵工说了，你都病了还不知道休息，白天工作结束晚上还要看书学习，身体当然扛不住！"高天琪故意板起一张脸，"铁生，你要是再为了工作不好好爱护自己的身体，我回去就跟单位领导打报告，把你调回去！"

"那可不敢！"李铁生憨憨地笑了，即使很想快点复工，但是面对着这个关心着他的姐姐也只能无奈地说，"我都听你的行了吧？"

赵工说："铁生，你这次也不用急着回来，养好身体再说，反正自打你走了，咱们那边也就没有什么新进展。"

李铁生叹了口气："在沙子里架桥墩，确实是太困难了！"

高天琪很清楚李铁生的个性，他敢想敢闯又坚韧不拔，可如今也和赵工一样唉声叹气。

李铁生继续说："其实我那天的提议是能不能采用钢护筒跟进旋挖钻干法成孔技术。"

赵工想了想："你提出的这个建议的确不错，但问题就出在成本上！"

"要不，我跟物资部门沟通一下，看看能不能让跃平在采购方面找材料供应商压压价，然后再跟局里的领导申请增加预算。"

眼下，除了这么做，也真的别无他法了。

说着，赵工从身后那个松垮垮的大挎包里掏出了几本工程专业方面的书放在李铁生的床边。李铁生惊喜地说："赵工，你可真是我的好大叔，你咋知道我现在正想看书？"

赵工瞥了一眼李铁生："我还不知道你？我要是不把这书带来，就怕你在这医院里待不住又急急忙忙地跑回来，不好好养病！"

李铁生又捧起了书，说道："谢谢赵工！"

赵工用手指节敲了敲书本："你别以为现在就没人管得了你！我告诉你，你现在是在养病，可别看书看太晚了，过几天等你回去了我要是看你身体没有养好，我可就给你关禁闭了！"

高天琪和李铁生都笑了，他们都知道赵工这个关禁闭的意思，就是让李铁生这个工作狂强制休息。

接下来的几天，李铁生醒着的时候就抱着书学习，有时候脑海中也会突然冒出苏红的身影，前几天苏红说要听他的故事，他已经准备好了该如何对苏红讲他从前的故事。

在等了两天之后，他们终于找到了一个合适的机会。苏红说："抱歉，这几天有点忙，现在可以听你讲你的故事了吗？"

"你有空了？"经过了几天的相处，李铁生这才敢直视苏红的面庞。

苏红算不上漂亮，只是一个相貌普普通通的女孩，如果混入人群，她绝对不是引人注目的那一个。可是她长着一双漂亮的眼睛，那双眼睛中常常含着温和的光。

接下来，李铁生便讲起了他的故事，讲他在货场里遇到的很多事情，认识的许多人，再到施工队如何协同工程师们解决了在西北那松散而柔软的黄土地上修建铁路出现的种种问题，然后如何入党的。

苏红聚精会神地听完了李铁生的故事："真不敢想象，你的年纪这么轻竟然已经有了这么多经历，而且你一直都在从事着你梦想的工作！""这是我的幸运，因为我很热爱这份工作！"

而这段故事也让他想起了多年前他为了王小梅一意孤行离家出走。一晃六年过去了，当初与他相恋的王小梅如今应当已经有了一个可爱的孩子。每次过年他回到家里，在乘坐汽车的时候都会往王小梅嫁过去的地方望上几眼。可是，他始终没有在任何人面前提起过王小梅，也未曾问过她的情况。

总之，如果没有人谈起她的话，就说明她一定过得平淡而幸福吧。

这段故事，李铁生对苏红刻意隐瞒了。因为这件事曾经在他的心中是一个巨大的伤疤，他习惯性避开这个话题，如今他虽然已经感受不到当时那份千里寻爱的渴求与痛苦，却已经习惯了对此闭口不谈。

"能讲讲你的故事吗？"李铁生问。

苏红想了想说："跟你的故事比起来，我的生活恐怕太平淡了，我一直生活在青城，在一个普通的家庭长大，我的父母都是工人，长大以后我就去读了卫生学校，然后就一直在青城的一家医院里当护士，听说临策铁路工程项目上需要驻地医护人员，就主动报名过来了。"

"这不也是一个故事吗？"李铁生笑着看苏红，"真没想到这地方这么艰苦，你还主动申请过来！是因为喜欢铁路吗？"

苏红有些不好意思："其实也没什么原因，就是小的时候我父母偶尔会带我出趟远门，我当时坐着火车看着沿途的风景觉得很开心，我觉得火车能带我去更远的地方玩，能去更漂亮的城市，看到不一样的世界，就这么简简单单的喜欢。"

"这不就是铁路的意义吗？能够带着人去更远的地方，打开封闭的世界！"李铁生有些向往，他从未想过在工程局的同事之外，竟然还能有一位护士这样与他的精神产生如此共鸣，真让他感到既惊喜又意外，"那你当时就没有考虑过读和铁路相关的专业吗？"

"几乎没有考虑过，因为我觉得我的个性更适合做护士，虽然修铁路是为社会作贡献，可当护士也是为社会作贡献啊，这也是很好的选择。"她说。

李铁生连连点头："是啊，不管做什么职业，只要是对社会有用的，都能让人感到幸福！"

"你说得对！"苏红一边说一边从自己的挎包中取出了一个党徽，轻轻地放在手掌前摊开来，"毕竟我和你一样，也是一名党员呢！"

这一夜，李铁生失眠了。他的咳嗽已经减轻了很多，却仍然睡不着。他反复回想着今天与苏红的对话，回味着从苏红的口中说出的关于为社会做贡献的话题，这让他产生了一种惺惺相惜的感觉。

他还从未与谁聊天聊得这么投机过，他这才知道，原来聊天也可以让人感到很轻松，甚至很惬意。

之后的一天晚上，高天琪又赶过来看李铁生，她见李铁生还在睡觉，便来到护士所在的帐篷，问李铁生的身体状况如何，何时可以回去工作。苏红告诉高天琪再有两天就能出院了。

"谢谢你。"高天琪想了想还是开口说，"我前几天见你和铁生聊得很投机，你知道吗，他是个很内向的人，真没想到跟你聊得很火热！"

苏红的脸上掠过一阵羞涩的笑意。高天琪继续问："那你听他讲了他的故事吗？"

"昨天，我们聊过了，那真的是一段传奇的故事！"苏红顿了顿，才鼓足了勇气问道，"请问，你是铁生的……"

"我是他的姐姐，他的故事中……"

"他的故事中提到过你！"苏红的脸上露出笑意，"他告诉我若不是你的帮助，他不可能干着与铁路相关的工作。"

看着这个比自己还小两三岁的女孩子，高天琪似乎读懂了苏红的心思："你是不是怕我是铁生的女朋友？哈哈哈，你就放心吧，这傻小子才没时间谈恋爱呢！"

苏红有些难为情地低下了头，她咬了咬嘴唇想着再过两天李铁生就要出院了，一想到他们再没机会像这样安静而愉快地聊天，她的心仿佛缺了一块似的。

102

苏红还想跟高天琪说些什么，就听到护士长喊她，原来新送来一个病人急需抢救，她来不及跟高天琪打声招呼，便急忙离开。

这位病人是在施工过程中被砸伤送过来的，情况危急。抢救完这位病人之后，苏红开始忙起手头的工作，护理病人，记录病案……

忙完了这些之后，已经是晚上了，她腰酸背疼，一身疲惫。不过心中那份炽热的情感让她忽略了这份疲惫。她并没有选择立刻休息，而是去病人所在的帐篷看李铁生。

她很清楚就算不过来，夜里也会有交接班的护士过来查看病人，她完全不必担心什么。

可是，自从遇到李铁生后，她的心好像不由自主地想往这边来。

她悄悄地走进去，看到李铁生的被子里透露着一丝光亮，刚把手放在李铁生的被子上，李铁生正好从被子中钻出来，他把手电筒藏在被子里面，张大嘴巴喘了几口气，突然看到苏红出现在自己的床前，吃惊地说："你怎么来了？"

"我来查房……"苏红的声音显得底气不足，她心里清楚这周的晚班不是她，而这一点李铁生也一定清楚。

"这么晚了还查房，你也够辛苦。"李铁生笑了笑，因为之前的几次聊天，他对苏红有种很亲切的感觉。

苏红故意板起脸，因为心虚而故意提高了声音："现在的确很晚了！你要记得你还是个病人，病人就应该好好休息，这么晚了就不要再看书了！"

"看书又不累……"

"那也要好好休息，你把头蒙在被子里，对呼吸道不好。"

"好好好！我好好休息就是了！"李铁生知道苏红作为护士关心他的健康，不过他并没有把书本放下的打算，他想等着苏红离开之后再继续偷偷学习。

可他怎么也没想到，苏红竟然自作主张把他的手电筒没收了！

李铁生用商量的语气说："我不看了就是了，你别把我的手电筒没收呀！这可是我让天琪姐给我带过来的！"

苏红坚决地摇头："不行，要是把手电筒给了你，你一定不会乖乖睡觉的！总之，等到你病好了我就把手电筒还你！"

说完苏红就带着手电筒离开了，隔壁床的病人还在睡觉，李铁生也不好去追，他没办法只好把书和笔记本整理了一下塞进枕头下面睡了。

带着李铁生的手电筒，苏红回到了护士们休息的帐篷里，她低下头将手电筒的开关打开又合上，脑海中不可控制地浮现着李铁生的那张脸。

他在讲自己故事的时候，目光仿佛望着某一个遥远的点，在说起自己的铁路梦时，表情又是庄严而肃穆的，可就在刚才他为了拿回手电筒又露出了有些无奈的笑容。

回想这几天为数不多的相处时间，苏红心中强烈燃烧的感情逼得她不得不正视自己的内心——她或许爱上李铁生了。

这个想法虽然在她自己的意料之中，却仍然把她吓了一大跳：她竟然会爱上一个仅仅相处了几天、见过几面的男人。

她不由得想象着李铁生抱着手电筒在被窝里闷着看书，闷出的汗水也时不时地滴在这个手电筒上……

然而，苏红怎么也没想到，第二天早上查房的时候，发现李铁生居然提前出院了。此时此刻那个手电筒还放在她的桌上，来不及还给他。

她的心中陡然升起了一股难以言表的失落，仿佛那干燥的夜风将她的心撕开了一个口子似的，呼呼地往里灌着冷风。

她实在不明白李铁生还没有完全恢复怎么能突然出院了呢？担心与失落让她一整天都魂不守舍。

而李铁生之所以突然出院，的确是个临时决定。

高天琪与项目的技术人员积极讨论着沙漠铁路修建中最棘手的问题。采用钢护筒跟进旋挖钻干法成孔技术的造价成本与预算存在很大差距，因此项目部发起了工程变更申请资料。

在周跃平送来物资的时候，她问周跃平能不能从采购材料上再压压价，周跃平说："购买材料的价格是写在合同里的，咱们现在根本就没有理由压价，你突然问这个干什么？"

高天琪便把他们在工作中遇到的问题说了一遍，原本桥梁的造价为一千元每平方米，但是这个方案的造价估算就是两千五百元以上。她问道："我知道压价也压不了多少，最重要的是加预算，你回去后能不能跟领导申请一下？"

"每平方米就要加一千五百元，这不是个小数目啊，天琪，这不是简简单单就能申请下来的。"周跃平有些为难了。

高天琪无可奈何地说："如果这个预算不加，那么这个铁路往后也就不用修了，因为这一带都是流沙，在流沙上建桥墩除了这个方法，真的就没有了！"

周跃平考虑了片刻："我不是负责技术的，这个工程我只负责采购和运送物资。这样吧，我先跟领导试着申请一下，到时候你们派几个专业过硬的工程师，跟领导好好讲讲，看看能不能批，要是能批，需要购买更多的材料，我去跟厂商谈，尽量压出最低价！"

周跃平让高天琪将这个想法写成报告，他送完物资回去后，递交给了包括周建新在内的领导们，同时项目部提交的项目变更申请经设计审核后也传了过来，此事引起青铁局领导层的高度重视，准备召开会议与驻地工程师、项目部人员当面沟通。

高天琪得知了这个消息后，立刻叫上了赵工和其他几位负责桥梁建造的驻地工程师准备回青城，赵工执意要带上首先提出这个观点的李铁生。由于定下的开会时间紧急，高天琪干脆就直接让李铁生先出院，带着李铁生一同回到青城。就这样，一行人风尘仆仆地赶回青铁局参加会议。

周跃平早已经在门口等着他们，直接带着他们去了会议室。一进门，一行人都有点懵，因为下面坐着几十个人，仔细一看，原来是所有参与修建铁路的单位领导和专家都来了。毕竟，这个预算方案是要经过大家同意才能批准的。

103

因为这次的行程比较紧张，工程师们对于会议的准备不算充分，加上舟车劳顿，都有些疲倦，看到这样的场景，不得不强打起精神。

周跃平作为这次会议的策划人，首先对下面坐着的公司领导介绍了一下这几个人："各位领导，这几位工程师都是专攻桥梁和地质方面的专家，他们认为根据沙漠流沙地质的特殊情况需要采用特殊的工艺技术来打孔架桥墩，但是超过了原本的预算，所以几位工程师特意回青城，想跟各位领导共同商议解决问题的办法。"

周跃平自然不能直接说他们回来就是要钱的，而是拐了个弯子："各位经验丰富的专家，其实这也是个研讨会，希望你们能够集思广益，看看能不能找出更加节省费用的方案。"

然后周跃平才回过头，小声问："你们谁来主讲一下当地的情况？"

赵工作为资历最老的高工："我来讲吧。"

看着满座的领导，赵工无奈地叹了口气："其实，面对沙漠这样严苛的环境，我们修建铁路的方案一直都随着地质的改变而改变，为了节省沙漠上最宝贵的水资源，我们在筑路基的时候就进行了数次试验，最终探索了成本最低也最省水的方案。自始至终我们都希望能够用最小的成本去解决问题，但是这一次老办法行不通了，我们遇到的是流沙。在含水量极底的沙漠地带，还能够用干压法筑路基。流沙的形成是因为遇到了地下水，在水压的变化下，沙子和水一起发生了流动，所以必须架桥梁，我们做过几次试验，但是都抵抗不了流沙带来的不稳定性。眼下，只剩下一种方案没有考虑过了，那就是成本最高的钢护筒跟进旋挖钻干法成孔技术。"

赵工说着，目光从在座的那些领导与专家的身上转到李铁生身上："铁生，你来跟大家讲讲这个技术！"

李铁生看得出来，台下还有好几位头发花白的老专家，在这些人面前讲他从书本上学来的技术，实在有种班门弄斧的感觉。

周跃平看着赵工，他一直觉得赵工是个性情率真的人，如今看来确实如此，其实最有发言权的人是赵工，但他非要李铁生来讲，爱才之情，溢于言表。

李铁生心思迟钝，也没想那么多，既然他的领导赵工让他讲，他也就大大方方地从专业的方面开始讲起，他连着列举了三种方案，分别分析了利弊。他最后总结道："不论如何，关乎地质安全的质量问题是最重要的，所以我们别无他选，只能采取钢护筒跟进旋挖钻干法成孔技术，这个费用是不得不花的，否则我们的铁路根本建不成！"

李铁生的语气与赵工的截然不同，带着年轻人憨厚的冲劲，带着对工作的坚持和热情："希望领导们能够考虑增加预算！"

高天琪侧头看着李铁生，她听过李铁生对苏红讲话的语气，有点腼腆，和现在的态度真是大相径庭。

各单位的领导听完纷纷陷入了沉思，没有任何一位领导贸然发言，一旦同意了就必须把真金白银砸下去。

一平方米就增加一千五百元，桥梁那么长，虽然不能一下子就计算出来增加的预算有多少，但是至少也得几百万。

周建新知道这事不能这么容易就定下来，只好先做了个总结，给大家一些商议的时间。

这时，周跃平发言："我作为一名铁路人，虽然不能在前线像他们一样发光发热，但是不管最终确定了哪种方案，我们物资部门都会尽量为大家压下材料的价格。"

就这样，会议结束了。李铁生他们先留在青城，等待最终的结果。各位领导也知道，工程每耽搁一天，同样在耗费成本，考虑到之前投入的成本，只能答应了下来。

赵工等人得知了这个消息后都快欢呼起来了。唯独一个人有些闷闷不乐，那就是周跃平，高天琪就在家住了一个晚上，连被窝都没捂热呢就要走了。

高天琪只能哄着他道："我们在沙漠里见，别担心嘛！"

"每次运送物资过去，还不都是为了工作？"周跃平哼了一声，虽然是嗔怪，但还是细声叮嘱，"注意身体，沙漠昼夜温差大，你要注意加减衣服……"

"好啦，记住啦！"高天琪一时间简直有点分不清他们到底谁是丈夫谁是妻子。

临行前，一位头发已经花白的老教授主动站出来加入了行程，如今他已经退休，但他愿意给这些年轻人提供技术支持，因为他曾经参与过风沙地区的桥梁设计工作。

李铁生看着这位七十来岁头发花白的老教授，温和地劝道："教授，临策线的环境实在太恶劣了……"

教授看起来有点倔强劲儿，眼神中透着一股坚毅，不输年轻人，他知道李铁生想说什么，便说："看着你们这些人都在为祖国的铁路建设拼命，我也想为你们，更为国家的铁路建设事业做些力所能及的事，至于环境恶劣，我比你经历得更多，你不要再劝了，我也算是这方面的专家，所以我一定要跟你们一起去！"

李铁生的眼睛不禁湿润了，教授的年龄已经不适合去那么恶劣的环境，可他仍然义无反顾地前往。

就这样，一行人带着这位名叫汪超的老教授再次回到了施工现场。

周跃平开始发挥他的长项，那就是谈判，新采购的材料通过几次拉锯战拿到了最低价。曾经采购过的那部分已经签了合同的，他也通过软磨硬泡，让厂商同意了不改合同的价格，优惠折成赠送。

104

此时，在沙漠的临时医院里，苏红同往常一样忙碌地工作着。可与往常不同的是，自打李铁生走了之后，她的心仿佛被带走了。她时常望着李铁生曾经住院的床位出神，回想着李铁生讲述过的那段故事，那憨厚而质朴的声音时常回响在她的脑海中。

有时候她抬起头望着远处，想象着李铁生在上面建设铁路的场景。

但或许，忙于工作的李铁生恐怕早就不会再去想她这个只是照顾过他几次的小护士了吧？

渐渐地，苏红将这份涌动的感情压到了心底，直到有一天院长通知要往施工现场输送一批药物，他在会议上问大家谁自愿去一趟，苏红的心里又燃起了熊熊的火焰。

苏红想都没想便举起了手："院长，让我去吧！"

谁都没想到自愿前往沙漠的竟是一位小姑娘，院长第一个反对："苏红护士，我能够理解你这份热切的心情，施工现场离咱们驻地医院也有一段距离，只能徒步送药过去，不是你这个小姑娘能够应付得来的！"

苏红站了起来，她的双手撑着桌子，目光灼热地看着院长："院长，我能去！我的身体素质很好，让我去吧！"

苏红给大家的印象向来是温和的，但是这一次她提高了声调并且坚定无比地提出了这个要求，大家都不理解她这个小姑娘为什么要去那么恶劣的环境，但只有她心里明白，她此行并不仅仅是去送药，而是想再见李铁生一面！

院长考虑了一会儿，便勉强同意了苏红的要求，毕竟运送药物至少要五六个人，他便让苏红和自愿前去的男医生，以及两个女护士组成送药小队，前往施工地点。

对苏红来说，这可是她能够再次见到李铁生的唯一机会。

沙漠里的风沙无情地吹着，柔软的沙子吸收着脚上的力气，比在平地行走要艰难得多。她在这时才切身体会到李铁生曾说过的在沙漠上施工的艰苦。但是一想到马上就能见到李铁生，她就咬着牙坚持了下来。

傍晚的时候，送药小组来到了施工队的驻地处，那是几排大帐篷，项目部施工队，以及科研团队的所有人就住在这里。

不知是因为这一路走来的疲惫，还是因为即将要见到李铁生的激动，苏红感到心脏仿佛要在胸腔中跳出来了一般。

送完一部分后，还要去送其他驻地的药物，等到药物全部送完后，天已经黑了下去，风沙也渐渐大了起来，他们不得不在这里凑合住上一晚，而帐篷旁边的大锅里正煮着食物，已是吃晚饭的时间了。

苏红几次朝外面张望，都不曾看到李铁生，这让她有些失望。

厨师盛了几碗饭菜端给了送药品的几个人："这边风沙大，菜里可能有沙子，你们吃的时候小心一点。"

苏红看着周围的人吃得很香，自己也低下头吃了一口，味道其实还行，但里面偶尔能吃到沙子。

正吃着饭，苏红听见一个熟悉的女声："苏红，你怎么在这？"高天琪端着饭盆在苏红的身边坐下，惊讶地看着她。

"我是过来送药品的，这些是我的同事。"苏红有些羞怯地说，她上回和高天琪的话还没说完，她知道高天琪一定看出了她的心思，也明白为什么是她来送药。

高天琪笑了笑："这饭有点硌牙吧？"

"嗯。"苏红点点头，低着头大口地往嘴里送，她一方面是饿了，一方面是有些逃避高天琪那双能够看到她内心的眼睛。

吃完了饭，高天琪突然握住了苏红的手："我带你去找铁生吧，他在那边的帐篷里吃饭，走！"

"我……"苏红来不及说什么，便被高天琪拉着来到了另一顶帐篷的外面。高天琪对苏红说："你在这里等我一会儿。"

平原出来的烈风，毫无山脉与植被的遮挡，仿佛就这么吹在一颗惴惴不安的心上。

这时，李铁生和高天琪一同走了出来，苏红的身体仿佛突然被冻僵了似的，她站在原地不知该不该往前走。

李铁生大步来到苏红面前，他惊讶地看着苏红："真没想到你这么个女娃娃也来送药品！"

苏红点点头，她不知该说些什么，突如其来的见面让她的一颗心都快跳到嗓子眼儿了。

高天琪带着两个人来到了自己住的帐篷外面，然后拉开门对他们说："这里晚上降温很快，其他人还没回来，你们到我的帐篷里去坐一会儿。苏红，你今天晚上就在我这儿睡吧，住一起方便些。"

"这是不是太麻烦你了？"苏红问。

"不麻烦，咱们两个人睡一床还能暖和点！我还有工作要忙，你们先坐会儿，我一会儿就过来！"高天琪一边说着一边把两个人推进帐篷里。要是换作别的男孩子，她可不敢把苏红这样温柔的姑娘和一个男人关到一个帐篷中，但是李铁生不同，她要是不帮上一把恐怕两个人连说话的勇气都没有。

"你坐吧。"李铁生对苏红紧张地说着。

高天琪的突然离开让他们两个人的相处有些尴尬。

105

李铁生往炉子里添了几根柴，炉火烧得旺旺的，火光映着苏红的脸，苏红说："你也坐过来一点，烤烤火吧。"

李铁生摇头："我不冷。"

"你身体恢复得怎么样了？出院也不跟我说一声。"

"我身体恢复得挺好，那天走得急，没来得及跟你打声招呼，其实我一直都想谢谢你那些天对我的照顾呢！"

"你恢复好了就行，以后可得注意身体。"

如此问候了几句之后，两个人便陷入了一阵沉默。这个小小的帐篷，不同于医院那宽大的病房，拉近了距离的二人反而在这时都害羞了起来。

苏红从包里翻出李铁生的手电筒："那个……手电筒还没还你呢，我给你带来了。"

"谢谢你。"李铁生接过手电筒，"我都忘了这码事了。"

看着李铁生脸上露出那憨憨的笑容，苏红的心里翻涌着一股复杂的滋味。她觉得自己想要再见李铁生一面的愿望是达成了，她却又不满足了，因为过一会儿她又要和李铁生分开了。

一想到这，苏红的心里便生起了一股勇气，说道："铁生，我很喜欢听你的故事，以后你能再给我多讲讲吗？"

"可是，我基本上把我的故事都讲给你了。"李铁生似乎有些困扰，他在犹豫着，到底该不该把母亲曾经因为看病路途遥远而死在路上这件事情告诉苏红，那是他几乎从不对别人讲的伤痛。

苏红皱了皱眉头，低着头捏着自己的衣袖："那……以后还能再见到你吗？"

李铁生有些惊讶，看了看苏红，接着他的脸似乎也被火光映得红彤彤的，便说："当然能，只是我工作太忙了，你也不要经常到这儿来了！不过也许以后我还会生病，也许还会去医院的。"

"不，我不希望你生病！如果可以的话，我可以到这里来见你吗？"苏红的声音小小的，可语气却是坚决的，她抬起头深情地看着李铁生的眼睛，"我知道现在说这些显得我很任性，可是我……自打你出院了之后，我就一直还想再见你，所以这次是我主动申请过来送药品的！"

李铁生显然没有想到苏红是为了见他才过来的，他这才明白苏红对他的感情，这让他一时之间竟无言以对，但在心里他佩服这个温柔的姑娘能够勇敢地说出心意。

过了一会儿，李铁生才说："可是你一个女孩子万一在路上出了事怎么办？"

"你如果不想让我来见你，我就不会再来了。"仍旧是温和而坚定的语气，李铁生几乎不知该怎么回答这句话。而这时，回忆中王小梅的脸又浮现在心头。也许时过境迁，王小梅容貌与回忆中相差甚大，但是在每每触碰到感情的时候，他仍然会不自觉地想起王小梅，那几乎已经成为他的一种习惯。

"我的工作很忙，一是没时间跟你讲我的故事，二是这里的环境太艰苦了，我……"

话刚说到这里，有人走进帐篷了，原来是高天琪回来了。她看着二人的脸上都写满了心事，便有些后悔自己这么急着回来。

"姐，苏护士，你们先休息吧，我回房间去睡了。"

李铁生走出房间，苏红望着黑暗中的背影，直到再也看不见了。

高天琪一边铺被子，一边对苏红说："不好意思啊，我把铁生就这么叫过来了，不过我们的工作很忙，也就晚上能聊一会儿，明天早上你出发了就来不及见他了。"

"谢谢你，天琪姐。"苏红低着头，帐篷里的温度很低，可她的眼神却灼热。

高天琪让苏红一同在她的床上躺下，她温柔地说："虽然我不知道你们刚刚聊了什么，但我想铁生一定很回避感情问题吧？"

苏红点了点头，高天琪继续说下去："铁生对你讲了他的故事，但一定没有跟你说他是怎么跟我认识的吧？"

"他只说他出远门的时候把钱弄丢了。"

"那我告诉你他为什么要出远门。"接着高天琪便把李铁生当年离家出走，去找王小梅的故事说给了苏红，"铁生这个孩子性子特别执拗，他曾经在货场的时候也有一个女孩子很喜欢他，可是因为他的心里还忘不了王小梅，所以便拒绝了那个女孩子。"

苏红不禁对李铁生的这份深情感到诧异和敬佩："天琪姐，我想你也明白我为什么会来了吧，我真的很喜欢铁生。"

"我明白，所以我才会把这段故事说给你，我说这些不是为了让你知难而退，而是想让你对铁生再有些信心与耐心，不要因为他的回避而退缩！"被窝里高天琪紧紧地握住了苏红的手。

"可是，若是他的心里还惦念着王小梅呢？"

高天琪想了想说："已经这么多年过去了，我不知道他是否还会惦记着王小梅，但我知道他这个内向的娃娃很喜欢跟你说话，你知道吗？他跟我这个姐姐都没说过这么多，却跟一个照顾过他的护士主动讲述他过去的事情。"

苏红的眼睛亮起来："真的吗？这么说铁生对我是特别的？"

"那当然！"

"天琪姐，那你能不能帮我？帮我走进铁生的内心。"

高天琪翻了个身，她认真地看着苏红说："这段铁路恐怕还要几年才能建好……"

"我愿意等！我喜欢铁生，哪怕时间再长，环境再艰苦我都不怕！"

望着苏红那坚定的眼神，高天琪微笑着摸了摸苏红的脸颊："我想，铁生一定会爱上你的！"

漆黑的夜里，帐篷里其他的队友们已经响起了鼾声，而李铁生却在床板上辗转反侧，怎么也睡不着。他不断回想着苏红的那些话，回想着曾经在医院中苏红对他的照顾，还有用热腾腾的毛巾给他擦脸，这让他不由得想起了母亲，那种亲切而又温暖的爱意。

106

第二天早上，苏红和另外几位同事启程了。他们没走多远，便听到后面一阵奔跑的脚步声，苏红回过头一看，竟然是李铁生。

"苏护士，你要走了？"李铁生跑过来。

"我要回去了。"苏红看着他。

接着便是长达十几秒的沉默和目光的交融。旁边的几个医护人员终于明白了为什么苏红一定要来送药，便说："我们先走，你一会儿跟上来。"

"你是来送我的吗？"苏红低着头问，她的脸上渐而洋溢起了笑容。

"嗯。"李铁生点点头。

两个人就这样一起走了一小段路，虽然谁都没有说话，但苏红仍觉得满心甜蜜。虽然这清晨的风又冷又烈，可她希望这段路长得走不完。

可是路再长也有走完的时候，苏红说："就送到这里吧，你也该去工作了。"

"好，那你一路保重。"

"那我以后还能再过来看你吗？"

李铁生想了想，最终还是摇了摇头："你还是别来看我了，我忙起来的时候恐怕顾不上你。"

苏红的眼中掠过一丝伤心与失望，但是她仍旧对李铁生笑了笑："我知道了，谢谢你来送我。"

带着这份失落与伤心，苏红跟上了另外几位医护人员。此时的她并不知道李铁生其实想要表达的意思是，不希望她再来这么艰苦的地方了，他以后有时间了就会去医院看她。

然而，内向的李铁生并没有把后半句话说出来，因为他也不知道什么时候会抽出时间，更不知道是否应该接受这份感情。毕竟他还要在这里待很长时间，可年龄一晃就大了，他怎么忍心耽误这位温柔而又美丽的姑娘呢？

随着建筑材料以及设备陆续运来，钢护筒跟进旋挖钻的施工方法这几天也开始了试验。

虽然这个方法广泛适用于土质松软地区或者极为干燥的沙质地区，但是用料和技术要求因地制宜，复杂程度较高。他们第一次采用这种方法，所以难度很大。

工序不仅烦杂而且考验技术和测量的精确程度，不过好在有汪超教授的技术支持，进行得倒是顺利。

只是最终的试验还是不尽如人意，竟然在一处出现了塌孔现象！李铁生等人看着塌孔的地方泄漏出砼与沙石，好不容易把预算批下来，结果他们在施工的时候却出了问题，他们再一次陷入了困境。

而这时，汪超教授却显得胸有成竹，他步履稳健地来到了这群愁眉不展的后辈面前，笑了笑，带动着脸上苍老的皱纹线条，显得格外慈祥。他说："我刚刚看过了塌孔的地方，我分析了一下，应该是在砼经过导管下进入桩孔底部时，落差过大，造成的冲击力振动，诱使桩孔局部沙层、砾石层脱落，才产生塌孔现象。"

李铁生同意这个观点："可是教授，沙石层如此脆弱，我们还能怎么办呢？"

汪超教授却用那饱经沧桑的手摸了摸下巴上粗硬的灰白色胡须说："也许我们可以在里面先放上一个东西来降低缓冲呢？"

李铁生的眼睛突然亮了，拳头打在手掌上："就用一个类似于气球的球体怎么样？边缘光滑没有棱角，砼会顺着缝隙流下去，而气球因为轻，所以最后会浮上来！"

听到李铁生这个回答，汪超教授不住点头："这个想法不错。"

另一个工程师道："对，气球！但是要材质耐用结实的，就用橡胶球怎么样？"

所有人终于一致通过了这个办法，很快，体积合适的橡胶球被运到了施工现场，一经使用，效果果然跟大家之前设想的一样，桥墩的架设难题终于得到了圆满解决。

汪超教授总共在工地上待了3个月，帮忙处理了一些施工过程中的关键问题，天气也渐渐变热，虽然他还想继续留在这里发光发热，但是工程师们一致决定必须让汪超教授回去。

毕竟，马上要到来的夏天，不仅仅对于年迈的老人是个坎儿，对于身强力壮的年轻人来说也是个煎熬。

临行前，高天琪和李铁生在内的几位工程师都来送别，汪超跟大家分别握了手，最后才握住了李铁生的手。他这么一握，这哪是一双年轻人的手，这根本就是一双长满了老茧的手。

那双饱经沧桑的眼睛闪出光来："铁生，你真的让我改变了很多老想法、老思想。"

李铁生不舍地看着汪超："为什么？"

汪超不断抚摸着李铁生的手，仿佛捧着个珍宝："我从前觉得，你们年轻这一辈人，生活过得好，吃不了苦，不能像我们那个时候，工程师和工人都是工人阶级，都是一样辛苦，工程师要参与工程项目施工的每个环节，因此更加辛苦。现在我看到了你，没有一点工程师的架子，和工人们一起干活，去亲身实践，思维也敏捷聪慧，我终于放心了！"

李铁生莫名有些眼睛发热，他此时就好像是接过了一个沉甸甸、热腾腾的一颗心，那是为了铁路事业甘愿奉献全部的赤子之心，由他们继续传递、发扬，那么这颗赤子之心就永远不会老。

"教授，您放心，我们一定会将这份精神保持下去，也传递下去！"李铁生坚定地说。

目送着汪超教授等人离开，正午的空气焦躁，刮来的风也闷热，地表的景象被阳光照射得模糊，李铁生却从来都没有这么幸福过。

107

熟能生巧，虽然钢护筒跟进旋挖钻干法成孔技术比较复杂，但是随着一个又一个桥墩的建成，有了一套完备的施工流程，施工的进度也就加快了。

有时候李铁生几乎整天都和工人们待在一起，小心仔细地检查工程质量，毕竟沙漠中建设桥墩，他们也是第一次。

他白天跟着工人们一起出工，晚上继续学习。偶尔有些空闲的时候也会独自看着旷野发呆，眼中似乎积蓄着一些无处诉说的东西，最后自己便默默消化了。

看着李铁生忙碌的身影和那张总是写满了心事的脸，高天琪不由得担心起来。

"要不要出去走走？"趁着李铁生发呆，高天琪拍了拍他的肩膀，"人长时间闷着会生病的！"

"我都习惯这里了，不闷，姐。"李铁生的眼神从本子上的那些数据转到了高天琪的脸上，长时间疲劳用眼，他的视线有些模糊。

"那也得休息好了才能继续工作啊！"

两人在沙漠里边走边聊着工作，又聊到了苏红。

事实上，这段时间那张脸一直在李铁生的思绪中久久地浮现着，他反复回味着苏红曾经对他说过的饱含深情的话语。

一个念头在他的心中升起，他想去看看苏红。

来到驻地医院门口，李铁生对高天琪解释道："我想反正也不是特别远，就过来看看苏红护士，也算是对她细心照顾我的感谢。"

此时的苏红刚忙碌完，当她听到同事喊有人找她时，她还以为是某个病人呢，却看到了李铁生。

这一刻她觉得自己如果也用上生命体征监护仪的话，一定会看到心率和血压正在急剧攀升。"你们怎么来了？"她问。

高天琪不等那笨嘴拙舌的李铁生开口，便先说："铁生说要来看看你。"

李铁生的脸瞬间就红了，他有些急迫地开口："这不是顺路吗？"

可是，正是这份急迫已经将他心中那份因为见到苏红护士的紧张完全暴露了出来。苏红觉得自己仿佛置身于梦中一般，虽然此时此刻的天还不算热，但是她好像中暑了。

高天琪让两个人聊着，自己在驻地医院里随便转转，与生病的工人们聊天。

事到如今，就算李铁生再木讷也明白高天琪在两次见到苏红后都借故离开的原因，就是想给他们创造单独聊天的机会。

可是，他跟上了高天琪："姐，我跟你一起去吧……"

他虽然也想见到苏红，可是心里却有着千般的矛盾，他一方面不知该怎么回应苏红对他的感情，另一方面他害怕与苏红继续发展出感情。他心甘情愿把青春献给铁路建设，可他不想让苏红同他一样，把一个女孩子最美的年华也留在这里。

可就在这时，苏红突然拉了拉李铁生的衣角："铁生，咱们好不容易见一面，还不说说话吗？"

李铁生实在无法拒绝苏红那温柔的要求，他与苏红一起走出帐篷，坐在一片沙堆上聊起了天。他知道苏红并不懂铁路技术方面的问题，但仍然说了钢护筒的工艺技术。

苏红安静地听着，时不时发出几声惊讶的感叹。可聊着聊着，李铁生发现能够告诉苏红的事情说完了，两个人再一次陷入了沉默中。

即便这样沉默相对，李铁生也能够感到那种暖融融的被温柔包围着的感觉。

苏红正在工作时间，她虽然很想跟李铁生再说些什么，可是此时也抽不出时间了。她站起来拍了拍白色护士服上的褶皱："铁生，我要去忙了。"

"你去吧。"李铁生也站起来，他的目光停留在苏红那雪白护士服的褶皱上。

"谢谢你来看我，铁生，下次休息的时候，你还可以来看我吗？"

面对着苏红的问题，李铁生不知该怎么回答，他甚至不想再来见苏红了。可是苏红的语气是那么诚恳那么温柔！

"我工作很忙，也不知道下回过来是什么时候了。"

苏红点了点头，即使低下头，李铁生还是看到了她眼中的伤心和失落。苏红转头匆匆忙忙地就离开了。李铁生和高天琪趁着夜色快步回到了施工队。

108

李铁生走在烈风中，他仍然回味着刚刚与苏红那不到二十分钟的会面。

这次分别让他体会到了一种熟悉的感觉，这不由得让他想起了多年前对王小梅的那份深深思念。

于是他在心中下定决心，再也不去见苏红了。

可理性的决定又与情感格格不入。回去之后，除了工作的时候，苏红便在每个夜晚烦乱的思绪中冒出来。渐渐地，那份念想越来越多，几乎将他的整个思绪占据了。

而同样的，在驻地医院里，苏红也在思念着李铁生，也因这份思念而饱受着痛苦，苏红盼望着院长能再派她去送一次药品，终于有了这样一次机会。

"铁生！"当李铁生晚上从隧道里出来，准备回到帐篷中吃饭的时候，他突然听到苏红喊着他的名字。

他愣了愣，但又不相信，他觉得自己一定是因为总想着苏红，所以耳边才出现了幻听。

突然，他感觉自己那双粗糙的手被一双暖乎乎的小手包裹着，他抬起头在夜色中看清了苏红的脸。这让他更不敢相信，但手上传来的温度让他知道他没有因为太过想念而出现幻觉，是真的，他心心念念想着的人来到了他的身边。

"你怎么又来了？"李铁生惊讶地看着苏红，"你还是来送药品了吗？"

"是的。"

"我不是跟你说过尽量不要来吗，万一遇到了流沙或者是突如其来的沙尘暴怎么办？"李铁生说完了才意识到自己的语气似乎太激烈了，可他也确实很担心苏红。

"可我想来看看你。"苏红仍然温柔而坚定地说。

"我不是说过让你不要来吗？你怎么不听话呢？这太危险了！"他的语气里带着一些责备。

苏红沉默着握了握拳："如果你不想见我的话，那我就走了！"

一边说着苏红一边转身就要走，突然她的手臂被李铁生紧紧攥住了："别走！这么晚了你还能去哪儿？"

李铁生故意让自己的语气听起来冷漠甚至不近人情，他想自己这样的态度能让苏红死心，但是落在苏红身上的眼神却说不了谎。

就这样，苏红被李铁生拉进帐篷中。工人们看到李铁生拉着一个女孩进来，有的吃惊有的笑，有的还在悄悄地议论着。这使得李铁生和苏红都感到有些难为情。

李铁生安排苏红在垫子上坐下来，然后打了两份饭，一份递给了苏红："先吃口热乎的吧。"

在这不远不近的距离中，苏红时不时抬起头看看李铁生，有时候刚好对上李铁生的视线，她就马上害羞地低下头。

吃完饭，李铁生带着苏红来到高天琪住的帐篷前："今天晚上你就还住在这里吧，明天一早你就走，以后你也不要来看我了！"

李铁生说完就准备去拉开帐篷，可是耳边响起了苏红那隐忍的啜泣声，这声音让他好不容易才硬起来的一颗心软了下去。"你哭什么？"

"你不让我来见你。"苏红说着，哭声越来越大了。

李铁生手足无措地看着苏红，他感觉大脑仿佛停止工作了，他根本就不知道该怎么去劝慰，更不会哄女孩子，只好闷声闷气地说："你别哭了，这地方冷，会把脸冻伤的！"

"你都不希望我再跟你见面了，那还管我哭不哭干什么？你可以把我扔下就走，反正今天晚上我也不至于没地方住。"苏红哭着说。

因为太多的原因李铁生不想跟苏红再进一步，但是已经能够确认他对苏红也产生了一种别样的感情。他看着苏红脸上的泪珠，心里也涌动起一阵悲伤，"你别哭，你这样我心里难受。"

苏红追问："为什么我哭你心里会难受？"

"你别再问下去了，我不想再回答你的问题。"李铁生一边说着一边打算拉开帐篷的门，可苏红将他的手压了下来："告诉我，为什么？"

"你就一定要打破砂锅问到底吗？"李铁生显得有些急躁。

"你不说出为什么，我就不进去！"苏红坚决地说，她的身体在冷风中瑟瑟发抖。

沉默良久之后，苏红听到李铁生轻轻地叹了一口气："你就别再逼我了，就算是你得到问题的答案，咱们之间也不会有结果，我还要在工地上待几年，也从来没想过感情……"

还没等李铁生说完，苏红就先打断了他的话："我愿意等，我不怕苦！我不信你对我一点感觉都没有！"

李铁生想了想，他觉得逃避的确不是一个男子汉的做法，干脆在这夜色之中直抒胸臆："我不想让你哭是因为我心疼你，我不想让你来看我，也是因为我心疼你！可是……"

还没等李铁生的话说完，苏红就抱住了他，即使隔着厚厚的衣服，仍然能感受到苏红女性身体特有的柔软，亦闻得到发丝中那淡淡的清香。

李铁生的身体一震，头脑一片空白，但是转而就清醒过来了，在苏红渴求却又迷茫的目光中，他的心跳加快了许多。风沙吹在他的脸上如同刀子割肉一般生疼，他抹了一把脸颊，手上竟沾满了冰冷的泪水。

109

几天之后，李铁生到高天琪所在的帐篷找她。

"你能不能告诉苏红，让她对我死了这条心吧！"

看着李铁生那双通红的眼睛，高天琪不解地问："你明明也爱着她，为什么不肯尝试着接受呢？难道你还在思念着王小梅吗？"

事到如今，王小梅已经成为李铁生心中的一道陈年伤疤，有着触目惊心的痕迹，却早已没了痛。

李铁生用冰凉的手摸了一把脸："天琪姐，正是因为我心疼苏红，所以我不能接近她，我估计还要在工地上再待三年，而她在这边的服务到期，可能很快就会回去，难道以后几年我就要让苏红在这么艰苦的环境中一直等着我吗？我应该那么自私吗？"

高天琪这才明白李铁生心中的顾虑。

"我曾经问过苏红这个问题，她说她为了你哪怕等上几年都愿意……"

"可我不能那么自私，而且我根本没有精力去谈恋爱，你别劝我了，还是劝劝苏红让她不要再来了！"

李铁生说完便离开了帐篷，他此时的心就如同这沙漠上巨大的昼夜温差一样矛盾，他留恋甚至渴望苏红的温柔，但出于理性不得不抵抗着心中这本能的向往。

几天之后，高天琪趁着送伤员的机会，原原本本地将李铁生的话转述给了苏红："也怪我一开始太想撮合你们。我想你还是好好考虑一下，到底要不要跟铁生继续发展下去，你真的愿意一直等他吗？实话说，我们的工作其实就是常年出差，我和我爱人刚刚新婚三天就分别了。"

苏红沉默了。

的确，她与驻地医院签了两年的服务协议，两年的服务期一过，就会有新的医护人员来接替她的岗位。在这两年中她离开了父母、亲人和朋友，一个人饱尝思念之苦。哪怕她有一颗愿意为大家服务的滚烫的心，但是这份思乡之情是难免的。

与高天琪的一席谈话结束后，苏红就陷入了沉默。苏红终于决定冷静下来好好思考一番了。

然而让高天琪和李铁生没有想到的是，他们在半个月后的傍晚再次见到了苏红。她穿着红色的外套，在这萧条的沙漠上，显得格外美丽。

李铁生看着她，故意用责怪的语气问："你怎么又来了？不是说过你不要再来了吗？"

苏红没有先回答李铁生的话，而是转身从背包中拿出了一个信封，从里面掏出了一张稿纸，最上面的几个大字是"服务续期申请"。再细看里面的内容，是苏红主动向领导申请将服务期再延长两年。

李铁生看着信上的内容，他不解地看着苏红："我记得咱们刚在医院见面的时候，你曾经告诉过我还有半年你的服务期就结束了，你期盼着能够回到父母的身边。"

"你上次让天琪姐跟我说的，我已经仔细考虑过了，所以我决定继续留下来！"苏红说。

李铁生看着苏红那坚定而又温柔的眼神，也正是在这个时候，他才真正意识到，原来真正的坚强与坚韧并不体现在外表，而是以一种温柔的方式表达出来。"是为了我吗？"

"是！"苏红毫不犹豫地回答。

突然，李铁生将那张稿纸撕得粉碎，白色的碎片落在地上瞬间就与白雪融为了一体。

"这是我的草稿，这封信我已经寄给了我们院领导，这是我深思熟虑之后的决定，铁生，我愿意留下来，不管多久都愿意等你！"苏红毫不动摇。

李铁生看着苏红，他的双手落在苏红的肩膀上："我到底哪里值得你付出这么大的牺牲呢？"

"这世上哪有什么值得不值得？只要我愿意，就是值得！"苏红坚定地回答。

这一次，李铁生哭了。他的泪水在冰冷的脸颊上滚烫地流淌下来，在模糊的泪光中他看到苏红的眼泪也流了下来。

接着，他毫不犹豫地把苏红揽入怀中，那双有力的手臂紧紧地把苏红抱住了，他的脸贴在苏红的肩头："我真的不愿意你为我这样牺牲，你知道为什么吗？"

苏红摇了摇头。

李铁生的声音已然哽咽了，他在苏红的耳边用同样温和而又坚定的语气说："因为我早已经爱上了你，就如同你爱着我一样！"

苏红受到了巨大的鼓舞，她也将脸紧紧地贴在李铁生的肩头："铁生，我考虑好了，哪怕未来要披荆斩棘，我也愿意！"

李铁生再也不忍心辜负苏红的一片心意，但他仍然告诉苏红："以后你不要再到工地这边来找我了……"

"为什么，现在你已经承认你也爱着我，也不肯让我来找你吗？"

李铁生摇了摇头，他用指尖擦去苏红脸上的一片热泪："是的，就是因为我承认了我爱着你，所以不想你再来这个危险的地方找我。答应我，以后我去看你！"

两颗渴望温情的心，在这寂寥的旷野沙漠中紧紧地贴在了一起。李铁生与苏红的爱情也随着夏季的到来逐渐升温变得火热。

又是一年寒来暑往，工程已经完成了一半，工程队也开始回乡过年。

高天琪自打回了家，周跃平服务得非常殷勤，一天三顿饭都变着花样做，每天晚上端水洗脚，在工程上忙惯了的她觉得有点不适应。

有一天，她去单位处理一些事情，晚上回家的时候映入眼帘的却是一片黑暗。她已习惯了周跃平早早回家做饭。

周跃平去哪儿了？

正这么想着，灯却突然开了，桌子上摆着一大束漂亮的玫瑰花。周跃平出现在她的眼前，言语中有几分责怪却宠溺的意味："你呀你，不会是连今天是什么日子都忘了吧？"

高天琪愣了片刻，这才突然想起来今天是他们结婚一周年的日子。她今天忙着写一份报告，哪儿还有心思想这个："抱歉……"

周跃平扶了扶脑门，他抓住高天琪的双手："拜托，这么重要的日子你也能忘？"

309

110

她带着歉意在周跃平的脸上吻了吻："抱歉。"

"我一猜你肯定想不起来，但又想给你个惊喜，没想到你加班到这么晚才回来，饭菜都凉了，我去热热。"

周跃平摸了摸高天琪的头发，转身走进了厨房，然后端出一道道精美的菜肴。他结婚以来的这一年，和单身汉没什么区别，加上工作不算忙，让他有的是时间在家里研究如何做饭。

吃过饭，天色已晚，两个人躺在床上，周跃平掏出一个方方正正的盒子，交给了高天琪。那是一块精美优雅的世界名表，看得出来这是周跃平精心准备的结婚周年礼物。

高天琪惊喜地收下了表，又带着歉意地说："可我没有给你准备礼物……"

"其实你也不必准备什么礼物。"周跃平微笑着看着高天琪，他的声音顿了顿，"不过我想我们这个家庭也的确需要一个礼物。天琪，我想要的是我们两个的孩子。"

高天琪把表放下，她目光坚决地看着周跃平："现在我的工作很忙，恐怕也没有精力要孩子，所以……能不能等一等？"

"我们结婚已经一年了，我想这个时间刚刚好。我父母也跟我说过希望早点抱上孙子！"

周跃平一边说着，一边轻轻地吻了吻高天琪的耳垂："天琪，我们不要再避孕了好吗？"

高天琪的手放在周跃平的脸上搓了搓："你有没有在认真听？我说我现在还不想要孩子。"

"天琪，我真的想要个孩子……"

"可是我还要工作，临策线只要一天不建成，我就一天不会考虑怀孕。"

听高天琪这么说，周跃平从床上弹了起来："可是你别忘了，你是有家庭的人，难道为了工作，你连家庭都不顾了？"

"反正我不怀孕！"高天琪也生气了，别过脸去背对着周跃平。周跃平在她的背后一直表达着自己的不满，"天琪，你现在是一个妻子，女人应当以家庭为重，你知不知道我这一年来过的是什么日子？我虽然结婚了，但是和单身汉没有区别。我看到别的同事一家三口在一起，我也羡慕啊！你光想着工作，就不能为我想想？"

周跃平的这番话彻底点燃了高天琪的怒火，她把周跃平推到一边去，严肃而郑重地说："你早在跟我结婚的时候就知道我的工作性质，现在怎么又反悔了？"

"你的意思是我就应该一辈子好像个打光棍的还毫无怨言？"

这天晚上，两个人各睡床的一边，谁都没有睡着。终于在半夜时分，周跃平还是从背后紧紧地抱住了高天琪，高天琪依靠在那宽大而温暖的怀抱中，仍然心事重重。

她知道周跃平或许会因为爱她一时妥协，可这终究会成为两个人无法调和的矛盾。

她脑子里想的都是施工现场。她为了这份梦想，一直都在全力以赴，却在家庭方面亏欠周跃平太多。

怀着这份歉意，她翻过身在淡淡的月光下吻住了周跃平："跃平……"

新年过后，施工队再一次回到了工程现场，开始了紧锣密鼓的工作。一段时间后，高天琪就感到莫名的疲惫，随之而来的还有食欲不振和恶心，这令本来就处在大量工作中的她招架不住，晕倒了。

她被李铁生和赵工送到了临时医院，医生问过了症状，拿不准高天琪究竟是什么病，这里也没什么能够化验检测的设备，所以建议高天琪回青城做个检查。

苏红听着高天琪说的症状，几次欲言又止，最后提出了和医生同样的建议。

高天琪觉得自己身体没有太多不适，只是突然之间有点虚弱，便想继续留在工地上坚持着，但是身体状况无法让她继续下去。两天后，周跃平终于接到了高天琪。

"跃平，你干吗扭扭捏捏的？不像个老爷们儿！"高天琪责备道。

"你不是生病了吗？我当然要照顾你啊！"周跃平的语气中带着几分心虚。

回到家，在周跃平的陪同下，高天琪来医院做身体检查，当她把症状说给大夫的时候，大夫说："你说的这些症状有点像怀孕了……一会儿去做个抽血检查，看看是不是怀孕了？"

医生的话让高天琪有些发蒙，她摇了摇头："大夫，我和我丈夫一直都在避孕，所以不太可能怀孕，我想就不必做这个检查了吧？"

"还是做一下吧！"周跃平目光闪烁着，劝道，"总之，大夫让你检查什么你就乖乖听话吧！"

高天琪想了想，反正只是抽上一管血而已也没什么大不了的，便同意了检查，上午送去的血样下午才能得到检查结果。

中午，两个人在医院门口的小饭馆里吃饭，刚吃了几口高天琪就觉得胃中有一阵阵酸水向上翻涌着。她干脆放下了筷子："我没什么食欲，最近总是泛酸水，我想这大概是胃病吧，我听说胃病也会导致人疲劳。"

周跃平用意味深长的眼神望着高天琪，沉默了片刻才说："也许吧。"

拿到了检查单之后，高天琪再一次回到了诊室，大夫看了一眼检查报告脸上马上露出笑容来："恭喜你们，是怀孕了，一会儿我再开个 B 超单，明天上午过来做，看看胎儿发育得怎么样。"

111

还没等医生的话说完，高天琪就彻底愣住了，她不解地问："我怎么可能怀孕了呢，是不是检查结果拿错了或者是血样拿错了？我一直都在避孕！"

"也有可能是避孕失败，毕竟任何避孕产品都不能够达到百分之百成功。"医生说。

高天琪顿时感到脑海中仿佛炸响了一枚炮弹，她竟然怀孕了！她望着坐在他身边的周跃平已经兴致勃勃地开始和医生谈起怀孕的注意事项，竟完全没有流露出震惊来。

这让她不得不回想起两个多月之前，她因为要小孩的事和周跃平吵架那天，因为心里怀着对周跃平的歉意，所以当天晚上还是在一起了。

当时周跃平从抽屉中摸出了一个避孕套就用了。以前他们也用的这个牌子，并没有出现过任何意外，可这一次竟然避孕失败了。这让高天琪想到可能是避孕套出了问题。

正当周跃平跟医生说话的时候，高天琪说了一句话："这孩子我不要，能不能现在帮我挂个号，我要流产！"

"高天琪你疯了吧？这可是咱们好不容易才得来的孩子，你怎么忍心就这么打掉？"

医生看到这一幕显然也有些震惊："是啊，孩子来了也是缘分……"

高天琪对着医生摇摇头，然后冷静地偏过头看着周跃平："我曾经跟你说过，工程一天不结束，我就一天不会考虑怀孕生子的事，所以这孩子我非打掉不可！"

说完，高天琪就离开了病房，周跃平在后面跟了上去："你干吗非要打掉他？你肚子里的孩子也是我的！难道你不尊重一下孩子父亲的意愿吗？"

高天琪冷笑了一声："那你尊重过我的意愿吗？你告诉我那天的避孕套你是不是做了手脚？"

周跃平知道什么都骗不过高天琪那双聪慧的眼睛，便干脆说了实话："那个避孕套我的确做了手脚，我本来是不想这样的，但是我实在是太想要一个属于我们的孩子了！"

高天琪看了一眼周跃平，眼里全是失望："所以你一开始跟我商量的那些话根本就是扯淡，你早就已经做好了准备，又何必多费口舌？"

"我想要一个自己的孩子就那么难吗？你作为妻子连这个最基本的要求都不能满足吗？"周跃平也生气了。

高天琪将那张血液化验报告单紧紧地握在手上："你别说了！你太让我失望了！明天就来医院，我要做流产！"

当然，高天琪清楚流产之前要做一系列的检查，明天就流产是不可能了，不过她希望快一点，最好不要耽误她返回项目上。

晚上，夫妻俩各自睡在大床的两端。每当周跃平想要翻个身抱住高天琪的时候，高天琪便推开他的胳膊。

房间中凝结着一股冰冷而沉闷的气氛，这是他们夫妻俩结婚以来的第一次冷战。

第二天早上，周跃平仍然在厨房中准备早餐，看到高天琪仍旧冰着一张脸从卧室中走出来，他连忙把刚刚热好的牛奶递了过去，言语中有几分讨好的意味："天琪，喝杯牛奶吧。"

"我不喝！"高天琪一边说着一边走进了卫生间，然后"啪"的一声关上了门。

等高天琪从卫生间出来的时候，桌子上已经摆上了丰盛的早餐。可高天琪看都没看一眼便直接转身回卧室换了身衣裳就要出门。

"天琪，你先吃早饭吧。"

"我吃不下！"

周跃平忙拉住高天琪："那你就等等我，我送你去上班。"

高天琪冷冷地瞥了一眼周跃平："我今天不是要去上班，是要去医院预约流产！"

周跃平花了一个早上好不容易营造出来的温馨氛围，再一次因为高天琪的一句话而降到了冰点。

"你就非去不可吗？"

"我非去不可！"

周跃平盯着高天琪那双似乎结着冰霜的眼睛，用一种不可置信的语气说："我没想到你真的对我们的孩子这么绝情！你怎么能这么轻易就扼杀一个还未出世的孩子的生命？难道你对他就没有一点点感情吗？"

高天琪咬了咬嘴唇，一字一句地说："这都是你逼我的！"

二人争执了几句，周跃平终究拦不住高天琪："既然你执意要去的话，那我就跟你去！"

经过一系列检查之后，夫妻二人坐在冰冷的长椅上等待着检查结果。很快，检查结果出来了，高天琪的身体可以做手术，手术定在下周。

从医生的诊室里出来，高天琪走在前面，周跃平跟在后面。一直走到楼梯的转角处，高天琪才发现周跃平没有跟上来，她回头看过去，周跃平靠着墙边蹲了下去，他将脸深深地埋进自己的手臂里，久久未动。

这一刻，高天琪的心里也不是滋味，但是她必须打掉这个孩子。因为她讨厌周跃平如此不尊重她的做事方式，她必须抵抗到底。

在接下来的几天，高天琪几乎与周跃平成为住在一个屋檐下的陌生人。即使她知道周跃平在家里给她准备了晚餐，但仍然加班到深夜才回来。然后她便来到另一个房间，锁门就睡了，拒绝与周跃平的一切交流。

每当她一个人躺在床上却无法安然入眠的时候，她就想起曾经在电视剧中看到的情景：中医在给女人号脉，如果这个女人怀孕了，便会摸出两种脉搏，一种是母亲的，而另一种是未出世的孩子的。

不能否认的是，肚子中那未出世的孩子在受精着床的那一刻便已经有了生命。那个小生命此时此刻正在她的身体中生根发芽，若是没有下周的流产手术，孩子也会一点点长大、出生，也会长成一个像她和周跃平一样完全独立的人。

这个人将有他自己的性格与喜好，有着自己全新的人生。

112

高天琪的手放在还没有隆起的腹部，她初次意识到她的身体里正孕育着一个孩子，一个全新的生命。为了不让这种思维在脑海中继续蔓延，高天琪干脆翻了个身，将脸埋在枕头中。

周六是休息日，可一大早高天琪就听到客厅中热热闹闹的谈话声，她顶着一头蓬乱的头发，揉着惺忪的睡眼，一开门这才看到公婆与母亲都在客厅中坐着说话，他们的脸上洋溢着从未有过的喜悦。

在看到高天琪的那一刻，三个人都站了起来，仿佛怕高天琪这个大活人自己跌倒了似的，扶着高天琪在沙发上坐了下来。

高天琪的心里咯噔一下，瞬间就明白了是怎么回事，她用带着怒火的目光寻找着周跃平，而周跃平却并未在房间里。高天琪的母亲说："你找跃平吗？他刚刚出去买菜了。"

"哦。"高天琪应了一声，她心中生起怒火，便准备倒上一口冰水喝，好压下她内心的燥热。

但是，婆婆马上就拿过了高天琪手中的杯子："你要喝冰水吗？你现在已经是怀孕的人了，可要注意自己的身体，我去给你烧点热水啊！"

"就是！你可不能像以前那么任性了，少吃些冷的冰的！"母亲拉着高天琪坐了下来。

高天琪长长地叹了一口气："是跃平跟你们说我怀孕的？"

"是！天琪，你说你怀孕了这么大的事儿，怎么不第一时间告诉妈？"母亲有些责怪似的看着高天琪。

"女孩子害羞呗！再说天琪的工作可能也比较忙，顾不上把这好消息告诉咱们。"婆婆喜气洋洋地说，"你可不知道我和你爸有多高兴！昨天晚上我们两口子兴奋得一夜都没合眼，要不是我拦着你爸，让他别打扰你休息，他呀恨不得昨天晚上就过来！"

看着家人们脸上那股切的期盼，高天琪抿了抿嘴，实在不知道该怎么告诉他们下周一就是她预约流产的日子。

只有母亲看得出女儿的心事，她趁着周跃平父母不在，偷偷拉着高天琪来到卧室中："你实话告诉妈，为啥晚上要和跃平分开住？"

"我不舒服，睡不着，所以不想打扰跃平。"

母亲若有所思地看着高天琪："天琪，你是不是不想要这个孩子？"

知子莫若母。母亲是看着高天琪长大的，也是最了解高天琪心中那火热的事业心，她知道以高天琪的性格绝不会太急着要孩子。

高天琪紧握着被单的一角："是，你不知道这孩子是怎么怀上的，是跃平他动了手脚！"

母亲深深地叹了口气："我知道你现在还生着跃平的气呢！他也的确在这个问题上不够尊重你！"

"正因为这样，我绝不能让他的计策得逞！"

"为了惩罚他，就抛弃你肚子里的生命吗？"

"也不光是为了他，也为了我的工作。"

母亲摸了摸高天琪的脸庞："孩子，尊严与工作确实是女性最重要的东西，但同样，为一个家庭孕育出新的生命也是女人的责任。"

"妈，怎么你也这么说？我一直认为你是一个职业女性，怎么也搞传统那套？"

母亲苦笑了一声："也许我是年纪大了吧，但是我真的认为你因为这两个原因就轻易放弃肚子中孩子的生命，也太轻率了，你知不知道我在医院里每天都在尽心尽力地挽救病人的生命，可是我的女儿决定亲手扼杀一条生命，你知道生命是多么宝贵吗？你就这样轻率地决定一条生命的去留吗？那可是你的孩子呀！"

高天琪低着头眼圈发红，这几天，她似乎能够感觉到心中有一种名为母爱的感情如同雨后的藤蔓一般迅速蔓延着："可现在也的确不是要孩子的最佳时机！"

"可什么时候才是最佳时机呢？你以为孩子那么容易说来就来吗？这要看缘分的！或许等到有一天你认为时机成熟了，但不一定能怀上。妈在医院里，这样的事情见过得还少吗？"母亲劝道。

"反正时机不是现在，我也根本没精力去管一个孩子！"

"你有公婆，还有我，还怕没人帮你照顾孩子吗？"

"可是……"

"天琪！"母亲握住了高天琪的手，"你也看到你公婆盼着这个孙子，盼得连眼睛都直了！当然这不是最重要的，最重要的是，这是一条鲜活的生命啊。"

高天琪透过卧室的门缝，看着客厅中公婆脸上那浓浓的喜色，心中满是矛盾与纠结。

周跃平回来了，他笑着对高天琪说："我刚刚去市场上买了几样你最爱吃的菜，你等着我去给你做啊！"

"跃平……"高天琪还想说什么，周跃平就已经钻进了厨房中。

一顿午饭吃得心事重重，面对着热情的母亲与公婆，高天琪不得不压着心中的烦躁吃饭。

晚上，周跃平的父母回去了，高天琪安排母亲在自己昨天睡过的那间房里住下，然后她才回到卧室里。

周跃平把她环在怀中："天琪，原谅我。"

高天琪气呼呼地把周跃平的手甩到一边："周跃平你怎么这么卑鄙？你明知道我要去流产，还把怀孕的事情告诉爸妈，你这不就是逼着我生下这个孩子吗？"

周跃平并不否认高天琪的话，他用诚挚的目光看着高天琪："天琪，这都是我的错，你怎么骂我怪我我都认，但是能不能不打掉我们的孩子？你知道这些天来我一个人住在卧室里，想着我们的孩子还没来得及看看这个世界就没了，我心里像刀绞一样难受！"

"还不都是你自作自受？"

"是我自作自受！是我的错！"周跃平的眼圈发红，他拉着高天琪的手放在自己的脸上，"你打我骂我吧，这样咱们心里都能好受一些，我就一个要求，你别打掉这个孩子！"

高天琪抽回手："打你有什么用？我告诉你，今天就算是爸妈都来了也没用，我已经下定决心打掉这个孩子了……"

可话音还没落下，周跃平便在高天琪的面前跪了下去，这个一副傲骨的七尺男儿，就这样在她的面前跪了下去……

"周跃平，你干什么？"

周跃平扬起脸，泪水从他的眼中滑落："天琪，我求你了，别打掉我们的孩子……"

高天琪的拳头紧紧地攥着，不得不说她在这一刻动摇了。这也是她这些天来一直拒绝跟周跃平交流的原因，因为她哪怕再下定决心，也是腹中孩子的母亲，那真切的血与肉的感觉唯有她一个人体会到。

113

就这样，高天琪低着头注视着周跃平满含泪水的双眼。终于，她也哭了："你知道在沙漠上修建一条铁路一直都是我的梦想，也是我爸爸的梦想！"

周跃平抱住高天琪，他的脸贴在高天琪的腹部："是我没有考虑周到，是我对不起你，你就留下这个孩子吧，我发誓在你怀孕的这段时间我还会到沙漠上去运送物资，把那边的情况都如实转达给你……"

高天琪终于在地上跌坐了下来，她把脸深深地埋在周跃平的胸膛，拳头狠狠地打在他的肩上："我恨你！"

"可我爱你，天琪，让他留下来吧，让他也有机会看看这精彩的世界吧！"

此时此刻，高天琪才终于有了一种她即将成为母亲的感觉，她妥协了，但这并不是因为任何人的劝说，而是她自己深深地感受到这个小生命的存在，就在她的腹中，带着一缕暖融融的光和热。

她决定留下这个孩子，但她还是在设计院里继续工作。随着时间一天天推移，高天琪的肚子也越来越大了，她从前总是飞快的脚步不得已慢了下来，就像她那进展的如日中天的事业，也不得不暂时慢了下来。

尽管她心中依然挂念项目的施工进展情况，也时不时会想起自己和父亲的约定与誓言，但她更明白，人生在世，总要在特定的时间作出取舍。

但是与其他孕妇不同的是，别的女人怀孕了，都希望丈夫能多在家陪伴，而高天琪总是希望周跃平出差，这样她才能知道临策线铁路的修建情况。

周跃平几乎事事都顺着高天琪，他真的如高天琪所愿一次次地踏上去沙漠的路途。他除了运送物资外，还找李铁生抄笔记，将铁路建设的进展情况完完整整抄录下来，好让远在千里之外的高天琪能放下心来。

分娩的日子即将到来，高天琪便留在家中安心养胎，即便这样她仍然仔仔细细地看着周跃平抄的笔记。从那潦草的字迹中，高天琪似乎看到了周跃平的手在飞速地记录着，她深切地感受到周跃平对她的爱意与呵护，渐渐地，对于周跃平让她意外怀上孩子的芥蒂也从心中消失了。

分娩前，高天琪住到了医院里，她的手轻轻地在又圆又大的肚子上抚过，即使心里有些恐惧生产时的疼痛，但是由身心中所产生的母爱让她似乎变得无所畏惧，若是孩子能平平安安地降生，她觉得牺牲再多，都值得。

羊水破了，随之而来的是一次比一次剧烈的宫缩。周跃平陪在她的床前，紧紧地握着她的手，时不时擦去她脸上的汗水。"跃平，好疼……"她呻吟道。

高天琪不住地喊疼，看着她的一张脸上写满了痛苦，周跃平后悔地说："生孩子让你这么痛，早知道我就不逼着你生这个孩子了！"

终于，高天琪被推进了分娩室，一道大门隔住了高天琪的亲人。周跃平在大门处蹲了下来，焦急地等待着。

一个多小时过去了，产房中传来了响亮的哭声。一家人的心都提到了嗓子眼，产房的门打开了，护士走了出来。

周跃平的身体顿住了。

"母女平安，是个健康的女娃娃！"护士说。

周跃平满脸焦急地问："那我妻子怎么样了？她没事吧？"

护士笑了："都跟你说过了，母女平安，一会儿我们就把她和孩子推到病房里。"

病房里，周跃平看着满脸憔悴的高天琪，她那红润的脸颊跟嘴唇，此时变得苍白无比。周跃平捧着高天琪的手放在嘴边轻轻地吻着，泪水无声地流了下来。

高天琪缓缓睁开眼睛："瞧你，都当爸爸了，怎么还哭？"

周跃平一把抹去了眼泪，却越抹越多："我心疼你。天琪，我发誓我这辈子一定尽我所能对你好。"

高天琪拭去了周跃平脸上的泪，这时母亲将孩子放在她的身边，她看到那圆圆的小脸和还未睁开的眼睛，小手小脚精致而粉嫩。接着她把孩子放到了自己的胸前，孩子马上大口吮吸了起来。这个可爱的宝宝就躺在她的怀中，对她无比依赖。

高天琪在这一刻有种后怕的感觉，她庆幸自己当初没有一意孤行打掉这个孩子。

周跃平一手握着孩子的小手，一手握着高天琪的手，在这一刻他觉得他是这世上最幸福的男人。

此时，暖意盎然的阳光透过窗户照在床上，也照在孩子那可爱而纯真的小脸上。

114

孩子的到来让整个家庭忙碌起来了。周跃平的母亲已经退休了，所以就在家中帮着照顾孩子。

周跃平和周建新也没闲着，周跃平忙着做营养餐，而周建新就负责起了家里的卫生。有时候孩子在夜里哭起来要喝奶，周跃平就立刻爬起来把孩子抱在怀中，悄悄地放在高天琪的胸前。

被家人和丈夫的爱包围着，高天琪顺利度过了产后焦虑期。

孩子的名字想了一个又一个，周建新想给孙女起名周岩，意思是像岩石一样坚强；吴芳觉得叫周妍比较好听，至少像个女孩子的名字；周跃平觉得叫周婉婉更好听……

一家人因为孩子的取名问题产生了分歧，为此周建新开了一场家庭会议。他在会上亲切地对高天琪说："你是孩子的母亲，我想你是最有发言权的，我们几个人想出来的名字也就是供你参考。"

周跃平故意撇了撇嘴："爸，这么多年了您还是偏心天琪！"

周建新也故意白了一眼周跃平："你心里清楚就好！"

一家人都被父子俩的拌嘴逗笑了。高天琪轻轻地抚摸着孩子那胖嘟嘟的小脸蛋，然后轻轻地说："我想就叫璐宁吧，寓意是铁路的安宁，希望铁路上的列车平安行驶，也希望铁路上的建设者安宁，平安。"

周建新看着高天琪："这个名字好，就叫璐宁！小名就叫璐璐吧！"

一家人扭头看着周建新，眼里露出了些许奇异的光彩。

周建新似乎也察觉到了大伙儿异样的表情，于是解释道："咱们都是铁路人嘛，所以就想起了璐璐这个名字，也寓意着以后大家工作平安顺利嘛。"

留在工地上的李铁生终于准备好为自己的人生翻开新的篇章。工地停工的时候，他特地抽出时间从工地回到了青城。让同事们都没有想到的是，李铁生这次竟带了一位姑娘。

这位姑娘就是苏红。

这次，他们正好参加了小璐璐的百天宴。

李铁生看着高天琪怀抱中那白白胖胖的孩子，小心翼翼地摸了摸她的脸蛋，又马上缩回了手，生怕把这小宝贝摸坏了似的。

"姐，姐夫，这孩子长得真漂亮！"李铁生露出一个憨憨的笑容，笑容中带着诚挚的祝福。

高天琪欣慰地看着李铁生和苏红："我当时怀孕有点突然，来不及再到沙漠上去。我每天在家里惦记的除了施工的进展情况，就是你俩。我真怕我这一走，你们的感情也就断了，但没想到你们还是在一起了，我真为你们感到高兴！"

李铁生悄悄握住了苏红的手，无不感动地对高天琪说："苏红这么勇敢，我又怎么能一再退缩呢？"

"是啊，天琪姐，我已经决定与铁生一同继续战斗下去，我也一点都不觉得苦，因为铁生在这！"

苏红说完脸上浮起了一抹淡淡的红晕，她转过头看着身边的李铁生，不由得想到他们结婚后也会有一个这么可爱的孩子。

周跃平拍拍李铁生的肩膀："你和苏红的事我听天琪说了，真没想到你小子能找到一位这么优秀的姑娘，还不跟大家介绍一下？"

像这样在大家面前介绍女朋友，李铁生还是第一次。虽然有些紧张，但是每个人都看得出来他的脸上已经写满了对苏红的爱。

苏红在听到李铁生对大家郑重其事地介绍自己的时候，不由得眼睛一热，她悄悄地在李铁生的耳边说："你不知道，我现在有多幸福！"

参加完宴会，两个人返回阿拉善盟。工程已经接近尾声，连续几年都在荒芜的沙漠与戈壁滩上度过，如今额济纳旗的绿洲美景仿佛是对他们的慰劳。返回工地之前，李铁生带着苏红来到了额济纳旗胡杨林保护区。

额济纳旗在阿拉善盟的西北部，地形由西南向东北逐渐倾斜，四周高，中间低，虽然仍旧处在沙漠与戈壁滩中，但是因为地势低平，加上由祁连山北部发源的额济纳河流经此地，让这里形成了一片绿洲。

时值春季，胡杨林上长着嫩绿茂密的枝叶，迎着那苍凉而阔达的天空。

胡杨林可以防风固沙，减少土壤的流失，稳定河床，是荒漠地区农牧业发展的天然屏障。

苏红摸着那坚韧的树干，粗糙的树皮好似李铁生的手："铁生，我听人说胡杨林是沙漠英雄，我觉得你也是。"

"这话怎么说？"

"你修铁路呀！在这样恶劣的环境下开辟出一条道路，你们造福一方！"苏红说着说着，眼圈就红了，她为她的爱人感动，更为她的爱人骄傲。

李铁生从来都不经夸，脸又红了。这时，他们也穿过了树林，来到了湖泊边上。

碧水映着蓝天，也倒映着丛丛树影，是胡杨林的生命之源。

"你也是沙漠英雄，作为一名医护人员，陪伴着我们的队伍。"李铁生深情地回过头，轻轻握着苏红的手说，"谢谢你，愿意陪着我度过这段时光。"

这里很静，似乎能够听到树叶坠向湖面的声音。

"苏红，等临策铁路建成通车了，我就娶你，好不好？"李铁生说。

一阵春风掠过，湖面轻轻荡起一阵涟漪，苏红惊喜地看着李铁生那双饱含深情的双眼，她在李铁生那宽厚的肩膀上依靠了下来，脸上腾起红晕，轻声说："好！"

随着璐璐一天天长大，高天琪的生活重心又回到了工作上。周建新已经退休，老两口便在家中照顾孩子。高天琪返回了熟悉的施工现场，参与了最后一段铁路的建设。在大家的共同努力之下，2009年8月临策铁路正式完工。

这条线路全长634公里，有180多座桥梁，1000多个涵洞，横跨乌兰布和、亚玛雷克、巴丹吉林三大沙漠。

这条铁路凝结了无数工人、工程师以及科研团队的心血。在这长达几年的建设中，他们吃过无数苦头，饱尝了无数艰辛。

2009 年 12 月 26 日，第一趟列车试运行圆满进行。

呼啸的列车穿过无际的沙漠，又穿过高高的桥梁，稳稳行驶在这片土地上。当看着列车从自己的眼前经过，每一个人都打心里发出喜悦的欢呼，因为铁路通车就是对他们这些年奋斗的最终肯定。工程师们成了这条铁路上的第一批乘客，他们随同列车走过了自己曾经奋斗过的地方，沿途的天地间，一沙一石都记载着他们这五年来付出的所有艰辛。

115

坐在疾驰的火车上，李铁生的心中涌动着一种成就感，那是从未有过的喜悦。列车从桥梁上呼啸而过之后，窗外变成了一片金黄的美景。那是胡杨林，上一次他们来到这里时是春季，而如今已是绚烂的秋季。

他将坐在身边的苏红紧紧地抱住了，他决定选在这里向苏红求婚，因为这片沙漠是他们爱情的见证者，这是他这个铁路施工人员能想到的最浪漫的事。

窗外飞驰而过的旷野作为背景，而背景音乐就是火车前进的声音。李铁生轻轻地捧起了苏红的手。或许这个动作更像影视剧中的片段，一向憨厚内向的他动作略显生涩，可是眼中写满了真诚。昨天晚上他准备了好多好多话要对苏红说，此刻却因为哽咽久久说不出话来。

"苏红，我要谢谢你！"李铁生调整了一下气息，"你陪着我一起走过了这么多年，在这艰苦而枯燥的工作中，是你无数次给予了我力量，你为了我承受了太多太多！这是我在遇到你之前从未体会过的，苏红，我爱你！我发誓要用这一辈子来补偿你为我的付出！"

苏红拉着李铁生站了起来，她轻轻擦去李铁生脸上的泪："铁生，这些付出是我心甘情愿的，只要能在你身边，我每天都是快乐的！因为你是我心中最敬佩的人，也是我心中最优秀的工程师。能跟你这样的人在一起，我感到特别的幸福。铁生，我也谢谢你！"

"苏红，你愿意嫁给我吗？"李铁生早就知道问题的答案，但是他还是想要听听苏红的那句我愿意。

苏红的眼中满溢出晶莹的泪水："我愿意。"

他们紧紧地拥抱在一起。在经过了艰苦漫长的等待之后，他们终于携手步入了人生新的起点。

几天后，李铁生和苏红回到了青城。李铁生和苏红都为临策铁路作出了卓越的贡献，他们被授予了优秀共产党员的称号。

李铁生为铁路建设作出了贡献，在表彰大会上得到了工程局领导的高度赞扬，并成为中铁局青城公司直属五项目部临策项目工程技术部的副部长。

向单位请过婚假之后，李铁生带着苏红回自己的家乡。

火车驶过粗犷而碧绿的大草原，天很蓝，云很低，云的巨大阴影缓慢地匍匐在草地上，仿佛一条深海中游弋的鲸，而远处平缓的绿色山脉，遍布着成群的牛羊，山下还有零星分布的蒙古包。

苏红看着窗外掠过的风景，在李铁生的耳边说："铁生，你知道我现在多开心吗？我以你妻子的身份，就要踏上你家乡的土地了！"

李铁生把苏红揽进自己的怀抱中，望着窗外，回想着这些年的经历思绪翻飞："嗯，这儿美吧？"

列车直通镇上，李铁生带着苏红搭了辆车回到村子里。

下了车，李铁生看着这片亲切的土地，再看看身边的新婚妻子，有些难为情地笑着说："这就是我的家乡，虽然很美，但是我家里很是简陋，不比城里，也不知道你能不能适应？不过就算你不适应，权当为了我忍几天！"

苏红从李铁生的手中抢过了一部分行李和礼品："我不会不适应的。我早就想到你的家乡来看一看了，看看你长大的地方！你在临策线工地上的时候，我找过你多少回，那个环境才叫艰苦呢！可是，我也没觉得苦呀，因为有你。"

回到家，苏红没嫌这个家，因为再破也是爱人的家，一进门就把手中的一堆礼品放下，尊敬地喊了李富民一声："爸。"

这一声真诚的称呼，让李富民顿时激动万分，看着这个朴实的儿媳妇，心里别提有多高兴了。又听说苏红在沙漠里等了李铁生两年，心中更是感动。

他不太会说什么，只是一个劲儿地笑着，让苏红先去休息，他去做饭。

李铁生跟着来到了灶台前，抱歉地说："爸，我跟苏红是领了证才通知您的……"

"你这说的什么话？现在都婚姻自由了！"李富民高兴地说。

李铁生心中感叹，十几年前，父亲为了干涉他和王小梅，甚至把他锁在房间里。

那个时候的他心里急得都快烧着了，当时觉得过不去的坎儿，如今倒像是个回忆中的故事，感慨中只是一笑而过。

"苏红护士是个好孩子，你要珍惜她！"

"您是她的公公，叫她苏红就行。"

李富民最终还是没有改口，因为他心里敬重这位等待了李铁生两年的护士。

第二天，他叫上乡里乡亲，宰了圈里的几头羊，摆上了几桌宴席，就当是给李铁生他们办婚礼。这一天他喝多了，晚上他躺在家里的土炕上，朝着妻子多年前躺过的地方说："你看到了吗？咱们的儿子长大了，结婚了，你要是能看见就好了……"说着说着他就哭了，热泪中充满了喜悦。

回了家，李铁生要是不干上些农活就觉得浑身不舒服似的，总要在那黄土地上踩一踩踏一踏，才觉得亲切。上午，他穿起了他以前下地干活时穿的粗布衫，可穿上之后才发现衣服已经小了，紧绷绷地贴在身上，撑出肌肉明显的线条。

他担着水桶在河边与田地间往返着灌溉庄稼，在河边弯下腰便听到身后传来孩子嬉闹的声音，他向来喜欢孩子，便转身逗弄那个虎头虎脑的男娃娃："你几岁啦？"

小孩子看到李铁生这副生面孔，不敢回答，马上跑到大人的身后，李铁生一抬头身体便僵住了。

这是一位朴素的妇女，穿着花布衬衫。虽然她的脸上已有了岁月留下的痕迹，但仍然与心中那个羞涩而美丽的少女重合了。

"小梅……"李铁生的身体僵住了，他甚至察觉不到脚边的水桶已经翻倒，水浸湿了他的布鞋。他想起多年前与王小梅在田埂上的最后一面，那时候他们对彼此许下了一生一世的诺言，可自此之后他们再未见对方一面。

"你回来了，铁生。"王小梅笑了，这个青涩的笑容仿佛将这些年来的沧桑都洗去了一般。

"嗯，回来了。"

"我听说你结婚了。"

"嗯。"

王小梅几次想说些什么，但又欲言又止，她的脸上流下晶莹的泪水。

"你哭啥？"李铁生与王小梅一同在树荫下坐下。王小梅沉默良久后才说："铁生，对不起。"

116

这句迟来的"对不起"，仿佛一颗石子投入了一口深井，井水却已经枯竭了，连回声都不曾发出。

"你的孩子，真可爱。"李铁生说。

王小梅的脸上露出了苦笑："原本是个挺活泼的娃娃，自打年前他爹在工地上出了事没了之后，就不爱说话了。"

李铁生惊诧地看着王小梅："你说你丈夫……"

王小梅麻木地说："他是被石板压死的，不过我倒觉得压死了也好，要不然他总打我。"

李铁生不知该说些什么好，他只是发自内心地替王小梅感到难过、心疼。

"有时候我在想，如果当时我拼死抵抗，从他家逃了出来去找你，总也不至于落到今天这样的地步。"她叹道。

中午，苏红带着几个馒头和一壶茶水去找李铁生。每天中午去给丈夫送饭，对于她来说这样的生活是新奇而有趣的。

可还没走到地里，便看到李铁生正在树荫下和一个女人聊天。她凭借着女人的第六感，几乎猜到了那个人应当是王小梅。

"你知道我为什么离开这个村子吗？"李铁生眺望着远方笑了笑，仿佛在笑自己当年的天真，"我当时以为我坐上去南方的火车，就能找到你，我就这么离家出走了，后来才知道原来外面的世界不是我想的那么单纯，就算是我顺利到达，可茫茫人海我去哪里找你呢？"

"你找过我？"王小梅激动地问，"你真的找过我吗？我怎么从来都没听人说起过这件事？"

"造化弄人啊！"李铁生感叹。

王小梅低下头，她的眼中流露出无限的伤感："原来你找过我，我真不知道……我若是知道你有这般决心的话，我当时就是拼了命也要逃出来！"

当年的遗憾如同这夏季的风一般，吹过便消失了，甚至在李铁生也没有察觉到的某个瞬间，这种难过的情绪已经再也无法让他的心生起波澜了。

"都过去了。"李铁生说，"那你现在带着孩子回到娘家了？"

"是啊，等到孩子能上学了我就出去打工，供孩子上学……铁生，你什么时候走？"王小梅深情地看着李铁生。

"再过两天，对了，你生活如果有难处的话可以来找我，你把我的电话号码记下。"李铁生说。

王小梅没有拒绝，也没有答应，两个人就这样在树荫下坐了许久，直到王小梅的孩子吵着要回家，日头也西斜了。

李铁生怀揣着心事回到家，看到桌上丰盛的饭菜时，这才想起一整天都没吃口饭，喝口水。苏红给李铁生掰了块馍，又盛了一碗稀粥，李铁生大口吃完了。李铁生在门口用凉水洗了脚洗了头，回到炕上才发现苏红已经转过身睡了。他便轻手轻脚地躺在了苏红的旁边，可刚要睡着便听到苏红那轻轻的叹息声。

"没睡？"李铁生问。

"嗯。"

李铁生从背后抱住了苏红。这些年来苏红一直对他照顾有加，他知道她绝不可能让他中午在田里饿肚子。

"我今天见到了一个老朋友，只是聊了聊天，你别误会。"

"是王小梅吗？"苏红问。

李铁生吃惊地看着苏红："你咋知道？"

"天琪姐告诉我了。"苏红抱着被子委屈地说，"我还看见你给她留电话号码了呢，不过我不吃醋，毕竟你当初可是为了她离家出走的，要是这么说我倒应该感谢她，若不是因为她我哪能认识你呢？"

苏红那温柔的吃醋让李铁生心疼，他将王小梅此时的处境对苏红说了："我是怕她有什么难处，这才想留电话给她，完全是出于一种同情，你不要误会我好吗？"

苏红转过身，她把脸埋在李铁生的胸口："那你心里对她还……"

"早就过去了，如果说在几年前，在没遇到你的时候，我可能时不时还会想起她，但自从你走进了我的生活，我已经忘记有多久没有再想起她了，因为人的心只有一颗，也只能对一个人用心。"

苏红心里的忐忑不安终于消失了，她枕在李铁生的手臂上："我明白了。"

李铁生摸了摸苏红的头发："别瞎想了。"

"我信任你！"

乡村的夜晚，虫鸣声悠然响起。李铁生继续说："其实你之所以能遇到我，不光是因为小梅，也因为我的母亲。"

李铁生告诉苏红，当年母亲生病，从县医院转到省医院时，因为在路上耽搁了太久所以离世。"当然了，我母亲病得那么重，这也不是有没有火车的问题，就算是有了火车，下了火车也得转汽车，得解决最后几公里的问题。"李铁生补充道。

苏红点了点头。

"但这件事确实刺激了我，我终于通过一件发生在家里的事，意识到了交通发展的重要性。那个时候，老家倒是通汽车了，可是我最希望的还是老家能通火车。"

苏红又点了点头。

"那个时候我就在心里发誓，哪怕我只是一名最普通的工人，也要将一辈子奉献给铁路，虽然我做得再多也弥补不了母亲离去的遗憾，但是我不想让更多的人也承受与我一样的痛苦。"

苏红紧紧地抱住了李铁生，她想象着李铁生在那场暴雨中经历了怎样大的痛苦，她轻轻地抚摸着李铁生的背，虽然这场安慰来得晚了些，但她仍希望能减轻李铁生心中的一些悲伤。

"你知道吗？这件事我几乎再没对别人说过。"李铁生叹息道。

苏红点头，她太了解李铁生的性格了，所以时至今日她有时候都觉得自己仿佛并不完全了解李铁生。

李铁生悲伤的声音在苏红身边响起："但我仍然愿意把这些讲给你听，把我心里最脆弱的那一面给你看，因为我想让你安下心来，你知道我只把我的心事说给我的爱人。"

苏红伸出手摸了摸李铁生的头："谢谢你，我真想早一点认识你，能陪着你一同去经历这些，去替你分担你所经历的痛苦。"

"不，你给我的已经够多了。"李铁生轻轻地吻了吻苏红的额头。

婚假结束后，李铁生夫妇回到了青城，买了一套房子。第二年他们的孩子便出生了，取名为李想，谐音是理想，因为李铁生和苏红，是因为一个共同的理想才在沙漠上遇见的。

117

时间转眼到了 2012 年。

四十岁的高天琪已经从临策铁路技术部副部长升为部长。她经常到北京进修，学习新的技术，她还申请了几个试验项目，加班和出差成为了她工作的主旋律。

有时候，她看着已经上小学的璐璐，会感叹孩子竟一转眼长到了这么大。有时候，高天琪也会觉得自己这样忙碌，实在没对孩子尽到一个做母亲的责任，可是也就在这一年国家审批了宝兰客运专线项目。她作为局里为数不多的掌握高铁技术的高级工程师，参与了这个工程项目，因而更加忙碌了，甚至天天晚上都加班到深夜。有时候回来想看看孩子，可是一看时间已经快 12 点了。

回到卧室，周跃平板着一张脸望着高天琪，高天琪疲惫地脱下大衣："这么晚了怎么还不睡？"

"你也知道这么晚了？你看看现在几点了？你还知道回来？"周跃平颇有一副兴师问罪的架势。事实上，深谙人情世故的周跃平现在还主管着采购招标的工作，时间久了自然会有些领导的架子，更何况他现在的职务是物资分公司总经理。

"你当你的领导，随你怎么跟下面的人说话，我又不是你手下的人，你干吗这么对我说话？"高天琪一边掀开被子一边躺在床上，却被周跃平一把拉了起来。

"孩子生病了你知道吗？"

高天琪这才紧张起来："璐璐怎么了？"

"你有资格问吗？这些年来你这个做母亲的给璐璐开过一次家长会吗？辅导过一次功课吗？甚至你给她做过几次早饭呢？你了解璐璐的喜好吗？你知道她爱吃什么零食吗？不，你不知道，你这个当妈的什么也不知道！"

"我问你璐璐怎么了？"高天琪没心思跟周跃平吵架，一心想知道女儿的身体怎么样了。

"璐璐下午突然肚子疼，我妈带她去医院打针，她睡着了还一个劲儿地喊妈妈，我听着心都快碎了！可你呢，你天天早出晚归的，连个人影都见不着！"

高天琪哪能不心疼？那毕竟是自己的孩子，可是工程局的招标工作也一刻都不能耽误。"我工作忙你也知道，璐璐平时不也是爷爷、奶奶带着吗？"

周跃平更生气了："你还好意思这么说？母亲是母亲，是任何人都替代不了的！"

"我知道了，以后我尽量多陪陪孩子就是了。"她承诺。

可这终究成为一句空话，随着宝兰客运专线勘探工作的进行，高天琪再一次全身心投入工作中。

周跃平几乎每天都要应酬，虽然这是他的长项，但每天要应付不同的供应商，也足以让他感到身心俱疲。

那些供应商都想巴结他这个采购部的老大，隔三岔五给他安排饭局，每个供应商每个月安排一两次，有三十几家供应商，每次在饭局上人人都恨不得把周跃平灌醉，好从他的口中得到一些重要信息。

然而这些酒局又推不得，毕竟每项工程的物资成本都基本固定，他要尽量争取到更合理的条件，就不得不跟各大供应商搞好关系。

每次酒局，周跃平都被灌得烂醉如泥，甚至有时候刚一闻到饭店里的油烟味，他就下意识觉得反胃恶心。

一次，他和一个业务员在酒桌上聊了起来，他说："咱们今天都少喝点吧，省得晚上回去了都难受。"

那个业务员很年轻，刚刚结了婚，他说："周总说得对，其实要不是老板要求，我也不想多喝。每次我喝多了回家后我爱人都要对我抱怨几句，我也觉得老是喝得酩酊大醉确实对不起她，她即使怨我但也会给我准备醒酒的茶，或者切上一些爽口的水果。"

这场酒局让周跃平心里不是滋味，明明是他今天说想少喝一些，反倒因为心里难受而大醉了一场。深夜他打车回到家，一推开门便像往常一样漆黑一片。

因为他与高天琪的工作都很忙，所以璐璐干脆住到了爷爷奶奶家，这个家便更加冷清。他摇摇晃晃地在沙发上坐下，喉咙中干渴难忍，自己爬起来倒了一杯凉水。

冰凉的自来水下肚，这一刻他觉得自己的心也仿佛冰凉了。

每当他喝得烂醉回到家里，他连一杯热水都不曾有过。高天琪甚至比他回家更晚。诚然，一开始他也从未想过让高天琪照顾他。可是哪怕是一句来自妻子的抱怨都听不到，这让他似乎觉得他这个丈夫，甚至这个家庭对于高天琪来说都是可有可无的。

他没有开灯，只是静静地坐在一片黑暗之中。寂静的空气包围着他，这是他第一次对这场婚姻有种失望的挫败感，他不是神仙更不是圣人，他再也无法忍受这一个个寂寞的夜晚了。

118

在一次酒局上，周跃平认识了李莉。

李莉是一家钢材公司的业务总经理，虽然她早在几年前就与铁路方面有过很多业务上的往来，但是因为与之前的物资公司总经理闹了些矛盾，生意便中断了，至于这个矛盾是什么，她与曾经的物资公司总经理都没有对任何人说过。于是，她现在被调到了负责物流的岗位上，经常需要接触一些交通口或车站等处的领导。

在酒桌上，新上任的物资公司主任将周跃平介绍给了李莉："李总，这是周跃平总经理，也是我们这里最年轻的领导。"

李莉端起手中的酒杯，无不欣赏地看着周跃平："您好，以后还请多多关照呀。"

周跃平也举起酒杯，客气地回应道："关照不敢当，但求将来有机会合作，能够愉快、顺利。"说罢，两人将手中的酒一饮而尽。

"据我所知，能够坐到您这个位置，怎么也得五十多岁了，但我看您才四十出头吧。真是年轻！"

周跃平对于恭维的夸赞早已经不感兴趣了，回答道："我看李总的年纪与我差不多，已经成为青城区域的业务总经理，这才是青年才俊呀！况且你还是一名女同志，实在不简单！"

李莉回手撩了一下自己那披在两肩的浓密卷发，她既谦虚又妩媚地说道："我和周总怎么能相提并论？您可是吃国家饭的领导啊，我虽然是业务总经理，但说白了也就是个业务员。"

"李总可太谦虚了，能够从商场厮杀中坐到这么高位置的，哪一个不是精英？"

周跃平打量着李莉，也想从李莉的身上找出与众不同的优点，再夸赞一番。

李莉却说："要说精英，我倒认为只有周总担得起这个名头。我早就听说周总在青城铁路系统里谈下了不少大生意，所以，我这次邀请周总吃饭，并不仅仅是谈业务，更多的是想跟您学习学习。"

这时，周跃平身边的一位同事接到家中孩子生病的电话，便匆匆离开了。李莉直接在周跃平身边的椅子上坐了下来，与周跃平敬酒干杯，不仅如此，她还故意把杯子上黏着自己唇印的那一边朝着周跃平。

口红在杯口映出漂亮的唇纹，使平平无奇的玻璃杯都增加了几分韵味，加上李莉身上那若有若无的淡雅香水味，他们之间的气氛也从一开始的客套，变得有些暧昧。

酒过三巡，周跃平慢慢变得沉默寡言，甚至有一副喝闷酒的样子。

李莉当然察觉到了这一点，她深谙中年男人的心："周总，是不是我这次招待不周呀？"

周跃平说："哪里？招待得很好。"其实他早就对饭局上的菜品或是酒水的品质麻木了，要说他真的想吃什么，或喝什么，那就是妻子做的饭、泡的茶。

"还说招待得好？"李莉带着满脸歉意对周跃平说，"我看周总几乎都没动筷子，光顾着喝酒了，肯定是这儿的饭菜不合您的胃口，下次我换家饭店……"

随着酒意上来，周跃平不耐烦地说："说了不是这家饭店的饭菜问题。"

"那您怎么有点不开心啊，难不成有心事？"李莉在周跃平的耳边温柔地说，"其实我明白像您这样位高权重的男人平时就算是想找个人倾诉都难，今天您就别把我当成业务往来的对象，就把我当成您的朋友，或是一个小妹妹，跟我说说吧？"

周跃平想了想："你也是位职场上的女强人吧，女强人的风格都是雷厉风行吗？"

"这倒不是，是否雷厉风行，可能与个人的性格有关。"

李莉的声音带着一种知性的温柔，让人相处起来觉得很舒服，这种亲切感让周跃平慢慢放下了戒备。

"我不知道你成家了没有，我想问问你，你会为了工作而全然不管家庭吗？"

李莉连忙摇头："我还真没成家呢！不过我觉得我若是成家了一定会把大部分的精力放在家庭中，毕竟男人才是这个家的顶梁柱，我一定会心甘情愿地照顾他的生活。"

其实李莉早在安排这场饭局之前，就对周跃平做足了功课，她知道周跃平的妻子高天琪是青城铁路设计院的高级工程师。再加上周跃平这几个问题，她便确定高天琪一定光顾着忙工作，而忽略了家庭与丈夫。

这也正好成为她跟周跃平关系更进一步的突破口，因为在职场上打拼这么多年，她深谙中年男人的心思，基本上就是家庭不和或老婆出轨，或孩子到了青春期，与家人对着干等问题。而这几件事则直接让中年男人在家庭中无法树立威严，更感受不到家庭的温暖。

所以，想要得到这个年纪的男人的心很容易，那就是给足他们崇拜与温柔。

周跃平又倒了一杯酒："我也认为女性要是成家了，应该以家庭为主。只是我妻子，她每天工作比我都忙，有时候我想回家跟她说说话，可是连个人影都摸不着……"

李莉知道周跃平能说出这么掏心窝子的话，显然是已经喝多了，她喊来服务员点了一份醒酒汤，等汤上来了盛了一碗端给周跃平："周总，我看您今天喝得也不少，当然我知道您的酒量远远在这之上，还是喝碗醒酒汤吧，省得一会儿该难受了！"

在周跃平接过碗的那一刻，李莉的手指在周跃平的手背上轻轻地扫过，仅这一个动作就仿佛包含了万千妖媚。

当天，周跃平与李莉一直喝到了深夜。李莉叫了出租车，送周跃平到他家楼下，还跟着周跃平一起下了车："周总，我实在有些担心您，要不我送您上楼吧？您放心我绝对不会让嫂子看见的，省得误会您！"

李莉故意把话说得很暧昧，仿佛周跃平跟她做了什么似的。

周跃平苦笑了一下："误会什么呀？你嫂子她最近住在设计院了，没个十天半个月回不来！"

"那既然是这样，就让我送您上楼吧！"

周跃平摆了摆手："我一个大男人还让你一个女人送我上楼？你别送了，早点回家吧！"

"那好，周总您回家也早些睡吧，咱们下次再聊！"

周跃平应了一声就糊里糊涂地上了楼，他对着锁眼捅了半天，好不容易才开了门，家里又是黑漆漆的一片，他跌跌撞撞地躺在沙发上，心里也空荡荡的，人喝了酒就想找人说些什么，可是无人诉说。这种感觉对于他来说已经像家常便饭那般熟悉，但唯独今天他的心里更不好受。

119

在一次洽谈会上，李莉再一次见到了周跃平。

周跃平穿着不同于那天在酒局上见到的休闲服装，而是一身笔挺的西装西裤，全然没有中年男人发福的迹象，他身材挺拔，气质不凡，正在与一家供应商的业务经理说话。

李莉看着周跃平竟不自觉出了神，再一想周跃平曾经说过他的妻子为了工作常常不顾家庭，她就觉得奇怪，明明这样好的一个男人，又在做招标采购工作，他的妻子难道就那么放心？还是周跃平与妻子早就同床异梦了呢？

接着，会议正式开始。周跃平起身发言："首先，我要感谢大家，今天到场的厂商及供应商，不管是否与我们单位达成合作，都为我们的项目建设提供了优质服务，这一点我非常感谢。还有一件事要说，我明白各位厂商都想与我们做成生意，所以吃饭喝酒也不可避免，但是我想提醒各位的是，不要打着洽谈业务的名义找我们采购部门的工作人员去一些不该去的场合，做一些不该做的事，更不应该用红包来贿赂，在此之前所有给我们工作人员塞的红包，都被我们一一退回了，我们与这些厂家或供应商已经断绝了业务来往！"

李莉听到这里，身上惊出了一身冷汗。因为她很清楚对于业务员来说，这是他们最常用的伎俩，也是最好用的伎俩。她上一次在逛街的时候就想给周跃平买一条名牌腰带。

当然，这倒并非完全出于贿赂的心理，她当时在橱窗中看到腰带的一瞬间，就想要买下来送给周跃平，但是后来又觉得一条腰带作为礼物实在不够贵重，这才作罢。

周跃平在台上继续说："我们要坚决杜绝这种事。如果你们还想跟我们合作的话，那就把这种小心思都放一放，我们选供应商的标准只有两个，第一是供货的质量要过硬，铁路上的任何设施都不是闹着玩儿的，直接关系到人民群众的生命安全。第二是售后服务。只要做好了这两点，哪怕你们不跟我搞好关系，我也会主动找到你们的！"

周跃平的发言让在场的厂商和供应商的业务员们都鼓起了掌，他们纷纷佩服周跃平的人品正直。周跃平反而说："我觉得我并不应当得到你们的赞赏，因为我只是在不收受贿赂的情况下做好了我的本职工作而已，如果这都要受到赞赏的话，那就是对我们党员的一种侮辱！不收贿赂，只是一位党员的坚守而已。"

会后，李莉在会场的门口等着周跃平，她满脸笑容迎上去问道："周总，原谅我上次的招待不周，您那天晚上回家还好吗？"

让李莉没有想到的是，周跃平虽然上次在酒局上与她掏心窝子地聊了不少，可是今天仍然露出一副客套且冷淡的态度，仿佛那晚的聊天都不记得了似的。

"非常感谢你的招待，也谢谢你的关心，那天晚上我回家一切都好。"周跃平说着就要往会场外面走。李莉追了上去："周总，那天晚上关于我们业务往来事项，有几点我忘记跟您说了，您方便的话能不能抽出点时间给我？"

当然，李莉这样精明而又干练的女性怎么可能故意漏说事项？这是业务员的惯用手段，若是一次见面把所有的事情都说全了说满了，那么下次又该找什么借口与客户见面呢？

"那好，我们进去说吧，外面冷。"

会场里的人已经走得差不多了，周跃平随手拉开了一张椅子坐下，李莉则将上次漏说的几个服务事项说给了周跃平，周跃平听完了点了点头："你说的我都记住了，你们公司的服务事项还不错，等到乌金高铁需要再次采购钢材的时候，我会主动找你竞标的。"

"多谢周总，您刚才的发言实在让我有些吃惊，但更多的是对您的敬佩。您知道吗，我谈过不少业务，有的采购部经理会直接问我能给他们返多少点，甚至狮子大开口地要十到十五个点！"

周跃平摇摇头："这简直就是社会的蛀虫，所以呢，你们妥协了吗？"

李莉叹了口气："不妥协怎么办？生意还做不做了？我们只能先提高商品的价格再从其中返点回扣。"

周跃平皱眉："是私企还是……"

"能如此毫无顾忌提出回扣的当然是私企，像是国企和机关单位都有着严格的规章制度……"

周跃平摆了摆手："不，作为一名国企领导，更是一名党员，我想并不应该只是为了规章制度而遵纪守法，更应该是以一颗为员工服务的心去为企业和老百姓办事！"

这番话更让李莉打心底里对周跃平升起一种别样的敬意来。周跃平身为物资分公司主要领导，却能正直地保持本心实在难得。她不由得说："您真是个特殊的人。"

"怎么特殊了？"

李莉摇着头笑了笑："也许我很难形容出来，但如果一定要让我告诉您的话，那就是您有种特殊的人格魅力！"

120

没有几个中年男人不喜欢漂亮女人的夸赞，周跃平虽然表面不动声色，但事实上他觉得每次跟李莉的对话都会让他有种神清气爽的感觉。虽然别的业务员对他也有夸赞，但唯独李莉的话能说到他的心坎儿里，满足了他心中的成就感。

当然，这种成就感在他回到家里之后，就瞬间烟消云散，他这才发现，其实他最想要的是来自妻子高天琪的认同。

年关将至，一直忙碌于宝兰客运专线设计的高天琪才回到家中。如同往常一样，周跃平准备了一桌子好菜，又叫上了父母和岳母给高天琪接风。

可是席间，高天琪也都心不在焉似的，她匆匆吃完了饭，问了问璐璐最近的学习成绩，问了父母的身体状况后便走进了书房。

周跃平辅导完了璐璐的功课，在卧室中等着高天琪。夫妻俩一别几个月，他攒了一肚子的话想对高天琪说，说说工作和生活。

可是左等右等，高天琪迟迟没有回卧室，他便坐在房间中生闷气，直到深夜高天琪才哈欠连天地回到卧室中，掀开被子就要睡觉。

"你好不容易回一趟家，却在书房待到深夜……"周跃平闷闷地说。

"有些工作放假这几天在家里做完，怎么了？"

周跃平气不打一处来："你与我这一别就是好几个月，难道就没有什么想说的吗？"

"你要是想跟我说话的话，怎么不直接去书房找我？"高天琪莫名其妙。

周跃平坐在床边手撑在膝盖上，他回过头对已经躺在床上的高天琪说："我就是想让你主动回到房间来跟我说话。我就想知道，难道分别这么久你不想对我说什么吗？哪怕说说你在工地上遇到的困难也好呀！"

高天琪的头挨上枕头就困得眼皮打架："技术上的问题说了你也不懂……"

"那你就不想问问我，咱们家的事吗？"周跃平不甘心地问。

"你不是我的后勤主任吗？家里的事儿交给你我放心……"高天琪困得不行，眼睛都睁不开了。

周跃平再想说什么，身后却已经响起了均匀的呼吸声，高天琪睡着了。他想把高天琪拉起来好好说些什么，可又不忍心。便只能独自一个人来到客厅喝闷酒。他实在想不明白为什么高天琪连跟他沟通的欲望都没有？难道一个女人就完全没有任何情感需求吗，甚至没有生理需求？

短短的一周假期，在忙碌的春节中转瞬即逝，高天琪再一次回到了设计院。

周跃平在家中实在难忍心中的情绪，决定对高天琪来个突击检查。

在去往设计院宿舍的路上，他的心中情绪复杂，一方面他想去了之后该如何与高天琪沟通，可一方面他又怕这段婚姻就这样宣告结束！

来到门口，他并没有直接敲门进去，而是透过小小的玻璃窗朝里面望去。他看到高天琪独自坐在写字桌前，聚精会神地工作着，那种投入而专注的神情使她看上去有一种沉静而深邃的魅力。她那样忘我，一心投入自己热爱的事业中，仿佛忘了身边还有一整个世界在运转，这里面有她的女儿，她的丈夫，她的家庭，她理应无条件给予关爱。

她也许永远不会那样专注地看着自己了。周跃平站在门口，意识到这一点时，一股沉重而冰冷的感觉顺着脊背坠下。

他深吸一口气，推门走了进去。

听到开门声，高天琪抬头看过来，看到周跃平她愣了一下，随即流露出一丝工作被打断的不快："你怎么来了？家里有事？"

周跃平看她似乎丝毫没有见到自己的惊喜。心里的情绪一下出来了，他尽量冷静地说："我来接你回家。"

高天琪莫名其妙："回家？回家干嘛？我这还有好多工作……"

"回家是提醒你，你还有个家！"周跃平最后还是没控制住情绪，提高声音说道。

被他的态度惊了，高天琪没有马上说话，而是看着周跃平，眼神似乎很陌生。

周跃平在床上坐下来，一只脚搭在板凳上："我周跃平从小时候开始就喜欢你，不论你想做什么我都支持，甚至都妥协，但是如果你还想要这段婚姻的话，就跟我回家去！"

高天琪震怒地看着周跃平："我是设计总负责人……"

"那就跟单位请假说最近身体不适，需要休息一段时间，我就不相信咱们设计院就找不出一位能接替你的工程师！"周跃平毫不退让地打断她。

121

为了宝兰专线，高天琪几乎把自己的心血都耗尽了。对于这条高铁线路，她有着母亲对孩子一般的牵挂，所以周跃平的这个要求，她坚决回绝。

"周跃平，你不要太过分！你变了，你以前没有这么心胸狭隘，你以前不会用你的想法揣摩别人！"

周跃平凄惨地笑了笑："你还记得曾经在临策铁路上吗，我的突然出现让你多么惊喜？而现在你对我只有愤怒，我没有变，我一直很爱你，是你变了！"

"那是因为你对我的不信任，你不信任我能兼顾家庭和事业！"高天琪对周跃平大喊。

周跃平实在太气愤了，而这种情绪化成了他心中那冲动的占有欲，他把高天琪压在床上，扯开了高天琪的棉衣，接着便要吻高天琪。

突然，高天琪的一个巴掌狠狠地打在周跃平的脸上，这才让周跃平冷静了下来。

高天琪将自己的衣服整理好："周跃平，虽然我是你的妻子，但你也不可以对我采取任何强制手段！"

周跃平挫败地依靠在墙边："可你作为妻子也有跟我在一起的义务，但是你呢？"

"你知道宝兰专线对于咱们国家来说是一项多么重要的工程吗？我没时间跟你说话，跟你亲热。我把我所有的时间和心血都放在了工作上。"

周跃平冷哼了一声："是啊，我当然知道你所有的时间和心血都放在了工作上，那我呢？你的家庭呢？"

高天琪没有被他的怒气吓到："我可以兼顾，但你没有权利逼迫我放弃我的工作！"

周跃平咬着牙凝视了高天琪一会儿，他点了点头："既然如此，那咱们离婚吧！我真的再也无法忍受这段婚姻了！"

高天琪实在太不愿意听到这两个字，她不是一个没有感情的人，她作为一个女人对这个家庭，对周跃平都有着无比的依恋和眷恋。

但是，一向要强的她也绝不想对周跃平的威胁低头："不管你想做什么，一切等到宝兰专线设计完毕再说，现在我也没有时间跟你回去办手续！"

"那好！我等着你！"周跃平起身开门就要走。高天琪问："这么晚了，你去哪里过夜？"

"你管我去哪里？我就是不想待在这房间里。"

高天琪不再和他啰唆，咣当一声关上了门，也被气得直咬牙跺脚。她就不明白，周跃平一开始说好做她的后勤部主任，怎么偏偏又要在宝兰专线建设最紧要的时刻给她闹这一场呢？

周跃平连夜开车回了家，手机早已经没电了，他倒头就睡。第二天早上开机，他才看到高天琪发来的不少短信，问他晚上住在哪里，全是对他的关心。

这一刻，他突然觉得自己无比脆弱。

122

自打上一次从宝兰专线的项目工地回来，周跃平的情绪一直很低落。有时候他来到父母家，看到女儿璐璐一脸失望地看着他说："爸爸，怎么又是你一个人来了？妈妈呢？"

周跃平刚开始不知道该怎么回答，他无法跟孩子说出他与高天琪之间的婚姻已经亮起了红灯。他在一次喝过酒之后，璐璐再一次问："妈妈什么时候回来？我想妈妈了，我想和你们一起住。"

周跃平满身都围绕着酒气，其实他比孩子更想高天琪，可想到高天琪宁愿选择高铁也不愿意选择这段婚姻，就又气愤难当，他不耐烦地说："你别等了，你妈不回来了！"

"为什么不回来了？"璐璐的眼睛中泛起了泪光。

"她就是不回来了，你也别想了！"周跃平没好气地说。

孩子听到这里忍不住哭了出来。这时，周建新和吴芳晚上正好遛弯儿回来，就听到孩子哭得撕心裂肺，吴芳连忙在周跃平的肩膀上打了一下："你怎么把璐璐弄哭了？"

周跃平靠在沙发上不说话，吴芳就问璐璐，璐璐复述了周跃平刚才的话。

周建新在一旁一听就急了："跃平，你说什么呢？"

"她妈心里根本就没有这个家，常常连个电话都不打回来，我看她就是不想回来了！"周跃平恼火地说。

周建新板起一张脸训斥起周跃平："跃平，你这时候闹什么脾气？人家天琪是有工作在身，宝兰专线更是咱们国家的一项重要工程，她哪能既顾得上工作，又顾得上家庭呢？"

周跃平不想再谈，他抓起桌子上的烟，摇摇晃晃地走到了阳台上。晚风吹去了他的酒意，他想起多年前他也曾在这里抽烟，那时候的他心里想的还是如何能得到高天琪的心。

而如今，他终于如愿与高天琪修成正果，但她的心真的属于自己了吗？周跃平毫无自信，证据之一就是自打上次与高天琪大吵了一架之后，她就再也没有主动打过一个电话。

随着国家铁路的飞速建设，大量物资有待采购，周跃平的工作也忙碌了起来。由于洽谈业务，他再一次夜夜流连在酒局中，因此与李莉见面的机会也多了。李莉积极把握住这次招标机会，出色的业务能力使她在其他业务员中脱颖而出，并且成功与周跃平做成了一笔生意。

周跃平说过不要感谢，更不要礼物红包，李莉便只能以朋友的身份向周跃平表示感激，邀请周跃平去吃晚饭。想到与业务员搞好关系也可提高厂商后续的服务质量，周跃平便答应了下来。

因为是以朋友身份邀请的，所以周跃平并没有带采购部的同事，李莉也是一个人，她把这场饭局的地点定在了青城一个很高级的餐厅中，并且订了一个最好的位置，既安静又靠着窗，只需稍一侧头便能看到青城最繁华路段的夜景。

而摆放在桌子上的玫瑰花和昏暗的灯光更加衬托出这家餐厅的暧昧与浪漫的氛围，周跃平刚一走进来有些不适应。已经先到了的李莉穿着一件黑色抹胸长裙，衬托着她白皙的肤色。她朝着周跃平招了招手："跃平哥，这里！"

有句话说，男人都是视觉动物。周跃平看到李莉的那一刻不由得吃了一惊，她身材凹凸有致，透着成熟女人特有的韵味，大红色口红更显得她的五官小巧精致。周跃平心里不由得感叹，怪不得李莉年纪轻轻就已经当上了青城地区业务总经理，她漂亮得就如同桌子上热情绽放的玫瑰花。

123

李莉一边站起来迎接周跃平，一边热情地说："跃平哥，我把吃饭的地方选在这里，你会不会介意？"

周跃平愣了愣，他这些年来驰骋酒局，吃饭的地方大部分都是在一些高档的中餐厅，像是这样精致的西餐厅他还是第一次来。"这倒挺新鲜的。"

"这儿的牛排品质很不错，有很多特色西餐。我想你大概已经吃够了饭店中那些重油重盐的饭菜，所以便想着请你吃顿西餐。"

这时，穿着西装的侍者为二人倒上了红酒，一道道精美的菜品也按照顺序端了上来，周跃平每样只吃了几口，对于西餐的味道，他有些吃不习惯，所以便光顾着喝酒。

李莉说："跃平哥，我说过这次请你吃饭是以朋友的身份，所以咱们今天不聊工作，就聊聊生活吧。"

"好。"

接着李莉便讲起了她的职业生涯。原来她是一个大山里出来的孩子，早早就辍学供弟弟念书，一开始因为她的年龄还很小，就在一家饭店中做洗碗工，偶尔也做做收拾桌子和打扫卫生的工作。后来她长大了一些，便开始在一家大饭店中做收银员。后来因为她能力出众，在她二十岁那年就已经当上了大堂经理。

"看来你是一个很聪明的女孩子。"周跃平感叹道。

"我其实算不上聪明，只能说是勤奋和用心吧！"

"可后来为什么你离开了那家饭店？"

李莉轻轻地皱起眉头，就如同那绽开的玫瑰花瓣上一点点轻微的褶皱，反而更让人有种怜惜的感觉。

"跃平哥，这件事我从没对任何人说过，但是跟你不同，我把你当成我哥哥。当时饭店的老板经常骚扰我，在我警告了好几次之后，他还是不肯罢休。他告诉我，如果我不顺从他，他就会压着我的工资，说实话一开始我真的被他吓住了，可是想想与其被骚扰，那几个工资又算得了什么呢？于是我就偷偷离开了。"

周跃平点头："这是个正确的选择，你那时还很小，就有这样的魄力，让我觉得挺佩服的。"

"哪有什么魄力呀，还不都是被逼无奈。我当时身上没什么钱，就只能与好几个女生合租一个房间，她们的生活也跟我一样艰苦，我和她们睡在同一张床上，被子也是同一条。不过这样也挺好的，冬天就省了生炉子的煤钱！"李莉说到这儿笑了出来，仿佛在说着一件与自己不相干的笑话。

"太不容易了！"

"后来我就想如果再去饭店工作的话，恐怕又会遇上这种事，而且也没前途，我就去当业务员。一开始我是真的不会谈业务，常常被经理点名批评，说我笨说我傻，我当时就怕他把我开除了，当时我已经身无分文，所以我就比别人更用心、更努力，把别人都不爱跑的小客户都揽过来，结果就从这些小客户的身上开出了很多笔订单，虽然每笔订单都不算多，可是数量很多，到了第二年底我已经是厂里最优秀的业务员了！"李莉说着笑了笑。

这段励志经历让周跃平也不住地赞叹："你的自强不息真让人感到敬佩，李经理，你真是一个很优秀的人。"

李莉话锋一转："可优秀又如何呢？这些年来我把心思放在工作上，虽然当上了业务总经理，可是每到夜深人静的时候，也总觉得一个人在省城打拼无依无靠的，也许这就是作为一个女人与男人不同的地方，也可以说是欠缺的地方。"

周跃平持反对意见："你说错了，对于感情的渴求男女都一样，男人也同样有脆弱的时候。"

李莉不解地问道："这些年来我连场恋爱都没谈过，所以我也不怎么了解，难道男人也会有这样脆弱的情绪吗？"

周跃平仰起头喝干了杯中的红酒，侍者又打开了一瓶帮他倒上。"当然有啊，而且男人的脆弱总是没办法跟别人诉说，时间久了憋在心里也一样觉得难以承受。"他苦笑了一下。

李莉似懂非懂地点了点头："跃平哥既然这么说，就说明你也有脆弱的地方，或者也有困扰着你的事，今天我把我的过去，把我的脆弱都跟你说了，你也可以对我倾诉，如果可以的话。"

周跃平这段时间本来就心里苦闷无处诉说，既然李莉想听，他就干脆毫无保留地说了出来，他讲起了他跟高天琪的爱情，从一开始的追求，到后来历尽艰辛组成了家庭，再到今天与高天琪的矛盾。

"跃平哥，听你讲了这么多，我能感受到你一定很爱嫂子吧?"李莉很理解地看着他。

周跃平惨然地笑了笑："当初是很爱，总以为把她追到手了我也就心满意足了，可是这样的单方面付出，时间久了也会累。况且，对她来说，我和这个家庭永远都不是她生活的第一位。她从来不懂我对她的良苦用心，失望累积得实在太多了……"

李莉久久没有说话，她用心疼的目光看着周跃平："跃平哥，你这些年来对嫂子付出了那么多，可是她怎么就不懂得珍惜你的感情，怎么能够这么伤你的心呢?"

周跃平又喝了一大口酒："谁知道? 我现在觉得她把自己的心也修进了铁路里，和钢轨一样坚硬了。"

李莉叹了口气："也许啊，一直活在被爱中的人们，已经忘记了爱是多么珍贵，有些东西，给得多了，对方就麻木了。跃平哥，如果有一个人也能对我这么好的话，我一定会加倍对他好，因为我知道这个世界上最来之不易的就是真情! 我也会加倍珍惜，因为我实在受够了一个人在外面孤苦伶仃漂泊的苦!"

周跃平深深地感叹："如果你嫂子也能像你一样懂得珍惜就好了，也不至于现在闹得这个家庭都快分裂了。"

周跃平说到这里，李莉的心里升起一个念头，那就是得到周跃平。

124

其实当李莉一开始见到周跃平的时候，就很倾慕他，之后她总是找各种机会与他见面，不只是为了联系业务，也是为了能与他进一步发展。凭借她多年来靠着美色谈成不少生意的经验，她对于男人也有着深刻的了解，几乎用四个字便可概括：贪图美色。

所以，今天晚上的互诉心事后让她更有信心拿下周跃平，从前她只想与周跃平保持一种暧昧关系，这样一方面能够满足她的情感需求，一方面能促成业务进展。

可是有了这样一番互诉心肠的对话后，她才了解到原来周跃平的婚姻已经出现了危机，若是这时她再对其展示温柔，那么让周跃平离了婚娶她，也不是不可能。

到时候她不仅会成为一位受人尊敬的领导的妻子，也更能从周跃平那里源源不断地获得业务资源。

吃完西餐，两个人都有些喝多了。在下行的电梯中，穿着高跟鞋的李莉一个站不稳便直接跌进了周跃平的怀中，她的身体柔软，仿佛没有骨头。周跃平吓了一跳，他不得不扶住李莉："李经理，你还好吗？"

李莉难受地揉了揉太阳穴："抱歉，今天和跃平哥聊得太投缘，有些喝多了，实在是失态。"

"那你下次约客户吃饭可不能喝这么多了，一个女孩子在外面总是不安全。"周跃平信以为真。

李莉颇为乖巧地点头："谢谢跃平哥的关心。"

来到餐厅外面，周跃平挥手挡了一辆出租车，他拉开车门将李莉扶了进去，问李莉能不能坚持到家，李莉说能。可是，关上车门之后他便看到李莉的身体直接歪在了座位上，周跃平不得不拉开车门坐了进去："我看今晚我还是送你好了。"

来到李莉家楼下，她显然已经脚下发软，身体不断地往周跃平的怀中靠。周跃平实在后悔让李莉喝了那么多酒，无奈之下他只好扶着李莉，将她送到了家门口。

李莉摸出钥匙打开门，周跃平想走却被李莉拉了进去："你送我进家门，我总得给你倒杯水喝。"

"不用了……"

"不，这是我的待客之道。"李莉说着就将身后的门关上了，此时此刻喝过了酒的一对男女，被封闭在同一个房间。在酒精的刺激下，周跃平能感到一种原始的欲望冲上大脑，况且他与高天琪也已经很久没有在一起了。

要命的是，李莉在他的身旁坐下，柔软的沙发让李莉的身体直接歪倒在他的身上，再加上那若隐若现的香水味，全方位刺激着周跃平的感官。

接着，李莉那白皙而又纤瘦的手放在了周跃平的衣领上，解开了周跃平衣领上的第一个扣子。一种燥热的感觉在周跃平的胸腔间翻涌上来。

"李经理，请你自重！"周跃平唰的一下就站了起来，他马上将自己的衣扣系好，"我已经把你安全送到家了，现在我要走了。"

可是，李莉跟上来了，她摇摇晃晃的身体一直想靠近周跃平，却被周跃平拉住了。他严肃地说："李经理，请你清醒一点，你的行为不合适！"

这声音把李莉吓了一跳，她只好收回了手，用一双无辜的眼睛看着周跃平。周跃平来到门口拉开门，回头说："李经理，我知道你一个女人在外面打拼不容易，但是用这种方法对待客户是不行的，至少在我这儿，更是不行！如果你再继续这样的话，我会终止我们之间的业务！"

接着周跃平走了出去，并且狠狠地关上了门，一直到楼下他才长长地呼了一口气，晚风也将他的头脑吹得清醒了些。就在刚刚那软玉温香跌在他怀抱的那一刻，他作为一个正常男性的身体是起了反应的，可是下一刻他就想到了高天琪，想到了璐璐，他觉得羞愧难当。

李莉将连衣裙脱下来扔进洗衣机中，她这才发觉，原来她这个对付男人的惯用手段并不一定在任何人身上都适用。不过，她也觉得或许是操之过急的原因，她的心里升起了一种强烈的征服欲，她就不信周跃平这个男人今天不吃这一套，难道以后也不吃这一套。

此后，周跃平再也没有接过李莉的电话。随着省城高铁站即将完工，急需大量的物资采购，周跃平的工作更加忙碌了，因为工作能力突出，周跃平被中铁青城局党委任命为局物资公司常务副总经理。

这个消息一经传出，单位的人打电话来庆祝周跃平的升迁，供货商之间也都传开了。

周跃平接到这个任命之后，下意识拿出手机就想给高天琪打电话，可是刚按下了拨通键却挂断了。

他终究没有将这份喜悦，分享给他最想分享的人。

而李莉在听说了这个消息之后，心里更是下定决心，一定要将周跃平拿下。既然电话不接，短信也不回，她便亲自来到周跃平的单位找他。

周跃平看到李莉，脸上出现一抹忌讳的神色，他刚刚升迁，不想在男女作风问题上被任何人误会，问道："你来干什么？"

"我来找你谈后续的服务问题……"李莉柔声说。

周跃平哑了下嘴说："电话里就能谈，你何必非要来一趟？"

李莉委屈地说："电话你又不接，我就只能跑这一趟了。"

周跃平只能把李莉安排在了会客室，转头便看见李莉正哭得梨花带雨。"你哭什么？"

李莉抹了一把眼泪："跃平哥，我上次真的不是故意的，我也没有你说的那么不堪，我并没有对任何客户这样做过，我只是因为觉得跃平哥很亲切，我又无依无靠的，所以才不小心犯了错，求你，一定要原谅我，我已经后悔得好几天都吃不下饭了！"

125

周跃平看了一眼李莉，她哭得身上颤抖，红红的眼睛中写满了委屈。周跃平马上背过身子去，如今这个场景仿佛他对李莉做了什么不该做的。

"你别哭了！"周跃平不耐烦地说了一句，因为这时候如果有哪个冒失鬼突然闯到会客室来，他可就是百口莫辩。

"跃平哥，那你能不能先原谅我？"

周跃平来到李莉的身边，他无辜地摊开一双手："我从来也没有不原谅……咱们这事根本就没有涉及什么原谅不原谅，都是你自己一个人想出这么多的。"

"才不是呢！"李莉说，"这些天我给你打电话，或是发短信你都不肯接，难道，这不是因为怪我吗？"

周跃平的手在背后捏成了个拳头，他时不时看着墙上的钟表，一会儿他还有个会："不是，是因为我最近太忙了，再说咱们之间要谈的也不过就是运输调度的事罢了，我是真抽不出时间跟你谈别的！我也希望我们以后谈话的内容，不要超过工作范畴！"

周跃平越是把底线摆得清晰，李莉就越是不依不饶，她清楚自己一个女人来找周跃平，又哭成这样，对周跃平来说可是个不小的威胁，但是她也不是那么好打发的人。"跃平哥，咱俩之前一起吃过好几次饭了，而且我们也对彼此聊过许多掏心窝子的话，我想我们之间不应该只是工作业务往来这么简单！"她继续说。

周跃平现在是又气又急："那你觉得咱们还应该有什么往来？"

李莉的声音很柔弱，全然没有之前谈生意时的雷厉风行："跃平哥，我只是想让我们像以前一样，做彼此的朋友和知己。我一个人孤苦伶仃地在青城打拼，终于有了一个可以说心里话的人，这个人就是你。因为我那天喝酒的一时失态，你再也不理我了，你说我能不难受吗？"

周跃平现在恨不得抽自己几个巴掌，纵然他最近心中苦闷，但真不应该对李莉说那么多，真是应了那句老话，说得多错得多。"你咋就不明白呢？我最近是太忙了！"他无奈地说。

"我明白，可我就是害怕失去跃平哥这么好的知己。"李莉将自己的包包背上，她整理了一下裙子，仿佛哭得头晕眼花似的，不得不扶着墙才走到了门边，"那我走了，跃平哥。"

周跃平一把就将李莉刚刚拉开的门又给关上了，他心里又气又急，这叫什么事儿啊？一个哭哭啼啼的女人从他的会客室离开，周跃平虽然行得正，坐得端，但也不得不让人怀疑他对这位女经理做了什么。"你别哭了！"他没好气地说。

李莉象征性地抹了抹泪，眼泪却再次流了出来。

"你说你到底要怎样才能不哭？"周跃平头痛地看着她。

"我想跟跃平哥回到以前那样，当彼此的朋友和知己。正是因为我们是朋友，才帮跃平哥在我们公司争取到了更多服务，那些增加的服务都没有写在合同里，我这是冲着我们之间的关系，跟领导争取的。"李莉梨花带雨地说。

周跃平这才明白李莉是有备而来，现在是反将他一军，毕竟合同已经签了，他当初跟领导推荐李莉所在的公司，也正是因为李莉承诺给周跃平的那些服务，如今若是服务中断，他岂不是办事不力？不仅如此还显得他跟这位女经理有什么似的。

周跃平此时是进退两难，签了三年的合同总不能终止，他也只好暂时妥协："好了，你可真别哭了，这几天你是误会我了，我太忙了，等到我以后抽出时间咱们再一起聊聊，就像从前一样，我也一直把你当成我的一个妹妹去对待，你就别难过了。"

"那跃平哥，下回我再请你吃饭，你可不许不接电话了！"

"不会的！"

好说歹说，总算把李莉的眼泪给劝回去了，周跃平这才把李莉送到了单位楼下，看着李莉上车离去，周跃平总算松了口气，但以后心里也不得不装着应付李莉这件事儿。

126

高天琪回了一次家。这一夜，周跃平的电话怎么都打不通，刚开始只是不接，到后来直接关机了。

高天琪紧紧握着手机，生怕错过了周跃平回拨过来的电话，可是手机一直静静的，没有发出过任何声音。

她靠着枕头躺下来，可一阵阵心慌却让她根本无法入睡。自从上一次与周跃平吵了一架，夫妻之间的感情就陷入了僵局。可是一直以来都被深深爱着的她，从来都没想过两个人的感情真有分崩离析的那天。

但是，如今周跃平竟然夜不归宿，是不是他已经厌倦了这个冷冰冰又空荡荡的家了呢？

一夜无眠。

高天琪刚准备打电话给周建新，问问周跃平是否在父母的家中过夜，手机便收到了一条彩信。

这是一个陌生的号码，高天琪点了进去，随着那张图片的加载完成，她的心也冰冷到了极点，因为她在这张不堪入目的，带着肉体的照片中，看到了周跃平的脸。

照片上周跃平裸露着身体，仿佛正沉沉地睡着，他的怀中抱着一个仅穿着一件暴露的吊带裙的女人，那女人极漂亮，碎卷发带着汗水紧紧地贴在脸上，面色潮红，既兴奋又妖娆，眼神中带着满足的光芒。

高天琪握着手机的手有些发抖，她马上关掉了手机屏幕。她无论如何也想不到，从出生到今天都一直陪伴在她身边的周跃平，背叛了她。

但是，她还是不死心地再一次打开了手机，想从那张照片里寻找到一些证明周跃平清白的证据，可是无论怎么看那都是周跃平！她太熟悉这张侧脸了。

手机从高天琪的手中无力地滑落，她闭着眼睛蜷缩在床上，照片带来的巨大冲击让她悲伤得连眼泪都流不出来。

从前的一幕幕浮上心头，那些珍贵的回忆在今天都变得毫无意义。

突然，手机响了起来，高天琪瞥了一眼，竟然就是刚才发照片的号码。

这个一直在事业上勇闯高峰的女强人，却在这一刻懦弱得连电话都不敢接，她实在太害怕听到另一个女人的声音。

可是电话铃总是不依不饶地响着，在这偌大的房间中，一次次回响着。

逃避总不是办法，高天琪接起了电话，她还没说话对面便响起了一个女人的声音。和高天琪预料中的一样，女声娇媚好听。

"嫂子，我今天先称你为一声嫂子吧，照片你看到了吗？"

高天琪沉默了一会儿说："我看到了，照片中的女人是你吗？"

李莉浅浅地笑了一声，那欢快的笑声中包含着获胜者的骄傲，"是我。"

高天琪吞了吞唾沫："你和跃平是怎么搞在一起的？"

"当然是因为你呀！嫂子，我听跃平哥说起过你，你的工作非常出色，是咱们国家不可多得的人才，我想你这样的女人，大概不需要家庭，或丈夫，毕竟这些多余且不必要的东西，只会影响你的工作……"

"你说什么？"

李莉咄咄逼人地质问："我说的不是事实吗？你常年出差在外，根本就没有尽到一个妻子对丈夫的关爱和照顾。而我呢，又刚刚好可以满足跃平哥所需求的，他想要的是一个温柔的妻子，一个充满爱的家庭，而你什么都给不了！"

高天琪的声音哽在喉咙中，她想反驳却找不到理由。是的，这个女人说得一点都没错，她在这几年中确实没有尽到妻子的义务。

沉默了许久之后，高天琪静静地说了一句："我知道了。"接着她便挂断了电话。

也是在这时，她突然意识到，她已经彻底地失去了周跃平，而至于为什么，电话中的女人已经给了详细的答案。

从未有过的悲伤绝望在她的心头蔓延开来。为了应付这个电话，她已经用尽了全身的力气，此时此刻她仿佛一个溺水的人，放弃了挣扎深深地沉入冰冷的水底。

也不知这样过了多久，门口传来钥匙插进锁眼中的声音。

周跃平回来了，他猜想昨天晚上喝的酒大概有问题，否则不会直到今天都头痛欲裂，他一边脱着外套一边推门来到卧室中。

"天琪！"周跃平惊讶地问。

高天琪的眼睛无神地打量了一下周跃平的脸，她想起照片上周跃平将脸枕在那女人的胳膊上，心就像撕碎了一样疼。

"你回来了，怎么没跟我说一声？"

高天琪并没有直接质问周跃平昨天晚上去了哪里，她觉得若是周跃平还愿意给他这位妻子一些尊重的话，就应当自己坦白。

"回来得比较晚，就没跟你说。"

之前周跃平与高天琪大吵了一架后，心里便一直有个疙瘩，所以他在看到高天琪的那一刻，恨不得像从前一样赶快亲亲她，抱抱她，但他忍住了。他想知道高天琪心中还有没有他这个丈夫，如果有，就应当主动打开他的心结。

然而，两个人谁也没将心思说出来，他们在一张床上坐着，沉默着。

一想到周跃平昨天晚上与那个女人风流的一夜，高天琪就感到恶心，她纵然心中有千般愧疚，但也绝不容忍周跃平的出轨。

她平静地说："户口本和结婚证在哪里？"

周跃平的心里一冷，原来高天琪还惦记着离婚。"你要干吗？离婚？"他问，语气竟然比他预想的冷静。

"我要离婚，我觉得我们的婚姻已经没有维系下去的必要了。"高天琪觉得此时说出的每一句话都快将她的力气耗尽了似的，她已经不想再去谈周跃平昨晚的出轨，因为那太恶心，太不堪。他们是爱人，更是多年的朋友，所以她决定给周跃平留下些体面、脸面。

周跃平深吸了一口气："你想好了？"

高天琪坚定地说："我想好了，咱们离婚吧。"

周跃平双手搭在膝盖上，他头疼得厉害，似乎也已经没有了思考的力气，只能想起多年前曾经与父亲的一场对话。

127

那个时候周建新问周跃平对爱的理解，在父子俩的交流中，周跃平明白了爱不仅仅是占有，更多的是让所爱的人得到幸福。

如果自己只是高天琪最无奈的选择的话，也已经与高天琪有了一段婚姻，对他来说这已经足够，应当放高天琪去追求幸福了。

周跃平同意了，他与高天琪约定明天一早就去离婚。

高天琪说："我想去看看璐璐，而且我们也总要谈到孩子跟谁这个问题，我想至少征求一下璐璐的意见吧！"

"好。"周跃平说着便躺在床上，在昏昏沉沉中睡着了。

就这样一觉睡到了傍晚，周跃平才彻底清醒过来。他望着漆黑的房间，心仿佛掉进一个黑漆漆的洞中，总也摸不到底似的。

他把已经没电了的手机充上电，打开屏幕看到好几个高天琪的未接来电。这时他才想起来与高天琪的谈话，也是在这时他才切实感觉到一阵不可抵挡的心痛。

"天琪……"周跃平喊了几声，又去几个房间都找了一圈，这才知道高天琪已经不在家里了，他想到未来都要在无尽思念和无尽空虚中度过，就觉得痛苦万分。

这时，电话铃响了起来，看到是李莉打来的，干脆扔在一边不接。

他依稀能想起昨天晚上他被李莉和她的一个领导带到了酒店里，然后他就躺在酒店的床上睡着了，可刚一睡着便感觉李莉也躺到了他的身边，并且清醒过来时才发现，自己的上衣已经被李莉脱掉了。而且，李莉的那双手肆无忌惮地在他的身上游走。

他当时想制止李莉，可是李莉却像一块牛皮糖一样不依不饶地黏上了他的身体，无奈之下他只好抓起衣服跑了出去，但是头脑又昏沉，他不得不赶快在前台重新开了一间房，躲了进去。

刚刚在床上躺下，电话铃便一阵阵响起，他以为都是李莉打来的，干脆关了电话，也正因如此，他并没有接到高天琪的电话。

他后悔自己去参加了李莉安排的酒局，原来这女人的眼泪都是假的，实际上她根本就没有后悔过自己的无耻行为。

不过，现在他倒也无暇顾及李莉，他满心想着高天琪，他想清楚了：他不想离婚。他打电话给高天琪，可是她的手机也关机了。

周跃平疲倦地坐了下来，开始回忆整件事，他还是不相信高天琪会执意要跟自己离婚。

他回忆起今早回家时，高天琪无神却显得有些伤痛的眼神，想起昨晚那几个未接电话，想起自己被脱掉的上衣……

然后他意识到了某些东西。

周跃平打电话给李莉，在电话中质问李莉究竟对高天琪说了什么。

李莉毫不犹豫地承认了一切，那柔媚的声音使周跃平感到恶心，如果不是在极力忍耐，他差点把昨晚喝下的酒全都吐出来。

"你为什么要这么做？"

李莉的回答很简单："我想和你结婚。"

"李莉，你是鬼迷心窍了吧？"

"我没有，跃平哥你先不要生气嘛！你想想你和嫂子其实根本就不合适，你需要的是一位贤内助，更需要一个能够照顾家庭，照顾你的妻子呀！我觉得我们这么长时间的相处，你一定能感觉到我对你的爱慕吧？我不会像嫂子那样忽略你，我会一直关心你，照顾你……"

周跃平对着手机狠狠地说道："我呸！李莉你真下作！你的关心和照顾真令

人感到恶心！你竟然敢对我妻子说出那样的话，你信不信我马上取消与你们公司的一切合作！"

李莉反倒笑了，她的笑声让人有种毛骨悚然的感觉："跃平哥，不，也许我并不应该这么喊你，周总，你知道我的手上有跟你亲热的照片吗？而且，不仅仅是我发给嫂子的那张！如果我把这些照片发给你们领导，你觉得你这个常务副总还当得成吗？别说常务副总了，你再想留在铁路施工系统里也是不可能的，所以我劝你还是好好想想，究竟是跟我结婚组成一个幸福的家庭好呢，还是闹得身败名裂好！"

周跃平挂断电话，事到如今他才知道李莉这个女人看起来柔弱，实则阴险，对男人了解得透彻，她抓住的软肋正是中年男人最重要的两样东西：家庭与事业。

他不管街上是否人来人往，便狠狠地甩了自己几个巴掌，当初若是不把家庭中的琐事说给李莉，不去参加李莉的酒局，也不至于被李莉威胁到如此地步。

顾不上现在已经凌晨，周跃平来到了父母家。他觉得周建新在铁路系统已经摸爬滚打了一辈子，说不定会想出什么对策来。

周建新在听完了事情的前因后果之后，怒气冲冲地在家里走了一圈，接着他抄起了墙角的衣架，就朝着周跃平砸了过去："你这孩子，招惹什么不好，非招惹女人？"

周跃平解释："爸，你也不相信我吗？我没有和李莉……"

周建新根本不听解释，用衣架打在了周跃平的背上："你和那个女人走得那么近就该打！"

周跃平没有躲，他浑身颤抖、鼻子发酸，说道："我是该打……"

周建新又狠狠地挥舞了一下衣架，又是一声闷响："这一下，我是替天琪打的，让你惹出这么多是非来！"

128

又挨了好几下打，周跃平虽然紧紧咬着牙，但仍然疼得浑身冒汗。吴芳从房间中跑出来抢过了衣架："你别打孩子啦，都把璐璐吓哭了！"

璐璐哭着从房间中跑了出来，她一把就抱住了周跃平："爸爸，我刚刚都听你说了，你别和妈妈离婚好吗？"

周跃平听着璐璐那撕心裂肺的哭声，一把就将璐璐紧紧抱住，也哭了："都是爸不好……"

父女俩哭了一会儿，周建新让吴芳带着璐璐回房间睡觉，然后问起了他与李莉吃饭时的细节。听完了周跃平所说的，周建新马上起身换了件衣服："跟我去医院！"

"去干吗？"

"你不是怀疑酒中有安定成分吗？否则你不会醉得不省人事，那现在就去医院抽血，再做一个药物检测就知道了！"周建新没好气地说。

父子俩来到医院已经快早上了，周跃平在医院留下了血样。紧接着周建新又问："你那天所住的酒店是哪家？"

"要去吗？"

"要，酒店里应该都有监控，你说你从房间中跑了出来，并且又另开了一间房，那么你在走廊中的行踪是会被记录下来的！"

周跃平明白了周建新的意思，他不由得敬佩地说："爸，真没想到你退休这么多年了，脑子竟然还这么灵光！"

周建新又生气又失望地看着周跃平："要不是为了你，我至于为了你跑东跑西的？"

两个人来到了酒店，经过交涉前台告诉他们，只有警察才有权利调出酒店的监控，所以现在必须先报案后才能取证。

周跃平掏出手机便急着报案，却被周建新一把抢了过去："傻孩子，现在报什么案？"

"那什么时候报案呢？万一李莉把那些照片发给单位的人，不就晚了吗？"周跃平一边说着一边也发觉自己确实犯傻了，李莉还不至于这么快就把照片发给领导。他实在是急坏了，再一想到高天琪要跟他离婚，他就更是光想着找证据，其实比起他的工作前途，他更在意的是高天琪。

"我告诉你，你想要报警，必须得有一些证据！"周建新指了指周跃平的手机，"你和那个叫李莉的女人再沟通一下，不管用短信还是电话录音的形式都好，一定要让她主动承认她是想通过用你的不雅照片威胁你，达到某种不为人知的目的。"

周跃平不得不佩服周建新姜还是老的辣，接着他便联系起了李莉。经过了一番交涉后，周跃平说到了重点："那天晚上我连裤子都没脱掉过，咱们之间压根什么事都没发生过，况且你那几张照片恐怕都是上半身，什么都看不出来！"

"跃平哥。"李莉的声音仍然千娇百媚，让周跃平和周建新听着都头皮发麻。李莉继续说道，"咱俩那天晚上是没有做过，照片也并没有拍到下半身，但正是因为这样你不也说不清吗？怎么样，你有没有考虑跟我结婚呢？"

"李莉，其实我有一件事挺不明白的，你究竟为什么要跟我结婚？"周跃平问。

"当然是因为喜欢你。"

周跃平听得一阵恶心："仅仅是这样吗？你我之间也不过是见了几面，如果你老实说出来，我能明白你的真正意图，或许我会考虑。"

李莉似乎有几分不耐烦了："你的照片在我的手里，你觉得你还有考虑的余地吗？"

周跃平的语气缓了缓："李莉，如果你想让我跟你走进婚姻，你至少要有些诚意，如果你始终是这样的态度，那就随你把照片发给谁，我肯定是不敢踏入你的龙潭虎穴里！"

电话那边安静了一会儿，接着李莉才说："我真不知道你是怎么当上领导的，我想与你结婚，除了因为我喜欢你，也是因为想跟你强强联合，你是领导，我是物资供应商，这其中的利益就不用我说明了吧？"

"看来你想跟我结婚已经预谋很久了吧？"

李莉的语气颇有几分得意："那是当然，周跃平，你就别跟我闲扯了，我再给你一天的时间，如果你不同意跟我结婚，我就把照片发给你们领导！你自己掂量着办吧！"

周跃平挂断了电话，保存了刚刚的录音。周建新说："我真不知道你是怎么招惹到这个妖精的！"

"爸，都是我不对。"

就在这时，高天琪的电话也打了过来，周跃平接起来，高天琪的第一句话就是："你在哪里？"

"天琪，你先别急着跟我离婚……"

"璐璐病了，现在我和妈在中心医院，你和爸的事办完了快来吧！"

父子二人马上驱车前往医院，周建新告诉周跃平："她只有把照片发出去了才能够立案，所以暂时先不用急，等她把照片发给你们领导再说。"

周跃平有些担心："真要是发给领导了恐怕对我影响也不好，有没有什么别的办法？"

周建新叹了口气："没办法，你们主管领导也算我的一个老交情，我去跟他说一说，为了你，我的这张老脸算是豁出去了！"

周跃平听着，脸上红成一片。

来到中心医院找到病房，周跃平看到璐璐此时正吊着水在床上躺着，应该已经睡着了，母亲和高天琪守在床边。

吴芳一看见周建新进来，便迎了出去。"要不是你昨天晚上非要打跃平，怎么能给璐璐吓哭？这孩子从半夜一直哭到早上，然后就发起了高烧……"吴芳一边说着一边把周建新拉到了门外，这才小声说，"我已经把全部的事情都告诉天琪了，让他们小两口自己谈谈吧。"

周跃平看着璐璐，心疼地摸了摸她的脸，然后在高天琪的身边坐下："天琪，璐璐因为听说咱俩要离婚昨晚哭得撕心裂肺的。天琪，我没出轨，咱能不离婚吗？"

周跃平握住了高天琪的手，高天琪把手抽了出来："我听妈说你跟爸去找证据了，找到证据再说吧。"

129

　　这时，璐璐醒了过来。她睁开眼睛便看到了妈妈，马上扑到了高天琪的怀中："妈妈，你终于回来了，我好想你！"

　　高天琪紧紧抱着璐璐，她这时才发现原来在她不在的这段日子中，璐璐长高了。她作为一个母亲，却要为这种事情感到惊叹，这让她心里很愧疚。

　　"妈妈，幸亏你回来了，你都不知道，昨天爸爸说你们要离婚！"璐璐说着眼泪又掉了下来，"你们能不能不要离婚？我们班里就有几个同学的父母离婚了，父母离婚一点儿都不好！"

　　高天琪觉得自己的心仿佛被一只手紧紧地掐着，快捏碎了。她自己就是在单亲家庭长大的，忙碌的母亲没有时间照顾她的生活。

　　学习上的问题，心理上的问题，每一个问题都要她自己去解决。

　　可是眼下她无法完全相信周跃平，那张照片和李莉说的话也的确深深刺伤了她的心。

　　"天琪，你相信我吧！"周跃平真诚地看着高天琪，"我如果真做了对不起你的事，我天打雷劈，不得好死！"

　　上午，璐璐的病情稍有好转，她就吵着要回家。

　　周跃平也干脆跟单位请了假，这一个下午，他都跟高天琪陪着璐璐，听璐璐讲起学校中的很多趣事，两个人都觉得他们作为父母对于孩子的成长缺位太多。

　　直到深夜，夫妻二人陪着孩子睡觉，璐璐却怎么都不肯睡，她眨着眼睛问："爸爸妈妈，你们能不能答应我不要离婚呀！"

　　周跃平看着高天琪，可高天琪一时之间也给不出答案，璐璐委屈地垂下眼眸："爸爸妈妈，我现在就怕我一闭上眼睛，你们就偷偷地去离婚了！"

　　周跃平看到高天琪把头转了过去，他只好轻轻地对璐璐说："你放心，我跟你妈一辈子都在一起，咱们一家人永远在一起！"

璐璐这才安心地睡着了，高天琪已经抹了好几次眼泪。

坐在客厅中，周跃平对高天琪说："我想抛开我的事情不说，要先对你道个歉，我才知道原来你对我并非我想象的那样，你爱我也如同我爱你一样多……"

说到这里，周跃平的声音哽咽了："再说我的事情，即便背叛你的事情我什么都没做过，但是我和李莉有过几次交谈，也对她抱怨过咱们之间的事，对不起，对不起……"

高天琪抽了一张纸巾递给周跃平，她也想哭，可是一直强忍着泪水，因为她的骄傲与自尊已经被李莉的那通电话深深地伤到了。

"周跃平，你总算是说到点子上了，不管你跟那个女人有没有发生过什么，你在别的女人面前抱怨我，是我最不能够原谅你的！"

周跃平深深地叹了一口气："天琪，我知道我没有资格寻求你的原谅，但是就看在娃的面子上，你别离开这个家好吗？"

高天琪仍然没有回答，她从沙发上站起来，轻轻地拍了拍周跃平的肩膀："太晚了，你去睡吧。"

"那你呢？"

"我去陪璐璐一起睡。"

周跃平拖着沉重的步子回到了卧室，这才看到扔卧室的手机上有几个李莉的未接来电，他回拨了过去。

李莉用要挟的口吻问："你是怎么决定的？"

周跃平皱了皱眉头："李莉你死了这条心吧。这世界上就算只剩下你一个女人，我也不可能和你结婚！"

"周跃平，这可是你说的……"

还没等李莉的话说完，周跃平就已经挂断了电话。他已经有了电话录音的证据，手机里也保存着李莉发来的不雅照片。

周跃平很清楚，很快，也许明天李莉就会将这些照片发给单位领导，他马上就要迎来一场狂风暴雨了。

但周跃平怎么都没想到，李莉居然通过一些方式拿到了单位各部门及各分公司所有负责人的联系方式，几乎每一个人都收到了周跃平与李莉的不雅照片。

这大大出乎周跃平的预料，原本他以为李莉只会发给几个见过面的主管领导。如果只是发给这几个人还好说，毕竟都是朋友，况且主管领导又是周建新的旧相识，总归会给几分面子，不泄露出去。

但是现在，已经人人皆知了。

所以在去办公室的这一路上，周跃平都能感觉同事们那热辣辣的目光。

主管领导看到周跃平进来，拍着桌子就朝周跃平喊道："你小子能耐了，还学会跟女人搞这一套了！你配做一名共产党人吗？不，我看你根本不配做个人，你把你自己和你父亲的脸全丢光了！"

周跃平咬着牙挺过这些刺耳的话："领导，我今天是来跟你请假的，这件事我已经报案了，今天我要配合警方调查。"

"你这时候知道报案了，之前跟女人乱搞的时候你想什么了？我真没看出来你小子竟然敢犯这么严重的纪律作风问题！"主管领导用手背打着手心，"这往严重了说，是性贿赂啊！"

周跃平的脸上一阵灼烫："我知道，但是我并没有跟这个女人做什么，我会协助警方，拿出我清白的证据！"

主管领导无奈地摊了摊手："你就算是拿出证据了，影响怎么消除，算了，你先去配合调查吧！"

同在一个系统中，周跃平的事情也已经在局里传开了，高天琪也同周跃平一样，承受着同事们的议论。

周跃平离开单位之后便同警察一起来到了开房的宾馆，从调取的监控中可以看到，当天晚上周跃平是被人扶着来到了房间中，然后李莉的领导离开，房门被关上了。

十分钟之后，周跃平拿着一件上衣从房间中跌跌撞撞地跑了出来，李莉穿着一件吊带睡衣追了出来，似乎由于睡衣太过暴露，所以并没有追到前台。

再接着，周跃平便又开了一间房，一个晚上房门紧闭，再出来的时候已经是第二天上午了。

130

警方告诉周跃平，即使不调取酒店的监控，也有足够的证据以敲诈勒索罪逮捕李莉，但是周跃平坚持要还他一个清白："警察同志，李莉已经不光是敲诈勒索，还存在诽谤陷害的行为，我必须要追责到底！"

很快李莉就被逮捕了，在派出所里，李莉见到了周跃平。

此时的李莉早已没有了往日的妩媚，更没有了在电话中威胁周跃平的嚣张气焰，她坐在冰冷的椅子上，脸色苍白，眼神中带着悔恨："跃平哥，如果你谅解的话，我可以给你钱，我错了……"

看着李莉的眼泪，周跃平的眼神冷冷的："你早就该知道你错了，而不是现在才流下假惺惺的泪水！"

李莉放在腿上的手握成了一个拳头，她心有不甘："跃平哥，我承认我在后面威胁过你，但是我就不信你对我就没有一点点感情吗？我可以给你全部你想要的，一个温暖和谐的家庭，一个照顾丈夫的妻子……"

周跃平冷笑了一声："我看你还是太年轻，你以为年轻美貌能够打败一切，事实上却是最不值钱的东西！"

李莉凄凉地笑了笑："跃平哥，我是今天才明白了这个道理，能不能求求你稍微谅解一下，我有钱，我不想坐牢……"

周跃平觉得李莉实在荒诞得可笑："别提钱，就算是让你坐牢我都觉得还不够，你对我妻子，对我家庭的伤害是你做什么都不可能谅解的了。我劝你还是不要对谅解抱有希望，好好跟警察同志承认罪行，争取减刑！"

李莉慌忙恳求周跃平："跃平哥，你原谅我一时不懂事吧，我家里还等着我挣钱供我弟弟念书，给我父母看病……"

周跃平冷眼看着李莉，只是淡淡地留下了三个字："不可能。"

听到周跃平说得如此肯定，李莉便收起了自己的眼泪。在接受警察询问的时候李莉说："我的确犯了敲诈勒索罪不假，但是我并没有诬陷周跃平，在我跟周跃平单独待在房间的十分钟里，是他主动跟我亲热的！"

周跃平一听就急了，他对着李莉怒吼道："你不必再诬陷我，我已经将咱们之前的电话录音提交给警察同志了，你也亲口承认了咱们之间什么都没有发生过！"

李莉咬牙看着周跃平，反正周跃平不会选择谅解她，那她也要为自己开脱罪行："我们当然没有到发生关系的那一步，我也承认，但是你主动脱了衣服并且主动与我亲热，而且那天也是你主动提出说要去开房，至于你后面为什么跑了，可能你是一时胆怯了，但是在当时的十分钟里，咱们是你情我愿！"

要知道，这个细节对于周跃平来说极为重要，如果李莉一口咬死周跃平也有主动的行为，那么他就算是违纪，而违纪的后果不仅仅是被开除党籍，也将丢掉现在的工作。

"李莉，你在说谎，你是污蔑！"周跃平拍着桌子大喊，却被警察同志制止了："请你不要情绪激动！"

"警察同志，我并没有任何一点不轨行为。"周跃平焦急地解释。

警察严肃地对周跃平说："可你拿不出证据证明你那十分钟之内并没有任何主动行为！"

周跃平百口莫辩。他本以为血样的药品检测中会有安定一类的成分，但是并没有，他之所以醉得那么厉害，唯一的解释就是当天晚上他喝的红酒中被掺杂了度数极高的烈性酒。

警察告诉周跃平还可以继续打官司，但审讯的结果暂时只能认定李莉是敲诈勒索。

周跃平只得先回到了家中。面对着父母和高天琪，他感到既自责又愧疚。

"爸，妈，天琪我对不起你们，惹出了这么大的麻烦。"

周建新平静地看着周跃平："我没想到你招惹的那个女人，竟然能给单位的每个人都群发了那些照片，现在就是天王老子来了，这件事儿对你的影响也消除不了！"

周跃平握了握拳："爸，不仅仅是影响的事，现在李莉一口咬定我和她是你情我愿，我拿不出证据证明我那十分钟什么都没干。"

周建新足足愣了有十秒，他表情僵硬，接着他朝着周跃平的脸甩了一个巴掌："周跃平，你老实告诉我，你究竟做没做过不该做的？"

周跃平挨了这个巴掌，身体摇晃了一下："爸，我发誓我没动过那女人！"

周建新指着周跃平，他的手指都在发抖："周跃平啊周跃平，你瞧瞧你闯出的祸，你不仅把我这张老脸丢光了，还亲手断送了你的事业！"

吴芳赶紧拉住周建新，她一边抹着眼泪一边说："现在事情已经这样了，跃平也是被人陷害的，你就别怪他了，璐璐还在房间，你别吓着她！"

周建新强压住自己的怒气，他看了看周跃平，最终也只是深深地叹息："我管不了你了，你自己闯出的祸，自己去承担吧！"

说完周建新就回到了房间，吴芳也对周跃平是又气又心疼："你说你怎么就闯出这么大的祸了？"

周跃平掉下眼泪来："我对不起你，也对不起爸……"

璐璐很显然还不知道究竟发生了什么，这几天高天琪回来了，她说什么都不在爷爷奶奶家住了，非要缠着爸爸妈妈回到自己家里去，对于她来说，能有爸爸妈妈一起陪着入睡，幸福得就像做梦一般。

周跃平和高天琪只好先带着璐璐回了家。哄璐璐睡下之后，周跃平问高天琪："我想你今天一定也招来了不少议论吧。天琪，我对不起你！"

高天琪皱着眉头闭上眼睛，她这一天的确不好过，但是她明白周跃平要比她难熬得多。

131

高天琪看着手腕上多年前周跃平送她的那块名表："跃平，时间太晚了，先睡吧。"

"好。"周跃平回到卧室，但没想到高天琪也跟了进来，自打出了这档子事，高天琪从未跟他一起睡过。

"不去陪璐璐吗？"周跃平问。

高天琪拉开被子躺下："璐璐已经睡了，我就不去打扰她了。"

周跃平点了点头，他悲伤而麻木地脱下衣服躺进被子中，他背对着高天琪，因为他实在没脸面对高天琪了。

望着窗帘缝隙中倾泻出来的清冷月光，周跃平回想起自己刚刚当上副处级领导时的春风得意，不管单位上的人还是供应商，都对他极为恭维，而他似乎在这些恭维声中迷失了自己似的，觉得自己仿佛真如他们口中说的那般好，工作做事也不像从前那般谨慎。直到今天他终于清醒了，即将一无所有的他其实也不过是个平凡的人罢了。

突然，他的后背感到一阵温热，竟然是高天琪抱住了他。

一时间，他感动得流泪，他颤抖着转过身体，高天琪将他的头抱在胸前，轻轻抚摸着他的头发。

"天琪，我拿不出证据来证明我的清白了，你愿意相信我吗，相信我说的话？"周跃平流着泪问。

高天琪哭了，她在周跃平的耳边说："我相信你。"

"为什么？"

"我相信你，没有为什么。"

周跃平终于在高天琪的怀抱中大哭了起来，高天琪便一下下抚摸着他的头和背，直到两个人都在泪水中睡去。

第二天早上，周跃平如往常一样做好了早餐，看着璐璐吃得很香，他摸了摸璐璐的头："多吃点，以后才能长得像妈妈一样高，一样漂亮。"

璐璐欢快地说："妈妈长得真漂亮，我长大了以后也一定和妈妈一样漂亮！"

高天琪说："可妈妈觉得，你现在就比妈妈漂亮了！"

在这种欢快的氛围中，一家人吃过了早餐。然后周跃平和高天琪一同去送璐璐上学。在学校门口，周跃平对高天琪说："天琪，我东西都带好了，咱们去民政局吧。单位最近应该也会调查我，所以趁着今天还有时间，咱今天就把这事办了吧！"

"什么意思？"

周跃平故作轻松地说："昨天晚上我都已经想好了，我要跟你离婚。"

高天琪反而坚定地说："我不离！"

"天琪，你是个要强的人，我现在摊上这档子事儿，别提工作了，肯定保不住，名声肯定也臭了，咱俩还是把关系撇清了吧！省得你以后也被人议论。"周跃平说着就要走。高天琪却一把拉住了他的手："议论就议论呗，我不怕！"

周跃平耐心地说："我的饭碗也丢了，有了这样的劣迹，以后也不知道能找到什么样的工作。天琪，你是高级工程师，你跟我这样的人在一起，算什么事儿啊？"

"大不了你可以自己做生意嘛！天下的工作多了，不只是这一种工作，我不在乎别人怎么议论我，因为我知道你没有干任何对不起我的事，这几天我也想清楚了，我作为你的妻子应当跟你同甘共苦，我们在婚礼那天给彼此许下过誓言，无论生老病死都不离不弃，你忘了？"高天琪一边说着一边流下泪来，她干脆直接搂住了周跃平的胳膊，"这几天我一直都很沉默，这是因为我一直都在思考，现在我思考完了，我不会跟你离婚！"

周跃平落下泪来："天琪，那璐璐呢？我这样的劣迹说不定会影响璐璐的前途，她过不了……"

"天琪……"周跃平轻轻地握着高天琪的肩膀，"是不是为了璐璐？"

高天琪凝视着周跃平的眼睛："不仅仅是璐璐，更是因为你，我爱你，非常非常爱你！"

周跃平一把将高天琪搂进怀中："天琪，我对不起你，我何德何能承受你对我的爱，承受你在我落魄的时候都不离不弃！"

高天琪摇了摇头："我想之所以出了这种事，也是因为长久以来我没有尽到做妻子和做妈妈的责任，是我太过关注工作，忽略了爱我的人，否则你怎么可能对别人倾诉呢？不过，以后我发誓我会好好对待你，对待我们这个家！"

两个人回到了周跃平的父母家，准备商量下一步应该如何应对，但是周建新也没什么好办法。谈完了这些，他也劝高天琪跟周跃平离婚。

"我对你就像是对亲生女儿一样，我不想你受到跃平这件事的影响，而且……"

没等周建新的话说完，高天琪便告诉周建新："我绝不会和跃平离婚，我也已经做好了跟跃平一起面对一切的心理准备！"

很快周跃平便开始接受全面调查，包括他最近一段时间所有的行踪，以及账户上的资金。但周跃平很清楚，即使这些都查不出问题，光凭李莉说的那一句话，他就不可能再留在单位了。

与此同时，高天琪也在看守所见到了李莉。

在看守所关押的这几天，李莉的脸已经苍白憔悴，她看到高天琪似笑非笑地说了声："嫂子。"

"我听跃平说，你想要谅解减刑，但是跃平不同意。"

李莉冷哼了一声："是啊。"

"我去劝劝跃平，让他同意谅解你，你能不能将事实说出来，跃平并没有对你做任何不该做的事。"

李莉颇有些疑惑地看着高天琪："你就这么信任周跃平吗？你真的认为他对我就一点那方面的心思都没有吗？"

高天琪重重地点头："我相信他，其实我第一眼看到你的时候就觉得你惊艳动人，但是我仍然相信跃平！"

"你为什么这么信任他？你难道不了解男人吗？"

"跃平不同，我相信，他绝对没有做过半点不轨的事！"

132

李莉颇为震惊地看着高天琪，她为高天琪的这份自信而震惊："那假如我告诉你，周跃平并没有你想象的那么好呢？"

高天琪平静地看着李莉："不论你说出什么，我都相信他。我和跃平一起走过了人生的小半辈子了，我足够了解他。"

李莉终于明白为什么自己的这套招数对周跃平一点都不管用，因为她见到了这个世界上真挚的爱情，这也是周跃平宁可失去一切，也绝不肯离婚的原因。

但李莉仍说："那你想错了，他也对我很主动，我们就是你情我愿！"

高天琪的眼泪流了下来："我求求你，将事实说出来吧！跃平他没有对你做过那种事，对吧？"

在高天琪恳求了李莉许久之后，李莉终于被感动了，她同意将事实说出来。

高天琪感激地对李莉说："谢谢你。"

李莉说："你知道，我为什么同意了你的请求吗？"

"请你告诉我。"

李莉直言不讳地说："事实上，在我之前听周跃平说起你的时候，我以为你会是一个非常漂亮的女人，但今天我看到你才发现你似乎比同龄人更苍老些，也并没有周跃平形容的那么漂亮，我这么说你不会生气吧？"

高天琪丝毫不觉得李莉的这番话让她心里不舒服，她笑了笑："我这些年来经常去环境恶劣的地方出差，一待就是几个月，在工地上更别提保养了，我也知道自己脸上早就已经有了不少皱纹了。"

李莉没想到高天琪竟这般从容地接受了，便说："周跃平不一样，他显得很年轻，也正是男人最有魅力的时候。但是他为了你这个已经人老珠黄的妻子坚守底线，哪怕我用他的前途和事业威胁他，他都绝不肯离婚。我真的很为你们之间的爱情感动，所以我妥协了！"

"谢谢你。"

"我真羡慕你们的爱情。"李莉苦笑了一下。

高天琪认真地说："只要真心相待，不管是谁都会拥有这样的爱情。"

在周跃平后续的调查中，李莉主动向警方承认周跃平并没有对她有过任何不轨行为，而在单位纪委的调查中，这也成为周跃平没有违纪的证据。

在调查之后，周跃平虽然回到了原来的工作岗位上，但仍然得到了一次警告处分，不过这对于他来说已经是最好的结果。

周跃平这才知道原来是高天琪去找了李莉，主动提出谅解这才让李莉说了实话。

"天琪，我真不知该怎么感谢你。"周跃平将高天琪紧紧抱住了，"以后我一定对你更好，我也不再天天晚上出去喝酒了。通过这次的事情，我也明白了各种酒局应酬并不能真正让工作做得更好，工作需要的是正直和勤奋。天琪，以后我要跟你一起经营好我们的家庭和爱情。"

高天琪笑了："这可是你说的，以后你可不许喝到烂醉再回来了！"

"好，我要是再犯这种错误，我就不是人，任凭你处置！"

"其实我也要反省，过去我放在家庭中的精力太少了，就像你说的，以后我也要好好经营我们的家庭，还有和你的爱情。你知道李莉究竟为什么同意说出实情吗？"高天琪笑着说。"我不知道。"周跃平摇摇头。

高天琪便将那天与李莉的对话全部告诉了周跃平："其实，是她被我们的爱感动了。"不过她想起李莉的话，又突然问道："跃平，你看我现在是不是老了？"

周跃平摸了摸高天琪的脸，如同捧着一块稀世珍宝似的："你没有老，但就算你有一天变成老太太了，你在我心里永远都是年轻的样子，因为爱情，永远都不会变老！"

两人经过这些事后，感情倒比之前更深了，很快他们也各自回到了工作岗位，继续忙碌各自的事业。

133

时间一晃到了 2016 年。

晚上，儿童医院里，李铁生正抱着女儿想想在病房里打着吊针。苏红今晚夜班，想想却突然发起了高烧，她来不及回家，李铁生便自己带着孩子来了医院。

想想因为手上打着吊针难受得总是乱动，李铁生就耐心地哄着想想，把家里带来的故事书打开，给想想念故事。故事是那种非常老套的童话故事，里面的角色都是熊、猴子、狗一类的动物，对于想想这么大的孩子来说，确实很适合。

读到小熊说话时，他的语气就慢吞吞的，而猴子说话时他的语气又快了起来。一个故事绘声绘色地讲下来，把想想和病房中的其他孩子都逗得哈哈大笑，似乎连打吊针这件事都不那么难受了。

旁边一位孩子的母亲问李铁生："你平常在家也带孩子吧？"

李铁生说："我经常要出差，基本上是我妻子带孩子，我心里挺愧疚的，所以只要我在家的时候，就尽量多陪着孩子，毕竟家庭是两个人的，我能多承担一些，就能让我的妻子不那么累。"

这番话让旁边孩子的母亲投来了羡慕的目光："我丈夫要是能像你这样就好了。他可没耐心哄孩子！"

李铁生笑了笑，他低下头摸了摸想想的额头看看有没有退烧。

就这么折腾了一夜，想想终于退烧了。苏红下班后匆匆赶了过来："怎么样，想想现在情况好不好？"

"好多了，昨晚我还给她讲故事呢。"李铁生一边说着，一边轻抚着女儿的脸颊。

苏红看到想想的脸色恢复了正常，长舒了一口气，可转眼又看到李铁生脸上带着憔悴，还挂着两个黑眼圈，她摸了摸他的脸："铁生，昨天晚上辛苦你了！"

李铁生摇摇头："辛苦什么，只要想想的病好了，我一点都不觉得累！走吧，咱们回家去。"

到了家里，苏红陪着想想，李铁生匆匆做了顿饭，来不及吃便要出门。

"要不你今天也请半天假吧？昨天一夜没睡……"苏红跟着他来到门口。

李铁生一边开门一边说："我最近正在忙着赣深高铁的前期筹备工作，哪还来得及休息？你带着孩子好好在家睡一觉吧。想想，爸爸去上班啦！"

想想依依不舍地看着李铁生："那爸爸早点回来！"

"好，爸爸只要一下班，就马上回家陪你！"

从卧室的阳台上，苏红抱着想想看着李铁生匆匆上班的背影，不禁皱起眉头来。自打之前李铁生因在铁路隧道的建设上颇有建树后，从临策铁路工程技术部的副部长升到了部长，成为高级工程师，工作就更忙得脚不沾地。

赣深高铁建设在即，李铁生被任命为项目副总工程师，工作就更加忙碌了，她不知道李铁生又要出差多长时间。她心中充满对李铁生的思念，但从来没有过怨言。

很快李铁生接到了任务，带队前往江西赣州，开始项目建设的指导工作。

临行的那晚，李铁生在家里做了顿丰盛的晚餐，也把消息告诉了苏红。

"你每次出差的时间都是用年来作单位的，不知道这次你要在那儿待上多长时间？"苏红心疼而不舍地对李铁生说。

"至少半年吧！"李铁生一边说着一边帮苏红倒上饮料，又给想想擦了擦嘴上的酱汁。

"要这么久呀？"苏红叹了口气。

李铁生拉着苏红的手："是的，这半年你要辛苦些了。"

"我辛不辛苦倒无所谓，我是心疼你又要在大山里受苦了。"

"这不就是我的工作嘛，再说江西那边再苦，至少是南方，总也苦不过沙漠的，别担心！"

苏红摸了摸胸口说："也不知怎么的，你这次出差我就很担心你，你可要注意安全！"

"放心吧！等我到了那边之后就每天都给你和想想打电话，绝不让你担心！"李铁生保证道。

当天夜里，李铁生坐在床边看着睡去的妻女，心里同样涌现出不舍。虽然面对这个家庭他心存愧疚，但为了国家的铁路建设事业，他仍然要义无反顾地走进大山中。

134

在去江西的火车上，李铁生展开了施工设计图纸，仔细地看着。他并没有告诉苏红，这一次的高铁线路的建设其实困难重重。

赣深高铁线路地处罗霄山脉，沿线地形起伏剧烈，山势陡峭，桥隧比极高，大部分只能通过多开挖一些隧道来进行轨道铺设，几乎都是 I 级高风险隧道。

李铁生第一次来到南方，在赣州的山区里，他终于真真切切体会到了什么是山清水秀，什么是奇山险峻。

位于丹霞地貌的一座座山峰起势险峻，由远及近层层叠叠，山峰高处似乎就要直上云端，每到阴天就沉着一片云海，好似仙境。而山下的峡谷深处又幽静清凉，秀水从奇石绕过，或流经幽洞，有涓涓细流的溪水，也有地势高低错落的瀑布。与黄土高原最大的不同就是那些茂密的植被，这里树木遮天蔽日，鲜艳如火的杜鹃花开遍山野，还有好多树木花卉，好多李铁生根本不认得，有一种"乱花渐欲迷人眼"的感觉。他恨不得把一路美景都拍下来给苏红和想想看，直到后来想了想，他还要在这里待上几年，有的是时间去分享。

不光是视觉的美感令人震撼，林中那幽深的鸟鸣伴着流水声，雾气缭绕中意境更添幽深。他心想等这次高铁修完，他一定要带上一家老小来南方的秀水青山看看。

不过，在李铁生带领技术人员真正进入大山开始探测之后，他才明白所要面临的困难有多棘手。

随着工程开始，第一条隧道的开挖，他就发现这块土地实际上极为松散，甚至有一次施工时，遇到了塌方事件。

"跑！快跑！"李铁生一边声嘶力竭地大喊，一边拉上自己身边的几个工人往后跑，接着那岩石碎片就如同洪水一样滚滚袭来。李铁生对大家喊："往侧面跑！"

岩石撞击与摩擦产生的隆隆声音，让人不觉惊出一身冷汗，但是没有时间往后看，每个人都在拼尽全力地奔跑躲避。

多亏李铁生的反应和判断迅速，几个人连滚带爬地躲过了上方岩石的坍塌。坍塌终于停止了，李铁生等人这才惊魂未定地擦了把汗，庆幸自己躲过了刚才的一劫。

来到这片碎岩石上，李铁生收集了几块石头样本，发现这些岩石有的是由极其破碎的颗粒组成的，质地非常坚硬，应该是碎裂岩；有的岩石则是具有糜棱结构和定向结构的岩石。他这才意识到这里的地质比他想象得还要复杂。

地图上标明他们的这条线路将要经过十二条断层破碎带，他没有想到这些岩石的稳定性竟然差到如此地步。

他抬头望了望，在这片土地上还有不少大块的岩石，现在刚开挖了几米就出现了几起塌方事故，隧道越挖越深以后，如果再出现同样的事故，绝不会像这次这么幸运。

晚饭时间，工人们聚在一起吃饭，说起今天遇到的这场事故，言语中无不透露出对于这场事故的恐惧。

"我之前跟着施工队在山里修过好几条公路，可哪一次也没像这次这么恐怖！"一位今天死里逃生的工友，一边挥舞着筷子一边说，"修公路爆破的时候起码还能有个心理准备，大家都躲起来，可是现在这塌方是随时随地的，咱来不及躲呀！我现在一闭上眼睛，想到那个声音就后怕！"

旁边的工友听了不由得问道："这么吓人，那你咋还在这儿干呢？"

"唉，家里两个孩子一个念高中，一个念大学，哪个不花钱？这儿的工资高，我就是把脑袋拴裤腰带上，也得在这儿坚持着！"那人叹道。

"可不是吗，我家里俺爹俺娘都生着病，我也得在这儿挣钱呀！"有人附和。

听着工友们的对话，李铁生觉得吃下的饭都堵在心窝了似的，这里的哪一个工人不是家里的顶梁柱？若是真的出了生命危险，一个家庭就毁了。

他想着，就越发感到压力巨大，因为他几乎预料到接下来的事故是不可避免的。

突然，他的电话响了起来，他连忙扔下手中的饭盆就往开阔的地方跑，这么一跑反倒把别的工人也都吓了一跳，还以为又出了什么事情，都惊弓之鸟一般跟着他开始跑。

"你们跟我跑啥？"李铁生停了下来。

其中一位老工程师刘工说："你为啥跑呀，不是因为出事故了吗？"

李铁生这才把手机掏出来："我爱人来电话了，我找个信号好的地方给回过去！"

老刘这才松了一口气："我当出事故了呢，李工，你说你一个大男人，爱人一打电话过来就没命往外跑，不知道的还以为你在家里也是个妻管严呢！"

"我这不是怕我爱人担心吗？"李铁生一边说着一边指指电话，已经接通了。

"爸爸，你想我了吗？"奶声奶气的娃娃声音从听筒中传来，李铁生闭上眼睛几乎可以想象到想想正用一双小小的手抱着手机的可爱模样，说道："爸爸想你了，那你想爸爸了吗？"

"想了！"接着想想便开始给李铁生讲她这一天先是去了公园，又吃了冰淇淋，下午看故事书……虽然小孩子的语言词汇匮乏，发音模糊不清，李铁生却全都听得明白。

想想说完了，这才不舍地把电话给了妈妈，苏红接过电话，语气中满是担心："你今天在那边还好吗？施工还顺利吗？"

"我很好，施工也很顺利，你呢？今天工作忙不忙？"李铁生轻声问道。

苏红说："今天是白班，白天是妈带着想想出去玩的，总之家里的事情你就别担心了。我这几天上网查过，我看到你们工作那边的地貌好像不大适合施工，说是岩石碎屑比较多，所以我担心你……"

"你可别多想啦。网上说的有些夸张，你放心，我在这儿一切都好，施工顺利！"李铁生安慰道。

"是吗？那就好，不过你可别忘了每天晚上都给我们娘俩报个平安。别说我们娘俩了，就连我妈都眼巴巴地盼着你打电话回来。"苏红叮嘱。

"我知道了。"李铁生挂断电话，眼眶发酸，这些年来苏红作为妻子给了他足够的照顾与关心，早年间他的母亲就离世了，岳母对他更如同对待亲生儿子一般，主动帮他们这个小家庭承担了很多。

他几乎不敢想象，若是他真的出了什么事，那这个温馨的家庭将遭到多大的冲击。但为了祖国的铁路事业，他不得不把这些儿女情长抛到脑后，一心扑在工作上。

白天他在第一线指导工人如何施工，晚上就裹上一件棉衣在钢板房中看书学习，也在偶尔休息时下山去网吧查资料，但他几乎找不到太多断层碎裂带地貌隧道修建的案例，也借鉴不到任何经验。这个难题几乎比沙漠铁路那块硬骨头还要难啃。他们也只能摸着石头过河，在每一次施工中自己总结经验。

然而，还没等塌方的问题得到解决，新的问题就出现了：随着隧道的开挖，洞里越来越湿润，甚至到后来不断往外涌水。

大量涌出的水裹挟着碎石泥沙几乎将整个隧道都灌满了，施工不得不先暂停下来，工人们开始往外掏沙石，若是涌水的问题不解决，掏到什么时候才是个头？

为了攻克这个问题，李铁生晚上看书学习，总结经验，白天就带着工人一次次深入危险地带，研究该如何封锁住地下泥石流，几乎每天只睡三四个小时。

秋去冬来，南方的冬天几乎不下雪，下的是冰冷绵密的细雨。落在发丝中，凝成一串串白色的雾珠。李铁生偶然在一面大镜子前看清了自己的形象。裹着绿色军大衣的他满脸都是泥灰，而头顶已经花白一片，他伸手擦掉上面的水珠后，头发仍然是花白的，这让他自己都不由得大吃一惊。他今年还不到四十岁，可头发已经白了一大半，他不由得苦笑了一下，以后回到家，想想怕是要认不出他了。

135

赣深高铁，难就难在隧道修建上，在龙南县的山脉，他们将要开挖出一条最长的隧道，李铁生顶着一头花白的头发，在隧道里的几处施工地点往返。在经历了上回的大量涌水事件之后，李铁生觉得再这样挖下去也不是办法，只能一边挖一边总结经验，又经常趁休息时下山通过网络学习断裂层的地理知识，试图找到更合适的施工方式。

龙南县境内的隧道场区以剥蚀构造低山为主，地形起伏，局部陡峭，沟谷狭长，多呈 V 字形。隧道要穿越变质砂岩、花岗岩、石英砂岩等地层，加上水文地质条件复杂，可以说这里是全线最复杂的地质。其中最长的一条隧道，需穿越十一条断层，施工难度最大。

为了保证高铁隧道高质量地完成，主建单位决定，先开辟出试验段进行施工。

但是这样延长了施工的时间。李铁生想起自己曾经在离家的时候，家人问他什么时候能回来，他只随口说了一声"半年"。

事实上他清楚他所说的半年，不过是半年回一次家，过年一次，夏天一次。这两次短短的假期，转瞬即逝。甚至因为离家时间太长，想想年纪太小，加上李铁生那突然变白了的头发，所以回到家想想都会有些生疏，等到刚刚跟想想混熟了，听到想想一口一个"爸爸"叫着，他就又要走了。

苏红说:"一年半载才能见你一次,我和我们单位里的那位军嫂都没什么区别,可你又不是当兵的……"

李铁生无不感慨地说:"虽然我不是军人,但是我也要拿出军人的作风来对待铁路隧道的建设,所以这段时间只能委屈你,委屈孩子,不过你放心,等有一天我回来了一定会加倍对你们好,补偿你们!"

苏红摇头:"委屈倒是不委屈,我在家里给你搞好后勤工作,你才能去修铁路,我就是心疼你,也想你!你看看这才不到一年的时间,你把头发都熬白了!"

"我家遗传。"李铁生说。

"那我看咱爸的白头发都没你的多!"

李铁生只能说:"你又没见过我妈,我妈年纪轻轻头发就白了!"

苏红摇摇头:"你就骗我吧!我还不知道你这就是操劳过度吗?说实话我真怕你累坏了,累病了。"

"你放心,你看我现在不是好好的吗?别担心了!"李铁生只能把苏红抱在怀中,因为没有比这个更好的安慰了。

怕他的离开让想想伤心,他不得不趁着早上女儿睡醒之前,悄悄离开家。苏红让他父亲照看想想,自己送李铁生到楼下,再一同坐车来到火车站,一路上都在不停地叮嘱他要注意安全、注意身体。

苏红说着话,眼泪止不住地往下来流,李铁生就从口袋中掏出纸巾帮苏红擦眼泪,还时不时说上几句逗趣的话让苏红又破涕而笑。

直到进了检票口,李铁生突然感觉到脸上一阵温热,这时他才意识到自己也哭了,可是他一只手拿着自己的行李,一只手拿着给同事们带的一些特产,手指间又夹着车票,所以腾不出手去擦,就任由眼泪挂在脸上。他并不觉得一个男子汉在这么多人面前流泪有什么,这是思念的泪,是心疼的泪,是他对家人不舍离开的爱意。

每天的工作紧张又忙碌,他实在不知道还有多久才能回到家中。有时候他会突然站在一块岩石旁伸出手丈量一下,想象着想想现在长多高了。

李铁生和几位工程师光是记录数据的本子都写了好几摞。有时候,同事说:"咱要是有个借鉴经验,是不是就不用这么麻烦了。"

李铁生一边在本子上写着什么，一边笑着说："正是因为这样咱们才要做记录，把咱们所遇到的问题都仔仔细细地整理出来，在全段的后续施工中不就有经验了吗？"

虽然每天忙得脚不着地，但每到傍晚李铁生都会抽出时间给老婆和孩子打个电话。他总是匆匆往嘴里塞几口饭就开始找信号，刚开始他的突然举动还会引起同事们的恐慌，到后来大家就都习惯了李铁生每天晚上的惯例。老刘仍然坚持说他就是个妻管严，李铁生倒也不反驳，他觉得妻管严没什么不好的，因为管就是爱。

年轻的同事们也不时打趣说："要是哪天你找不着信号了，您这头发不得急成全白？"

李铁生丝毫没有副总工程师的架势，反而跟他们一同开玩笑："那后果怕是要严重了，我不仅仅头发急成全白，我人都要急死！"

因为这每晚的电话，李铁生始终觉得虽然他与家人相隔千里之外，但心时时刻刻都是连在一起的。他从电话中了解到家人一天的生活，也在电话中陪伴着想想的成长，从上幼儿园的小班，再到中班。想想说话说得越来越清晰，每天都给他将在幼儿园遇到的有趣或者生气的事情，描述得绘声绘色。

每次通完了电话，李铁生就觉得自己的精神和身体仿佛都完成了一次充电，一天的疲乏感都消失了。手机需要用电源来充电，而他要用家庭。

随着项目的正常进行，李铁生带着工程师们开始大胆地使用综合性防治措施。知己知彼，才能百战不殆。既然要施工，他们就需要先摸清脚下这块战场的地形。在施工过程中，通过采用地质雷达、反磁通瞬变电磁法、机动电钻、超前水瓶钻探等综合勘测手段，查明了重大断裂地带以及岩溶等不良地质的分布对隧道的影响。

在此期间，李铁生和其他的驻地工程师与有铁路和土木工程建设专业的高校取得了联系，学习了地质构造相关的知识，与科研单位联合创新，提出了排水降压地层与预加固、优化排水系统、支护体系加强等综合处理方案，以此来攻克隧道高压、突泥涌水、软岩大变形等技术难题。

与此同时，为了避免涌水和泥石流给未来的高铁通行带来阻碍，李铁生与工程师们一同开发出高原长隧道长距离反坡自动化排水系统。龙南隧道终于再一次开始施工。

李铁生想起苏红说过，他就像个战士，一年到头都回不了几次家。如今他也觉得，他们这些工人和工程师确实已经磨炼出了军人的意志力！

136

在空气稀薄的隧道深处，工人们在探照灯的光线下向前挖钻，钻头顶在岩石上发出一阵震耳欲聋的响声。

李铁生作为副总工程师，一直都在最前线把控着施工技术。在一次施工过程中，他突然大喊道："停！别钻了！"巨大的噪声让工人们根本听不到他的声音，突然，头顶上一阵沙石落下，李铁生往洞口一指，示意他们马上跑，工人们顿时慌了手脚，求生的欲望让他们扔下设备马上朝着洞口跑。

李铁生的判断没错，刚才那细小的崩塌马上变成了隆隆巨响，这是拱顶围岩塌方了。

他也想跟着工人们一起跑出去，但是设备还来不及停，如果不把设备关掉，继续带来振动和冲击，那么崩塌会更严重，搞不好，他们一个也跑不出去。

就在这千钧一发之际，李铁生逆着洞口的方向往里面跑，身边全都是岩石摩擦撞击带来的振动，仿佛山崩地裂的地震。

"李工！"刘工朝他大喊，他知道李铁生往回跑的目的是去关设备，慌乱地想要拉住李铁生，"来不及关了！"

李铁生也害怕，但是现在他强迫自己保持镇定，冲到设备边上迅速找准开关，一把就按了下去。

设备停止了，塌方却没有停止，李铁生这时再想跑已经来不及了，前方的路已经被堵死了。

他只能在设备旁边就地蹲了下来，身边还有一位工人没有跑出去，他大喊："蹲下！"

这时，一块巨石擦着李铁生的肩头落下来，将他撞倒，另一块巨石滚来，直接就砸在了李铁生的腿上，随着咔嚓一声脆响，撕心裂肺的剧痛传来，头顶的岩石仍在落下，落在头上肩上，他的意识顿时就模糊了，接着便晕了过去。

滴答、滴答……

水滴从李铁生的脸上滑落，他在黑暗中睁开眼睛，探照灯已经被砸坏了。

腿上传来的剧痛，让他想起来塌方了，还有一位工人和他一起被困在了这里。

"你怎么样？"他问。

工人说："还活着……"

李铁生松了口气，不知道自己昏迷了多久，但是摸到了潮湿地面上的一片泥泞，耳边也安静了下来，就连细小的声响都没有，说明塌方已经完全结束了。

他拿出手机，上面的时间显示为凌晨，也就是说他们已经被困超过十二个小时。虽然暂时没有生命危险，但是在狭小的环境中，稀薄的氧气很快就会耗尽……

他四下摸了摸，旁边满是岩石，他的一条腿被砸伤了，所以动弹不得，只能继续缩在原地。而那边的工人似乎是因为李铁生的醒来而感到些许希望，徒手朝着洞口挖去，一边挖一边哭。

李铁生说："别挖了，现在这个空间的结构很不稳定，容易造成二次塌方，我们现在最重要的就是保存体力，等待救援。"

等待救援，这四个字顿时让那位工人的哭声更大了，听起来还是个二十来岁的小伙子，正值青春年华就被困在里面，生死未卜，十几个小时的等待已经让他崩溃了。

"别哭了，别消耗氧气。"李铁生冷静地说。

"李工，我害怕，你就不怕吗？"小伙子抽泣着问。

李铁生盯着手机屏幕上那根本就没有信号的信号栏，轻声说："怕。"

他怕再也见不到苏红和想想了。

"你后悔吗？要是我们没有来的话，也许就不会……"小伙子说着就又哭了起来。

"不后悔。"李铁生是真的不后悔，已成为桥隧方面专家的他早就做好了遇

380

险的心理准备。

随着氧气越来越少，两人开始缺氧，出现头晕、嘴唇发麻等症状，谁都不说话了。没多久，外面依稀传来破土救援的声音，小伙子大喊着呼救，而李铁生找了个设备上掉下来的零件，一声声砸了起来："别喊，保存体力。"

可是，随着外面救援挖掘的声音越来越大，李铁生手上的力道越来越轻，黑暗中他几乎感觉不到时间的流逝，却能感觉到体力在逐渐消耗殆尽。

苏红，想想……

李铁生把手机拿出来，紧紧地贴在耳边用最后的电量播放出想想上一次给他发的语音消息。

在一旁的小伙子借着微弱的光看到这一幕，顿时泪流满面，他之前是真的以为李铁生非常坚强冷静，但是现在才知道，谁都是肉体凡胎，每个人在死亡面前都一样脆弱，之所以不后悔，不是因为不怕死，而是为了心中的理想死也值得。

在两个人都缺氧昏迷过去之后，救援队终于劈开了黑暗，将塌方处打通了。

救援队的医护人员在李铁生的鼻端探了探，稍有些气息，又摸了摸他的手腕，也还有脉搏在跳动："人还活着，太好了！"

在接通了便携氧气设备之后，救援队将李铁生和那个小伙子分别放在担架上，轮流抬着，一直到满天星光褪去，朝霞升起，才将李铁生抬到了山下。

医院里，两个人被送进了急诊室，小伙子因为受了轻伤已经清醒过来，被转进了普通病房，李铁生的情况则严重得多。

医生将他放到担架上，剪开衣物，大家才看清原来李铁生的头上脸上都是伤，但是那只是皮外伤，严重的是腿部的伤，腿已经肿胀起来，颜色紫青，看起来触目惊心。

工友和同事们看到这一幕当时就哭了，刘工说："铁生这是为了救我们才受伤的啊！"

经过一系列的检查，医生告知现在必须手术，否则李铁生的那条腿会保不住。

医生问："哪位是家属？病人急需手术，需要签字！"

可是在场的没有一个人是李铁生的家属，但事实上这些年来的团结奋斗，他们早就已经像家人一样亲了。

"我们都不是，他的家属都不在这儿，我能不能代签？"刘工焦急地问。

医生想了想："那能不能通过电话联系到家属呢？"

"能！"刘工翻出了李铁生的手机，插上充电器，还有好几条短信一起涌进来，发信人显示：苏红。

而这时，苏红的电话再一次打了进来，刘工接通了，对面传来苏红焦急的甚至带着哭腔的声音："你终于接电话了……"

刘工说："我不是铁生，铁生出事了，现在需要手术，我能作为家属签署手术同意书吗？"

苏红在了解了李铁生的状况之后同意刘工签署手术同意书，她也告诉刘工因为昨天晚上打不通李铁生的电话，半夜她就坐上了去龙南的火车。

李铁生被推进了手术室里，每个人的心都高悬着。一位坐在墙边的工友不无遗憾地说："李工带着我们好不容易快把龙南隧道建成了，你说他咋就出事儿了呢？"

刘工紧紧地握着李铁生的手机，他坚定地说："我会看面相，铁生这个娃有福，肯定大难不死！他肯定会躲过这一劫的！"

可是刘工看面相的那两把刷子大家也知道，不过是一种安慰罢了。他们的心里仍然忐忑，甚至有一个年纪小一点的工人哭了起来："要不是李工有一次在塌方事故中，不顾危险把我拖出去我就活不到今天了，李工的腿可千万要保住啊，他是个好人呀！"

在经过了漫长的两个小时之后，手术室的大门打开了，医生告诉大家，手术还算成功，但是后续的恢复情况还不确定，希望做好心理准备。

经过长途跋涉，苏红终于赶到医院。医生严肃地告诉苏红："他的腿部受到撞击太强，家属需要做好可能截肢的准备。"

一路风尘仆仆赶来的苏红身体瞬间就无力地软了下去，这一刻她觉得天都要塌了。

137

在接下来的几天中，苏红几乎全天都守在医院的 ICU 病房外面，她吃不下也喝不下。工友们看不下去，想要替苏红轮班守着，但苏红坚持留在医院中。即使有那堵墙隔着，他们的心仍然紧紧相连。

刘工帮苏红打了饭过来，苏红勉强吞了几口饭菜，说道："从那天晚上联系不到铁生开始，我就知道可能是出事了，其实自打他来这边，我就一直担惊受怕，没想到意外还是发生了。"

刘工听着心里也不是滋味："怪不得铁生天天晚上要打电话回去，我还说他是个妻管严，看来这不是妻管严，是恩爱啊！"

李铁生的状况逐渐趋于平稳，腿部的手术也成功了，不用截肢。他从加护病房转到了普通病房，但能不能醒过来，还要看最后的恢复情况。

苏红终于能陪在李铁生的身边了，她看到李铁生的一条腿上打着石膏，头上缠着绷带，身上还有几处大大小小的伤口，她就恨不得这份苦、这份罪都由她来承受。

她坐在李铁生的床边，握着李铁生的手，她不再像前几天那样不停地流泪，她知道这个时候必须坚强起来，就像从前李铁生守护着这个家一般，她要打起精神守护着李铁生和这个家。

苏红的父母听说了李铁生出事的消息，也带着想想从青城赶了过来，老两口看到李铁生昏迷在床的样子，难受得流下了眼泪。

就连平时一向活泼调皮的想想也静静地守在李铁生床边，她摸着他那粗糙的带着老茧的手问："妈妈，爸爸是不是很疼？"

"嗯，但是爸爸没事了。"苏红摸摸她的头回答道。

想想点了点头，又问："妈妈，爸爸的手怎么变得这么粗呀！"

苏红说："这是爸爸在山上修铁路隧道的时候干活磨成这样的。"

"那爸爸一定很累。"想想难过地看着李铁生。

苏红点了点头："是啊，爸爸很累，但是爸爸不觉得累，因为为祖国建设铁路，是爸爸的心愿。"

这时，听着妻女熟悉的声音，李铁生仿佛回到了千里之外的家里，但又好像是个梦。他艰难地睁开眼睛。

"妈妈，你看爸爸！爸爸好像醒了！"想想是第一个发现李铁生睁开眼睛的人，那稚嫩欢快的声音让李铁生意识到这不是个梦，想想的大眼睛正在盯着他的脸看。

"铁生……"苏红激动地摸着李铁生的脸，她的泪水滴在李铁生的脸上，滚烫滚烫的。

李铁生伸出手握住了苏红的手，他一时间还不知道为什么日思夜想的妻女怎么就突然来到了他的身边，他感到惊喜和感动："苏红，想想……"

"爸爸！"想想爬到床上去，她想要抱抱爸爸，可又怕弄疼了爸爸身上的伤口。

"苏红，想想，我好想你们……"苏红将脸贴在李铁生的胸口，她的泪渗进被子中，脸上却洋溢着喜悦的笑容。

岳父岳母也来到了李铁生的床前，李铁生慢慢地对他们说："爸妈，对不起，让你们担心了……"

老两口也哭了，岳父拍了拍李铁生的肩膀："铁生，咱们是一家人呀。你醒过来了，我和你妈，还有红红就放心了。"

工友们也听说李铁生转进了普通病房，都挤进病房中看他。刘工的一颗心终于放下了，他仍然像以前一样喜欢开玩笑："我说妻管严啊妻管严，我们那天摸着黑刨了一宿！总算是把你救出来了，你可快把我们都急死了！"

转过头，刘工又对大家说："你们总说我看面相不准，这回准了吧？咱们李工，现在不是好好的吗？"

病房里顿时热闹起来，李铁生被大家簇拥着，他感到无比幸福，也十分安心，这一天也成为他生命中最难忘的一天。

在病情逐步稳定之后，李铁生回到家中休养。

经过了这次塌方事故，李铁生虽然不能继续回到工地上，却还是心系现场，对塌方事故的原因进行了分析总结，并及时发给了刘工他们，让他们在施工过程中要更加小心。平时还常常打电话过去，远程帮其他工程师们解决困难。

虽然远在千里之外，但是他的心仍然在项目上，只是腿伤还没好，否则他恨不得长出一双翅膀飞过去。

不过，这些静养的日子也确实让他觉得珍贵，能够一直陪着想想和苏红，把这些年对这个家的亏欠能稍稍有所弥补。想想恨不得学都不上了，就在家缠着爸爸。

已经休息了一段时间的李铁生，身体已经好转了。他虽然在家中休息，但之前周跃平的事情闹得人尽皆知，也让他担心不已。

如今周跃平终于洗去了身上的冤屈，和高天琪重修旧好，李铁生为他们感到开心。

在周跃平和高天琪来看望他的时候，李铁生说道："也许我们的人生总会碰到些大风大浪，因为有爱人能风雨同舟，那些大风大浪又算得了什么呢？"

周跃平不禁感动地说："也正是因为经历了这些事情，我想我们才更加懂得珍惜。"

阳光暖暖地照在房间中，璐璐和想想在地毯上嬉闹，高天琪坐在周跃平的身边。苏红从厨房端来了水果，李铁生接过水果放在茶几上。他拉着苏红坐在自己身边："还记得我在龙南遭遇事故醒来之后，我看到苏红和想想就在我的床边，那一刻我觉得无比幸福，人生何求呢？我想，我已经拥有了这个世界上最重要的财富。"

不久之后，宝兰专线正式通车，第一辆动车组从宝鸡站出发，白色的列车如巨蟒一般行驶在大地上，满载着无数铁路人的辛勤汗水，带着全国各地的人民走向幸福。

周跃平、高天琪、李铁生一同参加了宝兰专线的剪彩仪式，他们的眼中流出了幸福的泪水。

2020年，中国高铁在无数铁路人的不懈努力下，在全国的版图上生长蔓延，连接起一座座大大小小的城市。截至年底，中国高铁运营里程达3.79万公里，稳居世界第一。

李铁生坐在通往家乡县城的高铁上，当初母亲离去的那条路，已经成为大家的小康路、幸福路。

苏红指着窗外对想想说："这是爸爸修的铁路，快不快呀？"

想想崇拜地看着李铁生："我以后也要像爸爸一样厉害，可我的梦想有很多，或许并不一定和爸爸一样修铁路。"

李铁生欣慰地看着想想："不管你未来会走上哪条路，爸爸都理解你，支持你，只要是一条正路，一条可以为祖国、为人民奉献的长路，就是幸福的路和最好的路！"

《长路》有声书

为你娓娓道来小说里
波澜壮阔的铁路建设史。

溯·铁路往事

了解峥嵘岁月里
建设者们的坚守与拼搏。

观·莲勃今朝

发现国家复兴征途上
开拓进取的动人瞬间。

评·记忆人物

在线交流分享你心中
印象深刻的铁路故事吧！

码上发车

与奋进时代铁路人
一道踏上伟大征程！